MW01519021

Entre le cristal
et la fumée

Du même auteur

L'Organisation biologique
et la Théorie de l'information
Hermann, 1972

A tort et à raison
Seuil, coll. «Science ouverte», 1986

Tout, non, peut-être : éducation et vérité
Seuil, coll. «La librairie du XXe siècle», 1991

Henri Atlan

Entre le cristal
et la fumée

Essai sur l'organisation du vivant

Éditions du Seuil

CE LIVRE A ÉTÉ PUBLIÉ
SOUS LA DIRECTION DE JEAN-PIERRE DUPUY

TEXTE INTÉGRAL

EN COUVERTURE : Moïse faisant jaillir l'eau.
Art paléochrétien.
Photo A. Held/Ziolo.

ISBN 2-02-009362-6
(ISBN 2-02-005277-6, 1ʳᵉ publication)

© ÉDITIONS DU SEUIL, 1979

A Aharon Katzir-Katchalsky,
en hommage fait d'admiration et de regrets.

Introduction :
Le cristal et la fumée

Les organisations vivantes sont fluides et mouvantes. Tout essai de les figer — au laboratoire ou dans notre représentation — les fait tomber dans l'une ou l'autre de deux formes de mort. Oscillant « entre le fantôme et le cadavre » *(between the ghost and the corpse)* : c'est ainsi que l'organisation d'une cellule vivante apparaissait au biologiste D. Mazia qui décrivait ses efforts de nombreuses années pour isoler une structure cellulaire jouant un rôle particulièrement important [1] dans les mécanismes de la reproduction. Par sa structure labile elle lui échappait en se décomposant, et quand il réussissait à la fixer, elle était tuée. Toute organisation cellulaire est ainsi faite de structures fluides et dynamiques. Le tourbillon liquide — détrônant l'ordonnancement du cristal — en est devenu, ou redevenu, le modèle, ainsi que la flamme de bougie, quelque part entre la rigidité du minéral et la décomposition de la fumée.

Et pourtant, il n'est pas impossible de la représenter. On peut en parler. On peut tenter d'en décrire la logique. De ces tentatives, un des mérites est d'avoir posé la question : que veulent dire les attributs d'« organisé » et « complexe » quand on les applique à des systèmes naturels, non totalement maîtrisés par l'homme parce que non construits par lui ? C'est là que les deux notions opposées de répétition, régularité, redondance, d'un côté, et variété, improbabilité, complexité, de l'autre, ont pu être dégagées et reconnues comme ingrédients coexistant dans ces organisations dynamiques. Celles-ci sont ainsi apparues comme des compromis entre deux extrêmes : un ordre répétitif parfaitement symétrique dont les cristaux sont les modèles physiques les plus classiques, et une variété infiniment complexe et imprévisible dans ses détails, comme celle des formes évanescentes de la fumée.

---

1. Il s'agissait du fuseau achromatique, formation qui apparaît dans les cellules au tout début de leur division par mitose, quand le noyau disparaît et que les chromosomes apparaissent.
Séminaire international sur la biologie des membranes, 1968, Institut Weizmann, Rehovo tet Eilat, Israël.

La première partie de cet ouvrage est inspirée de travaux formels, entrepris il y a une dizaine d'années, sur la logique de l'organisation naturelle, le rôle qu'y joue l'aléatoire — le « bruit » et le fameux principe d'ordre, ou plutôt de complexité, par le bruit —, et sur la logique de réseaux physico-chimiques doués de propriétés d'auto-organisation. Bien sûr, tout cela était issu directement de préoccupations biologiques. L'organisation en question, les propriétés d'auto-organisation, sont celles que l'on rencontre dans des organismes vivants ou dans des modèles qui tentent de les simuler. Mais on a voulu étendre certaines de ces considérations à d'autres systèmes et d'autres organisations, humaines en particulier. Extension aussitôt taxée d'organicisme et vivement combattue comme telle. Et pourtant, les dangers — logiques et politiques — de l'organicisme sont aujourd'hui assez connus pour qu'on puisse éviter de tomber dans ses pièges; sans pour autant rejeter ce que l'étude de systèmes naturels peut nous enseigner en fait de possibilités logiques concernant l'organisation en général.

En effet, ce que nous nous sommes efforcé de dégager, ce sont les éléments d'une logique des organisations que la nature offre à nos observations et expérimentations. Les systèmes biologiques nous en fournissent évidemment les exemples les plus immédiats, mais ce ne sont pas forcément les seuls.

Aussi, concernant la généralisation de ces notions à d'autres systèmes, plutôt que des procès d'intention sur un organicisme éventuel de toute façon dépassé, les questions suivantes nous semblent pertinentes. Dans quelle mesure s'agit-il de systèmes naturels ou artificiels? Dans quelle mesure peut-on y transposer les lois de transferts, de conservation, de dégradation ou de création de l'énergie, de la masse et de l'information, telles que la physico-chimie biologique nous les enseigne? Dans quelle mesure, inversement, les types de finalité implicite ou explicite qui caractérisent les systèmes artificiels peuvent-ils être transposés dans l'analyse de systèmes naturels?

En particulier, un système humain, social par exemple, est-il naturel ou artificiel? En ce qu'il est fabriqué par des hommes, il semble s'agir d'organisation artificielle, comme toutes celles qui résultent de plans et de programmes issus de cerveaux humains. Dans cette mesure, la logique des systèmes naturels pourrait bien y apparaître inadéquate, voire déplacée et dangereuse. Cependant, en ce qu'une organisation sociale est aussi le résultat de la composition d'effets d'un grand nombre d'individus, il s'agit également, par certains aspects, d'un système auto-organisateur naturel. Le rôle des plans et des programmes y est forcément relativement limité par celui des finalités et désirs des individus et des groupes. Même dans les sociétés totalitaires, la question de l'origine de l'autorité planificatrice renvoie aux motivations individuelles qui font qu'on l'accepte ou qu'on s'en accommode. Celles-ci, conscientes et inconscientes, ne sont pas, bien qu'humaines, issues du cerveau d'un ingénieur surdoué. C'est dire que dans une grande mesure, elles s'offrent elles aussi à notre observation sous la forme de systèmes naturels imparfaitement connus que leurs interactions constituent. Dans cette mesure, des éléments de logique des organisations naturelles peuvent y avoir leur place. Dans cette mesure-là, et dans cette mesure seulement. Enfin la position particulière de notre psychisme, à la fois lieu des logiques et des théorisations, et partie prenante, élément constitutif des systèmes qu'il s'agit de théoriser, présente évidemment un caractère parfaitement original, peut-être irréductible. Aussi, il ne peut s'agir d'étendre aux organisations sociales des résultats d'analyse de systèmes naturels par transposition analogique pure et simple. C'est là évidemment que les pièges de l'organicisme réapparaîtraient. Au moins autant que les transpositions, l'analyse des différences devra conduire à modifier notre représentation de ces organisations par rapport aux autres modèles d'organisations naturelles et artificielles.

Ces remarques doivent accentuer le caractère hypothétique des textes de la deuxième partie où nous avons tenté de telles transpositions, analogiques et différenciatrices, à des systèmes humains. Plutôt que d'organisation sociale, il s'y agit de l'organisation psychique. C'est là que nous avons réuni quelques hypothèses sur la place respective des processus conscients et inconscients dans notre système cognitif vu comme système, au moins en partie, auto-organisateur ; sur la nature du temps de ces processus et ses relations avec le temps physique ; enfin sur les interactions possibles entre cultures et nature dans la constitution et l'évolution de la variété des groupes humains.

De la même veine, réunis en une troisième partie, procèdent quelques textes critiques où, en certaines occasions, nous avons pu exprimer nos réactions à d'autres cheminements, à la fois proches et différents. Edgar Morin dans sa recherche dont *le Paradigme perdu : la nature humaine* a marqué le point de départ, René Thom et sa théorie des catastrophes, Raymond Ruyer et *la Gnose de Princeton*, chacun dans un genre différent et irréductible, ont ainsi déclenché de nouvelles interrogations, essentiellement méthodologiques, quant à diverses approches nouvelles d'un problème ancien : quelles sont les implications des faits d'expérience par où nous constatons, rencontrons (créons ?) un « ordre » dans la nature ?

Bien sûr, le « postulat d'objectivité scientifique » était implicite dans le cadre où furent présentés les textes de ces trois premières parties. C'est lui qui, le plus souvent, a imposé à « notre » discours le détachement du « nous » académique! Mais il serait stupide d'ignorer que cette recherche était menée parallèlement à une quête où la question de l'identité et des appartenances était au centre de nos préoccupations. C'est pourquoi, en différence par rapport à l'œuvre de nombreux chercheurs modernes, l'arrière-fond idéique sinon idéologique, l'interlocuteur traditionnel dans le dialogue implicite que constitue toute recherche, c'était pour nous au moins autant la tradition juive récemment redécouverte, que la gréco-romaine, chrétienne ou non, enseignée au lycée et à l'université.

Nous avons donc rassemblé dans une quatrième partie des textes où la présence de cette tradition apparaît explicitement. C'est là en revanche où la problématique de l'organisation n'apparaîtra peut-être pas aussi clairement. Et pourtant elle y est aussi. Elle est la source lointaine — et peut-être réciproque — d'inspiration d'un texte où sont proposés quelques éléments d'une ébauche de théorie anthropologique du phénomène juif. Fait suite une étude où la critique de deux livres évoquant les rapports entre ce phénomène et la psychanalyse sert de prétexte pour continuer le même exercice. En écho à la théorie de l'organisation par redondance et variété, on y trouvera abordée — de façon relativement explicite seulement dans une note de bas de page — la question d'une éthique des rapports entre théorie et pratique vues respectivement comme une indifférenciation laxiste des possibles et une différenciation rigoureuse de la complexité du réel. Dans le lieu infiniment ouvert des théorisations naissantes, tous les possibles se valent. Ils peuvent à priori tous se déduire l'un de l'autre et constituent ainsi une immense pensée tautologique — non formulée —, redondance initiale sur laquelle le travail de formulation critique, intermédiaire entre théorisation et pratique, va pouvoir produire son effet (auto?) organisateur. En effet, les empêchements à ces déductions indifférenciées ne pourraient venir que des principes d'identité et de non-contradiction, principes de coupure, délimitation et définition du réel bien plus que sources d'erreurs fécondes et d'enrichissement des possibles. C'est la pratique, au contraire, qui, dans son essai d'interagir le théorique et le réel, ne peut se passer de la différenciation par la loi. Celle-ci — inconsciente, par le bruit, ou consciente et formulée — réduit la redondance tautologique (qui apparaît alors « fausse »), et, par là, spécifie.

Dans ce contexte sont examinées les fonctions respectives du père et du maître dans l'apprentissage programmé par où passe l'éducation. Cet apprentissage-là est d'abord superposé, chez le petit d'homme — puis laisse peu à peu la place — à l'apprentissage non dirigé propre aux systèmes auto-organisateurs. Dans l'ordre de la pensée, l'apprentissage non dirigé est à l'œuvre dans la recherche intellectuelle et artistique. Il permet l'intégration, apparemment paradoxale, du radicalement nouveau et contribue ainsi chez les adultes à la *création* des cultures. Il fait suite, en s'en différenciant, à l'éducation des enfants, *transmetteuse* de culture. Pourtant, bien évidemment, le passage « normal » de l'un à l'autre — la maturation — implique que l'éducation (les maîtres après le père) transmette aussi les *moyens* de ce passage.

Enfin, le dernier texte fait dialoguer explicitement la logique nouvelle du hasard organisationnel et des textes de l'ancienne tradition. A travers ce dialogue y est posée la question des rapports entre ces considérations issues d'une réflexion de logique biologique, dans le contexte opérationnel et réducteur de la science d'aujourd'hui, et une éthique possible non triviale de la vie et de la mort.

Combien sont surprenants les cheminements de l'inconscient, quand on saisit que les deux formes d'existence entre lesquelles navigue le vivant, cristal et fumée, qui se sont imposées comme titre à cet ouvrage, désignent aussi le tragique des morts qui, dans la génération précédente, se sont abattues sur les individus véhicules de cette tradition : la Nuit de cristal et le Brouillard de la fumée.

On veut espérer que la diversité de ces textes et leur manque d'unité apparente seront compensés par la possibilité d'une lecture non dirigée (désordre créateur?), où l'ordre adopté ici pour leur succession sera, à loisir, bouleversé.

Première partie

DÉSORDRES ET ORGANISATION
COMPLEXITÉ PAR LE BRUIT

« Quand vous verrez du marbre pur, ne dites pas:
" de l'eau, de l'eau "... » (*Talmud de Babylone*,
Haguiga, p. 14 b.)
Qu'on doit retourner en :
« Quand vous verrez de l'eau, ne la tuez pas
en disant : " du marbre ". »

« De l'indéterminé, la règle ne peut donner de
détermination précise. » Aristote, *Éthique à*
Nicomaque, V, chapitre X, 7.

1. Dogmes et découvertes cachées dans la biologie nouvelle [1]

De vieilles questions sont sans cesse reprises. Des découvertes nouvelles ne servent souvent qu'à ressasser de vieilles réponses. « La vie peut-elle être réduite à des phénomènes physico-chimiques ? Une, ou des, définitions — levant les mystères — de la vie peuvent-elles sortir d'une telle réduction ? » Certains biologistes, philosophes ou honnêtes hommes s'affrontent régulièrement autour de cette vieille discussion, que le livre de Jacques Monod, *le Hasard et la Nécessité* [2], a remise au goût du jour en l'articulant sur les découvertes et le vocabulaire de la biologie moléculaire. Pourtant ce livre, tout comme les découvertes de la nouvelle biologie qu'il a contribué à faire connaître, présente un intérêt tout autre. De nouvelles questions se posent à propos de ces découvertes dont les conséquences sont souvent cachées par le contexte historique des réponses qu'elles ont données aux questions anciennes.

Le but du livre de Monod était double. Sur le plan de l'histoire des sciences, il s'agissait de reposer le vieux problème du finalisme en biologie à la lumière des enseignements de la biologie moléculaire. Sur le plan de l'idéologie, il s'agissait essentiellement de régler son compte à la prétention du matérialisme dialectique de fonder les vérités scientifiques dans la ligne de la dialectique de la nature de Engels. C'est qu'en effet J. Monod avait été parmi les rares biologistes communistes à rompre avec le marxisme à l'occasion de l'affaire Lyssenko. Ses propres découvertes avaient ensuite contribué à faire triompher la génétique mendélienne et à montrer le ridicule de théories scientifiques qui tiraient leur autorité de leur conformité à une idéologie quelle qu'elle soit, en l'occurrence ici au matérialisme dialectique.

Nous ne pouvons que partager l'admiration de son ami le philo-

1. Initialement paru dans *Iyyun, A Hebrew Philosophical Quarterly* (texte hébreu, résumé en anglais), vol. 26, n° 4, 1975, p. 207-217.
2. Paris, Éditions du Seuil, 1970.

sophe Michel Serres pour cette performance qui aboutit à « régler ses comptes avec le marxisme tout en gagnant le prix Nobel »!

Mais la question du finalisme fut évidemment l'objet véritable de son livre. Les relations particulières de la biologie avec le finalisme sont bien résumées dans une formule connue : « La téléologie — raisonnement par causes finales — est comme une femme sans qui le biologiste ne peut pas vivre mais dont il a honte d'être vu avec elle en public [1]. » En effet, qu'on se l'avouât ou non, un finalisme implicite est présent dans la plupart des discours biologiques. Or cet état de choses est gênant, du point de vue de la méthode scientifique, en ce qu'il nie le principe de causalité, suivant lequel les causes d'un phénomène doivent se trouver avant et non après sa survenue. Ce principe étant un fondement de la méthode scientifique, l'impossibilité de se passer de finalisme en biologie était une faiblesse de cette science que J. Monod analyse brillamment dans la première partie de son livre. Après quoi il essaie de montrer comment l'élucidation des mécanismes moléculaires de l'hérédité permet de résoudre cette difficulté; il utilise alors le concept de téléonomie en remplacement de celui de téléologie ou finalisme. Très brièvement résumée, sa thèse est la suivante : un processus téléonomique ne fonctionne pas en vertu de causes finales alors même qu'il en a l'air, alors même qu'il semble orienté vers la réalisation de formes qui n'apparaîtront qu'à la fin du processus. Ce qui le détermine en fait ce ne sont pas ces formes comme causes finales, mais la réalisation d'un programme, comme dans une machine programmée dont le fonctionnement semble orienté vers la réalisation d'un état futur, alors qu'il est en fait déterminé causalement par la séquence d'états où le programme préétabli la fait passer. Le programme lui-même, contenu dans le génome caractéristique de l'espèce, est le résultat de la longue évolution biologique où, sous l'effet simultané de mutations et de la sélection naturelle, il se serait transformé en s'adaptant aux conditions du milieu.

Disons tout de suite que le problème n'est pas résolu pour autant, mais qu'il est déplacé. Nous verrons qu'il se pose en termes nouveaux et qu'il a pour effet, entre autres, de montrer le caractère anachronique des disputes sur la réduction possible ou non de la vie aux phénomènes physico-chimiques.

Tout d'abord, en effet, de quel programme s'agit-il? Il s'agit en

---

1. Brücke, physiologiste allemand, 1864, cité par Yechaïahou Leibowitz, « Sur la vie, les mécanismes du vivant et leur apparition », *Mahachavot* (IBM, Tel Aviv), n° 35, juillet 1975, p. 14-18.

fait d'une métaphore, suggérée par un certain nombre de faits bien établis, dont la découverte a élucidé certains parmi les mécanismes biologiques qui apparaissaient jusque-là les plus mystérieux (les plus irréductibles, les plus spécifiques de la « vie ») : la reproduction des caractères héréditaires qui prend appui sur la réplication des ADN, et l'expression de ces caractères héréditaires grâce à la synthèse de protéines enzymatiques. Celles-ci, grâce à leurs possibilités de catalyser telle ou telle réaction du métabolisme, orientent l'activité cellulaire dans une voie ou une autre et déterminent ainsi l'expression d'un caractère donné dans un mode particulier d'activité. La synthèse de ces enzymes est donc la clé — ou une des clés — de l'expression de caractères héréditaires. Les mécanismes de cette synthèse, dont la découverte doit beaucoup aux travaux de J. Monod lui-même avec F. Jacob et leurs élèves, font apparaître ce qu'on a appelé parfois le « dogme central » de la biologie moléculaire : les ADN du génome portent une information spécifique qui est codée sous la forme de séquences de bases nucléotidiques ; la synthèse des protéines consiste en la transmission de cette information et sa traduction sous la forme de séquences d'acides aminés qui spécifient la structure et les propriétés enzymatiques de ces protéines. Le plus remarquable dans cette découverte est le caractère universel du code : la correspondance entre séquences nucléotidiques dans les gènes et séquences d'acides aminés dans les protéines est la même chez tous les êtres vivants étudiés à ce jour, « de la bactérie à l'éléphant », l'homme compris évidemment.

Ce sont ces découvertes qui ont conduit certains biologistes, dont J. Monod, à considérer que « les mystères de la vie » avaient été en gros élucidés, et en particulier que cette difficulté du finalisme en biologie pouvait enfin être éliminée. Pour cela, ils imaginaient cette notion de programme génétique, suivant laquelle les événements et les formes futurs vers lesquels l'organisme semble se diriger sont en fait contenus au départ, de façon codée, dans les séquences nucléotidiques des ADN du génome, à la façon d'un programme d'ordinateur.

Tel est, très brièvement résumé, le contexte factuel des discussions théoriques [1] sur la révolution qu'a apportée la biologie moderne

1. Comme par exemple celle entre Michel Revel « Sur l'apparition de la vie et ce qu'il y a ou n'y a pas derrière ses mécanismes », *Mahachavot* (IBM, Tel Aviv), n° 33, 1972, p. 41-59, et Yechaïahou Le bowitz, « Sur la vie, les mécanismes du vivant et leur apparition », *op. cit.* Voir aussi les deux positions classiques spiritualiste-théiste et matérialiste-mécaniciste défendues respectivement par P.-P. Grassé, *L'Évolution du vivant*, Paris, Albin Michel, 1973, et J. Tonnelat, *Thermodynamique et Biologie*, t. I et II, Paris, Maloine, 1977-1978.

15

dans notre façon de nous représenter la vie. Mais il est très important de saisir que cette révolution comporte deux aspects. D'un côté, il s'agit là sans aucun doute de découvertes qui semblent donner raison à une tendance mécaniste en biologie, suivant laquelle tous les phénomènes de la vie doivent pouvoir s'expliquer en termes de réactions physico-chimiques. Comme corollaire, les tentatives de définition formelle de la vie sont rejetées comme des problèmes scolastiques dépassés par une biologie expérimentale qui se veut exclusivement opérationnelle. « On n'interroge plus la vie dans les laboratoires; c'est aux algorithmes du monde vivant que s'intéresse aujourd'hui la biologie [1] » (F. Jacob). En effet, les mécanismes jusquelà mystérieux de l'hérédité s'expliquent maintenant en termes d'interactions moléculaires. Mais d'un autre côté, ces explications sont forcées d'intégrer à la physique et à la chimie des notions cybernétiques (code, information, programme), de telle sorte qu'il s'agit là d'une physico-chimie non classique, en tout cas élargie par rapport à l'ancienne, de celle qu'on appelle justement physico-chimie biologique. Aussi n'est-il pas étonnant que suivant ses inclinations philosophiques, chaque biologiste soit sensibilisé à l'un plutôt qu'à l'autre de ces aspects. Dans le premier cas, il ne retiendra que le fait que des phénomènes spécifiques du vivant puissent s'expliquer d'une façon telle qu'on les réduit à des phénomènes physico-chimiques de structures et interactions moléculaires. Dans le deuxième cas, il ne retiendra que le fait que ces explications elles-mêmes ne peuvent pas éviter de faire appel à des notions de physico-chimie non classique, que certains n'hésitent pas à qualifier de psychologiques, voire de métaphysiques.

En fait ce débat nous semble vain parce que dépassé par le contenu même de ces découvertes. Celles-ci ont en effet des conséquences beaucoup plus importantes sur le plan de la pensée que de permettre de prendre parti dans un débat qui ne se posait que dans le contexte de la biologie et de la physico-chimie du début de ce siècle. En fait, Bergson, déjà, dans la première partie de *l'Évolution créatrice*, avait eu l'intuition du caractère de fausse dispute qu'avait l'opposition entre mécanisme et finalisme. Son analyse critique de ces deux tendances pourrait être reprise aujourd'hui intégralement et être fondée encore mieux sur les découvertes de la biologie moléculaire; la troisième voie permettant de dépasser l'alternative, il ne pouvait malheureusement que l'indiquer par un appel à l'intuition, celle d'un temps créateur à la fois mécaniste et finaliste pour lequel

1. François Jacob, *La Logique du vivant*, Paris, Gallimard, 1970.

il ne disposait pas du langage et des outils conceptuels adéquats. Ce langage et ces outils, aujourd'hui, la thermodynamique des systèmes ouverts, la théorie de l'information, la cybernétique semblent nous les fournir et permettent une relecture de *l'Évolution créatrice* des plus surprenantes et des plus enrichissantes. C'est un nouveau continent qui apparaît avec ces découvertes, non soupçonné jusqu'alors, même par ceux qui en furent les artisans. En effet, s'il est vrai que la recherche des mécanismes moléculaires de l'hérédité visait à résoudre le vieux problème : « Peut-on oui ou non expliquer la vie à l'aide des seuls phénomènes physico-chimiques ? » — leur élucidation découvre tout un ensemble de nouveaux problèmes concernant non pas la vie mais la physico-chimie. Comme le dit excellemment E. Morin[1] : « Ils croyaient découvrir l'Inde et c'est l'Amérique qu'ils ont découverte ! » Du coup le vieux problème est relégué, englobé dans les nouveaux : que veulent dire ces notions d'information, de code, de programmes, appliquées non pas à des machines artificielles mais à des systèmes physico-chimiques naturels ? Le fait de les qualifier de psychologiques ne suffit pas, car si la psychologie les utilise, elles ne sont pas que psychologiques. Ce sont en fait des notions cybernétiques qui se situent « à la charnière de la pensée et de la matière » (Costa de Beauregard[2]) ou encore « entre la physique et la biologie » (S. Papert[3]) et qui font s'interroger à nouveau sur la question de la réalité matérielle ou idéelle des notions physiques, même les plus habituelles[4].

1. Edgar Morin, *Le Paradigme perdu ; la Nature humaine*, Paris, Éditions du Seuil, 1973 ; *La Méthode*, I, Éditions du Seuil, 1977.
2. O. Costa de Beauregard, « Two principles of the science of time », New York Academy of Science 138, ont. 2, 1967, p. 407-421 ; *Le Second Principe de la science du temps*, Paris, Éditions du Seuil, 1963.
3. S. Papert, « Épistémologie de la cybernétique » in *Logique et Connaissance scientifique*, J. Piaget (éd.), Paris, Gallimard, « Encyclopédie de la Pléiade », 1967.
4. L'histoire de la physique montre d'ailleurs que les notions aujourd'hui les plus évidentes comme celles d'énergie, de force, de vitesse sont en fait le résultat de l'intégration progressive dans notre mode de pensée de concepts au départ très abstraits d'où la logique de l'observateur physico-mathématique n'était jamais absente. Un des exemples les plus frappants est celui du paradoxe de Gibbs sur l'entropie de mélange (de deux gaz par exemple), dont l'existence dépend des capacités de discernement entre les molécules de ces deux gaz. Ces capacités elles-mêmes sont un phénomène en partie contingent lié au progrès technique ainsi que l'a montré la découverte de la radioactivité : le mélange de deux isotopes différents (l'un stable, l'autre radioactif) n'entraîne la production d'une entropie de mélange qu'après la découverte de la radioactivité, ce qui illustre bien le rôle de l'observation et de la mesure dans la définition de l'entropie. Ceci est général : ainsi que Kant l'avait déjà vu, les concepts physiques ne définissent ni une réalité physique intrinsèque, en soi, ni une réalité purement idéelle liée à la subjectivité

En effet, si on se cantonne à la biologie, ces notions, par les réponses qu'elles suggèrent aux anciennes questions sur l'origine de la vie et l'évolution des espèces, font surgir en fait des questions tout à fait nouvelles et fondamentales sur la réalité physique de l'organisation, sur la logique de la complexité et sur celle des systèmes auto-organisateurs. Bien sûr, on peut si on le veut retrouver, chez de nombreux philosophes de la nature, ces questions déjà posées en leur temps; qu'il s'agisse de Maupertuis, Schelling, Schopenhauer, Bergson... ou des anciens, Héraclite, Aristote, Lucrèce... sans parler du Midrash et des écrits cabalistes repris récemment par A.I.H. Kook. Mais on ne peut pas faire abstraction du contexte culturel dans lequel des problèmes sont posés. S'il existe bien des questions éternelles, et si probablement tout a déjà été dit sur ces questions, la façon de le dire est la plus importante et le renouvellement des termes d'un problème revient en fait au renouvellement du problème lui-même. Le problème de l'origine de la vie aujourd'hui, c'est celui de l'apparition du premier programme. En effet, si on admet la métaphore du programme génétique contenu dans les ADN — nous verrons plus loin qu'elle n'est pas à l'abri de critiques sérieuses — le programme de développement d'un individu lui est fourni à sa naissance, lors de la fécondation de l'œuf, à partir de la réplication des ADN de ses parents. La question se pose alors de l'origine du premier programme, c'est-à-dire du premier ADN capable de se reproduire et de coder pour la synthèse d'enzymes.

A cette question plusieurs lignes de réponse sont possibles. L'une extrapole la reproduction en laboratoire de conditions physico-chimiques supposées être celles de l'atmosphère primitive et de la « soupe » primitive. Elle se fonde sur les résultats d'expériences qui ont montré la possibilité, dans ces conditions, de synthèses d'acides aminés et de nucléotides, premières briques indispensables à la fabrication de l'édifice déjà très compliqué de ce premier programme. On doit évidemment souligner le caractère hypothétique de ces théories auxquelles J. Monod ne semblait pas, quant à lui, attacher beaucoup d'importance. Pour lui, la question de l'origine de la vie et du premier programme était une question non scientifique car elle concerne la survenue d'un événement à très faible probabilité,

---

du sujet pensant, mais une réalité intermédiaire, celle des catégories de la perception et de la mesure, c'est-à-dire des interactions entre notre pensée et le monde qui nous entoure.

Cette propriété souvent oubliée en physique classique, retrouvée en physique quantique, est encore plus évidente en ce qui concerne les concepts cybernétiques qui se sont imposés à la biologie moderne.

mais survenu quand même et une seule fois. Pour lui, puisque rien d'autre que des rencontres moléculaires au hasard ne peut expliquer la constitution du premier organisme vivant, et que celle-ci, dans ces conditions, ne peut s'imaginer qu'avec une probabilité quasiment nulle, la question de sa survenue ne peut plus se poser en termes de probabilités, à posteriori, maintenant qu'on sait que c'est arrivé. Il s'agirait donc typiquement d'un événement unique, non reproductible, et qui échapperait par définition au domaine d'application de la recherche scientifique.

D'autres, au contraire, tels A. Katzir-Katchalsky [1], M. Eigen [2], I. Prigogine [3], n'ont pas renoncé et sont partis à la recherche de lois d'organisation — bien sûr physico-chimiques — permettant de comprendre cette fois, non seulement que le premier programme n'avait pas une probabilité presque nulle, mais au contraire que sa survenue était obligée et inéluctable. Dans cette perspective, l'origine de la vie n'aurait pas été un événement unique à très faible probabilité mais un événement qui se serait reproduit chaque fois que les conditions physico-chimiques de la terre primitive se seraient trouvées réalisées. La découverte éventuelle de formes de vie dans d'autres planètes serait évidemment un argument en faveur de cette deuxième ligne de pensée.

La question de l'évolution des espèces se repose aussi en termes nouveaux : des mutations au hasard produisent des changements dans les caractères héréditaires d'une espèce; des pressions dues aux contraintes physiques et écologiques de l'environnement auraient sélectionné les organismes les plus adaptés qui, étant ainsi les plus féconds, auraient bientôt remplacé les formes antérieures ou, au minimum, coexisté avec elles. Ce schéma constitue la trame du néodarwinisme et J. Monod l'expose en l'accompagnant d'une remarque importante qui vise à prévenir la critique. Il reconnaît que le bon sens a du mal à accepter que cette seule superposition mutations-sélection puisse être suffisante pour expliquer l'évolution adaptatrice des espèces vers des formes de plus en plus complexes.

C'est qu'en effet la manière dont ce mécanisme de sélection par

---

1. A. Katzir-Katchalsky, « Biological flow structures and their relation to chemico-diffusional coupling », *Neuro-Sciences Research Program Bulletin*, vol. IX, nᵒ 3, 1971, p. 397-413.
2. M. Eigen, « Self-Organization of matter and the evolution of biological macromolecules », *Die Naturwissenschaften*, 58, 1971, p. 465-523.
3. P. Glansdorff et I. Prigogine, *Structure, Stabilité et Fluctuations*, Paris, Masson, 1971.

la fécondité peut entraîner une augmentation progressive de complexité et l'apparente orientation de l'évolution, n'est pas très claire. Même si l'idée d'une évolution linéaire des bactéries aux mammifères sans déviations dans des embranchements collatéraux a été abandonnée depuis longtemps, il n'en reste pas moins que les organismes les plus récemment apparus semblent en même temps les plus complexes, ou les plus riches en possibilités d'autonomie, ou les plus organisés, alors que les bactéries, plus anciennes, sont pourtant parfaitement adaptées à leur milieu du point de vue de leur fécondité. On invoque à l'origine de cette orientation une interaction entre le milieu et l'organisme : « L'adaptation devient le résultat d'une partie subtile entre les organismes et ce qui les entoure [...]. Ce qui est " choisi " c'est autant le milieu par l'organisme que l'organisme par le milieu... [...]. L'évolution devient alors le résultat de la rétro-action exercée par le milieu sur la reproduction [1]. » Et encore : « Si les vertébrés tétrapodes sont apparus et ont pu donner le merveilleux épanouissement que représentent les Amphibiens, les Reptiles, les Oiseaux et les Mammifères, c'est à l'origine parce qu'un poisson primitif a " choisi " d'aller explorer la terre où il ne pouvait cependant se déplacer qu'en sautillant maladroitement [2]. »

J. Monod reconnaît le caractère non convaincant de la façon habituelle de se représenter les mécanismes de mutations-sélection pour rendre compte du caractère orienté de l'évolution. Mais il l'attribue aux insuffisances de notre imagination et de notre sens commun, habitués à s'appliquer à des systèmes relativement simples, dès qu'il s'agit de se représenter des systèmes aussi complexes que les organismes vivants. La situation serait analogue à celle qui existe en physique quantique et relativiste, où la représentation dans les catégories du sens commun ne peut pas suivre la vérité scientifique à laquelle nous conduisent la méthode expérimentale et la raison mathématique; cet état de choses est accepté en physique, quand nous comprenons que notre représentation sensorielle et notre « sens commun » ne sont adaptés qu'à la réalité macroscopique, et non au monde submicroscopique de particules élémentaires ou à celui de l'infiniment grand des galaxies. Aucune raison ne nous forçant à supposer que les mêmes catégories de la représentation sensorielle sont valables dans tous ces univers, nous acceptons de renoncer à cette représentation concrète au profit d'une représentation abs-

1. F. Jacob, *La Logique du vivant, op. cit.*
2. J. Monod, *Le Hasard et la Nécessité, op. cit.*, p. 142.

traite, mathématique, plus rigoureuse. Pour J. Monod, la situation serait analogue en biologie parce que nos catégories habituelles de représentation sensorielle et de bon sens ne sont pas adaptées à l'extrême complexité des systèmes biologiques. Mais en fait, la situation est très différente car les catégories du discours de la physique sont définies dans un langage rigoureux, qui est celui des mathématiques. En revanche, il n'existe pas encore de théorie de l'extrême complexité qui nous permettrait de nous représenter les phénomènes biologiques, de façon abstraite certes, mais rigoureuse et compréhensible par rapport aux données de l'expérience, à défaut d'une représentation concrète immédiate.

En fait, ces difficultés ont conduit à la recherche d'une telle théorie de la complexité et de l'organisation, et d'abord à questionner plus avant l'idée de téléonomie et de programme génétique. Non pas pour les renvoyer à la psychologie et en tirer la conclusion classique et stérilisante de l'impossibilité de réduire la vie à des phénomènes physico-chimiques. Mais pour étendre la physique et la chimie à des dimensions nouvelles, où les phénomènes du vivant trouveraient leur place naturelle. Nous avons vu plus haut que Monod et la plupart des biologistes moléculaires utilisent ces notions pour rendre compte de la finalité observée en biologie autrement que par l'invocation des causes finales. C'est qu'en effet la finalité ancienne en biologie gênait parce qu'elle avait toujours une odeur religieuse : elle impliquait toujours, même sans le dire, une providence qui dirige le développement d'un embryon (voire même l'évolution des espèces, comme chez Teilhard de Chardin) vers son stade final. Au contraire la finalité nouvelle serait acceptable en ce qu'elle est issue non d'un idéalisme théologique mais d'un néo-machinisme.

En effet, la notion même de machine a changé et c'est cela dont on ne prend pas souvent conscience et dont les conséquences philosophiques sont ignorées dans ce genre de débats. Auparavant, il y avait opposition entre machine et système organisé. Seuls les êtres vivants étaient organisés. Pour Maupertuis *(Essai sur les êtres organisés)*, pour Kant, l'organisation était la caractéristique irréductible de la vie ; à elle s'opposait la machine, dont le modèle était le pendule, puis la montre, puis la machine à vapeur, d'où toute organisation était absente : on n'y trouvait, au contraire des êtres vivants, aucune finalité dirigée par des processus de contrôle. C'est la cybernétique, il y a une trentaine d'années, qui a révolutionné l'idée de machine et celle d'organisation. Les notions de contrôle, de *feedback*, de traitement d'information quantifiée, appliquées à des machines (servo-mécanismes, ordinateurs, robots) ont pour la première fois fait apparaître des êtres jusque-là inexistants : *des machines orga-nisées*. A partir de là, l'application de concepts issus de la connais-sance de ces machines aux êtres vivants décrits comme « machines naturelles » ne fut qu'un juste retour des choses; des notions liées à l'organisation furent appliquées au monde du vivant, d'où elles avaient été tirées pour inspirer la technologie des nouvelles machines artificielles. Mais entre-temps ces notions avaient complètement changé de sens : l'organisation n'est plus le résultat de propriétés mystérieuses et non maîtrisables liées à l'existence même de la vie, puisqu'on en comprend la logique dans le cas de ces nouveaux sys-tèmes que sont les machines organisées.

D'où le changement de terminologie de la téléologie du finalisme ancien à la téléonomie d'aujourd'hui. En effet, cette finalité nouvelle ne vient pas, comme l'ancienne, sous la forme d'une présence mys-térieuse et providentielle, en action dans la matière vivante pour la former et la diriger vers ses formes et réalisations futures. Elle vient sous la forme de la séquence des états par lesquels passe une machine organisée lorsqu'elle réalise un programme. La question de l'origine du programme est mise de côté, non par négligence, mais parce qu'on sait bien qu'il s'agit d'une métaphore qu'il faudra, plus tard, analyser. Et là est probablement la faiblesse du livre de J. Monod qui a pu laisser croire que les problèmes étaient définiti-vement résolus, alors qu'en fait ils ont été remplacés par de nouvelles questions *qui ne pouvaient pas se poser* jusque-là : qu'est-ce qui différencie une « machine naturelle », c'est-à-dire un système vivant, d'une machine artificielle, étant entendu que *tous deux* sont des sys-tèmes organisés et que, grâce aux nouvelles machines artificielles, on commence à avoir quelques idées sur ce qu'est l'organisa-tion?

On voit que ces nouvelles questions vont bien au-delà de la classique dispute sur la possibilité ou non de réduire la vie à la physico-chimie. Ces questions sur la logique de l'organisation recherchent des répon-ses valables à la fois pour des systèmes physico-chimiques non vivants et pour des systèmes vivants.

Les premières réflexions critiques sur la notion de programme génétique avaient déjà montré les limites de la métaphore du pro-gramme : il s'agit en effet d'un programme qui a besoin des produits de sa lecture et de son exécution (les protéines-enzymes qui règlent la transcription et la traduction des ADN) pour être lu et exécuté. Ou encore, comme on dit parfois, d'un programme « d'origine interne ». Or il est clair qu'on ne connaît pas de tels programmes dans les machines artificielles. En fait, l'analogie d'un programme comme séquence d'instructions conduit à l'idée qu'une cellule est tout entière son propre programme, qui se construit donc au fur et à mesure que la machine fonctionne, à la façon d'un ordinateur qui se construirait lui-même [1]. Autrement dit, ces métaphores cybernétiques appliquées à la biologie, lorsqu'on essaie, au-delà de leur valeur opérationnelle indéniable dans la pratique biologique actuelle, d'en comprendre la signification, conduisent inévitablement à se poser de nouvelles questions.

On peut évidemment en tirer argument pour se contenter de l'ancienne position négative et dire : « Vous voyez bien, il ne s'agit là que de métaphores et la biologie moderne n'explique pas *réellement*, en termes physico-chimiques et mécanicistes, les phénomènes du vivant. » Mais cette attitude, purement négative et stérilisante, ne se justifie plus dès lors que ces nouvelles questions se posent dans un langage nouveau, et que les réponses qu'elles appellent impliquent inévitablement, *non pas une réduction du vivant au physico-*

---

1. L'ambiguïté de cette utilisation de la notion de programme apparaît clairement avec le développement des manipulations génétiques. On dit qu'on « reprogramme » des micro-organismes pour qu'ils fabriquent telle ou telle protéine animale ou humaine dont la production nous intéresse particulièrement. L'action finalisée, imposée de l'extérieur, y apparaît bien et c'est en cela qu'il semble s'y agir de programmation. En fait, on utilise une machine (la bactérie) avec son propre « programme d'origine interne » grâce à quoi des ADN sont lus et traduits en protéines. Ce qu'on introduit sous la forme de fragments d'ADN d'origine externe ressemble plus à des données qu'il s'agit de traiter qu'à un véritable programme d'ordinateur. Le support physique indispensable à cette opération (plasmide, virus...) permet à ces données d'être présentées de telle sorte que le programme interne puisse agir sur elles.

En fait, on touche ici à un tournant décisif dans l'évolution de la biologie qu rejoint maintenant la physique et la chimie comme science d'artefacts. Il y a longtemps que, pour ces deux sciences, l'objet avait cessé d'être fourni directement par la nature et était devenu un système artificiellement construit, plus facile à maîtriser — intellectuellement et techniquement — depuis le plan incliné sans frottement jusqu'aux accélérateurs de particules. Avec les manipulations génétiques un champ entier de la biologie peut négliger une démarche qui viserait à *comprendre* des systèmes vivants naturels pour se concentrer sur une maîtrise — intellectuelle et technique — de systèmes vivants artificiels. Évolution normale dans un contexte où il s'agit pour les sciences de devenir de plus en plus opérationnelles, en extirpant toute préoccupation « métaphysique » : après avoir recherché le « comment » au lieu du « pourquoi », se borner maintenant au « quoi ». Replacer ainsi l'activité scientifique dans l'œuvre d'*homo faber* plutôt que *sapiens* présente évidemment l'avantage considérable de préserver une apparente neutralité idéologique de la science, en empêchant son utilisation théorique pour fonder les idéologies totalitaires les plus évidentes. Mais elle n'a pas que des avantages, dans la mesure où elle permet son utilisation par une idéologie implicite de l'opérationnel unidimensionnel, qu'elle contribue d'ailleurs elle-même à instituer, le plus souvent sans le savoir (voir plus loin, p. 277).

chimique mais un élargissement de celui-ci à une biophysique[1] des systèmes organisés, applicable à la fois à des machines artificielles et naturelles.

En particulier tous les travaux sur la logique de l'auto-organisation vont dans ce sens. Le concept de système auto-organisateur est apparu comme une façon de concevoir les organismes vivants sous la forme de machines cybernétiques à propriétés particulières. Pourtant, il est clair que les seuls systèmes auto-organisateurs (et les seuls automates autoreproducteurs) connus jusqu'à présent sont les machines naturelles dont justement on ne connaît pas de façon précise la « logique ». Dans ces conditions, on peut s'interroger sur l'utilité de cette terminologie qui consiste à remplacer le terme « organisme » par celui de « système auto-organisateur » ou « automate autoreproducteur », sans qu'on sache pour autant comment ces performances sont réalisées.

En fait, cette utilité est certaine : lorsqu'on se sert de cette terminologie, on veut dire implicitement que les performances les plus extraordinaires des organismes vivants sont le résultat de principes *cybernétiques particuliers* qu'il s'agit de découvrir et de préciser. En tant que principes *particuliers*, ils doivent rendre compte du caractère propre aux organismes vivants que présentent ces performances. Mais en tant que principes *cybernétiques*, ils sont postulés en continuité avec les autres domaines de la cybernétique, les mieux connus, ceux qui s'appliquent aux automates artificiels. Les conséquences de ce postulat sont doubles : *a)* la spécificité des organismes vivants est rattachée à des principes d'organisation plutôt qu'à des propriétés vitales irréductibles; *b)* ces principes une fois découverts, rien ne devrait empêcher de les appliquer à des automates artificiels dont les performances deviendraient alors égales à celles des organismes vivants. C'est dans cette perspective que les recherches formelles sur la logique de systèmes auto-organisateurs, qui sont à la fois hypothétiques, en ce sens que personne n'en a jamais réalisé, et pourtant bien réels, en ce sens que la nature en fournit abondamment, peuvent présenter un intérêt.

Dans ce cadre, des travaux comme ceux de M. Eigen[2] sont intéressants non seulement parce qu'ils fournissent un modèle d'évolution chimique permettant de se représenter l'origine de la vie, mais surtout parce qu'ils apportent une analyse très pénétrante de la logi-

---

1. La biochimie constitue déjà un tel élargissement par rapport à la chimie minérale et organique.
2. M. Eigen, *op. cit.*

que de ce qu'on peut se représenter comme une auto-organisation de la matière apparemment finalisée, avec augmentation progressive de complexité. De même les travaux de I. Prigogine[1] et son école, de A. Katzir-Katchalsky[2] et ses collaborateurs, ont montré comment apparaissent, dans des systèmes physico-chimiques loin de l'équilibre, des propriétés auto-organisatrices comme conséquences de couplages de flux et de fluctuations aléatoires. Ces propriétés, qui sont le propre de systèmes thermodynamiquement *ouverts*, ont pu faire découvrir une nouvelle classe de structures naturelles plus riches que celle des cristaux, alors que celle-ci était la seule véritablement étudiée jusqu'il y a peu de temps, la seule à laquelle J. Monod se référait encore dans son livre comme un modèle physique de structuration de la matière vivante. Enfin, nos propres travaux[3] sur une théorie de l'organisation inspirée d'un élargissement de la théorie de l'information de Shannon permettent de résoudre certains paradoxes logiques de l'auto-organisation : comment et à quelles conditions de l'information peut se créer à partir du bruit; autrement dit, comment et à quelles conditions le hasard peut contribuer à créer de la complexité organisationnelle au lieu de n'être qu'un facteur de désorganisation. Cela, comme l'a bien vu Piaget[4], revient à se poser la question de la logique d'une évolution avec accroissement de complexité sous l'effet de mutations au hasard canalisées par la sélection naturelle; aussi bien celle de la logique du développement épigénétique où un programme de développement se constitue à partir d'un noyau invariant, par des interactions avec des stimuli non programmés — aléatoires — de l'environnement; enfin, celle des mécanismes d'apprentissage non programmé, c'est-à-dire sans professeur (« l'assimilation cognitive[5] »), où ce qui est appris est véritablement nouveau donc perturbateur et ne pourrait, apparemment, qu'être rejeté par l'état précédent d'organisation du système cognitif, si celui-ci n'était pas régi, lui aussi, par la logique de la complexité par le bruit[6].

1. P. Glansdorff et I. Prigogine, *Structure, Stabilité et Fluctuations, op. cit.*
2. A. Katzir-Katchalsky, *op. cit.*
3. H. Atlan, *L'Organisation biologique et la Théorie de l'information*, Paris, Hermann, 1972; « On a formal definition of organization », *Journal of Theoretical Biology*, 45, 1974, p. 295-304.
4. J. Piaget, « Les deux problèmes principaux de l'épistémologie biologique », in *Logique et Connaissance scientifique*, J. Piaget (éd.), *op. cit.; Adaptation vitale et Psychologie de l'intelligence*, Paris, Hermann, 1975.
5. J. Piaget, *La Naissance de l'intelligence chez l'enfant*, Paris, Delachaux et Niestlé, 1968.
6. H. Atlan, « Auto-organisation et connaissance » in *L'Unité de l'homme*, E. Morin et M. Piattelli-Palmerini (éds.), Paris, Éditions du Seuil, 1975. Voir plus loin p. 144 et p. 169.

C'est à la lumière de tous ces travaux encore en cours mais déjà avancés que la problématique classique d'une réduction possible ou impossible de la biologie à la physico-chimie nous semble dépassée. Une nouvelle philosophie naturelle qui en tienne compte est nécessaire. Elle est, elle aussi, en voie d'élaboration [1].

1. Des auteurs comme C. Castoriadis, E. Morin, J. Piaget, J. Schlanger, M. Serres, I. Stengers..., pour nous limiter aux auteurs de langue française, nous semblent participer de ce mouvement.

2. Ordres et significations

On connaît l'histoire du bureau et des étagères encombrées de livres et de documents[1]. Ceux-ci sont en apparence empilés n'importe comment. Pourtant leur propriétaire sait parfaitement retrouver si nécessaire le document qu'il cherche. Au contraire, si, par malheur, quelqu'un s'avise d'y « mettre de l'ordre », il deviendra peut-être incapable d'y retrouver quoi que ce soit. Il est dans ce cas évident que l'apparent désordre était de l'ordre et vice versa. Il s'agit ici de documents dans leur relation avec leur utilisateur. L'apparent désordre cachait un ordre déterminé par la connaissance individuelle de chacun des documents et de sa signification utilitaire possible. Mais en quoi cet ordre avait-il l'apparence d'un désordre ? En ce que, pour le deuxième observateur, qui veut « mettre de l'ordre », les documents n'avaient plus, individuellement, la même significa-tion. A la limite, ils n'en avaient aucune sinon celle liée à leur forme géométrique et à la place qu'ils peuvent occuper sur le bureau et les étagères de façon à coïncider dans *leur ensemble* avec une certaine idée à priori, un *pattern*, considéré comme *globalement* ordonné. On voit donc que l'opposition entre ordre et apparence d'ordre vient de ce que les documents sont considérés soit individuellement avec leur signification, soit globalement avec une signification indi-viduelle différente (déterminée par exemple par leur taille, ou leur couleur, ou tout autre principe de rangement plaqué de l'extérieur et sans l'avis de leur utilisateur) ou même sans signification du tout.

Mais au-delà de cet exemple, qu'entend-on par ordre et désordre dans la nature ? Quand nous rencontrons un phénomène naturel, en quoi celui-ci nous apparaît-il comme plus ou moins doué d'ordre ? On sait que cette question n'est pas qu'académique car de la réponse dépend notre compréhension d'un des grands principes physiques

---

1. Voir, par exemple, G. Bateson, « Why do things get in a muddle ? », in *Steps to an ecology of mind*, Ballantine Books, New York, 1972.

— sinon du seul — qui régit l'évolution des systèmes naturels, à savoir le deuxième principe de la thermodynamique.

Ce principe, dans sa formulation statistique (Boltzmann), nous dit en effet qu'un système physique (c'est-à-dire un morceau quelconque de matière), isolé (c'est-à-dire laissé à lui-même sans échange avec son environnement), évolue inévitablement vers un état de plus grand « désordre » moléculaire. Le désordre maximal serait obtenu quand le système atteint son état d'équilibre [1]. En fait, le désordre dont il s'agit ici n'est qu'une homogénéité statistique, et il concerne le rangement des particules submicroscopiques (molécules, atomes, particules élémentaires) qui constituent la matière, dans tous leurs états énergétiques possibles (les « microétats » du système).

Or, il se trouve que ce principe avait été établi bien avant (Carnot 1824, Kelvin 1853, Clausius 1865) sous une forme sensiblement différente à partir des notions d'énergie libre (ou utilisable) et d'entropie (ou chaleur non utilisable) précisées par l'étude des machines thermiques. Sous cette forme, qui fondait la thermodynamique macroscopique, il nous dit qu'un système physique isolé évolue inévitablement vers un état d'entropie maximale qu'il atteint quand il est à l'équilibre. Avant de définir l'entropie de façon statistique comme une mesure d'homogénéité microscopique [2], elle fut et reste définie comme une grandeur macroscopique liée à la chaleur et à l'énergie utilisable d'un système physique : c'est une quantité de chaleur non transformable en travail (par unité de température).

En effet, dans toute machine où différentes formes d'énergie sont transformées les unes dans les autres, il existe toujours une quantité de chaleur perdue, non récupérable. Elle ne pourra plus être utilisée sous aucune autre forme d'énergie, ni mécanique (c'est-à-dire productrice de mouvement de matière, de travail), ni électrique, ni chimique. C'est la chaleur produite par les frottements non désirés que

1. L'équilibre est caractérisé par une homogénéité macroscopique parfaite, telle qu'aucun flux net de matière ou d'énergie ne peut s'écouler d'une partie à l'autre du système.
2. Son interprétation classique comme un désordre apparaît totalement injustifiée à J. Tonnelat dans un ouvrage récent (*Thermodynamique et Biologie*, I et II, Maloine, 1977-1978). Elle nous paraît provenir de certaines conceptions à priori (non formulées) de l'ordre, liées à des significations particulières implicites, comme nous essaierons de le montrer ici (voir p. 31, note 1, et p. 78, note 1). Elle nous apparaît donc justifiée ou non suivant qu'on se restreint ou non au contexte de ces significations, lui-même déterminé par les conditions d'observation.

les meilleurs roulements à billes ne peuvent pas éviter; ou par les fuites de vapeur, ou de courant électrique que les meilleurs isolants ne peuvent pas annuler; ou par le pétrole qu'on brûle pour fabriquer de l'électricité sans qu'aucune usine chimique fonctionnant sur cette électricité ne puisse resynthétiser autant de carburant qu'il en fut utilisé; bref, par toutes les imperfections des machines réelles par rapport à des idéalisations telles que mouvements sans frottements, isolants parfaits, mouvements perpétuels, cycles réversibles, etc. La signification physique de cette grandeur, entropie ou « chaleur non utilisable » (Clausius), est restée longtemps mystérieuse. Pourquoi, dans la réalité physique, n'existe-t-il pas de mouvements sans frottements, d'isolants sans fuite, de cycles de transformations parfaitement réversibles? Pourquoi, dans toute transformation énergétique, une certaine quantité de chaleur est-elle toujours produite et perdue sans qu'il soit possible de la réutiliser en travail? Cette question n'a trouvé de réponse que plusieurs dizaines d'années après les travaux de Carnot et Clausius, lorsque Boltzmann donna de la grandeur entropie une interprétation statistique. La matière ne se laisse contraindre, dominer, que jusqu'à un certain point. Les transformations imposées par les machines impliquent une orientation, un *ordonnancement* de la matière et de ses constituants (molécules, atomes). La matière livrée à elle-même ignore cet ordre imposé par le constructeur de machines. En particulier, la principale source d'énergie naturelle, la chaleur (celle des feux et du soleil), a pour effet d'agiter les molécules de façon désordonnée, c'est-à-dire aléatoire, dans toutes les directions, sans qu'aucune ne soit, même statistiquement en moyenne, privilégiée. Pour qu'il y ait mouvement, déplacement de matière, travail, il faut que toutes les molécules de l'échantillon se déplacent ensemble dans la même direction.

Transformer la chaleur en travail implique qu'on ordonne le mouvement désordonné des molécules en un mouvement orienté, tel qu'en moyenne les molécules se déplacent dans une même direction. Cette transformation, imposée de l'extérieur, ne peut pas être totale : une certaine part de désordre moléculaire existera toujours, qui se traduira par une chaleur non utilisable. C'est ce que dit le deuxième principe de la thermodynamique dans son interprétation statistique.

Boltzmann montra l'égalité entre cette quantité de chaleur non utilisable et une mesure de l'état de « désordre » moléculaire fondée sur l'étude des probabilités de trouver toutes les molécules d'un échantillon dans leurs différents états possibles (en particulier les probabilités de les voir toutes se mouvoir dans une direction ou dans une autre [1]).

L'exemple classique d'une expérience de diffusion permet de comprendre de quel type de désordre il s'agit. Une goutte d'encre est déposée délicatement à la surface d'une cuve d'eau. L'ensemble cuve d'eau et goutte d'encre constitue un système physique qu'on isole et qu'on laisse évoluer. On sait que l'encre va diffuser dans toute l'eau qui lui est offerte jusqu'à ce que soit constituée une solution homogène, et cela, bien entendu, sans qu'il soit nécessaire d'agiter l'ensemble. Tout se passe comme s'il existait une agitation microscopique [2] qui mélange les molécules d'encre dans celles de l'eau et aboutit au même mélange homogène (même si cela prend plus de temps) qu'une agitation consciencieuse produite de l'extérieur. Cette évolution spontanée vers une dispersion homogène de l'encre dans l'eau est un cas particulier d'application du deuxième principe de la thermodynamique.

Une évolution en direction opposée, de la solution homogène vers la goutte d'encre à la surface, ne s'observera jamais spontanément... sinon dans un film de cinéma déroulé à l'envers. Elle impliquerait, justement, une réversibilité du temps [3]. Seule une intervention extérieure pourrait séparer à nouveau les molécules d'encre de l'eau. La première évolution s'effectue spontanément. La deuxième, en direction opposée, ne peut se produire que sous l'effet de contraintes extérieures qui dissipent pour cela, irréversiblement, de l'énergie. Dans le processus spontané, l'état initial du système est caractérisé par une *concentration* très élevée à l'endroit où la goutte a été déposée et des concentrations nulles partout ailleurs; l'état final, par une homogénéité des concentrations, égales partout. Or, de la concentration d'une substance en solution dépend son énergie (chimique) interne, susceptible d'être transformée en travail et en chaleur lors de réactions chimiques (ou électro-chimiques, ou mécano-chimiques) éventuelles. Une répartition non homogène des concentrations dans la cuve correspond donc à une répartition non homogène des états d'énergie des molécules du système. L'homogénéité des concentra-

---

1. Chaque « état » pour une molécule est caractérisé à la fois par sa position et sa *vitesse*. C'est pourquoi cette statistique concerne en particulier les probabilités de les voir se mouvoir dans toutes les directions possibles, puisque la vitesse est une grandeur orientée.

2. Cette agitation, pour la thermodynamique statistique, c'est l'effet de la température. Seule la température du zéro absolu (-273° centigrades), jamais atteinte en réalité, correspondrait à une immobilité totale des molécules.

3. Voir plus loin, p. 157.

tions qui caractérise l'état d'équilibre vers lequel le système évolue correspond donc à une homogénéité de la distribution des molécules sur les différents états énergétiques[1]. Le degré d'homogénéité des concentrations peut aussi s'exprimer par une distribution des probabilités de présence de molécules d'encre en chaque point de la cuve. L'homogénéité parfaite correspond à une distribution équiprobable; la probabilité de trouver une molécule d'encre en chaque point de la cuve est la même partout. C'est cette équiprobabilité, cette homogénéité qui caractérise l'état de désordre moléculaire maximal. C'est cet état qu'on appelle l'état d'entropie maximale, vers lequel le système évolue spontanément, et qu'il n'atteint que lorsque, à l'équilibre, il a fini d'évoluer[2].

1. Une autre façon, équivalente, de se représenter les choses consiste à définir les micro-états du système à partir des positions et des vitesses possibles de chacune des molécules constitutives du système. Chaque micro-état est défini par une certaine distribution des molécules sur les positions disponibles et leurs vitesses possibles. Une telle distribution constitue ce que Planck appelait une complexion du système. L'état d'ordre ou de désordre (l'entropie) est alors défini à partir du nombre de complexions possibles pour un système donné et des probabilités de le trouver dans chacune de ces complexions. Le désordre maximal correspond au plus grand nombre de complexions possibles avec la même probabilité pour toutes, soit à la plus grande homogénéité statistique.

2. Comme nous l'avons indiqué et comme J. Tonnelat le rappelait récemment avec une insistance particulière *(Thermodynamique et Biologie, op. cit.)*, l'entropie désigne une homogénéité plus générale que celle de la distribution des molécules dans l'espace, puisqu'il s'agit de distribution sur des niveaux d'énergie. Le plus souvent, comme dans l'exemple considéré, les deux vont ensemble. Mais parfois il n'en est pas ainsi, en particulier quand on a affaire à des « mélanges » de corps non miscibles (comme l'eau et l'huile). Là, les interactions énergétiques entre les molécules (attractions entre molécules de même espèce, répulsion entre molécules d'espèces différentes) aboutissent à ce que des états spatialement non homogènes sont réalisés par des distributions plus homogènes sur des états énergétiques correspondant ainsi malgré tout à une augmentation d'entropie. Cela veut dire que ces états apparaîtraient les plus homogènes à un observateur qui « regarderait » les niveaux énergétiques tandis qu'ils apparaissent hétérogènes — et même structurés — à celui qui regarde les positions et les formes géométriques. C'est ainsi qu'on peut expliquer l'apparition spontanée de structures d'équilibre telles que celles réalisées par les mécanismes d'auto-assemblage d'organelles cellulaires et de virus (cf. H. Atlan, *L'Organisation biologique et la Théorie de l'information*, Hermann, 1972, p. 219). Ces structures d'équilibre rappellent évidemment les structures cristallines dont l'apparition spontanée ne contredit pas — elle non plus — le deuxième principe. Pourtant elles en diffèrent en ce qu'elles s'accompagnent parfois d'augmentation d'entropie tandis que la cristallisation s'accompagne de diminution de cette grandeur. Le caractère spontané des cristallisations s'explique alors par la diminution d'énergie libre due aux interactions énergétiques, qui surcompense la diminution d'entropie. Autrement dit, il est important, en toute rigueur, de distinguer entre homogénéité spatiale et homogénéité énergé-

31

Le désordre en physique correspond donc à la représentation qu'on se fait d'une répartition d'objets totalement aléatoire, obtenue, par exemple, en les secouant au hasard, et aboutissant à ce qu'ils se disposent de façon statistiquement homogène. Au contraire, l'ordre correspondrait à une hétérogénéité, mesurée par des probabilités inégales : par exemple la probabilité de trouver une forte concentration de molécules [1] serait plus élevée en certains points de l'espace qu'en d'autres.

Ainsi, la définition de l'ordre et du désordre dans la Nature présente des différences évidentes avec celle qui était implicite dans l'exemple du bureau et de son rangement. Le premier caractère qui les distingue est qu'ici la définition semble objective, mesurée par une grandeur physique, l'entropie. Dans l'exemple du bureau au contraire, le caractère ordonné dépendait de la signification possible de l'ordre, différente pour des observateurs utilisateurs différents.

Et pourtant, l'entropie, grandeur physique, n'est elle-même définie que par rapport aux possibilités d'observation et de mesure ainsi que le montre l'exemple de l'entropie de mélange de deux gaz différents. La formation spontanée d'un mélange homogène de deux gaz s'accompagne évidemment d'une augmentation d'entropie qu'on peut éventuellement mesurer. Or ce phénomène se conçoit différemment suivant qu'on l'envisage avant ou après la découverte de la radioactivité. Si on utilise des molécules radioactives du même gaz, ce n'est plus le même gaz et il existe une entropie de mélange. Ce qui veut dire que pour un même système de deux réservoirs d'un même gaz, l'un radioactif, l'autre non, qu'on laisse se mélanger, il n'existait pas d'entropie de mélange avant la découverte de la radioactivité et qu'il en existe une après cette découverte! En fait, comme on commence à s'en rendre compte, la logique des possibilités d'observation et de mesure a joué un rôle non négligeable dans la définition d'autres grandeurs physiques, parmi celles qui semblent les plus « naturelles », comme énergie, force, vitesse... sans parler de la phy-

---

tique, et, de plus, entre augmentation d'entropie et évolution spontanée : l'entropie, au sens le plus général, représente une homogénéité énergétique et l'évolution spontanée la plus générale est celle d'une diminution d'énergie libre. Celle-ci, le plus souvent mais pas toujours, est due à une augmentation d'entropie; cette dernière représente, le plus souvent mais pas toujours, une homogénéisation spatiale. Quoi qu'il en soit, une augmentation d'entropie, interprétée classiquement comme une augmentation du désordre, est toujours une homogénéisation statistique.

1. Avec, comme corollaire, la probabilité pour ces molécules d'être dans un état énergétique plus élevé.

sique quantique et des difficultés conceptuelles qu'elle a dévoilées quant à la nature de l'objet physique[1].

Un deuxième caractère du désordre en physique est que sa définition est statistique et qu'elle semble exclure toute préoccupation de signification des objets constitutifs du système considéré. Ce deuxième caractère apparaît très clairement quand on se réfère à la définition de l'entropie comme cas particulier de l'information au sens de la théorie de l'information de Shannon. Mais il apparaît aussi de façon indépendante — pré-shannonienne pourrait-on dire — dans le cadre d'une réflexion sur les rapports entre l'entropie grandeur macroscopique (Carnot, Clausius, Kelvin) et sa représentation microscopique en thermodynamique statistique (Boltzmann).

Nous allons envisager ces deux approches, car elles s'éclairent l'une l'autre; de plus, comme nous le verrons, elles débouchent toutes deux sur une remise en question, ou plutôt un approfondissement, du premier caractère, l'objectivité, par lequel l'ordre physique nous a semblé se différencier de l'ordre du rangement.

La théorie de Shannon de l'information utilise aussi les probabilités et aboutit formellement à une expression mathématique très voisine de celle de Boltzmann pour l'entropie.

Là, au lieu de probabilités de présence de molécules dans un état donné, il s'agit, de façon plus générale, de probabilités de présence de signes en un lieu donné d'un message, après qu'on a bien précisé que ces signes et ce message ne sont analysés que par ces probabilités mêmes *sans que leur signification soit jamais prise en compte*. La probabilité de présence d'un signe sert à mesurer la quantité d'information — sans signification — apportée par ce signe : plus la survenue d'un signe particulier est à priori improbable dans un message, plus sa survenue, à posteriori, est informative. Inversement, s'il était certain, à priori, que ce signe devait être là, sa survenue n'apporterait, à posteriori, aucune information supplémentaire.

L'utilisation par Shannon des probabilités pour mesurer l'information sans signification est la même que celle de Boltzmann pour mesurer le degré de désordre moléculaire d'un échantillon de matière. Dans les deux cas, la mesure de l'incertitude moyenne, qui peut exprimer le désordre ou l'information, utilise la même expression

1. Voir en particulier C. Castoriadis, *Les Carrefours du labyrinthe*, Paris, Éditions du Seuil, 1978, p. 158, et les interventions de G. Hirsch, « Langage et Pensée mathématiques : ce que nous montre l'histoire des mathématiques », p. 35-37, et J.-M. Lévy-Leblond, « Us et abus de langage : Mathématique, didactique, physique... », p. 199-217, in *Langage et Pensée mathématique*, actes, colloque international, juin 1976, Centre universitaire de Luxembourg.

mathématique $\Sigma \, p_i \log p_i$ (somme des probabilités de présence p_i de signes d'indice i, chacune d'elles multipliée par son logarithme $\log p_i$). Mais la formule de Shannon ($H = - \sum_i p_i \log p_i$) utilise cette expression telle quelle — au signe près —, et se réduit donc à une fonction de probabilités. Au contraire, la formule de l'entropie ($S = - k \sum_i p_i \log p_i$) utilise cette même expression en la multipliant par une constante physique universelle k, dite constante de Boltzmann. C'est cette constante k (égale à $3,3 \times 10^{-24}$ calorie/degré, mais peu importe ici ce nombre), qui, sur le plan des unités, constitue la charnière entre une mesure d'ordre réduite à des probabilités (nombre sans dimension), et une quantité de « chaleur non utilisable », mesurée en calories par degré, soit énergie par unité de température. Sans la constante k, la mesure statistique de l'entropie physique serait rigoureusement identique à celle de l'information ou « entropie de message » comme Shannon l'avait appelée. Mais alors elle n'aurait aucun rapport avec la mesure énergétique de l'entropie comme chaleur non utilisable, celle qui est utilisée dans les bilans thermodynamiques depuis que l'étude des machines a imposé son paradigme à l'ensemble du monde physique. On s'est beaucoup interrogé sur la signification de cette constante[1]. Pour certains, on peut gommer sa nature énergétique — en attribuant à la température la signification et la dimension d'une énergie —, ce qui a pour effet de supprimer la nature énergétique ou calorifique de l'entropie elle-même[2]. Ainsi, les deux fonctions, H de Shannon et S de Boltzmann, deviennent identiques, toutes deux réduites à des mesures d'incertitude probabiliste. Cette tendance correspond bien au caractère opératoire, presque idéaliste, de la définition des grandeurs physiques à partir d'opérations d'observations et de mesures où les conditions d'exercice de l'observateur ne peuvent pas être ignorées. Le paradoxe de Gibbs sur l'entropie de mélange que nous avons cité plus haut nous l'a montré à l'œuvre en ce qui concerne l'entropie. Mais on sait aujourd'hui qu'il en fut toujours de même en ce qui concerne des grandeurs physiques pourtant bien acceptées comme faisant partie de la « réalité » : vitesse, force, énergie[3].

Pour d'autres, au contraire, cette constante k exprime au niveau microscopique la présence de l'expérience macroscopique, sensorielle,

1. Voir H. Atlan, *L'Organisation biologique et la Théorie de l'information*, *op. cit.*

2. D.A. Bell, « Physical entropy and information », *Journal of Applied Physics*, 23, n° 3, 1952, p. 372.

3. Voir plus haut, p. 17.

de la matière et de l'énergie. La chaleur, l'énergie sont considérées comme des propriétés de la matière en elle-même, et les flux de chaleur sont perçus, à l'égal de courants électriques ou de flux de matière, comme des déplacements de charges thermiques sous l'effet d'une force ou différence de potentiel, à savoir, ici, une différence de température. Pour Jean Thoma [1], reprenant et développant cette vieille idée de Carnot à l'aide des concepts modernes de thermodynamique en réseaux [2], k représente un quantum de charge thermique, un « grain » d'entropie, la plus petite quantité possible de chaleur déplaçable par unité de température, accrochée si l'on peut dire à chaque molécule. C'est la mesure de l'incertitude probabiliste sur les états énergétiques des molécules, qui, en multipliant ce quantum, donne la chaleur non utilisable macroscopique. Celle-ci caractérise alors, en moyenne, non plus une seule molécule mais l'immense ensemble que constitue tout morceau de matière observable. Cette conception a l'avantage de conserver à l'entropie son caractère de grandeur physique « objective ». Elle serait donc plus essentialiste, plus matérialiste, au moins au niveau microscopique: la chaleur rencontrée dans la matière macroscopique n'y disparaîtrait plus dans un immatériel de probabilités. En fait, cette conception est étroitement liée à une définition opératoire et restreinte de l'*utilité* et de l'usage possible de la chaleur. En ce sens, elle ne fait que faire ressortir encore plus, par un autre côté, le caractère opératoire des grandeurs physiques lié aux conditions d'observation et de mesure qu'elle semblait avoir éliminé. Le même J. Thoma [3] a bien montré comment, si on quitte le domaine restreint de la thermodynamique des machines pour envisager une thermodynamique de systèmes plus globaux (par exemple des villes), la notion de chaleur non utilisable est complètement renouvelée. Cette chaleur, « non utilisable » par les machines qui produisent travail, électricité, chimie et autres, peut fort bien être utilisée... pour le chauffage! De même, à une échelle plus petite, dans une automobile, la chaleur non utilisable de la thermodynamique habituelle est limitée au fonctionnement du moteur où elle apparaît comme imperfection liée aux frottements inévitables. Mais si on envisage le système plus global contenant la voiture, son chauffeur

1. J.U. Thoma, « Bond Graphs for thermal energy transport and entropy flow », *Journal of the Franklin Institute*, 1971, 292, p. 109-120; *Introduction to bond graphs and their applications*, New York, Pergamon, 1975.
2. Voir plus loin, p. 107.
3. J.U. Thoma, *Energy, Entropy and Information*, International Institute for Applied Systems Analysis, Laxenburg, Autriche, Research Memorandum, 1977, R M 77-32.

et ses passagers, alors au moins une part de cette chaleur « non utilisable » devient utile à leur chauffage et réapparaît dans un bilan plus général. On voit donc bien que la notion de chaleur non utilisable fait revenir l'opératoire dans la définition, laquelle s'établit par rapport à des conditions précises d'utilisation par l'observateur-usager.

En fait, cette conception apparemment essentialiste du rôle de k revient à la projection d'une *signification* sur la mesure probabiliste d'un ordre initialement sans signification. En effet, tout se passe comme si la multiplication par k *transformait la mesure d'un ordre probabiliste sans signification en mesure d'ordre en vue de son utilisation énergétique dans une machine.* On peut dire que k, compris comme quantum d'entropie apparemment « objective », joue en fait le rôle d'un quantum de signification transformant l'ordre non signifié des probabilités en ordre utilitaire pour la bonne marche des machines thermiques.

La première conception de k, plus ouvertement opératoire, fait comme si on pouvait se passer de prendre en compte la signification de l'ordre et du désordre. L'autre est apparemment essentialiste parce qu'elle fait comme si une signification utilitaire, limitée aux machines, était contenue « objectivement » dans la matière. En fait, cette signification est, au moins en partie, projetée par l'observateur en fonction des conditions d'utilisation qu'*il* définit.

De nombreuses conséquences, physiques et philosophiques, ont été tirées de cette relation étroite entre les formules de Shannon et de Boltzmann [1]. Nous n'y reviendrons pas ici. Rappelons seulement que dans tous les cas la signification — de l'information, de l'ordre — est exclue. Dans le meilleur des cas, comme on vient de le voir, la signification n'est présente que toujours identique à elle-même et réduite à l'utilisation possible de la matière dans une machine à transformer l'énergie.

Or, en fait, on sait bien qu'un message sans signification n'a pas d'intérêt et, à la limite, n'existe pas. Et cette information shannonienne réduite à l'incertitude probabiliste n'a, elle, d'intérêt qu'opératoire : dans certaines situations bien précises le problème à résoudre est le même quelle que soit la signification du message, d'où l'intérêt de mettre entre parenthèses cette signification. Il s'agit par exemple des problèmes de télécommunications où les messages doivent être transmis fidèlement quels qu'ils soient et quelle que soit leur impor-

1. Voir entre autres, L. Brillouin, *La Science et la Théorie de l'information*, Paris, Masson, 1959; J. Monod, *Le Hasard et la Nécessité, op. cit.*; H. Atlan, *L'Organisation biologique..., op. cit.*, p. 171 et note de la p. 185.

tance ou leur futilité, de même que les services des Postes n'ont à se préoccuper que d'acheminer les lettres sans tenir compte de leur contenu, parfaitement ignoré. Même si des situations de ce genre sont beaucoup plus fréquentes qu'on le croit et peuvent être généralisées à un grand nombre de problèmes [1], on ne peut pas oublier que la signification du message est toujours là. Sa mise entre parenthèses ne peut être que provisoire, seulement pour permettre une description « qui marche » de ce morceau — limité — de la réalité où on peut l'ignorer. Une description et une compréhension d'une réalité plus large ne peuvent plus éviter de la prendre en compte, même si, pour cela, les méthodes disponibles sont beaucoup moins simples.

Il est important de comprendre qu'il en est de même en ce qui concerne la mesure de l'ordre dans la nature, telle qu'elle nous est suggérée par la physique. Prendre comme mesure du désordre la grandeur entropie implique une définition de l'ordre purement probabiliste d'où la signification est soit absente, soit réduite et uniformisée comme on l'a vu. Il s'agit là aussi d'une définition opératoire qui marche dans des situations où l'on peut faire abstraction des significations. (En fait on n'a pas le choix car on ne les connaît pas, puisqu'on ne connaît pas, individuellement, l'état de chaque molécule et que l'effet de leurs mouvements ne peut être observé que globalement ; on connaît donc encore moins l'effet du mouvement de chacune d'entre elles prise individuellement, sur celui de telle ou telle autre de ses voisines.) Or, ici aussi, bien qu'on l'ignore, la signification est toujours là. Un ordre observé dans la nature n'apparaît comme tel qu'à l'observateur qui y projette des significations connues ou supposées. Aussi, mesurer le désordre physique par l'entropie implique qu'on n'envisage qu'un aspect très particulier de l'ordre. Soit que, dans la formule qui l'exprime, k soit conçu comme un nombre sans dimension (quantum d'absurde ?) et l'entropie est alors la mesure d'un désordre par rapport à un ordre purement probabiliste d'où toute signification est absente. Soit que k ait la fonction d'un quantum de signification d'usage, et l'entropie est alors la mesure du désordre d'un système physique du point de vue de cette seule signification d'usage d'une machine thermique *artificielle*, arbitrairement étendue à toute la nature. Dans tous les cas, la richesse des significations naturelles, possibles ou réalisées, est absente [2].

---

1. H. Atlan, *op. cit.*
2. Nous rejoindrons par un chemin différent une proposition de J. Tonnelat (*Thermodynamique et Biologie, op. cit.*) suivant laquelle l'entropie physique (que cet auteur veut définir de façon essentialiste comme une propriété de la matière

Nous verrons plus loin comment l'observation plus générale d'ordres *naturels* dans des systèmes matériels non construits par l'homme, systèmes auto-organisateurs, doit nous faire prendre en compte les significations implicites toujours présentes; de même que l'analyse des communications ne peut pas éviter, à partir d'un certain degré de généralité et de profondeur, de prendre en compte la signification des messages.

Et nous devrons alors nous poser la question, toujours rouverte, de la réalité et du lieu de ces significations : soit le propre du système observé lui-même, soit le résultat des projections de l'observateur à qui la réalité apparaît ordonnée, soit les deux réunis dans l'opération d'observation.

---

elle-même) ne doit pas être comprise comme une mesure du désordre mais plutôt de la complexité. Sauf que celle-ci non plus ne peut pas être dissociée totalement de la connaissance qu'a — ou plutôt que n'a pas — l'observateur physique quant aux contraintes intérieures d'un système! (Voir plus loin, p. 78 note 1.)

3. Du bruit comme principe d'auto-organisation [1, 2]

> « ... parce qu'ils se sont conduits avec moi au hasard, moi aussi je me conduirai avec eux au hasard... »
> *Lévitique*, XXVI, 40-41.

> « Je fais bouillir dans ma marmite tout ce qui est hasard. Et ce n'est que lorsque le hasard est cuit à point que je lui souhaite la bienvenue pour en faire ma nourriture. Et en vérité, maint hasard s'est approché de moi en maître : mais ma volonté lui parle d'une façon plus impérieuse encore, — et aussitôt il se mettait à genoux devant moi en suppliant — me suppliant de lui donner asile et accueil cordial, et me parlant d'une manière flatteuse : " Vois donc, Zarathoustra, il n'y a qu'un ami pour venir ainsi chez un ami ! " »
> F. NIETZSCHE, *Ainsi parlait Zarathoustra*, III, 5-3.

Machines naturelles et artificielles

Depuis les origines de la cybernétique, qu'on s'accorde en général à reconnaître dans l'œuvre de N. Wiener [1] en 1948, une sorte de néomécanicisme s'est progressivement imposée en biologie, qui consiste à considérer les organismes vivants comme des machines d'un type particulier, dites machines naturelles, par référence aux machines artificielles conçues et fabriquées par des hommes. Pour-

---

1. Ce texte reproduit, avec des modifications mineures, un article publié en 1972, dans la revue *Communications*, 18, p. 21-36. Les références bibliographiques, appelées par des crochets [ ], sont regroupées en fin de chapitre.
2. Le bruit est pris ici avec son sens dérivé de l'étude des communications : il s'agit de tous les phénomènes aléatoires parasites, qui perturbent la transmission correcte des messages et qu'on cherche d'habitude à éliminer au maximum. Comme nous le verrons, il est des cas où, malgré un paradoxe qui n'est qu'apparent, un rôle « bénéfique » peut lui être reconnu.

tant, on aurait tort de considérer cette attitude comme une suite du mécanicisme du XIXᵉ siècle et du début du XXᵉ. Tant par ses conséquences dans l'ordre des connaissances biologiques que par ses implications méthodologiques, elle s'en distingue fondamentalement, à cause de la nature même, radicalement nouvelle, de ces machines artificielles, références par rapport auxquelles sont observées et analysées non seulement les similitudes mais aussi et surtout les différences.

Ces machines, bien que produites par des hommes, ne sont plus des systèmes physiques simples et transparents, tels que les différences observées sur des organismes sont trop grossières et évidentes pour enseigner quoi que ce soit. Comme le disait W.R. Ashby [2] en 1962, « jusqu'à une époque récente nous n'avions pas l'expérience de systèmes à complexité moyenne; il s'agissait de systèmes tels que, soit la montre et le pendule, et nous trouvions leurs propriétés limitées et évidentes, soit le chien et l'être humain, et nous trouvions leurs propriétés si riches et remarquables que nous les pensions surnaturelles. Ce n'est que dans les quelques dernières années que nous avons été gratifiés avec les ordinateurs universels de systèmes suffisamment riches pour être intéressants, et cependant suffisamment simples pour être compréhensibles... L'ordinateur est un cadeau du ciel... car il permet de jeter un pont sur l'énorme gouffre conceptuel qui sépare le simple et compréhensible du complexe et intéressant ».

De plus, la science de ces machines artificielles elles-mêmes est loin d'être close, de sorte que ce néomécanicisme ne consiste pas en un placage pur et simple de schémas mécaniques sur des organismes vivants, mais plutôt en un va-et-vient de cette science à la science biologique et vice versa, avec interpénétration et fécondation réciproques, dont les conséquences se font sentir sur l'évolution et les progrès des *deux* sciences. C'est parce que les modèles cybernétiques sont tirés d'une science elle-même en développement où de nouveaux concepts sont encore à découvrir, que leur application à la biologie peut ne pas aboutir à une réduction à un mécanicisme élémentaire du type de celui du siècle dernier.

La fiabilité des organismes

Avant même d'envisager les problèmes d'auto-organisation et d'autoreproduction, une des différences les plus importantes reconnues entre machines artificielles et machines naturelles était l'aptitude de ces dernières à intégrer le bruit. Depuis longtemps, la fiabilité des organismes [3] était apparue comme une performance sans commune mesure avec celle des ordinateurs. Une fiabilité comme celle du cerveau, capable de fonctionner avec continuité alors que des cellules meurent tous les jours sans être remplacées, avec des changements inopinés de débit d'irrigation sanguine, des fluctuations de volume et de pression, sans parler d'amputations de parties importantes qui ne perturbent que de façon très limitée les performances de l'ensemble, n'a évidemment pas d'égale dans quelque automate artificiel que ce soit. Ce fait avait déjà frappé J. Von Neumann [4, 5] qui cherchait à améliorer la fiabilité des ordinateurs et qui ne pouvait concevoir une telle différence de réaction aux facteurs d'agressions aléatoires de l'environnement constituant le « bruit », que comme une conséquence d'une différence fondamentale dans la logique de l'organisation du système. Les organismes, dans leur faculté d'« avaler » le bruit, ne pouvaient pas être conçus comme des machines seulement un peu plus fiables que les machines artificielles connues, mais comme des systèmes dont seuls des principes d'organisation *qualitativement différents* pouvaient expliquer la fiabilité. D'où tout un champ de recherche, inauguré par Von Neumann [4] et poursuivi par bien d'autres, dont notamment Winograd et Cowan [3, 6], dans le but de découvrir des principes de construction d'automates dont la fiabilité serait plus grande que celle de leurs composants! Ces recherches ont abouti à la définition de conditions nécessaires (et suffisantes) pour la réalisation de tels automates. La plupart de ces conditions (redondance des composants, redondance des fonctions, complexité des composants, délocalisation des fonctions) [6, 7] aboutissent à une espèce de compromis entre déterminisme et indéterminisme dans la construction de l'automate, comme si une certaine quantité d'indétermination était nécessaire, à partir d'un certain degré de complexité, pour permettre au système de s'adapter à un certain niveau de bruit. Ceci n'est évidemment pas sans rappeler un résultat analogue obtenu dans la théorie des jeux par le même Von Neumann [8].

Le principe d'ordre à partir du bruit

Un pas de plus dans cette direction était réalisé, lors de recherches formelles sur la logique de systèmes auto-organisateurs, en attribuant aux organismes la propriété non seulement de résister au bruit de façon efficace, mais encore de l'utiliser jusqu'à le transformer en facteur d'organisation! H. Von Foerster [9] le premier, à notre connaissance, a exprimé la nécessité d'un « principe d'ordre à partir du bruit » pour rendre compte des propriétés les plus singulières des organismes vivants en tant que systèmes auto-organisateurs, notamment de leur adaptabilité. Le « principe d'ordre à partir d'ordre », implicite dans les théories thermodynamiques modernes de la matière vivante inaugurées par l'essai de Schrödinger [10], *What is Life?* en 1945, ne lui semblait pas suffisant [1]. « Les systèmes auto-organisateurs ne se nourrissent pas seulement d'ordre, ils trouvent aussi du bruit à leur menu... Il n'est pas mauvais d'avoir du bruit dans le système. Si un système se fige dans un état particulier, il est inadaptable, et cet état final peut tout aussi bien être mauvais. Il sera incapable de s'ajuster à quelque chose qui serait une situation inadéquate » [9].

Une série de travaux de W.R. Ashby [11, 2] conduisent dans la même direction même si l'accent n'y est pas mis explicitement sur cette idée d'un rôle organisationnel du bruit. Cet auteur a d'abord établi rigoureusement une loi des systèmes de régulation, qu'il a appelée « loi de la variété indispensable » [11]. Cette loi est importante pour la compréhension des conditions minimales de structure nécessaires à la survie de tout système exposé à un environnement, source d'agressions et de perturbations aléatoires.

Soit un système exposé à un certain nombre de perturbations différentes possibles. Il a à sa disposition un certain nombre de réponses. Chaque succession perturbation-réponse met le système dans un certain état. Parmi tous les états possibles, seuls certains sont « acceptables » du point de vue de la finalité (au moins apparente) du système, qui peut être sa simple survie ou l'accomplissement d'une fonction. La régulation consiste à choisir parmi les réponses possibles celles qui mettront le système dans un état acceptable. La loi d'Ashby établit une relation entre la variété [2] des perturbations, celle des réponses et celle des états acceptables. La variété des répon-

---

1. Depuis lors, la thermodynamique du non-équilibre s'est enrichie d'un principe « d'ordre par fluctuations », très voisin de l'ordre par le bruit au moins dans ses implications logiques, même si le formalisme utilisé est très différent (voir plus loin, p. 104).
2. La variété est définie comme le nombre d'éléments différents d'un ensemble. La quantité d'information lui est reliée en ce qu'elle considère le logarithme de ce nombre et qu'elle pondère de plus chaque élément différent par sa probabilité d'apparition dans un ensemble d'ensembles statistiquement homogènes à celui qui est considéré. La quantité d'information définie par Shannon est une façon plus élaborée et plus riche en applications d'exprimer la variété d'un message ou d'un système telle que l'avait définie Ashby.

ses disponibles doit être d'autant plus grande que celle des perturbations est grande et que celle des états acceptables est petite. Autrement dit, une grande variété dans les réponses disponibles est indispensable pour assurer une régulation d'un système visant à le maintenir dans un nombre très limité d'états alors qu'il est soumis à une grande variété d'agressions. Ou encore, dans un environnement source d'agressions diverses imprévisibles, une variété dans la structure et les fonctions du système est un facteur indispensable d'autonomie.

Mais on sait, d'autre part, qu'une des méthodes efficaces pour lutter contre le bruit, c'est-à-dire détecter et corriger des erreurs éventuelles dans la transmission des messages, consiste au contraire à introduire une certaine redondance, c'est-à-dire une répétition des symboles dans le message. On voit donc déjà comment dans des systèmes complexes, le degré d'organisation ne pourra être réduit ni à sa variété (ou à sa quantité d'information [1]), ni à sa redondance, mais consistera en un compromis optimal entre ces deux propriétés opposées.

Le même auteur, étudiant par ailleurs [2] la signification logique du concept d'auto-organisation, arrive à la conclusion de l'impossibilité logique d'une auto-organisation dans un système *fermé*, c'est-à-dire sans interaction avec son environnement. En effet, une machine peut être formellement définie de la façon la plus générale possible par un ensemble E d'états internes et un ensemble I d'entrées *(inputs)*. Le fonctionnement de la machine est la façon dont les entrées et les états internes à un instant donné déterminent les états internes à l'instant suivant. Dans la terminologie de la théorie des ensembles, il peut donc être décrit par une fonction f, qui est la projection de l'ensemble produit $I \times E$ sur E; l'organisation fonctionnelle de la machine peut ainsi être identifiée par f. On parlera d'auto-organisation au sens strict si la machine est capable de changer elle-même la fonction f, sans aucune intervention de l'environnement, de telle sorte qu'elle soit toujours mieux adaptée à ce qu'elle fait. Si c'était possible, cela voudrait dire que f se change elle-même comme conséquence de E tout seul. Mais cela est absurde, car si on pouvait définir un tel changement de f comme conséquence de E, ce changement lui-même ne serait qu'une partie d'une autre loi de projection f'. Cela voudrait dire que l'organisation de la machine est régie par une autre fonction f' qui, elle, serait constante. Pour avoir une projection f qui change vraiment on doit définir une fonction £ (t) du temps qui détermine ces changements à partir de l'extérieur de E.

1. Voir note 2, p. 42.

Autrement dit, les seuls changements qui puissent concerner l'organisation elle-même — et ne pas être seulement des changements d'états du système qui feraient partie d'une organisation constante — doivent être produits d'en dehors du système. Mais cela est possible de deux façons différentes : ou bien un programme précis, injecté dans le système par un programmeur, détermine les changements successifs de f; ou bien ceux-ci sont déterminés encore de l'extérieur, mais par des facteurs aléatoires dans lesquels aucune loi préfigurant une organisation ne peut être établie, aucun *pattern* permettant de discerner un programme. C'est alors qu'on pourra parler d'auto-organisation, même si ce n'est pas au sens strict.

Cela est donc une autre façon de suggérer un principe d'ordre à partir du bruit dans la logique de systèmes auto-organisateurs.

On peut en trouver encore d'autres, notamment dans l'analyse du rôle de l'aléatoire dans l'organisation structurale (c'est-à-dire les connexions) de réseaux neuronaux complexes qu'on doit en particulier à R.L. Beurle [13] et que le même W.R. Ashby [12] a reprise plus tard.

Dans le cadre de travaux antérieurs [14, 15, 7] nous avons tenté de donner au principe d'ordre à partir du bruit une formulation plus précise [1], à l'aide du formalisme de la théorie de l'information, et nous nous proposons maintenant d'en exposer succinctement les principales étapes.

Rappels sur la théorie de l'information appliquée à l'analyse des systèmes

Un des principaux théorèmes de cette théorie, dû à C.E. Shannon [16], établit que la quantité d'information d'un message transmis dans une voie de communication perturbée par du bruit ne peut que décroître d'une quantité égale à l'ambiguïté introduite par ce bruit entre l'entrée et la sortie de la voie. Des codes correcteurs d'erreurs, introduisant une certaine redondance dans le message, peuvent diminuer cette ambiguïté de telle sorte qu'à la limite la quantité d'information transmise sera égale à la quantité émise;

---

1. Nous verrons plus loin que cette formulation a constitué en fait un véritable retournement de la notion d'ordre par rapport à la définition qu'en donnait Von Foerster (voir p. 83).

D'une production d'ordre répétitif, chez cet auteur, nous sommes passé à une production d'ordre diversifié, de variété, que mesure précisément la fonction H de Shannon.

mais en aucun cas elle ne pourra être supérieure. Si, comme beaucoup d'auteurs l'ont proposé, on utilise la quantité d'information
d'un système assimilé à un message transmis à un observateur comme
une mesure de sa complexité ou, au moins partiellement, de son degré
d'organisation, ce théorème semble donc exclure toute possibilité d'un
rôle positif, organisationnel, du bruit. Nous avons pu montrer qu'il
n'en est rien [14, 15], précisément à cause des postulats implicites
à l'aide desquels la théorie de l'information est appliquée à l'analyse
de systèmes organisés, alors que son champ d'application, sous sa
forme primitive, semblait limité aux problèmes de transmission de
messages dans des voies de communications.

   La quantité d'information totale d'un message est une grandeur
qui mesure, sur un grand nombre de messages écrits dans la même
langue avec le même alphabet, la probabilité moyenne d'apparition
des lettres ou symboles de l'alphabet, multipliée par le nombre de
lettres ou symboles du message. La quantité d'information moyenne
par lettre est souvent désignée sous le nom de quantité d'information
ou entropie du message, à cause de l'analogie entre la formule de
Shannon, qui l'exprime à partir des probabilités des lettres, et la
formule de Boltzmann qui exprime l'entropie d'un système physique
à l'aide des probabilités des différents « états » dans lesquels le système peut se trouver. Cette analogie, objet de nombreux travaux et
discussions, est, entre autres, à l'origine du débordement rapide de
la théorie de l'information du cadre des problèmes de communications dans le domaine de l'analyse de la complexité des systèmes.
La quantité d'information d'un système, composé de parties, est
alors définie à partir des probabilités que l'on peut affecter à chaque
sorte de ses composants, sur un ensemble de systèmes supposés statistiquement homogènes les uns aux autres; ou encore à partir de
l'ensemble des combinaisons qu'il est possible de réaliser avec ses
composants, qui constitue l'ensemble des états possibles du système
[17]. Dans tous les cas, la quantité d'information d'un système mesure
le degré d'improbabilité que l'assemblage des différents composants
soit le résultat du hasard. Plus un système est composé d'un grand
nombre d'éléments différents, plus sa quantité d'information est
grande car plus grande est l'improbabilité de le constituer *tel qu'il
est* en assemblant au hasard ses constituants. C'est pourquoi cette
grandeur a pu être proposée comme une mesure de la complexité[1]
d'un système, en ce qu'elle est une mesure du degré de variété des
éléments qui le constituent. Un théorème de la théorie dit que la

1. Voir plus loin, p. 79.

quantité d'information en unités « bit » d'un message écrit dans un alphabet quelconque représente le nombre minimal moyen de symboles binaires par lettre de cet alphabet, nécessaires pour traduire le message de son alphabet d'origine en langage binaire. Transposé à l'analyse d'un système, cela veut dire que plus la quantité d'information est élevée, plus le nombre de symboles nécessaires pour le décrire dans un langage binaire (ou autre) est élevé; d'où encore, l'idée qu'il s'agit là d'un moyen de mesurer la complexité. Signalons tout de suite les réserves avec lesquelles il convient de recevoir cette conclusion, en raison notamment du caractère statique et uniquement structural de la complexité dont il s'agit, à l'exclusion d'une complexité fonctionnelle et dynamique, liée non pas à l'assemblage des éléments d'un système mais aux interactions fonctionnelles entre ces éléments [18]. Le problème de la définition précise de la notion de complexité comme concept scientifique fondamental (analogue à ceux d'énergie, d'entropie, etc.) reste donc encore posé. Pourtant, ainsi que Von Neumann [19] le notait alors qu'il posait ce problème et en soulignait l'importance, « ce concept appartient de toute évidence au domaine de l'information ».

Ambiguïté-autonomie et ambiguïté destructrice

Quoi qu'il en soit, l'application de la théorie de l'information à l'analyse des systèmes implique un glissement de la notion d'information transmise dans une voie de communications à celle d'information contenue dans un système organisé. Le formalisme de la théorie de l'information ne s'applique qu'à la première de ces notions, et ce glissement, dont la légitimité a été contestée, ne peut se justifier qu'en assimilant, au moins implicitement, la structure du système à un message transmis dans une voie qui part du système et aboutit à l'observateur. Cela n'implique pas nécessairement l'introduction de caractères subjectifs ni de valeur, qui sont par définition exclus du domaine de la théorie, si on considère cet observateur comme le physicien idéal habituel, n'intervenant que par des opérations de mesure, mais intervenant quand même par ces opérations.

Dans ces conditions, il est possible de montrer que l'ambiguïté introduite par des facteurs de bruit dans une voie de communications située à l'intérieur d'un système a une signification différente (son signe algébrique est différent), suivant qu'on envisage l'information transmise dans la voie elle-même ou la quantité d'information contenue dans le système (où la voie est une parmi un grand nombre de relations entre nombreux sous-systèmes). Ce n'est que dans le premier cas que l'ambiguïté est exprimée par une quantité d'information affectée d'un signe moins, en accord avec le théorème de la voie avec bruit dont nous avons parlé. Dans le deuxième cas au contraire, la quantité d'information qu'elle mesure n'a plus du tout la signification d'une information perdue mais au contraire d'une augmentation de variété dans l'ensemble du système, ou, comme on dit, d'une diminution de redondance.

En effet, soit une voie de communications entre deux sous-systèmes A et B, à l'intérieur d'un système S (fig. 1). Si la transmission de A à B s'effectue sans aucune erreur (ambiguïté nulle), B est une copie

Figure 1

exacte de A, et la quantité d'information de l'ensemble A et B n'est égale qu'à celle de A. Si la transmission s'effectue avec un nombre d'erreurs tel que l'ambiguïté devient égale à la quantité d'information de A, celle-ci est totalement perdue lors de la transmission; en fait, il n'y a plus du tout de transmission d'information de A à B. Ceci veut dire que la structure de B est totalement indépendante de celle de A, de sorte que la quantité d'information de l'ensemble A et B est égale à celle de A plus celle de B. Pourtant, dans la mesure où l'existence même du système S dépend de celle de voies de communications entre les sous-systèmes, une indépendance totale entre ceux-ci signifie en fait une destruction de S en tant que système. C'est pourquoi, du point de vue de la quantité d'information de ce système, un optimum est réalisé lorsqu'il existe une transmission d'information non nulle entre A et B, mais avec une certaine quantité d'erreurs, produisant une ambiguïté elle aussi non nulle.

Dans ces conditions, alors que la quantité d'information transmise de A à B est égale à celle de B diminuée de l'ambiguïté, la quantité d'information de l'ensemble A et B est égale à celle de B augmentée de cette ambiguïté. En effet, la grandeur qui mesure l'ambiguïté n'est pas autre chose que la quantité d'information de B *en tant que B est indépendant de A :* il est donc normal que cette quantité soit considérée comme perdue du point de vue de la transmission de A à B, et au contraire comme un supplément du point de vue de la quantité d'information totale (c'est-à-dire de la variété) de l'ensemble du système.

On voit ainsi comment un rôle positif, « organisationnel », du bruit peut être conçu dans le cadre de la théorie de l'information, sans contredire pour autant le théorème de la voie avec bruit : en diminuant la transmission d'information dans les voies de communications à l'intérieur du système, les facteurs de bruit diminuent la redondance du système en général, et par là même augmentent sa quantité d'information. Il est bien évident, pourtant, que le fonctionnement du système est lié à la transmission d'information dans les voies d'un sous-système à un autre, et qu'à côté de ce rôle « positif » du bruit, facteur de complexification, le rôle destructeur classique ne peut pas être ignoré.

Nous avons donc affaire à deux sortes d'effets de l'ambiguïté produite par le bruit sur l'organisation générale d'un système, que nous avons appelées ambiguïté destructrice et ambiguïté-autonomie, la première devant être comptée négativement, la seconde positivement. Une condition nécessaire pour que les deux coexistent nous semble être que le système soit ce que Von Neumann appelait un « système extrêmement hautement compliqué [5][1] ». Même si les concepts de complexité et de complication n'ont pas été encore clairement et précisément définis [2], l'idée vague et intuitive que nous en avons nous fait percevoir les automates naturels comme des systèmes d'une complexité extrême en ce que le nombre de leurs composants peut être extrêmement élevé (10 milliards de neurones pour un cerveau humain), et que les relations entre ces composants peuvent être extrêmement entrelacées, chacun d'eux pouvant, en principe, être relié directement ou indirectement à tous les autres. Ce n'est que dans de tels systèmes qu'un rôle positif du bruit, par l'intermédiaire d'une ambiguïté-autonomie, peut coexister avec son rôle destructeur. En effet, si on considère un système limité à une seule voie de communications entre A et B, l'autonomie de B par rapport à A ne peut signifier qu'un mauvais fonctionnement du système et sa destruction : dans ce cas une quantité d'information de B en tant que B est indépendant de A n'a aucune significa-

---

1. C'est ce qu'Edgar Morin [22] a appelé, de façon probablement plus correcte (voir p. 191), « système hypercomplexe ».
2. Voir plus loin p. 74.

tion du point de vue du système, puisque celui-ci se réduit à cette voie. Pour qu'elle ait quelque signification, il faut imaginer A et B reliés non seulement l'un à l'autre par cette voie, mais chacun à un grand nombre d'autres sous-systèmes par un grand nombre d'autres voies, de telle sorte qu'une indépendance même totale de B par rapport à A ne se traduise pas par une disparition du système. Celui-ci, du fait de ses nombreuses interconnexions, et pourvu que sa redondance initiale soit suffisamment grande, sera encore capable de fonctionner et sa quantité d'information totale aura augmenté. Cette augmentation peut être alors utilisée pour la réalisation de performances plus grandes, notamment en ce qui concerne les possibilités d'adaptation à des situations nouvelles, grâce à une plus grande variété des réponses possibles à des stimuli diversifiés et aléatoires de l'environnement [1].

En exprimant ces idées de façon plus quantitative que nous ne pouvons le faire ici, nous avons pu montrer [14, 15] que, dans le cadre de certaines hypothèses simplificatrices, une condition suffisante pour que l'ambiguïté-autonomie soit capable de surcompenser les effets de l'ambiguïté destructrice est l'existence d'un changement d'alphabet avec une augmentation du nombre de lettres, quand on passe d'un type de sous-système à un autre avec une voie de communications entre les deux. Ce résultat peut être compris comme une explication possible du changement d'alphabet effectivement observé dans tous les organismes vivants quand on passe des acides nucléiques, écrits dans un « langage » à quatre symboles (les quatre bases azotées), aux protéines écrites dans le langage à 20 symboles des acides aminés.

Auto-organisation par diminution de redondance [7]

De façon plus générale on peut concevoir l'évolution de systèmes organisés, ou le phénomène d'auto-organisation, comme un processus d'augmentation de complexité à la fois structurale et fonctionnelle résultant d'une succession de désorganisations rattrapées suivies chaque fois d'un rétablissement à un niveau de variété plus grande et de redondance plus faible. Cela peut s'exprimer assez simplement à l'aide de la définition précise de la redondance dans le cadre de la théorie de l'information.

1. Voir plus haut, loi de la variété indispensable de Ashby.

Si H représente la quantité d'information d'un message contenant un certain degré de redondance R, et si H_{max} représente la quantité d'information maximale que contiendrait ce message si aucun de ses symboles n'était redondant, la redondance R est définie comme :

$$R = \frac{H_{max} - H}{H_{max}} = 1 - \frac{H}{H_{max}}$$

de sorte que la quantité d'information H du message peut s'écrire :

$$H = H_{max} (1 - R)$$

Nous définissons un processus d'organisation non programmée par une variation de H dans le temps sous l'effet de facteurs aléatoires de l'environnement. Cette variation est représentée par la quantité $\frac{dH}{dt} = f(t)$. En différenciant l'équation précédente on obtient une expression pour $f(t)$:

$$\frac{dH}{dt} = - H_{max} \frac{dR}{dt} + (1 - R) \frac{dH_{max}}{dt} \qquad [1]$$

Le taux de variation de quantité d'information $\frac{dH}{dt}$ est ainsi la somme de deux termes qui correspondent, schématiquement, aux deux effets opposés du bruit ou aux deux sortes d'ambiguïté. Le premier terme exprime la variation de la redondance. Si celle-ci est initialement assez élevée, elle diminuera sous l'effet de l'ambiguïté-autonomie, de sorte que $\frac{dR}{dt}$ sera négatif et que le premier terme $\left(- H_{max} \frac{dR}{dt} \right)$ sera positif, contribuant ainsi à un accroissement de la quantité d'information H du système. Le second terme exprime la variation de H_{max} c'est-à-dire à chaque instant la déviation par rapport à l'état de complexité maximale qui peut être atteint par le système sans tenir compte de son degré de redondance. On peut montrer [7] que le processus de désorganisation par rapport à un état donné (instantané) d'organisation, sous l'effet de l'ambiguïté destructrice, s'exprime par une fonction décroissante de H_{max} de telle sorte que $\frac{dH_{max}}{dt}$ et le second terme tout entier sont négatifs, contribuant à une diminution de la quantité d'information H du système.

Ces deux termes dépendent eux-mêmes de deux fonctions $\frac{dR}{dt} = f_1(t)$ et $\frac{dH_{max}}{dt} = f_2(t)$ du temps, dépendant de paramètres qui expriment formellement la nature de l'organisation à laquelle on a affaire. Ainsi, pour certaines valeurs de ces paramètres, la courbe de variation de la quantité d'information H en fonction du temps sera telle que H commence par augmenter, atteint un maximum en un temps t_M sur la signification duquel nous reviendrons, puis décroît. C'est cette sorte de variation qui pourra s'appliquer à un type d'organisation qui est celui des organismes, où une phase de croissance et de maturation, avec possibilité d'apprentissage adaptatif, précède une phase de vieillissement et de mort. Le point intéressant, ici, est que ces deux phases, alors même qu'elles s'effectuent dans des directions opposées du point de vue de la variation de H, sont le résultat des réponses de l'organisme à différents stades de son évolution, aux facteurs d'agressions aléatoires de l'environnement : ce sont ces mêmes facteurs responsables de la désorganisation progressive du système qui conduit ultérieurement à sa mort, qui ont précédemment « nourri » son développement avec complexification progressive. Bien entendu, d'après la valeur des paramètres qui déterminent f_1 et f_2, cet effet s'observera ou non, et si oui, de façons quantitativement très différentes, suivant l'« organisation » du système auquel on a affaire. C'est pourquoi nous avons proposé d'utiliser justement ce formalisme pour définir quantitativement le concept d'organisation lui-même, de telle sorte que la propriété d'auto-organisation, c'est-à-dire d'accroissement de complexité apparemment spontané (en fait provoqué par des facteurs aléatoires de l'environnement), en soit un cas particulier.

Vers une théorie formelle de l'organisation [20]

Ainsi l'état d'organisation d'un système est défini non seulement par sa quantité d'information H, qui n'exprime qu'un caractère structural, mais aussi par son organisation fonctionnelle; celle-ci peut être décrite par le taux de variation $\dfrac{dH}{dt}$ de quantité d'information du système au cours du temps, lui-même somme de deux fonctions f_1 et f_2 en relation, l'une avec le taux de décroissance de la redondance, l'autre avec le taux de décroissance de la quantité d'information maximale. Les différentes sortes d'organisation possibles sont caractérisées par des valeurs différentes des paramètres caractéristiques de ces fonctions. On peut montrer [7, 20] que deux d'entre eux jouent un rôle particulièrement important : la redondance structurale initiale et la fiabilité. Le premier est encore un caractère structural, tandis que le deuxième exprime l'efficacité de l'organisation dans sa résistance aux changements aléatoires, et est ainsi un caractère fonctionnel. Il existe certes une relation entre fiabilité et redondance, en ce que la première dépend de la seconde, et c'est par là que s'établit la relation nécessaire entre organisations structurale et fonctionnelle. Toutefois, l'une ne peut pas être réduite à l'autre, et la distinction que nous sommes ainsi amené à établir peut être comprise, entre autres, par référence à celle que Winograd et Cowan [6] ont introduite entre « redondance des modules » et « redondance des fonctions » dans leur étude sur la fiabilité des automates : la redondance initiale serait une redondance de modules, simple répétition d'éléments structuraux, tandis que la fiabilité serait une redondance de fonctions.

Pour qu'un système ait des propriétés auto-organisatrices, il faut que sa redondance initiale ait une valeur minimale, puisque ces propriétés consistent en une augmentation de complexité par destruction de redondance. Ce n'est que dans ces conditions que la courbe de variation H (t) pourra avoir une partie initiale ascendante. Alors, la fiabilité mesurera aussi la *durée* de cette phase ascendante, soit le temps t_M au bout duquel le maximum est atteint, d'autant plus long que la fiabilité est grande. Ainsi, si t_M est très court, la destruction de redondance s'effectue trop rapidement pour pouvoir être observée, le maximum est atteint presque instantanément et on observe un système dont la quantité d'information ne fait apparemment que décroître. Malgré une redondance initiale suffisante tout se passe comme si le système n'était pas auto-organisateur. D'autre part, si la redondance initiale est insuffisante mais que la fiabilité est grande, alors le système qui ne peut évidemment pas être auto-organisateur a pourtant une grande longévité : sa fiabilité n'a alors que la signification habituelle de résistance aux erreurs qui peut s'exprimer par l'inverse d'une vitesse de vieillissement.

Ainsi, suivant les valeurs de ces deux paramètres, on peut distinguer différentes sortes de systèmes organisés, ou, si on veut, différents « degrés d'organisation », qu'on peut représenter par des courbes de formes différentes (fig. 2).

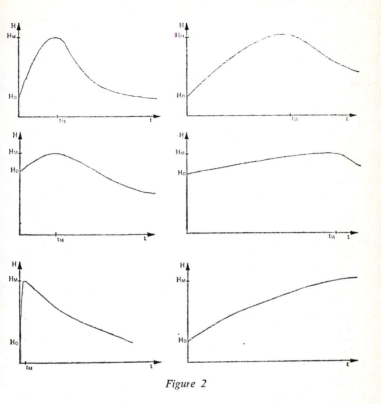

Figure 2

Figure 2. — Différentes sortes d'organisations représentées par différentes formes possibles de courbes H *(t)* de variation de quantité d'information en fonction du temps, obtenues à partir de l'équation [1].

H_o, quantité d'information initiale, est reliée à la redondance initiale R_o par la relation $H_o = H_{maxo} (1 - R_o)$.

t_M, temps au bout duquel est atteinte une valeur maximale H_M de H, par épuisement de la redondance initiale, est aussi une mesure de la fiabilité du système.

Dans les cas, non représentés ici, de systèmes non auto-organisateurs par redondance initiale trop faible, la courbe H *(t)* serait celle d'une fonction décroissante monotone où la vitesse moyenne de décroissance exprimerait l'inverse de la fiabilité [7].

53

Principes d'auto-organisation de la matière et d'évolution par sélection

Dans un long mémoire sur la nature chimique possible de processus d'auto-organisation de la matière, M. Eigen [21] aboutit par une méthode et un formalisme différents, enracinés dans la cinétique chimique, à un résultat logiquement très similaire. En s'inspirant des mécanismes connus de réplication des ADN, de synthèse des protéines et de régulation enzymatique, il analyse le devenir de « populations » de macromolécules porteuses d'information, tant sur le plan de la quantité d'information totale de la population, que de celle des différentes sortes de macromolécules synthétisées. Un des problèmes ainsi étudiés est celui des conditions dans lesquelles certaines macromolécules porteuses d'information peuvent être sélectionnées aux dépens des autres, dans un système où la seule restriction est que la synthèse de ces molécules s'effectue par copie de molécules identiques. Pour la première fois, le concept de sélection avec orientation, fondement des théories de l'évolution, acquiert un contenu précis, susceptible d'être exprimé en termes de cinétique chimique, et différent du cercle vicieux habituel dans lequel on tombe quand on décrit la sélection naturelle comme la survie des plus adaptés, alors que ces derniers ne peuvent être définis que par le fait qu'ils survivent!

C'est ainsi qu'une valeur de sélection est définie à partir de grandeurs A_i, D_i, Q_i, définies elles-mêmes pour chaque type i de porteurs d'information, de la façon suivante.

A_i est un facteur d'amplification, qui détermine la vitesse de reproduction répétitive du porteur i; multiplié par une constante K_o, il exprime la vitesse de la réaction de réplication sur moule par laquelle i est synthétisé.

Q_i est un facteur de qualité entre 0 et 1, qui exprime la précision et la fidélité de ces réplications : si aucune erreur ne se produit dans les copies, $Q_i = 1$; de façon générale Q_i est la fraction des A_i, copies reproduites sans erreur, tandis que $(1 — Q_i)$ est la fraction des copies présentant des erreurs, autrement dit des « mutants » produits par réplication erronée de i. D_i est un facteur de décomposition, qui, multiplié par la même constante K_o, exprime la vitesse des réactions par lesquelles la macromolécule i est détruite.

Suivant différentes conditions initiales envisagées, la valeur sélective d'une espèce i est alors définie soit par $A_iQ_i — D_i$, soit par

$\dfrac{A_i Q_i}{D_i}$ — 1 ; c'est-à-dire qu'elle exprime soit de façon absolue, soit de façon relative un excès de la production sur la destruction de l'espèce macromoléculaire envisagée.

Dans tous les cas, le résultat auquel aboutit l'analyse de l'évolution d'une population où différentes espèces *i* sont présentes est le même : une des conditions nécessaires pour que la quantité d'information totale de la population augmente avec sélections successives de certaines espèces est que les facteurs Q_i soient différents de 1, tout en restant pourtant beaucoup plus proches de 1 que de 0. Cela n'est que la conséquence de ce qu'en l'absence d'erreurs de réplication, aucune nouveauté ne peut apparaître. Et si, de plus, on tient compte de ce que les réactions chimiques sont, au niveau moléculaire, des phénomènes stochastiques où le rôle des fluctuations est d'autant plus important qu'on a affaire à des petits nombres de molécules interagissantes, alors, en l'absence de $Q_i < 1$, non seulement la quantité d'information totale n'augmente pas, par absence d'innovation, mais elle ne peut même pas se maintenir dans un état stationnaire, et diminue jusqu'à ce que toutes les espèces présentes aient disparu sans pour autant être remplacées par des nouvelles. Cela provient de ce qu'il existe toujours une probabilité non nulle pour que, sous l'effet des fluctuations dans les vitesses instantanées de réactions, une espèce soit, à un moment quelconque de l'évolution du système, détruite plus vite qu'elle n'est reproduite, au point qu'il n'y ait plus de copie disponible pour une reproduction ultérieure et qu'elle disparaisse ainsi définitivement.

Un des résultats les plus spectaculaires auxquels M. Eigen aboutit en appliquant cette théorie à des systèmes constitués par un couplage de deux sous-systèmes aux propriétés complémentaires que sont des ensembles d'acides nucléiques et des ensembles de protéines est une explication possible de l'universalité du code génétique : elle serait le résultat inévitable d'une évolution où seul ce code-là pouvait être sélectionné, et M. Eigen suggère finalement un certain nombre d'« expériences d'évolution » aux fins de tester sa théorie.

Le bruit comme événement

Ainsi, au moins dans le principe, on voit comment une production d'information sous l'effet de facteurs aléatoires n'a rien de mystérieux : elle n'est que la conséquence de productions d'erreurs dans un système répétitif, constitué de manière à ne pas être détruit de façon quasi immédiate par un nombre relativement faible d'erreurs.

Dans les faits, en ce qui concerne l'évolution des espèces, aucun mécanisme n'est concevable en dehors de ceux qui sont suggérés par de telles théories où des événements aléatoires (mutations au hasard) sont responsables d'une évolution orientée vers une plus grande complexité et une plus grande richesse de l'organisation. En ce qui concerne le développement et la maturation des individus, il est fort possible que ces mécanismes jouent aussi un rôle non négligeable, surtout si l'on y inclut les phénomènes d'apprentissage adaptatif non dirigé, où l'individu s'adapte à une situation radicalement nouvelle pour laquelle il est difficile de faire appel à un programme préétabli. De toute façon, cette notion de programme préétabli appliquée aux organismes est bien discutable, dans la mesure où il s'agit de programmes « d'origine interne », fabriqués par les organismes eux-mêmes, et modifiés au cours de leur développement. Dans la mesure où le génome est fourni de l'extérieur (par les parents) on l'assimile souvent à un programme d'ordinateur; mais cette assimilation nous semble tout à fait abusive. Si une métaphore cybernétique peut être utilisée pour décrire le rôle du génome, celle de mémoire nous semble beaucoup plus adéquate que celle de programme, car cette dernière implique tous les mécanismes de régulation qui ne sont pas présents dans le génome lui-même. Faute de quoi on n'évite pas le paradoxe du programme qui a besoin des produits de son exécution pour être lu et exécuté. Au contraire, les théories de l'auto-organisation permettent de comprendre la nature logique de systèmes où ce qui fait office de programme se modifie sans cesse, de façon non préétablie, sous l'effet de facteurs « aléatoires » de l'environnement, producteurs d'« erreurs » dans le système.

Mais que sont ces erreurs? D'après ce que nous venons de voir, à cause même de leurs effets positifs, elles ne semblent plus être tout à fait des erreurs. Le bruit provoqué dans le système par les facteurs aléatoires de l'environnement ne serait plus un vrai bruit à partir du moment où il serait utilisé par le système comme facteur d'organisation. Cela voudrait dire que les facteurs de l'environnement ne sont pas aléatoires. Mais ils le sont. Ou plus exactement, il dépend de la réaction ultérieure du système par rapport à eux pour que, à posteriori, ils soient reconnus comme aléatoires ou partie d'une organisation. A priori ils sont en effet aléatoires, si on définit le hasard comme l'intersection de deux chaînes de causalité indépendantes : les causes de leur survenue n'ont rien à voir avec l'enchaînement des phénomènes qui a constitué l'histoire antérieure du système jusque-là. C'est en cela que leur survenue et leur rencontre avec celui-ci constituent du bruit, du point de vue des échanges d'information dans le système, et ne sont susceptibles d'y produire que des erreurs. Mais à partir du moment où le système est capable de réagir à celles-ci, de telle sorte non seulement à ne pas disparaître, mais encore à se modifier lui-même dans un sens qui lui est bénéfique, ou qui, au minimum préserve sa survie ultérieure, autrement dit, à partir du moment où le système est capable d'intégrer ces erreurs à sa propre organisation, alors, celles-ci perdent à posteriori un peu de leur caractère d'erreurs. Elles ne le gardent que d'un point de vue extérieur au système, en ce que, effets de l'environnement sur celui-ci, elles ne correspondent elles-mêmes à aucun programme préétabli contenu dans l'environnement et destiné à organiser ou désorganiser le système[1]. Au contraire, d'un point de vue intérieur, dans la mesure où l'organisation consiste précisément en une suite de désorganisations rattrapées, elles n'apparaissent comme des erreurs qu'à l'instant précis de leur survenue et par rapport à un maintien qui serait aussi néfaste qu'imaginaire d'un statu quo du système organisé, que l'on se représente dès qu'une description statique peut en être donnée. Autrement, et après cet instant, elles sont intégrées, récupérées comme facteurs d'organisation. Les effets du bruit deviennent alors des événements de l'histoire du système et de son processus d'organisation. Ils demeurent pourtant les effets d'un bruit en ce que leur survenue était imprévisible.

Ainsi donc, il suffirait de considérer l'organisation comme un processus ininterrompu de désorganisation-réorganisation, et non pas comme un état, pour que l'ordre et le désordre, l'organisé et le contingent, la construction et la destruction, la vie et la mort, ne soient plus tellement distincts. Et pourtant il n'en est rien. Ces processus où se réalise cette unité des contraires — celle-ci ne s'y accomplit pas comme un nouvel état, une synthèse de la thèse et de l'antithèse, c'est le mouvement du processus lui-même et rien d'autre qui constitue la « synthèse » — ces processus ne peuvent exister qu'en tant que les erreurs sont à priori de vraies erreurs, que l'ordre à un moment donné est vraiment perturbé par le désordre, que la destruction

1. Les mécanismes thermodynamiques d'ordre par fluctuations semblent mettre l'accent sur le caractère interne du bruit organisationnel. Cette distinction n'est pas réelle car ces fluctuations « internes » sont aussi le résultat de l'effet de l'environnement (température) sur des systèmes qui ne peuvent être qu'« ouverts », donc traversés par des flux en provenance de l'extérieur (voir plus loin p. 104 et p. 166 note 1).

bien que non totale soit réelle, que l'irruption de l'événement soit une véritable irruption (une catastrophe ou un miracle ou les deux). Autrement dit, ces processus qui nous apparaissent comme un des fondements de l'organisation des êtres vivants, résultat d'une sorte de collaboration entre ce qu'on a coutume d'appeler la vie et la mort, ne peuvent exister qu'en tant qu'il ne s'agit jamais justement de collaboration mais toujours d'opposition radicale et de négation.

C'est pourquoi l'expérience immédiate et le sens commun en ce qui concerne ces réalités ne peuvent pas être éliminés comme des illusions au profit d'une vision unitaire d'un grand courant de « vie » qui les emporte toutes deux, même si ce courant est tout aussi réel. La conscience simultanée qui nous est donnée de ces deux niveaux de réalités est probablement la condition de notre liberté ou du sentiment de notre liberté : il nous est loisible d'adhérer, *sans nous contredire nous-mêmes*, à des processus qui signifient aussi bien notre survie que notre destruction. Une éthique vraie, nous permettant d'utiliser au mieux cette liberté, serait la loi qui nous permettrait à chaque instant de savoir comment intervenir dans ce combat incessant entre la vie et la mort, l'ordre et le désordre, en sorte d'éviter toujours un triomphe définitif de l'un quelconque sur l'autre, qui est, en fait, l'une des deux façons possibles de mourir complètement, si l'on peut dire, par arrêt du processus soit dans un ordre définitivement établi, inamovible, soit dans un désordre total. Il est remarquable qu'alors que nos vies réunissent dans leur courant des processus de « vie » et de « mort », réalisant ainsi deux façons d'être vivants, nos cadavres eux aussi réunissent deux façons d'être morts : la rigidité et la décomposition.

RÉFÉRENCES

1. N. WIENER, *Cybernetics, or Control and Communication in the animal and the machine*, New York, J. Wiley & Sons, 1948.
2. W.R. ASHBY, « Principles of the self organizing system », *Principles of Self Organization*, Von Foerster et Zopf (eds.), Pergamon, 1962, p. 255-278.
3. J.D. COWAN, « The problem of organismic reliability », *Progress in Brain Research*, vol. 17, *Cybernetics and the Nervous System*, Wiener et Schade (eds.), Amsterdam, Elsevier, 1965, p. 9-63.
4. J. VON NEUMANN, « Probabilistic logics and the synthesis of

reliable organisms from unreliable components », in *Automata Studies*, C.E. Shannon et J.McCarth (eds.), Princeton, Princeton University Press, 1956, p. 43-98.

5. J. Von Neumann, *Theory of Self-reproducing Automata*, A.W. Burks (ed.), Urbana, Illinois, University of Illinois Press, 1966.

6. S. Winograd et J.D. Cowan, *Reliable Computation in the presence of noise*, Cambridge, Mass., M.I.T. press, 1963.

7. H. Atlan, *L'Organisation biologique et la Théorie de l'information*, Paris, Hermann, 1972.

8. J. Von Neumann et O. Morgenstern, *Theory of Games and Economic Behavior*, Princeton, Princeton University Press, 1944.

9. H. Von Foerster, « On self-organizing systems and their environments », in *Self-organizing Systems*, Yovitz et Cameron (eds.), Pergamon, 1960, p. 31-50.

10. E. Schrödinger, *What is life ?*, London, Cambridge University Press, 1945.

11. W.R. Ashby, « Requisite variety and its implications for the control of complex systems », *Cybernetica*, vol. 1, nº 2, Namur, 1958, p. 83-99.

12. W.R. Ashby, « The place of the brain in the natural world », in *Currents in modern biology*, 1, Amsterdam, North Holland Publ., 1967, p. 95-104.

13. R.L. Beurle, « Functional organization in random networks », in *Principles of Self-organization*, Von Foerster et Zopf (eds.), New York, Pergamon, 1962, p. 291-314.

14. H. Atlan, « Applications of Information theory to the study of the stimulating effects of ionizing radiation, thermal energy, and other environmental factors. Preliminary ideas for a theory of organization », *Journal of Theoretical Biology*, 21, 1968, p. 45-70.

15. H. Atlan, « Rôle positif du bruit en théorie de l'information appliquée à une définition de l'organisation biologique », *Annales de physique biologique et médicale*, 1, 1970, p. 15-33.

16. C.E. Shannon et W. Weaver, *The mathematical theory of communication*, Urbana, University of Illinois Press, 1949.

17. H.J. Morowitz, « Some order disorder considerations in living systems », *Bulletin of Mathematical Biophysics*, vol. 17, 1955, p. 81-86.

18. S.M. Dancoff et H. Quastler, « The information content and error rate of living things », in *Information theory in biology*, H. Quastler (ed.), Urbana, University of Illinois Press, 1953, p. 263-273.

19. J. VON NEUMANN, *op. cit.*, 1966, p. 78.
20. H. ATLAN, « On a formal theory of organization », *Journal of Theoretical Biology*, 45, 1974, 295-304.
21. M. EIGEN, « Self-organization of matter and the evolution of biological macromolecules », *Die Naturwissenschaften*, 58, 1971, p. 465-523.
22. E. MORIN, *Le Paradigme perdu : la nature humaine*, Paris, Éditions du Seuil, 1973.

4. L'organisation du vivant et ses représentations[1]

BIOLOGIE ET MATHÉMATIQUES

Il arrive que le langage mathématique soit utilisé par les biologistes de façon incorrecte et que pourtant « ça marche ». C'est parce qu'il s'agit le plus souvent de métaphores et que cette utilisation correspond à des besoins — ou à des blocages — proprement biologiques, c'est-à-dire à des questions posées par le développement de la biologie elle-même. Quand on s'aperçoit que la métaphore est fausse on est, bien sûr, gêné, même si elle marche un temps; parce qu'on voit qu'elle devient, dans la mesure où on y croit trop, un obstacle à des développements futurs. Alors on essaie de la démasquer et d'analyser les glissements de sens qui accompagnent son utilisation. Cela peut avoir pour résultat, entre autres, de retourner aux méthodes mathématiques et de poser de nouvelles questions à propos de ce qui fut métaphorisé, de telle sorte à essayer de justifier, à posteriori, les glissements initialement involontaires de la métaphore.

Il en est ainsi en ce qui concerne certains formalismes issus des

1. L'organisation du vivant, comme celle de tout système naturel, est un état et un processus qui apparaissent comme tels à quiconque observe la nature. Mais c'est aussi le résultat de l'activité organisatrice de cet observateur. Cette activité fut à l'origine des anciennes classifications mythiques et fonctionnelles, puis philosophiques, enfin scientifiques. La boucle est fermée quand on observe l'esprit humain organisant la nature, lui-même résultat d'un processus organisateur naturel. Et pourtant, la boucle n'est pas complètement fermée, car cet observateur de l'observateur, c'est aussi le « je » qui suis capable d'observer la nature et de m'observer l'observant (voir plus loin page 98). Cette activité organisatrice de l'esprit humain, la pratique scientifique en est un avatar, organisant le réel en en découvrant son organisation, où le « je », bien qu'existant et agissant, est supposé neutre et sans effet : objectivité scientifique. Là, et probablement pour cette raison, cette activité fonctionne sur des paradigmes logiques où les mathématiques ont toujours joué un rôle privilégié, bien qu'ambigu.

Ce texte reprend, en l'élargissant, le contenu de plusieurs articles et communications : « Source and transmission of information in biological networks », in *Stability and Origin of biological information* (Conférence A. Katzir-Katchal-

61

mathématiques, qu'on a tenté d'utiliser pour mieux cerner les problèmes que pose la logique de l'organisation biologique [1].

Une remarque préalable concerne la question même de l'organisation. On sait que cette question a une histoire [2]. Il fut un temps où organisé était synonyme de vivant, puisque l'organisation était la caractéristique propre, irréductible, qui différenciait la matière vivante — celle des êtres « organisés » — de la matière inanimée. Aussi, dans ce contexte vitaliste, la question de la logique de l'organisation ne pouvait se poser. La situation s'est complètement renouvelée avec la fabrication de machines organisées d'une part, et, d'autre part, la découverte de substrats moléculaires, c'est-à-dire physico-chimiques, de principes d'organisation cellulaire responsables des propriétés qui semblaient jusqu'alors les plus irréductibles de la matière vivante : la reproduction héréditaire et l'expression des caractères génétiques.

Dans ce renouvellement, la théorie de l'information et la cybernétique ont joué un rôle non négligeable, au moins au niveau des concepts, puisque c'est à elles que furent empruntés les concepts d'information génétique, de code et de programme génétiques, d'erreurs de biosynthèse, de boucles régulatrices, etc. Mais ces emprunts sont des exemples typiques de ces métaphores dont nous parlions en commençant, où les concepts d'information, de programme sont utilisés dans un sens tout à fait différent, bien que voisin, de celui qu'ils ont dans la théorie mathématique où ils ont été définis. Ce n'est pas si mal, au contraire, quand on s'en rend compte, car cela

sky, 1973), I.R. Miller (ed.), New York, Wiley & Sons, 1975, p. 95-118. — « Les modèles dynamiques en réseaux et les sources d'information en biologie », in *Structure et Dynamique des systèmes* (séminaires du Collège de France, 1973), A. Lichnerowicz, F. Perroux et G. Gadoffre, (éds.), Paris, Maloine-Douin, 1976, p. 95-131. — *Crises de bruit*, colloque IRIS-ENST, université Paris-Dauphine, 1976. — « Sources of Information in Biological Systems », in *Information and Systems*, B. Dubuisson (éd.) (Proceed. IFAC Workshop, Compiègne, 1977), Pergamon, 1978, p. 177-184. — « L'Organisation du vivant et ses représentations » in Actes du Congrès AFCET, 1977, *Modélisation et Maîtrise des systèmes*, éd. Hommes et Techniques, 1977, p. 118-150. — « The Order from noise principle in hierarchical self-organization », International Conference on applied Systems Research, 1977, SUNY Binghampton, repris in *Autopoiesis : A theory of living organization*, M. Zeleny (éd.), North Holland, publ. (sous presse).

1. Voir aussi notre analyse des théories mathématiques et thermodynamiques du vieillissement : « Organisation du vivant et Mathématiques » in *Langage et Pensée mathématique*, Colloque international, Centre universitaire de Luxembourg, 1976, p. 366-389, et « Thermodynamics of Ageing in Drosophila Melanogaster », *Mechanisms of Ageing and Development*, 5, 1976, p. 371-387.

2. F. Jacob, *La Logique du vivant*, Paris, Gallimard, 1970. J. Schiller, *La Notion d'organisation dans l'histoire de la biologie*, Paris, Maloine-Doin, 1978.

permet de retourner à la théorie mathématique, pour la questionner et voir ce qui, en quelque sorte, lui manquerait, pour répondre à l'utilisation qu'imposent les besoins des biologistes.

C'est pourquoi notre première question, déjà abordée au chapitre précédent, sera celle du rôle du hasard ou de l'aléatoire — le bruit — dans l'organisation biologique, telle qu'elle peut être posée dans le formalisme de la théorie de l'information, prolongée et élargie pour les besoins de la cause. Nous verrons comment les contraintes imposées par les conditions de l'observation biologique nous ont poussé à prendre au sérieux le caractère probabiliste de cette théorie et le rôle de l'observateur dans son fonctionnement. Cela nous a permis de l'étendre à des domaines nouveaux, où ses fondateurs entrevoyaient bien, certes, qu'on devrait aboutir, sans avoir indiqué pour autant le chemin pour y parvenir. Je veux parler des quelques lumières que le principe d'ordre par le bruit exposé au chapitre précédent (en fait retourné en complexité par le bruit) peut apporter à la question de la signification de l'information, en particulier dans un système naturel constitué en différents niveaux hiérarchisés, c'est-à-dire en niveaux d'intégration et de généralité s'englobant les uns les autres.

Ensuite, et par différence, nous verrons comment l'usage d'un formalisme déterministe (non probabiliste), récemment développé sous le nom de thermodynamique en réseaux, doit être modifié et élargi sous l'effet de contraintes similaires. Une intersection féconde des deux types de méthodes en sortira peut-être, que la problématique nouvelle des réseaux stochastiques permet d'entrevoir.

I. HASARD ET ORGANISATION, REPRÉSENTATION DU NOUVEAU

1. *Bruit organisationnel et différences de points de vue*

Depuis que nous en avons entrepris l'étude systématique, le rôle du hasard dans l'organisation a excité l'imagination et a stimulé pas mal d'exercices logiques. En effet, traditionnellement, hasard et aléatoire étaient toujours considérés comme antinomiques d'ordre et d'organisé. Mais un certain nombre de réflexions venant de la biologie moléculaire d'une part et de la cybernétique d'autre part laissaient soupçonner qu'une certaine classe d'organisations à laquelle appartient celle des êtres vivants devait obéir à une logique particulière où le hasard et l'âléatoire devaient contribuer d'une certaine façon à l'organisation du système.

De plus, l'étude des systèmes loin de l'équilibre, notamment par l'école de Prigogine[1], avait montré que des fluctuations dans un système ouvert pouvaient être sélectionnées, amplifiées et entretenues de sorte à donner naissance à une structure dynamique macroscopique, superposée à la dissipation d'énergie libre nécessaire au maintien loin de l'équilibre, dont le premier exemple était fourni par le phénomène bien connu en hydrodynamique des tourbillons de Bénard.

Tout cela montrait que l'opposition classique entre *organisé* et *au hasard* devait être révisée. Von Foerster[2] imaginait l'expression *principe d'ordre à partir du bruit (order from noise principle)* sans pourtant en donner une formulation très rigoureuse. Comme nous le verrons, des significations contradictoires y étaient attribuées à la notion d'ordre.

C'est dans ce contexte qu'en 1968 l'étude des effets stimulants de faibles doses de radiations ionisantes sur divers systèmes vivants, ainsi que des mécanismes du vieillissement, nous conduisait à en donner une formulation plus précise, en utilisant le formalisme de la théorie de l'information de Shannon[3,4].

Aujourd'hui ces idées se sont beaucoup répandues, au point qu'elles sont parfois présentées comme des évidences premières, à savoir que la création de l'information ne peut se faire qu'à partir du bruit, ce qui est dommage car on oublie ce qui fait le gros de leur intérêt, à savoir comment et à quelles conditions le paradoxe peut être levé. Autrement dit, comment et à quelles conditions l'opposition entre organisé et aléatoire peut être remplacée par une espèce de coopération où inévitablement le concept d'organisé et celui d'aléatoire acquièrent de nouveaux contenus. Aussi est-il utile de rappeler ces conditions, qui découlent évidemment du formalisme même de la théorie de l'information et de ses significations explicites ou implicites.

1. P. Glansdorff et I. Prigogine, *Structure, Stabilité et Fluctuations*, Paris, Masson, 1971. Voir plus loin, p. 104.

2. H. Von Foerster, « On self organizing systems and their environments », in *Self-organizing Systems*, Yovitz et Cameron (eds.), New York, Pergamon Press, 1960, p. 31-50.

3. C.E. Shannon et N. Weaver, *The Mathematical Theory of Communication*, Urbana, University of Illinois Press, Ill., 1949.

4. H. Atlan, « Application of information theory to the study of the stimulating effects of ionizing radiation, thermal energy and other environmental factors. Preliminary ideas for a theory of organization », *Journal of Theoretical Biology*, 1968, 21, p. 45-70.

On a beaucoup critiqué la théorie de Shannon en ce que ce n'est pas une vraie théorie de l'information, puisqu'elle laisse de côté quelques caractéristiques très importantes de ce qu'est l'information.

Schématiquement, on peut dire que la théorie de Shannon dans sa forme maintenant classique laissait de côté trois sortes de problèmes qu'on ne peut pourtant que difficilement éviter dès qu'on parle d'information :

1. Ceux qui sont liés à la création d'information : le deuxième théorème de Shannon, de la voie avec bruit, énonce explicitement que l'information transmise dans une voie ne peut pas se créer, puisqu'elle ne peut qu'être détruite par les effets du bruit, et au mieux, se conserver.

de Ceux qui sont liés à la signification de l'information : la formule 2. Shannon ne permet de quantifier l'information moyenne par symbole d'un message qu'à la condition de négliger le sens éventuel de ce message.

3. Enfin ceux qui sont liés aux formes hiérarchiques d'organisation : dans la mesure où la formule de Shannon a pu servir de mesure d'organisation, elle ignore totalement les problèmes d'emboîtements de différents niveaux d'organisation, plus ou moins intégrés, les uns dans les autres.

Mais à côté de ce qu'elle a laissé de côté, la puissance de la théorie de Shannon, comme outil quantitatif, est suffisante pour que non seulement on ne la rejette pas, mais qu'on essaie de l'étendre à ces domaines; on peut évidemment contester cette démarche en disant que si la métaphore est fausse, si l'information en biologie ne se réduit pas à celle de la théorie de Shannon, il n'y a pas de raison de rester accroché à cette théorie et qu'il vaut mieux tenter de définir l'information à partir de nouvelles bases de façon directement plus adéquate. Peut-être. Mais il se trouve que la métaphore n'est pas complètement fausse. En effet, il existe bien des cas en biologie moléculaire, assez isolés mais importants, de transmissions d'information au sens rigoureux de Shannon : ainsi la voie que constitue la réplication des ADN ou celle que constitue la synthèse des protéines. Là, il y a bien des messages d'entrée et de sortie, écrits dans des alphabets dont on connaît les symboles élémentaires (les bases nucléotidiques des ADN-ARN et les acides aminés des protéines). A un premier niveau, ces voies peuvent être décrites quantitativement comme lieux de transmission d'information probabiliste shannonienne où s'exercent les effets du bruit sous la forme d'erreurs d'appariement et d'erreurs de synthèse. Ce qui veut dire que les métaphores informationnelles ne sont pas complètement fausses même

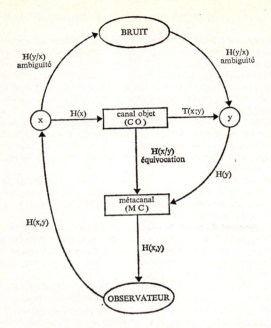

Figure 1. Graphe de Bourgeois

Lois de conservation :

1. En CO et en y $\Rightarrow$ T (x; y) = H (x) — H (x/y) = H (y) — H (y/x)

2. En MC et en x $\Rightarrow$ H (x,y) = H (y) + H (x/y) = H (x) + H (y/x)

Les fonctions de Shannon, ambiguïté et équivocation, sont définies à partir des probabilités conditionnelles $p(j|i)$, probabilités de trouver un symbole ou élément *j* dans le message de sortie y quand le symbole ou élément *i* se trouve à la place correspondante du message d'entrée x, par les formules :

$$H (y|x) = - \sum_{ij} p (i) p (j|i) \log_2 p(j|i)$$

pour l'ambiguïté et, symétriquement :

$$H (x|y) = - \sum_{ij} p (j) p(i|j) \log_2 p(i|j)$$

pour l'équivocation.

La quantité d'information totale H (x,y) est définie à partir des probabilités jointes $p(i,j)$, probabilités d'avoir *i* à l'entrée et *j* à la sortie, à la même place du message, par la formule : H (x,y) = $- \sum_{ij} p(i,j) \log_2 p(i,j)$, généralisation de la fonction information de Shannon H (x) = $- \sum_{i} p(i) \log_2 p(i)$.

en référence à la théorie de Shannon. Aussi, est-il intéressant de voir jusqu'où il est possible d'aller à partir du formalisme de cette théorie pour faire le joint avec ce qu'elle a négligé.

Nous avons vu au chapitre précédent comment une solution possible au premier problème (création d'information) peut être trouvée dans l'expression d'une logique de l'auto-organisation par diminution de redondance sous l'effet de facteurs de bruit. La possibilité d'accroissement de la quantité d'information transmise d'un système à l'observateur, sous l'effet de bruit créateur d'ambiguïté, pouvait être utilisée comme moyen d'exprimer un mécanisme de création d'information à partir de perturbations aléatoires. Cela était réalisé dans le formalisme de la théorie de Shannon, *sans contredire pour autant le théorème de la voie avec bruit : le* changement de signe de la fonction ambiguïté[1] qui permet cette opération provient d'un *changement de point de vue* sur le rôle de l'ambiguïté dans les communications à l'intérieur du système.

Ce changement de point de vue peut être interprété de deux façons : la plus simple fait appel à la position de l'observateur et à son rôle dans la définition des objets physiques. Le rôle de l'observateur, ou plus exactement de la mesure, est tout à fait central dans la définition des objets physiques, ainsi que le montre par exemple la question de l'entropie de mélange de deux réservoirs d'un même gaz que nous avons déjà signalée. Le rôle des possibilités d'observation et de mesure doit être pris en compte dans la définition même des objets physiques comme l'avaient déjà souligné Szilard, Brillouin et d'autres. Aussi, n'est-ce pas seulement un « truc » *ad hoc* que d'utiliser comme nous l'avons fait les effets de la position de l'observateur sur le signe de l'ambiguïté dans une voie de communication. Une représentation graphique des fonctions de Shannon imaginée récemment par

---

1. Voir chapitre précédent : « Du bruit comme principe d'auto-organisation », ambiguïté-autonomie et ambiguïté destructrice, et, pour plus de détails, H. Atlan, *L'Organisation biologique et la Théorie de l'information*, Paris, Hermann, 1972.

Suite de la légende de la p. 66 :

Le graphe permet de retrouver les relations classiques établies entre toutes ces fonctions en admettant des lois de conservation aux sommets du graphe.
En particulier, les sommets CO et y nous fournissent la quantité d'information transmise de x à y :
$$T (x; y) = H (x) - H (x/y) = H (y) - H (y/x)$$
où l'ambiguïté H (y/x) (ainsi que l'équivocation) apparaît avec un signe négatif.
Les sommets MC et x nous fournissent la quantité d'information totale :
$$H (x,y) = H (y) + H (x/y) = H (x) + H (y/x)$$
où l'ambiguïté (et l'équivocation) apparaît avec un signe positif.

M. Bourgeois [1], permet entre autres une visualisation assez simple de ce point (voir figure 1). Dans ce graphe, l'observateur par rapport à qui sont évaluées les probabilités des symboles des messages d'entrée et de sortie est représenté lui-même à la sortie d'une voie, que Bourgeois appelle métacanal, par laquelle il observe la voie ou canal (x; y). Moyennant quoi il est possible de montrer comment les formules de Shannon impliquent une circulation de l'incertitude entre l'observateur et le système. Dans cette circulation, l'incertitude est conservée et des équations de conservation aux différents sommets du graphe permettent de retrouver les équations de Shannon. On voit clairement comment les fonctions ambiguïté et équivocation portent des signes différents suivant leur place dans le graphe.

2. *Différences de niveaux :* *systèmes différentiels et bruit organisationnel*

Mais on peut essayer d'aller plus loin. Une deuxième façon d'interpréter le changement de point de vue permet de faire un pas de plus et d'apporter quelque chose à l'analyse de la troisième sorte de problèmes (organisation en niveaux hiérarchiques d'intégration) en constatant que cette différence de points de vue peut n'être pas que logique.

En effet, il peut s'agir aussi de points de vue différents correspondant à des niveaux différents dans une organisation hiérarchique.

Une des questions les plus difficiles, à propos de ce problème capital des organisations hiérarchiques qu'on retrouve partout en biologie, est la suivante : comment passe-t-on d'un niveau à un autre, ou plus précisément quelles sont les déterminations causales qui dirigent le passage d'un niveau d'intégration à un autre ?

Dans un système dynamique décrit par un système d'équations différentielles, les fonctions (solutions du système) caractérisent le niveau auquel on s'intéresse ; les conditions aux limites caractérisent le niveau supérieur. On comprend bien comment les conditions aux limites, qui imposent les constantes d'intégration, déterminent les fonctions solutions du système. Mais comment, inversement, les fonctions peuvent-elles influencer les conditions aux limites ? En d'autres termes, comment dans la mathématique un niveau inférieur — moins intégré — peut-il influencer le niveau supérieur ? Comment y représenter l'effet du niveau moléculaire sur les cellules, des cellules sur les organes, des organes sur l'organisme,

1. M. Bourgeois, communication personnelle.

alors qu'il s'agit là du pain quotidien de l'observation biologique?

En fait, toute la démarche réductionniste, physico-chimiste, repose sur ce postulat tant de fois vérifié expérimentalement, que les propriétés de l'ensemble du système vivant trouvent leur origine dans celles de ses composants physico-chimiques à des niveaux d'intégration bien plus élémentaires.

Cette démarche, résultat de l'observation expérimentale, devrait, pour être formulée mathématiquement, impliquer une relation causale telle que les fonctions solutions de systèmes d'équations différentielles dussent déterminer leurs propres conditions aux limites et non le contraire.

L'expérience mathématique habituelle des conditions aux limites déterminant les fonctions correspondrait en fait à une démarche holistique, qui s'impose elle aussi par de nombreuses observations expérimentales où les propriétés globales d'un système apparaissent comme le résultat non seulement de celles de ses composants, mais aussi de l'organisation ou connectivité de ces composants, envisagée à un niveau plus intégré, qui détermine justement les conditions aux limites du niveau élémentaire.

Autrement dit, tout se passe comme s'il existait une opposition entre la démarche empirique réductionniste suivant laquelle le détail engendre le général et la démarche mathématique au moins classique qui décrit un système à un certain niveau, par un système d'équations différentielles. On remarque souvent qu'il est *évident* que le niveau supérieur doit agir sur le niveau inférieur. Comme nous venons de le voir, cette évidence s'impose de façon très précise chaque fois qu'on envisage un système d'équations différentielles. Pourtant l'évidence empirique opposée (de l'inférieur vers le supérieur) s'impose par l'observation et le bon sens, mais elle est beaucoup plus difficile[1]

1. Dans les systèmes humains, cette difficulté revêt une forme particulière bien connue par ailleurs, celle du passage du sens et des déterminations de l'individu au social : celui-ci apparaît comme à la fois le résultat de la composition des effets des individus et le cadre englobant qui les conditionne. Des auteurs comme H. Von Foerster, J.-P. Dupuy ont essayé d'analyser des conditions telles que les individus constituant une société puissent « se reconnaître » ou non dans ce que cette société leur renvoie. C'est ce passage qui constitue, au moins en partie, ce que C. Castoriadis étudie sous le nom d'imaginaire social, où se joue entre autres la sublimation des pulsions dont une psychanalyse trop puriste (trop refermée sur l'individu) ne peut rendre compte. (Voir plus loin p. 95 ; H. Von Foerster (ed.), *Interpersonal Relational Networks*, CIDOC, cuaderno n° 1014, Cuernavaca ; J.-P. Dupuy, « L'économie de la morale, ou la morale de l'économie », *Revue d'économie politique*, n° 3, mai-juin 1978 ; C. Castoriadis, *L'Institution imaginaire de la société*, Éditions du Seuil, 1975, et *Les Carrefours du labyrinthe*, Éditions du Seuil, 1978.)

à formaliser. Cette question du passage du global au local et vice versa, on en parle, dans la théorie des modèles, en termes de projection, où les critères de validité sont des critères d'homomorphisme. Ici, il s'agit des déterminations causales de tels passages, envisagées en termes de conditions aux limites et de fonctions solutions d'équations différentielles. Le mathématicien A. Douady remarquait qu'il s'agit d'un problème analogue à celui de la sphère vibrante où l'intégration est effectuée alors même qu'il n'y a pas de bords.

En changeant de formalisme, et en retournant à celui de la théorie de Shannon, on voit comment les mécanismes de création d'information à partir du bruit dont nous avons parlé peuvent constituer un certain progrès.

Nous avons vu plus haut en quoi ces mécanismes impliquent en fait un changement du point de vue de l'observation, avec superposition des deux points de vue : celui de la voie élémentaire (x; y) sur laquelle s'exerce le bruit, et celui de la voie du système S à l'observateur qui mesure la quantité d'information du système.

Mais en fait, il s'agit de plus que cela : l'observateur du système contenant la voie, par rapport à qui l'effet du bruit est positif, ce n'est pas seulement un être logique qui fait les mesures, c'est aussi un niveau d'intégration plus élevé. En effet, le fait de s'intéresser à la sortie de la voie (x; y) ou à celle du système vers l'observateur revient en fait à situer l'observation à deux niveaux hiérarchiques différents.

Cela veut dire que l'introduction de la position de l'observateur ne constitue pas *seulement* une étape logique du raisonnement : *cet observateur, extérieur* au système, *c'est en fait, dans un système hiérarchisé, le niveau d'organisation supérieur* (englobant) par rapport aux systèmes éléments qui le constituent; c'est l'organe par rapport à la cellule, l'organisme par rapport à l'organe, etc. C'est par rapport à lui que les effets du bruit sur une voie à l'intérieur du système peuvent, dans certaines conditions, être positifs.

Autrement dit : pour la cellule qui regarde les voies de communications qui la constituent, le bruit est négatif. Mais pour l'organe qui regarde la cellule, le bruit dans les voies à l'intérieur de la cellule est positif (tant qu'il ne tue pas la cellule) en ce qu'il augmente le degré de variété, donc les performances régulatrices, de ses cellules.

Ces considérations ont abouti, comme on l'a vu, à l'ébauche d'une théorie de l'organisation où celle-ci est définie par une dynamique de variation de la quantité d'information dans le temps et où, à chaque instant, le degré d'organisation est défini non pas par un point sur une droite (un seul paramètre, qui permettrait de l'ordonner), mais par trois paramètres : deux expriment un *compromis* entre redondance et variété, ordre répétitif et ordre par improbabilité qui sont les deux façons intuitives — mais opposées — de concevoir l'organisé. Le troisième est un paramètre de fiabilité qui exprime une sorte d'inertie du système par rapport aux perturbations, dont l'effet peut être d'ailleurs aussi bien positif que négatif suivant les niveaux, comme on vient de l'indiquer. Cette théorie semble être de quelque utilité pour rendre compte, au moins sous quelques aspects et d'un point de vue phénoménologique, de ce qu'apparaît être l'organisation dans différentes sciences du vivant [1]. En effet, la découverte de redondance à différents niveaux de l'organisation des systèmes vivants semble lui apporter quelque support expérimental. Au niveau du noyau cellulaire, les ADN répétitifs (Britten-Davidson [2], Nagl [3]) comme redondance initiale, et la dégénérescence du code génétique comme redondance fonctionnelle (Strehler [4]) ont été invoqués à l'origine de mécanismes possibles de différenciation cellulaire durant le développement embryonnaire. La théorie de l'auto-organisation fournit un principe général de différenciation par destruction éventuellement aléatoire d'une redondance qui caractérise l'état initial d'indifférenciation. Ainsi, la quantité d'information contenue dans un programme génétique éventuel peut être considérablement réduite par rapport à celle qui serait nécessaire dans le cas d'une détermination rigoureuse des détails de la différenciation. Cela semble particulièrement pertinent en ce qui concerne le développement du système nerveux, où une part d'aléatoire permet une économie considérable d'information génétique [5] qui, autrement, serait insuffisante si elle devait spécifier dans tous ses détails un système constitué de plus de 10 milliards de neurones interconnectés. Là aussi, on peut observer, au moins dans certains cas, des connexions initialement redondantes qui se spécifient au cours du développement en perdant cette redondance [6].

1. G. Canguilhem, article sur « Vie », *Encyclopædia universalis*, vol. 16, Paris, 1975, p. 769.

2. R.J. Britten et E.H. Davidson, « Gene Regulation for higher cells : a theory », *Science*, 165, 1969, p. 349-357.

3. W. Nagl, « Nuclear organization », *Annual Review of Plant Physiology*, 27, 1976, p. 39-69.

4. B.L. Strehler, *Time, Cells and Aging*, Academic Press, 1978 (2e édition).

5. M. Milgram, « Model of the Synaptogenesis : Stochastic Graph Grammars », in *Information and Systems*, Proceedings of IFAC Workshop 1977, B. Dubuisson (éd.), Pergamon, 1978, p. 171-176.

6. J. Paillard, « Système nerveux et fonction d'organisation », in *La Psychologie*,

De plus, comme nous le verrons plus loin [1], les principes d'auto-organisation par diminution de redondance permettent de comprendre la constitution progressive de formes à reconnaître en même temps que celles qui servent de référence à cette reconnaissance, dans les processus d'apprentissage adaptatif non dirigé.

Ces processus sont à l'œuvre non seulement dans les « reconnaissances de formes » qui caractérisent notre système cognitif, mais encore dans la constitution et le fonctionnement du système immunitaire, véritable machine à apprentissage et à intégration du nouveau, au niveau cette fois de formes cellulaires et moléculaires. En effet, le système immunitaire réalise un réseau cellulaire, où les cellules — les lymphocytes — sont connectées — entre elles et avec les antigènes qui constituent leurs stimuli extérieurs — par des mécanismes de reconnaissance moléculaire au niveau de leurs membranes. Là aussi on a affaire à un système d'apprentissage non dirigé dont le développement est conditionné par l'histoire des rencontres avec différents antigènes, histoire évidemment, au moins en partie, non programmée et aléatoire. Or, la reconnaissance des antigènes par les lymphocytes est le résultat, au niveau moléculaire et cellulaire, d'une sélection de lymphocytes préexistants, avec leurs structures membranaires adéquates, dont la multiplication est déclenchée par la rencontre avec un antigène donné (sélection clonale). Aussi, la possibilité d'une variété pratiquement infinie et imprévisible de réactions immunitaires à partir d'un nombre fini de lymphocytes déterminés implique la coopération de plusieurs niveaux différents de reconnaissance. Une combinatoire de différentes cellules appartenant à différents niveaux multiplie alors considérablement la variété des réponses possibles (Jerne [2]). Enfin, là aussi une redondance initiale dans ces coopérations — transmission d'information entre différents niveaux du réseau cellulaire que constitue le système immunitaire — permet peut-être d'expliquer le développement avec accroissement de diversité et de spécificité [3]. Celui-ci aboutit en fin de compte à la consti-

J. Piaget, J.-P. Bronckart, P. Mounoud (éds.), Paris, Gallimard, « Encyclopédie de la Pléiade », sous presse. Et aussi G. Moroz, *De la neurocybernétique à la psychologie : l'idée de sélection et le psychisme humain*, thèse de doctorat en médecine, Université-Paris V, 1979.

1. Voir chapitre : « Conscience et désirs dans des systèmes auto-organisateurs », p. 133.

2. N.K. Jerne, « Towards a network theory of the immune system », *Annales d'immunologie* (institut Pasteur), 1974, 125 C, p. 373-389.

3. N.M. Vaz et F.J. Varela, « Self and non sense : an organism-centered approach to immunology », *Medical Hypothesis*, 1978, vol. 4, n° 3, p. 231-267.

tution de l'individualité moléculaire de chaque organisme dont on sait que chez l'homme elle est pratiquement absolue. Celle-ci est en effet conditionnée par les rencontres en partie aléatoires avec des structures moléculaires et cellulaires apportées par un environnement toujours renouvelé, au moins partiellement.

3. *Bruit organisationnel et signification de l'information*

Mais il est possible d'aller plus loin encore. Le formalisme de la théorie de l'information est un formalisme probabiliste qui nous est imposé parce qu'on a affaire à des systèmes qu'on ne peut connaître que globalement et imparfaitement. Comme nous l'avons vu plus haut à propos de l'histoire du bureau désordonné, l'idée du sens et de la signification est toujours présente dans la notion d'ordre comme dans celle d'information. Pourtant nous avons vu aussi que la théorie de Shannon n'a permis de quantifier l'information qu'au prix de la mise entre parenthèses de sa signification. Le principe d'ordre à partir du bruit dans ses formulations quantitatives successives (H. Von Foerster 1960; H. Atlan 1968, 1972, 1975[1]) a utilisé lui aussi la théorie de Shannon d'où les préoccupations de signification sont absentes. En fait, le problème du sens et de la signification est toujours là, alors même qu'on le croit éliminé. Il est là, bien sûr, dans les notions de codage et décodage. Mais il est là aussi de façon implicite-négative et comme une ombre, dans toute utilisation des notions de quantité d'information ou d'entropie pour apprécier l'état de complexité, d'ordre ou de désordre, d'un système. Enfin, nous verrons que le principe d'ordre à partir du bruit, bien qu'exprimé dans un formalisme purement probabiliste, d'où le sens est absent, repose implicitement sur l'existence de la signification et même de plusieurs significations de l'information. Autrement dit, il s'agit là d'une voie d'approche possible vers la solution du dernier des problèmes que la théorie de Shannon avait négligés : celui de la signification de l'information[2].

Pour cela, il nous faut mieux saisir d'abord le retournement que nous avons effectué par rapport à la formulation initiale de Von Foerster quand nous avons exprimé le principe d'ordre par le bruit

1. H. Von Foerster, 1960, *op. cit.* H. Atlan, 1968, 1972, *op. cit.*, et 1975, « Organisation en niveaux hiérarchiques et information dans les systèmes vivants », *Réflexions sur de nouvelles approches dans l'étude des systèmes*, colloque ENSTA, Paris, p. 218-238.
2. Voir plus haut, p. 65.

comme une augmentation de variété, d'information de Shannon, de complexité, liée à une diminution de redondance. Il s'agissait en effet d'un principe d'organisation ou de complexité par le bruit, et c'est, partiellement, à tort que nous l'avions inscrit dans la suite de Von Foerster et de son principe d'ordre par le bruit ; celui-ci envisageait une augmentation d'ordre répétitif, de redondance, tandis qu'il s'agit ici de celle de l'information, qui en est l'opposée et sert à mesurer la complexité. Pourtant, c'est son fameux exemple des aimants agités dans une boîte qui nous aide toujours à fournir une représentation imagée du bruit organisationnel. C'est que les notions d'ordre, de complexité et d'organisation n'étaient pas dépourvues d'ambiguïté. En particulier, le caractère contradictoire de l'organisation impliquant à la fois redondance et variété devait, avant d'avoir été reconnu clairement, être pour quelque chose dans cette confusion.

C'est en démêlant maintenant ces notions au plus près que nous tirerons le bénéfice annoncé concernant le sens et la signification. Pour cela, il nous faut revenir sur les notions d'entropie, d'ordre, de complication et de complexité, pour être mieux à même de progresser en découvrant des implications nouvelles de la théorie du bruit organisationnel. Comme nous allons le voir, il semble aujourd'hui plus légitime de réserver, comme le faisait Von Foerster, le terme d'ordre à ce qui se mesure par une redondance, la variété et la complexité étant mesurées par l'information, fonction H de Shannon.

3.1. *Complexité, complication et autres notions associées*

3.1.1. *Complexité et niveaux d'organisation*

On sait depuis Brillouin que la quantité d'information d'un système (la fonction H) est la mesure de l'information *qui nous manque*[1], l'incertitude sur ce système. C'est en cela qu'elle en mesure la complexité. Mais il y a là un paradoxe apparent : comment peut-on mesurer, donc déterminer, quelque chose qu'on ne connaît pas, en l'occurrence ici l'information qu'on ne possède pas sur le système (ou encore le déficit d'information, l'incertitude sur le système) ? On le peut si on connaît les éléments constitutifs du système et leur distribution de probabilités, c'est-à-dire la fréquence avec laquelle on observe chaque élément dans l'analyse d'une classe de systèmes supposée statistiquement homogène.

A partir de cette information minimale (qu'on possède), on peut

---

1. H. Atlan, 1972, *op. cit.*

calculer l'information qui nous manque pour être capable de reconstruire le système à partir de ses éléments, c'est-à-dire de le comprendre. C'est en cela que cette fonction H de Shannon, dite quantité d'information, mais plus précisément entropie, incertitude, information qui nous manque, mesure la complexité, pour nous observateurs, de ce système. On comprend alors en quoi cette mesure dépend de façon critique du niveau d'observation, ou plus exactement du choix de ce qui est considéré comme éléments constitutifs. Cette propriété est souvent considérée comme un défaut supplémentaire du concept classique de quantité d'information d'un système. La valeur numérique de H peut varier considérablement car elle dépend du choix des éléments constitutifs : particules élémentaires, atomes, molécules, macromolécules, organelles, cellules, organes, organismes, unités de production et de consommation, sociétés, etc. Mais nous allons voir que c'est justement là que se loge la signification (pour le système) de l'information (pour l'observateur, c'est-à-dire l'information qu'il n'a pas), alors même que celle-ci est mesurée de façon probabiliste, qui ignore la signification : cela vient de ce qu'il s'agit, encore, d'une information qu'on n'a pas sur le système. Le choix, au départ, est laissé à la décision de l'observateur. S'il s'agit par exemple de décrire un système à partir de ses atomes constitutifs, H mesurera l'information supplémentaire nécessaire quand on ne connaît que le type d'atomes rencontrés dans un ensemble statistiquement homogène de systèmes identiques et leur fréquence dans cet ensemble. Cette information nécessaire est évidemment très grande par rapport à celle dont on aurait besoin si on décrivait le système à partir de ses molécules. C'est que dans ce cas on utiliserait une information supplémentaire qu'on possède déjà sur la façon dont les atomes sont associés en molécules. C'est autant de complexité qui disparaît par rapport au cas précédent. Autrement dit, dans la pratique, on connaît en général un peu plus que les atomes rencontrés et leur distribution de probabilités. On connaît aussi, au moins partiellement, comment ces atomes sont utilisés par le système pour construire des molécules, comment des molécules sont utilisées pour construire des macromolécules, etc. Plus on connaît la façon dont les éléments sont assemblés pour construire le système — plus on possède de véritable information, avec sa signification, sur le système — plus la fonction H diminue.

Le meilleur exemple en est celui de la quantité d'information, ou complexité, d'un organisme qui est considérablement réduite si l'on admet que l'organisme est totalement déterminé par la structure informationnelle de son génome. La complexité de l'organisme se réduit alors à celle de son génome (Dancoff et Quastler[1]). On peut remarquer que cette réduction de la fonction H correspond en fait à une prise en compte de la *redondance* du système sous la forme de ses *contraintes organisationnelles* : la construction des protéines n'est pas considérée comme indéterminée — incertaine — dès lors qu'on connaît le génome et les mécanismes par lesquels celui-ci détermine la structure des protéines. La connaissance de ces mécanismes réduit l'information qu'on ne possède pas, donc la complexité apparente du système cellulaire, en mettant en évidence les contraintes entre éléments constitutifs différents. C'est cela qui se traduit, comme on doit s'y attendre, par une réduction de la complexité mesurée. Autrement dit, cette réduction n'est qu'un cas particulier de l'opposition entre H et R, entre information et redondance : H mesurant la complexité, parce que désignant l'information qu'on ne possède pas, R mesure la simplification en ce qu'elle exprime une information qu'on possède, au moins partiellement, sous la forme de probabilités conditionnelles.

C'est ainsi que *la complexité est reconnue comme une notion négative* : elle exprime qu'on ne connaît pas, ou qu'on ne comprend pas un système, malgré un fond de connaissance global qui nous fait reconnaître et nommer ce système. Un système qu'on peut spécifier explicitement, dont on connaît la structure détaillée, n'est pas vraiment complexe. Disons qu'il peut être plus ou moins compliqué. La complexité implique qu'on en ait une perception globale, avec en même temps la perception qu'on ne la maîtrise pas dans ses détails. C'est pourquoi on la mesure par l'information qu'on ne possède pas et dont on aurait besoin pour spécifier le système en ses détails.

3.1.2. Complexité et complication

On voit donc que la complexité doit être distinguée de la complication. Celle-ci n'exprime à la limite qu'un grand nombre d'étapes ou d'instructions pour décrire, spécifier ou construire un système à partir de ses constituants. En ce sens, la complication est un attribut des systèmes artificiels, construits, ou au moins constructibles, par l'homme qui en connaît et comprend totalement la structure et le fonctionnement. Elle est mesurable à partir des épures, plans et programmes qui spécifient dans les détails la construction éventuelle du système. Très souvent, aujourd'hui, la complication est mesurée par un temps de calcul d'ordinateur nécessaire pour réaliser un programme : plus ce temps est long (en travaillant avec le même

1. Voir H. Atlan, 1972, *op. cit.*

ordinateur), plus le programme, et donc le système qu'il spécifie, est compliqué.

On sait qu'il existe un ordinateur universel théorique, appelé machine de Turing [1], capable de réaliser (avec un minimum de *hardware* mais un maximum d'instructions de programme) ce que n'importe quel ordinateur réel peut effectuer. On peut donc, de façon plus générale, mesurer la complication d'un système par le nombre d'étapes nécessaires parcourues par une machine de Turing pour le décrire à partir de ses constituants à l'aide d'un programme de construction. Cela implique évidemment qu'un tel programme puisse être écrit, c'est-à-dire qu'on ait du système une connaissance opérationnelle totale. Dans une telle éventualité, on peut vérifier, pour établir la cohérence de nos définitions, que la fonction H (complexité, information qu'on ne possède pas sur le système) pourrait être réduite à zéro tandis que la redondance, exprimant les contraintes, serait maximale, égale à 1. En effet, dans ce cas, le système pourrait être décrit si on le désire à l'aide d'un seul élément constitutif, ce qui réduirait comme on sait sa quantité d'information à zéro. Cet élément unique serait son programme de construction. En effet rien ne nous empêcherait de considérer ce programme comme un seul élément constitutif, puisqu'on le connaît parfaitement, dans ses détails, et qu'on est capable de le construire. Cette connaissance est alors supposée préalable à la description, tout comme la connaissance préalable des structures moléculaires permet de décrire un système matériel à partir de ses molécules constitutives. Nous touchons ici à la différence de points de vue suivant qu'on utilise la théorie de l'information pour la construction de systèmes artificiels ou pour la compréhension et la manipulation de systèmes naturels toujours imparfaitement connus. Nous y reviendrons.

3.1.3. *Complexité et désordre*

Remarquons en passant que la fonction H qui mesure la complexité est une généralisation de l'entropie d'un système physique qu'on considère comme une mesure de son désordre moléculaire (voir plus haut, p. 28 et 31). Celui-ci serait donc une manifestation de la complexité. En effet, l'ordre n'apparaît dans une structure que si on le connaît, si on en comprend les articulations, le code qui régit l'agencement des éléments. Une complexité ordonnée n'est donc plus complexe. Elle ne peut être que compliquée. Mais inversement, tout désordre n'est pas nécessairement une complexité. Un désordre n'apparaît complexe que par rapport à un ordre dont on a des raisons de croire

1. Voir H. Atlan, 1972, *op. cit.*

qu'il existe, et qu'on cherche à déchiffrer. Autrement dit, *la complexité est un désordre apparent où l'on a des raisons de supposer un ordre caché ;* ou encore, *la complexité est un ordre dont on ne connaît pas le code.*

La relation entre complexité et désordre[1] apparaît clairement quand on comprend qu'une structure statistiquement homogène qu'on voudrait reproduire telle quelle — avec ces molécules-ci et pas d'autres, si on pouvait les distinguer — est la plus complexe qui soit. Dire, comme en thermodynamique, « qu'un système physique laissé à lui-même évolue vers le plus grand désordre, c'est-à-dire vers la plus grande homogénéité » (entropie maximale), veut dire : « ... évolue vers la plus grande complexité si on avait à le spécifier explicitement. »

Autrement dit, il évolue vers un état où nous en recevons la plus grande absence d'information. Et pour qu'il n'en soit pas ainsi, il faut le maintenir par des contraintes *externes* dans un état de moindre désordre, ce qui veut dire qu'on ne le laisse pas évoluer tout seul, ou encore, qu'on lui impose de l'extérieur certaines conditions que la source externe (qui les impose) « connaît » évidemment. Ces conditions font que le système — qu'on appelle alors ouvert et loin de l'équilibre — peut rester ordonné, c'est-à-dire transmettre une information à son environnement : cette information, au sens plein avec sa signification, c'est précisément la connaissance des contraintes externes ou conditions qui maintiennent loin du désordre maximal. Le système la « transmet » à son environnement tout simplement parce que c'est cet environnement qui les impose au système. Le système ne fait que renvoyer cette information à son environnement (observateur, manipulateur) qui ne le laisse pas évoluer par lui-même.

3.1.4. *Complexité et redondance*
L'existence de contraintes internes à l'intérieur du système équi-

1. Dans un livre récent sur « entropie, désordre et complexité » (*Thermodynamique et Biologie*, Paris, Maloine-Doin, 1977), J. Tonnelat a bien vu le caractère relatif et en partie arbitraire des notions d'ordre et de désordre appliquées à la réalité physique et c'est pourquoi il préfère les éliminer du langage thermodynamique. Pour lui, l'entropie ne mesure pas le désordre mais la complexité. Nous sommes arrivé à un résultat voisin sans éliminer pour autant la problématique de l'ordre et du désordre, mais en y incluant cette relativité même due au rôle de l'observateur. Cela est rendu possible par la dialectique de Brillouin (que Tonnelat rejette) entre information (qu'on ne possède pas) et néguentropie-ordre moléculaire (qu'on ne peut pas observer directement). En outre, tout naturellement, cette prise en compte du rôle fondateur d'ordre qu'a l'observation nous a permis de distinguer la complication (connue et comprise) de la complexité (imparfaitement connue bien qu'observée et manipulée).

vaut à une redondance. En effet, du fait de ces contraintes, la connaissance d'un élément modifie celle qu'on peut avoir sur d'autres éléments. Si cette connaissance est limitée à celle de leurs probabilités d'apparition comme éléments constitutifs du système, les contraintes sont mesurées par des probabilités conditionnelles (de rencontrer un élément sous condition qu'un autre ait été d'abord identifié). Ces probabilités conditionnelles servent à mesurer la redondance R qui diminue la fonction H suivant la relation $H = H_{max} (1 - R)$[1]. Puisque celle-ci est une mesure de la complexité et du « désordre », il en résulte que la redondance est une mesure de la simplicité et de l'« ordre ». Ainsi l'ordre serait plutôt répétitif ou redondant. Il n'est pas nécessaire qu'il soit physiquement répétitif, comme dans un cristal, au sens d'un élément ou motif unique répété un grand nombre de fois. Il suffit qu'il soit redondant, c'est-à-dire déductivement répétitif : la connaissance d'un élément nous apporte une certaine information sur les autres (en diminuant l'incertitude à leur sujet) et c'est cela qui nous fait percevoir un ordre.

3.1.5. Mesures de la complexité

Ainsi, la complexité telle que nous avons tenté d'en cerner les caractéristiques peut se mesurer par la fonction H. Mais celle-ci peut être définie de trois façons différentes correspondant à trois sortes d'intuition ou de perception de la complexité d'un système que nous ne connaissons qu'imparfaitement, à partir de ses éléments constitutifs.

De la façon la plus immédiate, le sentiment de complexité vient d'abord de la rencontre d'un grand nombre d'éléments constitutifs différents. Sa mesure (qui n'a même pas encore besoin d'être probabiliste) est donnée par la variété au sens d'Ashby. Elle est un cas particulier de fonction H limitée au nombre N d'éléments différents (où $H = \log N$) : la répartition des fréquences des différents éléments n'y est pas prise en compte, ou, *ce qui revient au même et exprime notre ignorance à leur encontre*, les fréquences sont supposées égales entre elles.

Ensuite, nous pouvons avoir une connaissance (imparfaite) de cette répartition par l'intermédiaire de leur distribution de fréquences (qu'on suppose identique à une distribution de probabilités). Celle-ci est alors utilisée pour exprimer la fonction H proprement dite par la formule de Shannon. Elle aboutit à une valeur plus petite que dans le cas précédent (qui correspond à un maximum de H, réalisé quand les probabilités sont égales). Il est normal qu'il en soit ainsi, puisque la distribution des probabilités constitue un accroissement

1. Voir plus haut, p. 50.

de connaissance qui réduit donc la complexité. Enfin la connaissance des contraintes internes éventuelles aboutit à une fonction H encore réduite par la redondance qui mesure ces contraintes. Ainsi ces trois façons d'écrire la fonction H expriment trois sortes de complexité. La première, triviale et maximale, est la variété donnée par H = log N. La deuxième exprime le désordre ou l'homogénéité statistique; elle est donnée par la formule de Shannon H = — Σ p log p. La troisième est une mesure du manque de connaissance sur les contraintes internes (ou redondance) du système; elle est donnée par H = H*max* (1 — R).

La mesure de la complexité décroît de la première à la troisième au fur et à mesure que des connaissances supplémentaires (bien que partielles et incertaines) sont supposées acquises : la deuxième est un maximum de la troisième correspondant à une redondance nulle : H = H*max*; la première est un maximum de la deuxième correspondant à une distribution supposée équiprobable, qui représente ainsi un *maximum maximorum* d'ignorance et de complexité.

3.1.6. Complexité et codage

Reste à comprendre, dans ce contexte, en quoi la fonction H, quantité d'information contenue dans un système, représente en fait une quantité d'information transmise, au sens de Shannon, dans une voie du système à l'observateur, alors qu'on vient de rappeler qu'il s'agit d'une information que l'observateur ne possède pas puisque c'est celle dont il aurait besoin pour spécifier le système. C'est qu'il s'agit, encore une fois, d'un système qu'on ne sait pas spécifier totalement, explicitement, comme c'est en général le cas des systèmes naturels.

L'information reçue est donc une information dont on ne connaît pas le code : c'est une information transmise, strictement au sens shannonien de la transmission *dans* une voie où on ne s'occupe pas du codage et décodage du sens des messages à l'entrée et à la sortie de la voie [1].

L'observateur du système, c'est la sortie de la voie avec les messages

1. Dans son introduction à la théorie de Shannon, Weaver avait distingué trois niveaux dans la formalisation de l'information transmise. Il avait bien montré en quoi la théorie de Shannon est limitée au niveau A (transmission fidèle de signaux dans une voie) à l'exclusion des niveaux B et C qui impliquent les opérations de codage et décodage chez l'émetteur et le destinataire, et ont à voir avec la signification et l'efficacité des messages, respectivement. Pourtant ces niveaux B et C sont toujours là. La théorie de Shannon suppose leur existence implicite même si elle ne s'en occupe pas. C'est pourquoi Weaver ne désespérait pas de ce qu'un jour, le développement de cette théorie permette d'en rendre compte (W. Weaver et C.E. Shannon, 1949, *op. cit.*).

reçus sans que le code permettant de les comprendre en soit connu. C'est pourquoi cette information sans code, qui est transmise par un système, c'est une information qu'on *aurait effectivement* si on connaissait le code, car alors on pourrait l'*utiliser pour spécifier le système*. Mais c'est en fait toujours une information qu'on n'a pas, un déficit d'observation, que le système transmet pourtant à l'observateur dans la mesure où celui-ci l'observe globalement et statistiquement, à partir de l'ensemble de ses constituants et de leur distribution de probabilités.

Cette observation imparfaite lui permet au moins de mesurer l'information dont il aurait besoin pour spécifier le système : c'est cette mesure-là qui lui est transmise par l'observation possible du système. C'est elle qui lui permet en même temps de mesurer la complexité de ce système dont il ne connaît pas l'ordre, le code, parce qu'il ne le comprend pas.

3.2. *Bruit organisationnel : complexité par le bruit et significations*

3.2.1. *Effets « bénéfiques » du bruit*

Le principe de bruit organisationnel ou de complexité par le bruit dans ce contexte veut dire que le bruit réduisant les contraintes dans un système en augmente la complexité. Cela est évidemment encore lié à la perception de l'observateur et à ce que la connaissance que nous avons de ces systèmes (naturels) et de leurs mécanismes de construction est (encore ou toujours) imparfaite. Ce qui nous apparaît comme des perturbations aléatoires par rapport à ces mécanismes est pourtant récupéré par le système et utilisé d'une façon ou d'une autre (en général d'ailleurs imprévisible dans son détail) pour se construire ou se reconstruire de façon nouvelle. Cette nouvelle construction échappe évidemment au détail de notre connaissance, par définition même, puisqu'elle est produite par des perturbations aléatoires, c'est-à-dire par ce qui, pour nous, est un hasard [1]. C'est

---

1. Qu'il s'agisse d'un hasard « absolu » ou d'un hasard dû à notre ignorance des séries causales est sans importance ici. Le hasard a été défini de multiples façons. Nous nous en tiendrons à la définition classique de Cournot comme la « rencontre de deux séries causales indépendantes ». (Une série de causes et d'effets me fait passer à l'instant t en un lieu x. Une autre série de causes et d'effets, indépendante, fait tomber une tuile d'une maison au même instant et au même lieu.) C'est cette définition qui nous fait considérer les effets de perturbations «aléatoires», d'origine interne ou externe, sur un système organisé comme des effets du hasard. En effet, ces perturbations sont supposées — et perçues — sans liaison cohérente, prédictible, avec l'état présent du système. Elles sont incluses dans des séries causales indépendantes de celles par lesquelles le système apparaît ordonné.

pourquoi cette nouvelle construction qui a utilisé du bruit a abouti à un accroissement de complexité, c'est-à-dire à un accroissement de l'information qui nous manque. Mais, puisque le système continue à exister et à fonctionner, cela veut dire que, *pour lui*, cette complexité reste fonctionnelle et *lui apporte* donc un surcroît d'information qu'il utilise éventuellement pour une meilleure adaptation à des conditions nouvelles[1]. C'est cela que dit le principe de complexité par le bruit sur lequel nous avons établi la possibilité d'auto-organisation par diminution de redondance.

Nous avons déjà souligné le rôle d'une organisation hiérarchisée, en plusieurs niveaux de généralité, dans le fonctionnement de ce principe : si le système nous apparaît comme plus complexe à cause des effets du bruit, c'est que nous l'observons à un niveau d'organisation plus général que celui des voies de communications perturbées par le bruit. C'est ce niveau, plus général, qui reçoit ou « observe » les effets du bruit dans les voies qu'il contient comme des effets positifs.

En fait, Weaver, déjà, dans son introduction au travail de Shannon[2], avait remarqué que les effets du bruit sur des signaux dans une voie augmentent la quantité d'information à la sortie de la voie puisque son incertitude a augmenté. Cela lui apparaissait comme un « effet bénéfique » paradoxal du bruit, inacceptable dans le cadre d'une

Quand il s'agit de systèmes complexes imparfaitement connus dans tous leurs détails, cela implique que cette perception du hasard peut fort bien être le résultat de notre ignorance des contraintes organisationnelles du système dans tous leurs détails. Cela revient à qualifier ce hasard de non absolu, relatif à l'état de notre connaissance des séries causales. Selon Laplace une connaissance exacte des positions et vitesses de toutes les molécules de l'univers conduirait à un déterminisme absolu d'où tout hasard serait exclu. Soit. Mais une telle connaissance est impossible et rien ne peut nous être connu en dehors des possibilités de notre connaissance! Nous ne pouvons parler de hasard ou de déterminé qu'à travers ces possibilités. La question de savoir s'il s'agit d'un vrai hasard ou d'un hasard apparent nous semble donc sans importance; de même celle concernant la possibilité d'un nouveau vraiment nouveau. Si tout est déterminé aucune nouveauté n'est possible. La nouveauté d'un événement est-elle liée à une ignorance — irréductible — des déterminismes? Cela aussi, et pour la même raison, nous paraît un faux problème (voir note suivante).

1. La nouveauté est évidemment elle aussi appréciée par rapport à nous, observateurs, tout comme le hasard. S'agit-il d'une nouveauté relative à notre ignorance des séries causales? Cette question nous semble à la limite théologique : ce qui y est implicite, c'est une connaissance divine à priori de toutes les séries causales (à la Laplace ou à la Maïmonide), dont on sait qu'elle occulte les problèmes plutôt qu'elle ne les pose.

2. W. Weaver et C.E. Shannon, 1949, *op. cit.*

théorie de la communication où le but est de transmettre l'information avec un minimum d'erreurs. Cependant, nous avons vu comment la situation est différente quand on est intéressé non par la sortie d'une voie mais par un système contenant cette voie comme une partie constitutive. Nous savons donc maintenant que cette première intuition de Weaver était correcte et qu'elle peut être le fondement de la solution du problème de la création d'information dans le cadre de la théorie de Shannon.

Mais nous allons voir maintenant comment elle permet en outre d'éclaircir quelque peu l'unité profonde entre les trois niveaux de l'information de Weaver, à partir de la définition étroite limitée au niveau A (voir plus haut, note p. 80). Cette unité, Weaver lui-même l'avait d'ailleurs postulée, immédiatement après avoir soigneusement distingué ces trois niveaux.

Auparavant il n'est pas inutile de revenir en détail sur les différences signalées plus haut entre notre démarche et la formulation originelle de ce que Von Foerster avait appelé le principe d'ordre par le bruit.

3.2.2. *Les aimants de Von Foerster : complexité (plutôt qu'ordre) par le bruit*

Cet auteur, en effet, dans un même article, proposait d'une part un modèle particulièrement suggestif, mais qualitatif, celui de cubes aimantés agités au hasard et se disposant en des formes de complexité (pour lui d'« ordre ») croissante (fig. 2 et 3); d'autre part une formulation quantitative restreinte au cas simplifié où les formes produites se limiteraient à des couples de deux cubes accolés. C'est cette deuxième formulation qui laissait apparaître une augmentation de redondance. En réalité, ces deux situations sont très différentes et l'une n'est pas qu'une simplification de l'autre. Seule la deuxième, limitée au cas de couples de cubes, mérite le nom d'ordre (répétitif) par le bruit. La première, qui nous avait induit à adopter avec enthousiasme la terminologie proposée par l'auteur, consiste en fait en une information (complexité) par le bruit, et personne n'en a donné une analyse quantitative. En effet, dans le cas des couples d'aimants, on sait au départ que les cubes s'accoupleront et c'est sur la base de ce savoir que le calcul est effectué. Or, cela revient au même que de savoir que les cubes sont aimantés et même de connaître leur type d'aimantation. Autrement dit, on est supposé connaître le mécanisme de construction des formes, dans son détail. Or, tout le raisonnement est fondé sur l'hypothèse qu'on ne connaît pas ce mécanisme et qu'on voit se produire des formes — pour nous imprévisibles dans

Figure 2. Les aimants de Von Foerster, avant agitation

Figure 3. Les aimants de Von Foerster, après agitation

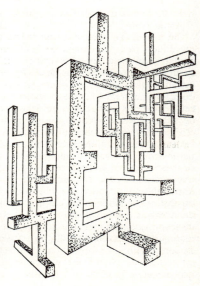

Figures extraites de : H. Von Foerster, « On self-organizing systems and their environments », in Self-organizing Systems, Yovitz et Cameron (eds.), Pergamon Press, 1960.

84

leurs détails — qui nous apparaissent comme plus complexes que *l'amas* informe de cubes dont nous étions partis.

Si on suppose connu le mécanisme, il est bien évident que la complexité diminue, comme dans le cas envisagé plus haut d'un organisme déterminé par son génome. Ce qui augmente dans ce cas, c'est bien l'ordre répétitif, comme encore dans le cas de la formation d'un cristal. Le bruit ne sert alors qu'à permettre aux contraintes potentiellement contenues dans les forces d'attraction de se réaliser effectivement, de sorte que le système construit correspond bien à la connaissance à priori qu'on a de ses mécanismes de construction. Au contraire, tout l'intérêt de l'image des cubes de Von Foerster réside dans l'hypothèse que l'on ne connaît pas leur aimantation. C'est en cela qu'ils constituent un modèle de systèmes qui (nous) apparaissent auto-organisateurs, alors même qu'ils laissent entendre que dans l'absolu (c'est-à-dire si nous connaissons tout [1] sur ces systèmes), des systèmes auto-organisateurs ne peuvent pas exister. C'est dans cette hypothèse qu'une forme, dans la mesure où elle nous apparaît comme plus complexe que l'amas de départ, nous présente un déficit d'information plus grand, donc une fonction H plus grande, ainsi que nous l'avons proposé. Mais en quoi une forme nous apparaît-elle plus complexe qu'un amas informe (outre la perception intuitive qu'on en a), de telle sorte que l'on y décèle une augmentation de H? L'amas implique que des morceaux découpant l'espace qu'il occupe sont interchangeables quant à leur probabilité d'être occupés ou non par des cubes, sans que cela modifie la forme globale. Cela veut dire que le nombre d'éléments différents qu'il serait nécessaire de spécifier pour reconstruire un amas statistiquement identique est très réduit. Au contraire, une forme géométrique donnée implique que chaque cube occupe une place bien déterminée, ce qui veut dire que des morceaux d'espace ne sont pas interchangeables quant à leur probabilité d'être occupés ou vides de cubes. Cela, bien sûr, suppose que la forme soit perçue comme un membre d'un ensemble de formes statistiquement homogène sur lequel ces probabilités peuvent être appréciées, sans qu'on puisse en connaître, dans le détail, le mécanisme de construction. C'est pourquoi, dans la pratique, le calcul sur le modèle de Von Foerster n'a pas été fait. Von Foerster n'a pu calculer qu'un exemple où la forme a été réduite à des couples séparés de cubes. Mais cela renverse complètement la problématique en ce qu'on suppose connu le détail du mécanisme de construction de la forme.

1. Voir note 1, p. 81.

3.2.3. *Signification de l'information dans un système hiérarchisé*

Dans un système hiérarchisé en différents niveaux de généralité, le principe de complexité par le bruit exprime qu'une augmentation d'information (complexité) est vue lors du passage d'un niveau inférieur (plus élémentaire) à un niveau plus général (englobant). Or, nous avons vu aussi que, normalement, ce passage s'accompagne d'une réduction de complexité puisqu'on prend alors en compte une information implicite qu'on est censé posséder sur la construction du niveau englobant à partir du niveau élémentaire (par exemple des molécules à partir des atomes). Il en découle que si ce qui nous apparaît comme du bruit (par rapport à cette connaissance préalable) ne détruit pas l'organisation, mais au contraire lui permet de se développer dans un nouvel état plus complexe, cela veut dire qu'en fait la connaissance implicite que nous étions censés avoir est imparfaite. La connaissance que nous avons du passage d'un niveau à l'autre comporte elle aussi un déficit en information qui apparaît sous la forme d'une complexité (pour nous), produite au niveau global par du bruit (pour nous) au niveau élémentaire. Mais cela veut dire aussi, comme précédemment, que cet accroissement de complexité, en ce qui concerne le système lui-même, puisqu'il s'agit d'une complexité fonctionnelle, lui apporte, du niveau élémentaire au niveau plus général, un surcroît d'information. Cette information, qui nous est évidemment inaccessible (c'est celle que nous ne possédons pas, la complexité), serait en quelque sorte celle que le système a sur lui-même, sur ses niveaux élémentaires et leur agencement au niveau plus général. C'est elle qui augmente sous l'effet de perturbations qui, pour nous, apparaissent et apparaîtront toujours aléatoires.

On peut comprendre maintenant que cette information que le système aurait sur lui-même, qui lui permet de fonctionner et d'exister en évoluant, c'est en fait la *signification* de l'information transmise dans les voies de communication qui le constituent.

En effet, on peut définir, de la façon opérationnelle la plus simple et la plus générale, la signification de l'information comme l'effet de la réception de cette information sur son destinataire. Cet effet peut apparaître soit sous la forme d'un changement d'état, soit sous celle d'un « output » de ce destinataire lui-même envisagé comme un sous-système. Ainsi, la signification de l'information génétique, c'est, au niveau le plus simple du système de synthèse des protéines, l'effet de la réception des codons-signaux sur la structure des protéines enzymatiques, et par là, sur leur état fonctionnel à l'intérieur du métabolisme cellulaire. De même, la signification de l'information qui arrive à notre système cognitif — ce que nous appelons le contenu sémantique des messages et discours — peut-elle être perçue comme un cas particulier de signification de l'information d'après la définition générale que nous proposons : il s'agirait de l'effet de la réception de l'information sur l'état ou les productions *(outputs)* de notre système cognitif.

L'information qu'un système aurait sur lui-même, celle dont nous avons vu qu'elle peut augmenter sous l'effet de ce qui nous apparaît comme du bruit (et qu'on mesure alors par une information qui nous manque), c'est bien ce qui permet au système de fonctionner, et même d'exister en tant que système. Il s'agit donc de l'ensemble des *effets*, structuraux et fonctionnels, de la *réception* de l'information transmise dans le système, sur les différents sous-systèmes et différents niveaux d'organisation du système. Il s'agit bien de la *signification* de cette information pour le système.

C'est parce que l'information est mesurée (par nous) par une formule d'où le sens est absent que son contraire, le bruit, peut être créateur d'information. Cela nous permet de l'exprimer toujours par la *même* fonction H alors même que sa signification est *différente* en ce qu'elle est reçue à deux niveaux différents d'organisation. L'information a un sens à un niveau élémentaire, que nous négligeons quand nous la mesurons par les formules de Shannon mais qui se traduit par ses effets sur son destinataire, à savoir la structure et les fonctions de ce niveau, telles que nous les percevons. Par contre, les effets de cette même information sur un niveau plus général, plus englobant, dans l'organisation du système doivent être différents de ce que nous pouvons extrapoler compte tenu de ce que nous connaissons. (Sinon, ce qui nous apparaît comme du bruit à effets positifs — le « bruit organisationnel » — ne nous apparaîtrait pas comme du bruit mais comme des signaux.) Il en résulte que le sens de cette information qui nous manque, mais que le système aurait sur lui-même, est différent suivant le niveau auquel elle est reçue dans le système. Le sens de l'information transmise dans les voies de communications intra-cellulaires n'est pas le même pour la cellule et pour l'organe, l'appareil ou l'organisme dont cette cellule fait partie. Mais comme dans tous les cas la mesure de l'information que nous utilisons ignore ces sens, il est possible et non contradictoire que ce qui apparaît comme destruction d'information à un niveau élémentaire soit vu comme une création d'information à un niveau global. Destruction et création — par le bruit — ne concernent en effet qu'une information que nous n'avons pas, dont nous ne connaissons pas les significations, les codes, de même que le bruit — destructeur et créateur — est ce qui nous apparaît, à nous, comme l'aléatoire.

Ainsi, *le principe de complexité par le bruit, c'est-à-dire l'idée d'un bruit à effets positifs, c'est la façon détournée que nous avons d'introduire les effets du sens, la signification, dans une théorie quantitative de l'organisation.*

Bien sûr, le sens n'est là que de façon négative, comme son ombre, puisqu'il n'y est pas théorisé qu'à travers les effets du bruit, c'est-à-dire d'une négation de l'information. Mais il est quand même là parce qu'*il s'agit de la négation d'une négation,* puisque tout se passe comme si l'information shannonienne niait le sens, autre façon de dire qu'elle mesure ce que nous ne comprenons pas du système.

C'est là qu'on peut trouver, semble-t-il, une réponse à l'objection que Piaget avait opposée à notre principe du bruit organisationnel. Dans son livre *Adaptation vitale et Psychologie de l'intelligence*[1], Piaget relevait à juste titre que les facteurs de bruit ne peuvent pas être vraiment du bruit *pour le système,* car ils sont forcément intégrés à son organisation dynamique dans la mesure où ils y contribuent. Nous avons vu que le principe de complexité par le bruit correspond à ce qui est perçu chez l'observateur par rapport à l'information efficace transmise d'un niveau hiérarchique à l'autre à l'intérieur du système. Cette information efficace est porteuse de sens en ce qu'elle véhicule, à l'intérieur du système, sa signification sous la forme des effets qu'elle y produit. Elle est donc très différente de celle, négative et sans signification, que reçoit l'observateur du système, lequel en mesure la complexité. Comme le rappelle excellemment J.-P. Dupuy[2], l'usage des fonctions H et R « n'est justifié que parce que la connaissance totale du système est impossible. Si elle était possible, il n'existerait pour nous aucun bruit et, à fortiori, aucun effet complexificateur du bruit : les événements singuliers s'ajusteraient à l'ensemble comme une pièce dans un jeu de Meccano selon des règles immuables. En fait, notre connaissance du mode de construction du système n'est ni totale (d'où H), ni nulle (d'où R). Et la diminution de R par ce qui nous apparaît comme du bruit est le signe que du nouveau est apparu dans les règles de construction, du nouveau par rapport à l'ordre ancien. Le détail des conditions

1. Jean Piaget, *Adaptation vitale et Psychologie de l'intelligence*, Paris, Hermann, 1974.
2. Jean-Pierre Dupuy, « Autonomie de l'homme et stabilité de la société », *Économie appliquée*, n° 1, 1977.

d'émergence de ces règles nouvelles nous échappe à jamais : un événement singulier est venu perturber la communication dans une voie du système, et un sens en est né ; ce nouveau sens, mêlé à d'innombrables autres dans les autres voies, a été communiqué au niveau englobant ; les règles d'agencement des éléments du niveau inférieur qui définissent ce niveau englobant en ont été modifiées, faisant apparaître un nouveau sens à ce niveau ; lequel a été ensuite répercuté au niveau inférieur. Mais tous ces nouveaux sens constituent des *significations pour le système*, pas pour nous, qui ne les connaissons pas ».

Après avoir analysé les limites de notre logique habituelle (« ensembliste et identitaire »), C. Castoriadis [1] appelle de ses vœux une nouvelle logique qu'il appelle « logique des magmas ». Il s'agirait de « forger un langage et des '' notions '' à la mesure de ces objets que sont les particules '' élémentaires '' et le champ cosmique, l'auto-organisation du vivant, l'inconscient ou le social historique : une logique capable de prendre en considération ce qui n'est, en lui-même, ni chaos désordonné... ni système... de '' choses '' bien découpées et bien placées les unes à côté des autres [2]... ». Cette nouvelle logique entretiendrait avec notre logique habituelle, ensembliste et identitaire, « une relation de circularité » telle qu'elle devrait de toute façon lui emprunter son langage. C'est évidemment là, dans cette articulation des deux logiques, que réside la principale difficulté. Une voie d'approche consisterait peut-être à prendre en compte le fait que notre discours s'applique à la fois à ce que nous connaissons et à ce que nous ignorons, en sachant que nous l'ignorons. Notre analyse des transferts de significations dans des systèmes hiérarchisés et de leurs rapports avec le principe du bruit organisationnel nous semble procéder quelque peu d'une telle logique. En particulier, la théorie des automates et des systèmes auto-organisateurs bute sur la notion difficile de « clôture informationnelle [3] ». L'auto-organisation ou « autopoïèse » implique que les règles d'organisation soient intérieures au système, qui apparaît ainsi informationnellement clos (... alors même qu'il est thermodynamiquement ouvert !). C'est ce qu'exprime fortement C. Castoriadis :

1. C. Castoriadis, *L'Institution imaginaire de la société, op. cit.*
2. C. Castoriadis, *Les Carrefours du labyrinthe, op. cit.*, p. 210.
3. F. Varela, *Principles of biological autonomy*, New York, Elsevier-North Holland, 1979 ; H. Maturana et F. Varela, « Autopoietic Systems : A characterization of the living organization », *Biological Computer Lab. Report*, 9.4, 1975, University of Illinois, Urbana, Ill.

« Ce qui, en premier lieu, caractérise logiquement, phénoménologiquement et réellement un automate — et le vivant en général — c'est que celui-ci établit dans le monde physique un système de partitions qui ne vaut que pour lui (et, dans une série d'emboîtements dégressifs, pour ses " semblables ") et qui, n'étant qu'un parmi l'infinité de tels systèmes possibles, est totalement arbitraire du point de vue physique. La rigueur des raisonnements contenus dans les *Principia mathematica* n'intéresse pas les mites de la Bibliothèque nationale. L'éclairage ambiant n'est pas pertinent pour le fonctionnement d'un ordinateur. [...] Ce n'est évidemment que ce système de partitions [...] qui permet de définir dans chaque cas ce qui est, pour l'automate, information et ce qui est bruit ou rien du tout ; c'est lui aussi qui permet de définir, à l'intérieur de ce qui est, pour l'automate, information en général, l'information pertinente, le poids d'une information, sa valeur, sa " signification " opérationnelle et enfin sa signification tout court. Ces différentes dimensions de l'information [...] montrent finalement que, au sens qui importe, l'automate ne peut jamais être pensé que de l'intérieur, qu'il constitue son cadre d'existence et de sens, qu'il est son propre à priori, bref, qu'être vivant c'est être pour soi, comme certains philosophes l'avaient depuis longtemps affirmé[1]. »

Et pourtant, les systèmes vivants sont quand même pensés de l'extérieur ! Où se trouve l'articulation entre cette logique où ils ne « peuvent » pas être pensés de l'extérieur et celle des biologistes, physico-chimistes, qui les pensent, en fait, de l'extérieur ? Il semble que le principe du bruit organisationnel nous permette d'apporter quelque élément de réponse, dans la mesure où il s'agit d'un point de vue explicitement extérieur sur un système dont on sait qu'il est fermé sur lui-même en ce qui concerne son sens et sa finalité, alors même que ce point de vue tient compte de ce savoir. Il en tient compte en établissant l'articulation entre les deux logiques au niveau du sens supposé, mais ignoré, qui est perçu, du point de vue de la logique identitaire, comme du non-sens, du hasard. Comme nous le verrons un peu plus loin, une des conséquences de cette articulation concerne la perception que nous pouvons avoir de nous-même — individu ou groupe social — comme produit du hasard.

---

1. C. Castoriadis, *Les Carrefours du labyrinthe, op. cit.*, p. 181.

4. *Systèmes humains*

4.1. *Les crises et l'organisation*

Nous avons vu comment le principe d'information (complexité) par le bruit peut être utile à la compréhension de la logique de l'organisation, de l'auto-organisation et de l'intégration du nouveau; autrement dit, il constitue un principe d'organisation, disons, normale, pour tout système naturel, doué de facultés d'auto-organisation et d'adaptation par apprentissage non dirigé. Aussi, la tentation d'interpréter les crises comme des effets du bruit sur l'organisation, et l'effet positif éventuel des crises comme un cas particulier d'application de ce principe, semble conduire sur une fausse piste. Les effets du bruit sont permanents; négatifs et positifs, ils font partie de l'organisation du système, déjà en l'absence de toute crise.

En réalité, nous pensons qu'une crise correspond au contraire à un fonctionnement inversé du principe de complexité par le bruit, à une production de bruit par l'information. Tout se passe alors comme si les différents niveaux d'organisation ne se comprenaient plus, à l'intérieur du même système. Ce qui est information à un niveau est perçu comme bruit à un autre niveau. On comprend qu'il ne s'agit pas simplement de destruction de l'information par le bruit, comme dans toute voie, mais qu'il s'agit bien de création de bruit (pour le système) à partir d'information (pour un observateur à qui la notion de crise s'impose alors). Plus le niveau élémentaire transmet d'information, plus le niveau général perçoit de bruit, et vice versa. Pour l'observateur, la quantité d'information du système, autrement dit sa complexité, diminue dans la mesure même où il y a crise. Éventuellement, cette diminution de complexité peut être récupérée en augmentation de redondance, ce qui pourrait être une façon de récupérer la crise et de redémarrer le système à partir d'un niveau de redondance plus élevé, dont on a vu qu'il constitue un potentiel d'auto-organisation plus important (voir p. 49). La redondance implique en effet une multitude de significations possibles dont les différences sont gommées du point de vue d'une théorie qui ne prend pas en compte la signification. La crise récupérée (ou évitée) jouerait alors le rôle de recharge en redondance ou potentiel d'auto-organisation, après que celle-ci aurait été épuisée. Nous avons proposé ailleurs une interprétation en ces termes du rôle du sommeil et du rêve dans le fonctionnement de notre appareil cognitif (voir chapitre « Conscience et désirs dans des systèmes auto-organisateurs », p. 133).

Quoi qu'il en soit, l'état de crise (paroxystique ou prolongé) serait caractérisé par un écartement sémantique entre les différents niveaux d'organisation : non seulement les significations de l'information ne sont pas les mêmes aux différents niveaux, mais il n'y a plus de possibilités de codage-décodage d'une signification à l'autre. Certes, l'état normal, qui implique comme nous l'avons vu des significations différentes, implique évidemment des codes différents suivant le niveau. Mais ces codes doivent avoir forcément des possibilités de communication pour que le système existe et fonctionne : le code individuel doit pouvoir être traduit dans le code du groupe et vice versa. Certes le principe d'information par le bruit joue sur l'ignorance partielle où nous sommes de ces codes et surtout de leur communication. Mais l'existence même du système et son développement expriment que les transmissions d'information d'un niveau à l'autre s'accompagnent de passage du sens. Comme nous l'avons vu, c'est en utilisant un formalisme d'où le sens est absent que, pour tourner notre ignorance, nous exprimons ce passage, cette compréhension que le système a de lui-même, sous la forme du bruit informationnel. Si ce passage du sens est interrompu dans la crise, nous l'exprimons donc, dans ce même formalisme, par une inversion du principe du bruit informationnel : le bruit par l'information. Dans l'organisation sociale en crise, le code de l'individu serait incompréhensible et intraduisible pour le code social, et vice versa. La variété, l'absence de contraintes observées au niveau global seraient sources de bruit pour le système lui-même au niveau des individus. Alors, les différences entre individus, au lieu de constituer une capacité de régulation et d'adaptation pour le système, ne pourraient être que des perturbations, autrement dit du bruit, dans les communications entre individus qui constituent le système. Pour l'observateur, tout se passerait comme si l'information (complexité) contenue dans le système se transformait en bruit empêchant les communications dans le système et ne contribuant ainsi qu'à le détruire[1].

1. Cette observation est à rapprocher d'une conjecture de H. Von Foerster (*Interpersonal relational networks*, CIDOC, Cuaderno n° 1014, Cuernavaca, Mexique) reprise par J.-P. Dupuy et J. Robert (*la Trahison de l'opulence*, PUF, 1976) sur les conséquences d'une représentation des individus par des machines triviales, c'est-à-dire des machines au comportement parfaitement prévisible, telles qu'à un stimulus x ne peut correspondre qu'une réponse y. Le comportement des individus peut alors être parfaitement prédit par un observateur extérieur. Pourtant, les individus ne se reconnaissent pas dans l'image qu'ils reçoivent de la société. Au contraire, si ceux-ci sont des machines non triviales, leur part

4.2. *Les systèmes humains*

La crise peut donc être décrite dans le formalisme du principe de complexité par le bruit, et de la théorie de l'organisation qui en découle, comme un fonctionnement inversé de ce principe. Les causes s'en situent au niveau de la transmission du sens de l'information (toujours ignoré, au moins partiellement, par l'observateur), d'un niveau à l'autre de l'organisation.

Mais il est maintenant temps de rappeler quelques évidences concernant les différents types de systèmes auxquels nous avons affaire et les conditions de validité de ce formalisme.

Une première distinction, classique, doit être faite entre les systèmes artificiels — dont nous comprenons la structure et les fonctions parce que c'est nous qui les avons fabriqués — et les systèmes naturels que nous observons, et dont nous n'avons qu'une compréhension imparfaite, surtout lorsqu'il s'agit de systèmes organisés hiérarchiquement, en plusieurs niveaux d'intégration. Là, en plus des difficultés inhérentes au décorticage des « boîtes noires » de chaque niveau d'organisation, tout se passe comme si un balancement de compréhension et d'ignorance ne permettait de se représenter le détail de l'organisation à un niveau qu'en oubliant les passages d'un niveau à l'autre; et, inversement, de ne se représenter l'organisation globale qu'en oubliant ces détails. Quoi qu'il en soit, tout ce que nous avons dit concerne évidemment les systèmes naturels et ne peut être appliqué aux systèmes artificiels que si l'on oublie, pour les besoins de la cause, que c'est nous qui les avons fabriqués, que leurs programmes de construction et de fonctionnement sont sortis de cerveaux humains, et donc que leur signification opérationnelle est parfaitement connue. (En effet, dans certains cas comme ceux que l'on rencontre en techniques de communications, il peut être avantageux de négliger cet aspect et de se contenter d'une description globale, probabiliste, qui fait comme si on ne connaissait pas le sens des messages transmis et reçus.) Mais en ce qui concerne les systèmes naturels, nous n'avons pas le choix et c'est pourquoi

d'indétermination leur permettra de « s'adapter » au comportement de l'ensemble et de s'y reconnaître, tandis que celui-ci sera devenu imprédictible pour un observateur extérieur.

Lorsque le sens ne passe pas et que l'individu ne se reconnaît pas dans l'image de lui-même que la société lui renvoie, nous sommes arrivé à la conclusion que la complexité de la société est détruite. Une ressource consiste alors à trivialiser les individus, de telle sorte que la structure sociale puisse apparaître contrôlable et prédictible, au moins aux yeux de quelques-uns qui y jouent le rôle d'observateurs-acteurs plus ou moins extérieurs.

les approches de la thermodynamique statistique et de la théorie probabiliste de l'information sont inévitables. Il est alors important de tirer les conséquences de la position extérieure de l'observateur, ainsi que nous avons tenté de le faire.

Mais il est une autre distinction, très importante à faire ici, entre systèmes naturels observés et systèmes naturels humains où l'observateur est en même temps partie ou totalité du système. Nous avons vu que notre approche suppose que nous ne connaissons pas l'information que le système a sur lui-même, avec ses différentes significations possibles. C'est dire que, transposée aux systèmes humains, sociaux en particulier, elle implique un point de vue particulier où nous faisons comme si nous ne connaissions pas le sens pour nous de ce que nous vivons nous-mêmes, soit comme individus organisés, soit comme éléments du système social. Ce point de vue n'est pas autre chose que le postulat ou parti pris d'objectivité, conséquence de l'extension de la méthode scientifique aux phénomènes de notre vie. On voit en quoi ce parti pris néglige une part importante, peut-être essentielle, de l'information dont nous pouvons disposer. On ne fait ici que toucher du doigt les limites de cette méthode transposée à l'analyse des phénomènes humains; là, volontairement, et alors même que nous avons le choix et pouvons faire autrement, nous négligeons le subjectif pour ne considérer ces phénomènes que du point de vue d'un observateur extérieur, qui n'aurait aucune information du type de celle que le système a sur lui-même. Comme si l'observateur ne se confondait pas avec la totalité du système, s'il s'agit de l'individu, ou avec un de ses composants, s'il s'agit du système social.

Comme exemple de ces tentatives, on peut mentionner brièvement les applications des idées mentionnées plus haut à l'organisation psychique. Notre théorie de l'auto-organisation a servi d'abord à analyser les rôles respectifs de la mémoire et des processus d'auto-organisation dans la constitution de la psyché par apprentissage, et plus généralement par ce que Piaget appelle l'« assimilation » au sens biologique et psychologique. Quelques conclusions intéressantes sur la nature du temps biologique et psychologique pouvaient en être tirées (voir plus loin le chapitre : « Sur le temps et l'irréversibilité », p. 157).

Sous sa forme la plus générale, le principe de complexité par le bruit a pu fournir une compréhension « cybernétique » de l'idée freudienne apparemment paradoxale de pulsion de mort[1] (Can-

---

1. G. Canguilhem, article sur « Vie », Paris, *Encyclopaedia universalis*, 1975.

guilhem). Enfin, dans ses applications au problème de la signification dans une organisation hiérarchique, ce principe a pu suggérer un mécanisme par quoi ce qui apparaît comme non-sens et bruit à l'observateur du niveau conscient est en fait messages pleins de sens à partir du niveau inconscient (Serres[1]). Cependant, c'est à ce point de l'approche psychanalytique que notre remarque sur les limites de ces tentatives prend sa place; en effet, l'observateur (des deux niveaux) est en fait le résultat d'une interaction du psychanalyste et du patient lui-même. Celui-ci est justement appelé le sujet (Lacan[2]) en ce qu'il est dans la position grammaticale de celui qui parle, c'est-à-dire qui envoie des messages de son système psychique tout entier, alors qu'il est *apparemment* soumis à l'observation objective du psychanalyste. C'est pourquoi la psychanalyse s'est vu attribuer un statut tout à fait spécial quant à sa scientificité. Tandis qu'elle visait toujours à se différencier de la magie et de la religion par son caractère scientifique, elle se différenciait aussi de la science par le statut particulier de son objet qui se trouve être celui du sujet! M. Foucault[3] l'appelait une antiscience pour cette raison (ainsi que l'ethnologie). J. Lacan, quant à lui, tentait de résoudre la difficulté en attribuant un statut primordial à des règles linguistiques dans la création de l'organisation psychique. Son premier exemple montrant comment ces règles peuvent être à la base d'une réalité symbolique « auto-engendrée » nous apparaît, à posteriori, comme une autre application du principe de complexité par le bruit : une série aléatoire de + et de — peut donner naissance à un ensemble de symboles obéissant à des règles très précises quand on l'observe à un niveau d'intégration différent où les unités sont faites de groupes de signes *(Séminaire sur la lettre volée*[2]).

Comme l'a bien montré C. Castoriadis[4], le statut particulier de la psychanalyse vient probablement de ce qu'elle partage avec les religions et les idéologies le caractère de « visée de transformation » plutôt que de « visée de savoir »; en même temps qu'elle s'en différencie par un essai d'utilisation de — et d'enracinement dans — la méthode scientifique... De ce point de vue-là, elle n'échappe pas à la difficulté inhérente à l'analyse scientifique de tout système hiérarchisé

---

1. M. Serres, « Le point de vue de la biophysique », in *La Psychanalyse vue du dehors*, *Critique*, 1976, 265-277, et *Hermès IV, La Distribution*, Paris, Éditions de Minuit, 1978.
2. J. Lacan, *Écrits*, Paris, Éditions du Seuil, 1966.
3. M. Foucault, *Les Mots et les Choses*, Paris, Gallimard, 1966.
4. C. Castoriadis, *L'Institution imaginaire de la société*, *op. cit.*, p. 371, et *Les Carrefours du labyrinthe*, *op. cit.*, p. 29.

que nous avons déjà signalée : le passage du local au global. C'est cette même difficulté[1] qu'on retrouve dans l'impossibilité pour la théorie psychanalytique de rendre compte du contenu de la sublimation et, plus généralement, de celui du principe de réalité. La réalité est *posée* comme présence du social « autour » de l'individu, tout comme le niveau global est posé comme conditions aux limites déterminant le local. C'est une « donnée définie ailleurs ». « La psychanalyse ne peut pas rendre compte de l'interdit de l'inceste, elle doit le présupposer comme institué socialement... Elle montre comment l'individu peut accéder à la sublimation de la pulsion mais non comment peut apparaître cette condition essentielle de la sublimation, un objet de conversion de la pulsion : dans les cas essentiels cet objet n'est que comme objet social institué[2]. » Aussi, Castoriadis, auteur de ces lignes, peut-il reprendre avantageusement à son compte la reconnaissance par Freud des insuffisances de la théorie psychanalytique pour ce qui concerne la sublimation.

Pourtant, la psychanalyse partage le statut particulier de son objet avec toute discipline ou méthode qui se veut peu ou prou scientifique tout en s'appliquant à un système humain. En effet, malgré toutes les tentatives de découpage de l'individu en un corps objet de la biologie, un psychisme objet d'une psychologie — expérimentale, analytique, comportementale, ou autre —, une glotte, un cerveau et une langue objets d'une linguistique, une enveloppe le définissant comme élément d'une société objet de sciences sociales, économiques et ethnologiques suivant le champ de comportement considéré, il n'en reste pas moins que l'objet y est encore le sujet.

Autrement dit, dans les systèmes humains, l'observateur n'est pas seulement un élément du système (éventuellement étendu au système entier). Il est aussi un métasystème qui le contient, dans la mesure où il l'observe. Dans les systèmes sociaux, les rapports entre niveau élémentaire et niveau global sont donc inversés : le contenu est en même temps le contenant. L'individu est contenu dans le système du point de vue d'une observation « objective », c'est-à-dire si on oublie que c'est lui l'observateur. En fait, sa situation d'observateur fait que le code individuel est en même temps plus général que le code social, dans la mesure où l'observation englobe l'observé. Il y a là une source de difficultés, et en même temps de richesse organisationnelle supplémentaire propre aux systèmes sociaux : les individus constituant le système disposent de significations qui se situent à la fois au niveau élémentaire (des constituants du système) et au

1. Voir plus haut p. 69, note 4.
2. *Les Carrefours du labyrinthe, op. cit.*, p. 60-61.

niveau le plus général possible d'un métasystème englobant la société (et même l'univers!) qui est celui de l'observateur.

4.3. *L'évitement de la crise*

Nous avons vu qu'on peut considérer les crises d'organisation, la « crise » des systèmes sociaux ou psychiques, comme résultant d'une interruption du passage du sens d'un niveau à l'autre, division psychotique dans un système cognitif. Dans un système social, il s'agirait de ce que le code individuel ne pourrait plus être décodé au niveau de la collectivité et vice versa. De ce point de vue, un mécanisme intéressant peut être imaginé par lequel la survenue d'une crise qui détruirait le système peut être évitée sans qu'il s'agisse pourtant de véritable solution, c'est-à-dire sans rétablissement d'un passage du sens entre des codes individuel et collectif qui resteraient différents. Cet évitement aurait alors pour effet de maintenir un état de crise latente prolongé au prix d'une modification chronique de l'organisation sociale dont les sociétés développées nous donnent peut-être deux types d'exemples extrêmes.

La crise peut être évitée grâce à la projection d'un sens provenant du code individuel sur les objets de la réalité sociale, sans que ce sens corresponde à celui de l'organisation sociale. En fait, ce sens nie cette organisation et la met en danger, dans la mesure où il provient de significations intérieures propres au désir des individus. Dans une terminologie freudienne, tout se passe comme si le principe de plaisir (désir individuel) était projeté sur les objets de la réalité sociale, comme s'il ne s'opposait pas au principe de réalité qu'impose, entre autres, l'organisation de la société. Une telle projection est au fond de l'illusion d'une société dite de consommation — où chacun veut se convaincre que rien d'autre n'est valorisé par l'organisation sociale que la satisfaction du désir individuel. C'est cette situation d'à la fois contenu et contenant qui permet cette projection par laquelle l'individu tente de maîtriser une organisation sociale qu'il ne comprend plus : il institutionnalise son propre désir, jusqu'à un certain point seulement, car l'organisation sociale réelle se maintient et résiste, ne serait-ce qu'à cause des oppositions et contradictions entre désirs individuels.

Mais la crise peut être aussi évitée par un mécanisme symétrique où c'est un code social qui se projette sur le code individuel. En fait, le sens ne passe toujours pas car le code social ne fait que s'imposer aux individus, en les enveloppant dans un système totalitaire qui nie et tente de détruire les codes individuels. Et là aussi, cela n'est possible, jusqu'à un certain point, que par la situation de contenu-contenant qui permet au code social d'être plus ou moins intériorisé sous la forme d'une idéologie, dont les individus finissent par être « convaincus », de gré ou de force.

Dans les deux cas, la suppression d'un code par l'autre permet d'éviter la crise sous sa forme aiguë et de maintenir le système en place dans un état de crise prolongée. Nous avons vu plus haut que cet état implique, du point de vue développé ici, une diminution de complexité à laquelle peut correspondre, éventuellement, une augmentation de redondance. Il est intéressant de constater que dans les deux cas, extrêmes et symétriques, que nous avons envisagés, sociétés dites de consommation et sociétés totalitaires, on observe une augmentation de redondance sous la forme d'une tendance à l'uniformisation des individus dans ce qu'on appelle maintenant les masses. Celle-ci est d'habitude attribuée à l'influence écrasante des mass media comme moyens de « communications » sociales. Mais peut-être le développement de ces moyens, aux dépens d'autres modes de communications — plus signifiés intérieurement — était-il nécessaire pour éviter l'éclatement de ces sociétés en crise ?

4.4. Les « je » de hasard

En même temps, l'observation « lucide » de ces systèmes nous conduit à l'idée paradoxale suivant laquelle nous-même, comme individu ou comme groupe social donné, sommes au moins en partie produit du hasard. Qu'il s'agisse de la rencontre aléatoire du spermatozoïde et de l'ovule d'où nous sortons, ou qu'il s'agisse de la forme particulière qu'a prise le groupe social auquel nous appartenons avec ses particularités et ses différences, fruits d'événements historiques de bruit (et de fureur) où la part de hasard est au moins aussi grande que celle de « lois » historiques ou de volontés délibérées, la conclusion inévitable de l'observation de ces phénomènes est que notre existence même est le fruit du hasard. Mais cette conclusion est, littéralement, impensable. Elle revient à dire que « je » suis par hasard, en oubliant que « je » suis celui qui parle, en même temps que celui dont il s'agit, en faisant comme si « on » (ou « je ») m'observait de l'extérieur. Or, du point de vue de ma connaissance de moi-même ou de mon groupe social, de la connaissance que j'ai du « système » de l'intérieur (la seule qui puisse, en principe, être pensée [1] et qui ne peut être pensée que de ces systèmes-là), « je » suis l'origine

1. Voir plus haut, p. 90.

de toutes les déterminations puisque la notion même d'aléatoire et de déterminé dépend de « mes » possibilités — comme observateur réel ou potentiel — de connaissance et de compréhension du réel. En fait, j'ai de l'intérieur de moi-même, comme tout système auto-organisateur, une « connaissance » — inconsciente, « corporelle », par les transferts d'informations et de significations — beaucoup plus totale que celle que je pourrais avoir de n'importe quel autre système. Là, plus rien n'est hasard puisque ce qui apparaît comme hasard et bruit aux yeux de l'observateur extérieur est intégré en facteur d'auto-organisation et de significations nouvelles. « Je » suis à la fois « le connaissant, le connu et la connaissance[1] ».

Ainsi, suivant que l'on favorise tel ou tel point de vue sur le système auto-organisateur que « je » suis, je suis le résultat d'un ou plusieurs coups de dés[2], ou bien, au contraire, l'unique centre du monde des perceptions et des déterminations, origine créatrice du jeu de dés et de la perception d'un ordre ou d'un hasard.

II. SYSTÈMES DYNAMIQUES, REPRÉSENTATIONS DÉTERMINISTES

1. *Limites des représentations probabilistes*

Nous avons vu qu'à l'aide de méthodes probabilistes telles que celles de la théorie de l'information et de la thermodynamique statistique, on peut se représenter des systèmes naturels dont on n'a qu'une connaissance globale, imparfaite dans les détails. De telles méthodes peuvent rendre des services dans diverses sciences du vi-

---

1. Maïmonide définissait ainsi la connaissance divine. La « connaissance » qu'a *tout* système auto-organisateur de lui-même serait donc de ce point de vue, par définition, une connaissance divine !

2. Tirés par qui, sinon par moi qui les observerais comme tels en me situant à l'extérieur de moi-même ? Sur le plan du rapport à l'autre — individu ou groupe social — cela revient à intégrer et vivre le paradoxe, articulation du sens et du non-sens dont nous parlions plus haut (p. 89), suivant lequel *chacun* — individuellement et socialement — est *vraiment le* centre du monde. Rencontre par de nouveaux détours avec un égo-sociocentrisme universel, paradoxe dont quelques penseurs ont compris la nécessité de l'analyser en profondeur (voir C. Castoriadis, *L'Institution imaginaire de la société, op. cit.*, p. 47 ; et aussi A.I. Hacohen Kook, *Orot*, Jérusalem, Mossad Harav Kook, 3ᵉ éd. 1963, p. 102-118 ; et *Olat Reiya*, t. I, Jérusalem, Mossad Harav Kook, 3ᵉ éd. 1969, p. 314-319).

vant (biologie, sociologie, économie...) où elles peuvent servir à mieux définir les concepts et à fournir un cadre d'interprétation adéquat.

Par exemple, l'interprétation de données expérimentales concernant les mécanismes du développement et du vieillissement a pu en bénéficier [1], dans la mesure où on a affaire à des phénomènes intégrés, mettant en jeu l'organisation globale (et la désorganisation) de systèmes complexes. Un autre exemple est fourni par une méthode permettant, dans un système économique complexe déterminé par un grand nombre de facteurs, de grouper ceux-ci par sous-ensembles à l'intérieur desquels les contraintes et interdépendances sont plus grandes, même sans connaître la nature de ces contraintes et interdéterminations [2]. Cela aboutit évidemment à une certaine simplification de l'analyse. Mais il faut bien saisir que des conditions d'analyse différentes nous sont imposées suivant les différentes sortes de systèmes auxquels nous avons affaire. Nous rencontrons maintenant en biologie de plus en plus de situations où le détail des interactions physico-chimiques (moléculaires ou cellulaires) peut être connu de façon assez précise. Rien ne nous empêche alors de nous servir d'une représentation déterministe (et non probabiliste) qui a l'avantage d'être prédictive dans le détail. En effet, on peut alors, par des calculs et déductions, prédire le comportement du système observé de façon quantitative. L'accord ou le désaccord de la prédiction théorique avec l'observation expérimentale valide (provisoirement) ou invalide le modèle qui nous a servi à « comprendre » et nous représenter le système. Les conditions de validation des modèles commencent à être elles-mêmes largement analysées et débattues [3] et nous renvoyons le lecteur à la littérature spécialisée abondante sur ce sujet. Nous voulons indiquer seulement ici quelques exemples du type de questions qu'on peut se poser et du type de formalismes

1. G.A. Sacher, « The Complementarity of entropy terms for the temperature dependance of development and ageing », *Annals of the New York Academy of Sciences*, 138, 1967, p. 680-712; B. Rosenberg et al. « The Kinetics and Thermodynamics of death in multicellular organisms », *Mechanisms of Ageing and Development*, 2, 1973, p. 275-293; H. Atlan et al., « Thermodynamics of aging in Drosophila Melanogaster », *Mechanisms of Ageing and Development*, 5, 1976, p. 371-387.

2. J. Dufour et G. Gilles, « Applications of some concepts of the information theory to structural analysis and partition of macro economic large scale systems », in *Information and Systems*, B. Dubuisson (éd.) (Proceed. IFAC Workshop, Compiègne 1977), Pergamon, 1978, p. 19-28.

3. H. Atlan, « Modèles d'organisation cérébrale », *Revue d'EEG et de neurophysiologie*, 5, 2, 1975, p. 182-193; *Modélisation et Maîtrise des systèmes*, congrès AFCET 1977, *op. cit.*; et *L'Élaboration et la Justification des modèles en biologie*, colloque CNRS, 1978.

déterministes qu'on peut être amené à utiliser pour les mieux poser... et éventuellement y répondre.

Nous en avons déjà dit quelques mots à propos du système d'équations différentielles où les fonctions peuvent être, par exemple, les concentrations en différentes espèces moléculaires dans le temps et l'espace d'une cellule. Ces fonctions expriment la cinétique des réactions chimiques qui font que ces espèces se transforment les unes dans les autres et celle des différentes sortes de transport par lesquelles elles sont déplacées d'un micro-compartiment à l'autre.

Il existe déjà de nombreuses situations en biologie où l'accumulation des données biochimiques rend en fait nécessaire une approche systémique pour rendre compte du comportement. En effet, ce comportement, par exemple au niveau d'une cellule, est la conséquence non seulement de l'existence d'interactions moléculaires spécifiques mais encore de la façon dont ces différentes interactions sont fonctionnellement couplées. Tout se passe comme si, placé devant un poste de télévision dont on ne connaîtrait pas le principe de fonctionnement, on connaissait de mieux en mieux les propriétés des différents constituants (transistors, tubes cathodiques, résistances électriques, capacités, self inductions, etc.). La connaissance et la « compréhension » du système n'arriverait qu'avec celle des modes de connexions et de couplages de ces constituants qui conditionnent et expriment la logique de leur organisation.

Aussi, bien souvent, une description linéairement causale, comme en biologie classique où on cherche à isoler un paramètre qu'on fait varier pendant que les autres sont supposés constants, est inadéquate. Par exemple, la cause d'un changement d'état de la cellule à un moment donné devra être recherchée dans l'état de la cellule à l'instant précédent, et non dans une modification d'un seul composant isolé du reste du système. Il s'agit donc, comme dans l'analyse de systèmes artificiels, d'écrire les équations d'état qui représentent les variations simultanées des grandeurs caractéristiques, puis de les résoudre afin de prédire l'évolution de l'ensemble du système dans le temps.

2. Complexité moyenne en biologie : couplages de réactions et de transports

Il existe en particulier toute une classe de phénomènes où l'on sent bien la nécessité de telles méthodes parce qu'il ne s'agit pas de phénomènes élémentaires qu'on peut isoler et étudier séparément;

les conditions y sont les meilleures pour commencer à utiliser et à tester ces méthodes car il ne s'agit encore que de sous-systèmes dont la complexité peut être réduite relativement facilement à une complication maîtrisable (cf. plus haut). Tels sont des phénomènes de couplages entre réactions biochimiques et processus de transport (de matière et de charges électriques) dans des membranes vivantes. Certains de ces phénomènes apparaissent comme des systèmes de complexité moyenne. Ils peuvent donc servir d'étape intermédiaire entre l'étude d'interactions moléculaires isolées et étudiées *in vitro* et celles de cellules entières, par exemple, où la complexité est déjà très élevée.

Un exemple de tels couplages, parmi les plus spectaculaires, est celui de la respiration cellulaire couplée à la synthèse de molécules où est stockée l'énergie métabolique, tel qu'on peut l'observer dans les mitochondries.

Celles-ci sont des petites organelles présentes dans toutes les cellules vivantes, et dont l'espace est presque entièrement rempli par une membrane repliée sur elle-même. Cette membrane, comme toutes les membranes vivantes, présente des propriétés de transport actif; c'est-à-dire qu'elle fonctionne comme une pompe capable de faire passer des ions (molécules ou atomes électriquement chargés) d'un côté à l'autre et accumule ainsi de l'énergie sous la forme d'une différence de potentiel électrique. Par ailleurs, les mitochondries sont connues depuis longtemps comme le siège des réactions d'oxydation qui caractérisent la respiration cellulaire. Ces oxydations sont elles-mêmes couplées à d'autres réactions dites phosphorylations, par lesquelles s'effectue la synthèse d'un composé ubiquitaire, l'ATP (adénosine tri-phosphorique) qui constitue la forme la plus adéquate sous laquelle de l'énergie chimique peut être stockée, prête à être utilisée dans la plupart des réactions du métabolisme cellulaire. Ce couplage, qu'on désigne sous le nom de phosphorylation oxydative, aboutit donc à ce que les oxydations produisent l'énergie nécessaire à la synthèse de molécules d'ATP. La dégradation ultérieure de ces molécules produira, suivant les besoins, l'énergie dont l'utilisation est nécessaire à l'accomplissement des diverses fonctions qui caractérisent une cellule vivante.

Le plus remarquable dans cette affaire est le lien qui n'a été établi que ces dernières années entre la structure membranaire des mitochondries et les réactions de phosphorylation oxydative. En effet, lorsqu'on a voulu établir le mécanisme de ces réactions couplées, il est vite apparu qu'il était impossible de les reproduire expérimentalement en l'absence de structures membranaires, alors même que tous les éléments moléculaires constitutifs des mitochondries étaient présents. Au minimum, des fragments de membranes sont nécessaires. On sait, aujourd'hui, que le couplage des phosphorylations aux oxydations a besoin d'une étape intermédiaire, constituée justement par l'accumulation d'énergie électrique qui résulte du transport actif de la membrane. L'auteur de cette découverte [1] a eu beaucoup de mal pour la faire accepter car elle ne correspondait pas à l'idée communément admise que des réactions spécifiques ne peuvent se produire que par l'intermédiaire d'enzymes, molécules protéiques qu'il est possible d'isoler et dont la structure spatiale explique les propriétés enzymatiques. Ici toutes les tentatives pour isoler *la* molécule responsable ont échoué tandis que se faisait jour peu à peu la notion de couplage de flux où la vitesse de certaines réactions est régulée par celle de transport de matière et de charges à travers des membranes, elle-même dépendante de la vitesse d'autres réactions. Là, le responsable n'est pas une seule molécule mais un ensemble moléculaire tel qu'on en trouve dans la plupart des membranes vivantes. Les fonctions de synthèse et de transport y sont étroitement dépendantes de la structure globale de la membrane... dont la construction et le renouvellement sont eux-mêmes, dans une certaine mesure et dans une échelle de temps différente, régulés par ces fonctions.

Ce genre de phénomènes a été, depuis, retrouvé au niveau des chloroplastes, organelles où s'effectuent chez les plantes l'assimilation chlorophyllienne, ainsi que chez certaines bactéries où la membrane joue un rôle similaire. Enfin, il semble bien que de tels couplages entre transports d'ions et réactions biosynthétiques existent aussi au niveau de membranes cytoplasmiques qui entourent les cellules animales [2].

1. P. Mitchell, « Chemiosmotic coupling in oxydative and photosensitive phosphorylation », *Biol. Rev. Cambridge Phil. Soc.*, 1966, 41, 445-502; « A chemiosmotic molecular mechanism for proton-translocating adenosine triphosphatases », *FEBS Letters*, 1974, 43, 189 149.

2. C.W. Orr, M. Yoshikawa-Fukuda et S.D. Ebert, *Proc. Natl. Acad. Sci. USA*, 1972, 69, p. 243-247. — T.F. McDonald, H.G. Sachs, C.W. Orr et S.D. Ebert, *Develop. Biol.*, 1972, 28, p. 290-303. — H.K. Kimbelberg et E. Maynew, *J. Biol. Chem.*, 1975, 250, p. 100-104. — H.K. Kimbelberg et E. Maynew, *Biochim. Biophy. Acta.*, 1976, 455, p. 865-875. — S. Toyoshima, M. Ywata et T. Osawa, *Nature* 264, 1976, p. 447-449. — B.A. Horwitz et J.M. Horowitz, *Amer. J. Physiol.*, 1973, 224, p. 352-355. — M. Herzberg, H. Breitbart et H. Atlan, *Eur. J. Biochem.*, 1974, 45, p. 161-170.

3. *Réseaux chimio-diffusionnels, systèmes dynamiques et « ordre par fluctuations »*

Dans la plupart de ces exemples, il s'agit de réseaux chimio-diffusionnels [1] encore relativement simples parce que le nombre de processus couplés n'y excède pas quelques unités. Mais ils annoncent des réseaux beaucoup plus complexes tels qu'en constitue par exemple une cellule complète avec son métabolisme, ses micro-compartiments et les échanges qui s'y effectuent.

C'est des problèmes particuliers que pose l'analyse quantitative de ces réseaux que nous allons maintenant nous occuper.

Nous verrons que certains de ces problèmes peuvent servir de point de départ à des tentatives de généralisation à l'analyse de n'importe quel système assimilable à un réseau où des choses (ou des êtres) circulent et sont transformés.

Pour traiter ce genre de questions, il existe évidemment plusieurs méthodes mathématiques, dont certaines, classiques, sont utilisées depuis longtemps [2].

En particulier, se sont multipliées ces dernières années des recherches sur les conditions de stabilité de systèmes différentiels sous l'effet de faibles perturbations aléatoires. Ces travaux ont abouti à mettre en évidence l'existence de mécanismes dits d'« ordre par fluctuations [3] » par lesquels des systèmes instables évoluent vers des états oscillants dans le temps, l'espace, ou les deux. C'est ainsi qu'on a pu décrire quantitativement comment des systèmes homogènes (par exemple chimio-diffusionnels) peuvent « spontanément » se transformer en systèmes hétérogènes. Ceux-ci peuvent être caractérisés,

---

1. Les réseaux chimio-diffusionnels associent des réactions chimiques entre elles et avec des processus de transports où la diffusion des molécules joue toujours un rôle fondamental, associée ou non à d'autres mécanismes.
2. Voir les travaux précurseurs de A.M. Turing, « The chemical basis of morphogenesis », *Phil. Transactions of the Royal Society*, London, B 237, 1952, p. 37-72.
3. P. Glansdorff et I. Prigogine, *Structure, Stabilité et Fluctuations*, Paris, Masson, 1971 ; P. Glansdorff et I. Prigogine, « Entropie, structure et dynamique », in *Sadi Carnot et l'Essor de la thermodynamique*, 1976, Paris, Éditions du CNRS, p. 299-315 ; I. Prigogine, « Order through fluctuations, self organization and social systems », in *Evolution and Consciousness*, E. Jantsch et C.H. Waddington (eds.), Reading Mass. Addison Wesley, 1976, p. 93-131.

par exemple, par de véritables ondes de concentrations où la matière se distribue suivant des fonctions oscillantes — donc de façon hétérogène — dans l'espace et le temps. Ces mécanismes de « brisure de symétrie », comme les a appelés Prigogine, constituent une forme d'auto-organisation dans des systèmes déterminés où des perturbations aléatoires jouent pourtant un rôle décisif. Ces systèmes sont déterminés en ce que tout est connu à leur sujet. Pourtant, la structure précise à laquelle ils donneront naissance ne peut pas être prévue dans son détail car elle consiste en fait en une fluctuation particulière, imprévisible — parmi un grand nombre de possibles —, amplifiée et stabilisée par les propriétés du système. Jusqu'à présent, la plupart de ces recherches ont été menées au coup par coup en examinant les propriétés d'instabilité de certains systèmes d'équations et en recherchant leur comportement grâce à ces solutions numériques par ordinateurs. Les essais analytiques systématiques, permettant de dégager une compréhension plus générale de ces processus, font l'objet de recherches mathématiques beaucoup plus compliquées telles que la théorie des bifurcations et la théorie des catastrophes de R. Thom (voir plus loin p. 219).

Quoi qu'il en soit, l' « ordre par fluctuations » de Prigogine doit être distingué du bruit organisationnel, ou ordre par le bruit retourné en complexité par le bruit, dont nous avons parlé dans les pages précédentes ; précisément, en ce qu'il apparaît dans des représentations déterministes de systèmes dynamiques alors que le bruit organisationnel est un principe de représentation probabiliste de systèmes mal connus. L'indétermination apparaît comme conséquence de ce que les systèmes d'équations — déterministes — qui représentent le comportement dynamique ont parfois plusieurs solutions. Celles-ci représentant des évolutions vers des états différents sont également réalisables. La réalisation de l'une plutôt que d'une autre, décisive en ce qu'elle va orienter tout l'avenir du système, est indéterminée et on l'attribue à l'existence de fluctuations thermodynamiques. C'est ainsi, en particulier, que différents caractères de stabilité ou instabilité (« asymptotique » si elle ne concerne que le comportement du système, structurale s'il s'agit de sa structure même) sont étudiés comme réponses du système determiné à des perturbations, supposées petites et aléatoires, sur les variables ou les paramètres (respectivement). C'est dire que ces traitements impliquent de toute façon la connaissance du système d'équations qui définit de façon déterministe l'organisation structurale et dynamique du système.

Un pas de plus dans l'analyse de ces systèmes consiste à prendre en compte statistiquement le type de fluctuations auquel on a affaire.

En effet, il existe plusieurs sortes de bruit[1], caractérisées par des distributions différentes des probabilités de survenue de différentes fluctuations. Suivant le type de bruit auquel un système est exposé, si la probabilité de grandes ou de petites fluctuations est différente, la probabilité d'évolution vers un état plutôt qu'un autre à une bifurcation peut être différente. On peut ainsi envisager que par la connaissance du type de bruit auquel on a affaire, l'évolution d'un système dynamique vers un de ses états possibles à partir d'une instabilité puisse être encore un peu moins indéterminée (H. Haken[2]).

De plus, l'expression « ordre par fluctuations » recèle la même ambiguïté que celle d'« ordre par le bruit » de Von Foerster que nous avons analysée plus haut (voir p. 83). En ce qu'elle exprime un mécanisme de transformation d'un système macroscopiquement homogène en un système macroscopiquement hétérogène, elle constitue un processus de création de variété, diversité, entropie, soit ce que nous avons appelé complexité et mesuré par la fonction H de Shannon. Cependant, la plupart des processus effectivement étudiés jusque-là ne sont en fait que des processus oscillants (dans le temps ou dans l'espace, ou les deux), qui réalisent la répétition régulière d'un même motif, dont les cellules de Bénard ont été le premier exemple maintenant classique. C'est dire qu'il s'agit d'un ordre répétitif, très semblable à celui des cristaux sauf, bien sûr, qu'il s'agit là d'un système ouvert, dynamique, loin de l'équilibre.

Peut-être encore plus intéressants de ce point de vue, et plus proches de la réalité des systèmes biologiques, sont des systèmes de turbulences apériodiques, que certains ont appelés — à tort — des « chaos », car ils évoquent ce type d'organisation extrêmement diversifiée, mélange de désordre et d'organisation auquel on pense inévitablement quand on observe le grouillement cytoplasmique d'une cellule vivante au microscope, ou encore l'agitation désordonnée et apériodique mais organisée d'une fourmilière[3]. Ces notions ont

---

1. On analyse les spectres de fluctuations après transformation de Fourier et on distingue ainsi le plus souvent trois sortes de bruit : bruit « blanc » où des fluctuations de toutes fréquences ont des probabilités égales; bruit « en $1/f^2$ » où leur probabilité est inversement proportionnelle au carré de la fréquence, réalisant ainsi une distribution de Gauss; bruit « en $1/f$ » où la probabilité est inversement proportionnelle à la fréquence.
2. H. Haken, *Synergetics. An introduction*, Berlin-New York, Springer-Verlag, 2e édition, 1978.
3. Celle-ci avait d'ailleurs donné lieu à une étude remarquable de J. Meyer (« Essai d'application de certains modèles cybernétiques à la coordination chez les insectes sociaux », *Insectes sociaux*, vol. XIII, n° 2, 1966, p. 127-138) qui montrait la nécessité d'un certain bruit de fond dans cette organisation « afin de réaliser

été reprises et développées récemment par H. Haken dans la deuxième
édition d'un livre consacré à l'auto-organisation en physique, chimie
et biologie [1]. Cet auteur y propose en outre une façon élégante d'aborder l'étude des systèmes hiérarchisés fondée sur des ordres de grandeur différents des temps de relaxation aux différents niveaux d'intégration. Il s'agit là d'une observation déjà ancienne de B.C. Goodwin [2]
sur l'organisation temporelle des cellules que Haken a généralisée
et systématisée de façon intéressante.

Une méthode de traitement assez similaire au fond à ces méthodes
classiques d'analyse de systèmes dynamiques, mais d'approche
différente, nommée « thermodynamique en réseaux », a été inventée
récemment par A. Katchalsky [3] et ses collaborateurs, auxquels nous
avons eu le privilège d'être associé. Cette méthode, moins connue,
présente un certain nombre d'avantages à la fois sur le plan didactique et conceptuel, et c'est pourquoi nous en discuterons ici les
grandes lignes.

4. *Thermodynamique en réseaux*

4.1. *Questions de langage*

Cette méthode utilise le langage de la thermodynamique des phénomènes irréversibles et c'est son premier avantage, car il s'agit là
d'un langage unifié qui recouvre tous les domaines de la physique
et de la chimie en les traitant en termes de courants d'énergie et
d'entropie.

En outre, elle utilise une technique de graphes particulièrement
puissante qui lui donne les avantages à la fois d'une représentation
schématique imagée et d'une représentation abstraite quantitative.

En effet, un des défauts des représentations habituelles de
l'organisation cellulaire est qu'elles oscillent entre des images très
suggestives mais purement qualitatives et des systèmes d'équations
permettant une analyse quantitative numérique mais dont la logique
est en général assez peu évidente. Les représentations qualitatives

---

l'indépendance des différents sous-systèmes », autre exemple particulièrement
évocateur de bruit organisationnel.
1. H. Haken, *ibid.*
2. B.C. Goodwin, *Temporal Organization in cells*, New York, Academic Press,
1963.
3. G.F. Oster, A.S. Perelson, A. Katchalsky, « Network thermodynamics,
dynamic modelling of biophysical systems », *Quarterly Review of Biophysics*,
6, I, 1973, p. 1-134.

les plus fréquentes sont faites de juxtapositions, dans des manuels, de cartes métaboliques (où des réseaux de flèches représentent les différents chemins ou cycles métaboliques par où les molécules organiques se transforment les unes dans les autres) et d'images microscopiques où apparaît plus ou moins clairement la structure spatiale des micro-volumes et compartiments où s'effectuent ces réactions. Mais ces représentations qualitatives ne permettent pas, entre autres, de prévoir comment des perturbations de telle ou telle réaction dans un coin de la carte métabolique, survenant en tel lieu de la cellule, seront ressenties par d'autres réactions, indirectement couplées, en un autre lieu du système cellulaire.

A l'autre extrême, des représentations quantitatives permettant de telles prédictions, au moins dans des sous-systèmes moins compliqués, commencent à être utilisées. Elles se réduisent en général à des systèmes d'équations différentielles représentant la cinétique de réactions biochimiques et de transports de réactants et de produits de ces réactions. Ces systèmes d'équations deviennent très vite extrêmement compliqués à cause du grand nombre de réactants en présence. Aussi n'aboutissent-ils en général qu'à des solutions numériques par ordinateurs, c'est-à-dire des solutions au coup par coup permettant peu de généralisations analytiques et où la logique de l'organisation, les rapports entre la structure et le comportement n'apparaissent que très difficilement.

Au contraire, un des avantages de la thermodynamique en réseaux tient à son utilisation d'une représentation graphique particulière, celle des graphes de liaison.

Comme nous le verrons, ceux-ci présentent les avantages d'un langage intermédiaire, à la fois représentation qualitative et logique, qui nous parle par ses flèches, et langage numérique puisqu'on peut y lire, de façon automatique, les équations qui représentent la dynamique du système.

Enfin, la thermodynamique en réseaux constitue une synthèse, extrêmement satisfaisante sur le plan conceptuel, de techniques d'analyses de réseaux couramment utilisées dans les sciences de l'ingénieur et de modes d'analyse thermodynamique beaucoup plus familiers aux physico-chimistes. D'où son nom, que son inventeur Aharon Katzir-Katchalsky [1] lui attribua dans ce qui fut sa dernière

---

1. G.F. Oster, A. Perelson, A. Katchalsky, « Network Thermodynamics », *Nature* 234, 1971, p. 393-399; et *Quarterly Review of Biophysics*, 1973, *op. cit.* Son œuvre fut malheureusement interrompue lors d'un assassinat collectif, absurde et aléatoire (Lod, Israël, mai 1972). Ses travaux principaux en ce domaine n'ont pu être publiés qu'après sa mort.

œuvre scientifique : thermodynamique en réseaux *(network thermo-dynamics)*, car par beaucoup d'aspects elle englobe les résultats de la thermodynamique du non-équilibre. En effet, elle peut étendre l'analyse thermodynamique aux phénomènes non linéaires et survenant en phase non homogène, et elle constitue ainsi une généralisation des outils thermodynamiques, un peu à la façon dont la thermodynamique du non-équilibre était une généralisation de la thermodynamique de l'équilibre.

Les techniques de calcul et d'analyse de réseaux ont abouti en sciences de l'ingénieur, entre autres, à la réalisation de ces unités particulières que sont des rectificateurs électriques, des amplificateurs, des oscillateurs, des unités de calcul et unités logiques, et finalement des ordinateurs eux-mêmes.

On peut imaginer que, dans un avenir peut-être pas trop lointain, le développement de ces techniques en physico-chimie puisse amener non seulement des rectificateurs chimiques — qui existent déjà — mais aussi des oscillateurs chimiques, des amplificateurs chimiques, etc., et finalement des ordinateurs chimiques. L'idée en est encore bien éloignée mais on la voit se dessiner et, indépendamment de leur intérêt technologique tenant essentiellement à la miniaturisation, il s'agira là de modèles physico-chimiques de systèmes biologiques beaucoup plus approchés que les modèles analogiques utilisés actuellement.

4.2. *Flux et efforts*

Tout d'abord, alors qu'en thermodynamique de l'équilibre les variables d'état qui caractérisent les systèmes sont des grandeurs statiques, telles que : concentration de matière ou de charge, volume, chaleur, etc., en thermodynamique du non-équilibre et aussi dans l'analyse des réseaux, les grandeurs choisies comme variables d'état sont des grandeurs dynamiques, c'est-à-dire des courants et des forces. Chaque élément d'un système est ainsi caractérisé par un *courant* ou *flux* qui le traverse et par la *force* conjuguée responsable de ce courant, plus correctement appelée *effort*.

Ainsi, au lieu de s'occuper de quantités statiques et de voir secondairement comment elles changent dans le temps, on s'occupe directement des flux, c'est-à-dire de taux de variations dans le temps tels que flux de matière ou de charges, ou aussi bien de volume ou de chaleur, etc., et des efforts conjugués responsables, tels que différences de potentiel chimique, ou différences de potentiel électrique ou différences de pression ou de température, etc.

TABLEAU I

Domaine d'énergie	Courant généralisé	Force généralisée	Déplacement généralisé	Impulsion généralisée
Electrique	Courant I	Voltage V	Charge q	Flux Φ
Mécanique des fluides	Courant de volume Q	Pression P	Volume V	Impulsion de pression Γ
Diffusion	Courant de masse ou de matière J_i	Potentiel chimique μ_i	Masse m_i Nombre de moles n_i	
Réaction chimique	Vitesse de réaction J_r	Affinité $A = - \sum \nu_i \mu_i$	Avancement ξ	
Mécanique (translation)	Vitesse v	Force F	Déplacement x	Impulsion p
Mécanique (rotation)	Vitesse angulaire ω	Couple τ	Déplacement angulaire θ	Moment angulaire
Thermique	Flux d'entropie $\dot{S}$	Température T		

D'après G.F. Oster, A.S. Perelson et A. Katchalsky (1973), « Network Thermodynamics », *Quarterly Review of Biophysics*, 6, I, 1-134; et J.U. Thoma, « Bond Graphs for thermal energy transport and entropy flow » (1971), *Jour. of Franklin Institute*, 292, p. 109-120; *Introduction to bond graphs and their applications*, New York, Pergamon, 1975.

Comme nous pouvons le voir sur le tableau I, chaque processus énergétique peut être décomposé en un flux de quelque chose et l'effort qui en est responsable; le produit des deux a la valeur d'une puissance, c'est-à-dire d'une énergie instantanée qui peut être soit stockée, soit dissipée, soit transportée sans perte, comme, en électricité, le produit d'un courant et d'une différence de potentiel. Sur ce tableau sont représentées les différentes sortes de flux et d'efforts qu'on rencontre dans les différents domaines d'énergie. Nous y avons ajouté pour la thermique (Thoma[1]) un flux d'entropie considérée comme une charge thermique, conjugué à un gradient de température.

1. J.U. Thoma, *Introduction to bond graphs and their applications*, New York, Pergamon, 1975.

Nous allons voir qu'on utilise aussi des quantités qui sont des intégrales dans le temps de ces flux et forces, qu'on appelle respectivement déplacements et impulsions, par généralisation du déplacement et de l'impulsion en mécanique.

Dans chacun de ces domaines d'énergie, chaque élément d'un réseau sera donc toujours caractérisé par un flux f qui le traverse, l'effort e conjugué à ce flux et *surtout* par une *relation quantitative* entre le flux et l'effort, qu'on appelle d'ailleurs pour cela *relation constitutive*, caractéristique de l'élément.

Il y a *plusieurs types* de relations constitutives possibles, et suivant celui auquel on a affaire on distingue différentes *classes d'éléments* qui sont des *généralisations* des éléments habituels rencontrés dans les circuits électriques RLC (de résistances, selfs et capacités).

a) Si on appelle f un flux et e l'effort responsable de ce flux, la relation constitutive de l'élément de réseau peut être directement une relation explicite entre e et f de la forme $\Psi_R(e, f) = 0$.

Dans ce cas, l'élément est une résistance généralisée, définie, à partir de cette relation, par $R = \dfrac{\partial e}{\partial f}$ de même qu'en électricité $R = \dfrac{\partial V}{\partial I}$ qui se réduit à $\dfrac{V}{I}$ de la loi d'Ohm dans le cas d'un élément résistif linéaire.

Le produit ef représente la puissance dissipée dans la résistance. Par exemple, dans une réaction chimique, la puissance dissipée est connue comme étant égale à $\Psi = AJ_r$, où A est l'affinité de la réaction (c'est-à-dire la différence d'énergie libre entre les réactants et les produits de la réaction) et J_r est la vitesse de réaction, c'est-à-dire le flux chimique, ou *courant de réaction* (qui se produit non pas dans l'espace euclidien mais dans l'espace de réaction).

Ainsi une résistance chimique sera définie par une relation entre l'affinité A et le courant de réaction J_r, que fournit la thermodynamique chimique.

b) Une autre possibilité est que la relation constitutive de l'élément de réseau ne relie pas directement un effort et un flux, mais l'effort et l'intégrale du flux dans le temps — qu'on appelle un déplacement.

Alors la relation est de la forme $\Psi_c(e, q) = 0$ où le déplacement, est défini par l'intégrale du flux : $q = \displaystyle\int_o^t f\,dt + q_o$.

Dans ce cas, l'élément défini par cette relation est un condensateur généralisé dont la capacité est définie à partir de cette relation par

Entre le cristal et la fumée

$C = \dfrac{\partial q}{\partial e}$ comme une généralisation d'une capacité électrique $C = \dfrac{\partial q}{\partial V}$

qui se réduit à $\dfrac{q}{V}$ dans les cas linéaires.

c) Enfin, l'autre possibilité est que la relation constitutive de l'élément ne soit pas explicite entre effort et flux mais entre flux et intégrale de l'effort — qu'on appelle quantité de mouvement ou impulsion. Alors la relation est de la forme $\Psi_L\,(p, f) = 0$ où l'impulsion $p = \displaystyle\int_0^t e\,dt + p_0$.

Dans ce cas, l'élément défini par cette relation est un élément inductif dont le coefficient de self-induction est défini par $L = \dfrac{\partial p}{\partial f}$ comme une généralisation du coefficient de self-induction en électricité $L = \dfrac{\partial \Phi}{\partial I}$ qui se réduit à $\dfrac{\Phi}{I}$ dans les cas linéaires (Φ représente le flux magnétique qui est bien l'intégrale de la force électromotrice induite).

De façon très générale, on peut montrer que de même que les résistances généralisées sont des éléments dissipatifs (c'est-à-dire des éléments où de l'énergie libre est dissipée), de même les condensateurs généralisés définis par ce type de relation sont des éléments de stockage d'énergie potentielle et les self-inductions généralisées sont des éléments de stockage d'énergie cinétique.

Ainsi, ces trois sortes d'éléments correspondent à trois possibilités de traitement de l'énergie (quelle que soit la forme de cette énergie), soit stockée sous forme d'énergie potentielle ou cinétique, soit dissipée.

Enfin, des sources d'effort (SE) et de flux (SF) permettent de représenter, dans des systèmes ouverts, l'application de forces ou de courants constants en un lieu du réseau.

4.3. Graphes de liaison

D'autre part, dans un réseau, les éléments sont interconnectés et l'utilisation de graphes est la méthode la plus couramment utilisée pour représenter ces interconnections qui constituent la topologie du réseau. L'intérêt d'un graphe tient non seulement à ce qu'il fournit une représentation picturale, mais surtout aux propriétés logiques dont il est doué, qui permettent une écriture algorithmique — et donc automatique — des équations d'état du système.

En thermodynamique en réseaux, la méthode des *bond graphs*

112

(Paynter [1]) ou graphes de liaison, a été incorporée de préférence à d'autres sortes de graphes, à cause de ses avantages qui sont essentiellement :

— une représentation plus concise,

— et surtout un moyen adéquat de représenter quantitativement des couplages entre phénomènes qui se déroulent dans des espaces différents (par exemple l'espace géométrique euclidien et des espaces de réactions chimiques) et aussi dans des domaines d'énergies différents tels qu'énergie électrique, mécanique, chimique, etc.

La figure 4 (a) montre la représentation habituelle d'un réseau électrique, et la représentation du même réseau par un graphe de liaison.

Le graphe de la figure 4 (b) est une représentation correcte d'un réseau chimique très simple constitué par les deux réactions couplées écrites sur la figure.

Les v sont les coefficients stoechiométriques des réactions et y sont représentés par des éléments dits *transducteurs* (TD) dont nous verrons un peu plus loin les propriétés. Le couplage consiste en ce que la substance B participe aux deux réactions.

Nous voyons sur le graphe des éléments — figurés simplement par leurs lettres C, R, etc. —, connectés par des flèches qui représentent des liaisons. Ces flèches représentent en fait le trajet de l'énergie dans le réseau, et c'est pourquoi, par analogie avec les liaisons chimiques, on les a appelées « liaisons » (mais l'analogie ne va pas plus loin). La différence principale entre les graphes habituels et les graphes de liaison tient à ce que dans les premiers les lignes représentent le trajet de ce qui circule — soit la matière, soit les charges — comme dans le réseau électrique figuré ici, où les lignes représentent le trajet du flux, alors que dans les graphes de liaison, les lignes représentent le trajet de l'énergie — ou plus exactement de la puissance —, c'est-à-dire du produit d'un flux par un effort.

Tout se passe comme si chaque ligne dans le graphe de liaison était la réunion de *deux lignes* dans le graphe linéaire habituel, et les *éléments étaient connectés les uns aux autres* par leurs *échanges d'énergie* et non par les courants qui les traversent.

Ainsi chaque liaison i est caractérisée par un flux f_i et un effort e_i — qui sont le flux à travers l'élément connecté par cette liaison et l'effort agissant sur lui —, tels que le produit $e_i f_i$ est la puissance circulant dans cette liaison.

Puisque chaque liaison représente la fusion de deux lignes dans la

1. H. Paynter, *Analysis and Design of engineering systems*, Cambridge, Mass., MIT Press, 1961.

(a)

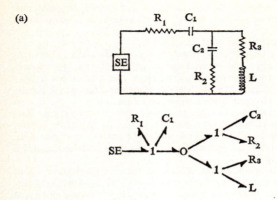

(b)

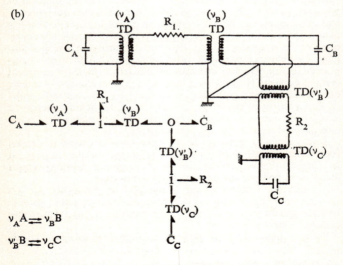

$\nu_A A \rightleftharpoons \nu_B B$

$\nu'_B B \rightleftharpoons \nu_C C$

Figure 4

114

représentation habituelle, il reste à figurer le caractère en série ou en parallèle des connections. Cela se fait simplement par une notation conventionnelle qui dit « jonction série », ou « jonction parallèle ». On les dénote par 0 et 1 (ou *p* et *s*) : une jonction 0 veut dire que l'élément qui est connecté au reste du réseau par son intermédiaire est connecté en parallèle comme la capacité C_B (fig. 4) et une jonction 1 veut dire que l'élément qui est connecté par son intermédiaire est en série, comme les résistances R_1 et R_2.

Enfin, un élément particulier, appelé transducteur, figuré par les lettres TD, représente une dernière façon de traiter l'énergie, généralisation du transformateur en électricité. L'énergie peut être transportée sans modification quantitative globale, c'est-à-dire sans changer de valeur, mais avec une modification qualitative et c'est ce qui est représenté par un transducteur : comme la puissance transportée est égale au produit *ef* d'un effort par un flux, si, à travers un élément, l'effort est multiplié par un certain facteur et le flux divisé par le même facteur, le produit — donc la puissance — ne change pas. (C'est ce qui se passe dans un transformateur où le rapport du nombre des spires des deux bobines multiplie la tension et divise le courant.) Si cette opération se fait en plus avec changement de domaine d'énergie, on a affaire à un transducteur, tel que non seulement l'effort et le flux à la sortie sont différents quantitativement de ceux à l'entrée mais le sont encore qualitativement : il peut s'agir, par exemple, à la sortie, d'effort et de flux mécaniques, et à l'entrée d'effort et de flux électriques. Mais alors même qu'il s'agit de deux domaines d'énergie différents et de valeurs différentes des efforts et des flux, les produits à l'entrée et à la sortie sont égaux : le transducteur transporte donc la puissance sans perte, en transformant une énergie en une autre.

Dans ces graphes de liaison, on appelle les éléments connectés par une seule liaison des uniports, le port étant la partie symbolique de l'élément par où entre ou sort l'énergie. Ceux qui sont connectés par plusieurs liaisons, comme par exemple les jonctions 0 et 1 et les transducteurs, sont appelés des multiports.

Sur la figure 5, on a schématisé comment fonctionnent ces multiports, c'est-à-dire quelles relations ils représentent et, donc, comment ils sont utilisés algorithmiquement dans l'écriture des équations du réseau.

En ce qui concerne les transducteurs, comme nous venons de le voir, chaque liaison étant caractérisée par un effort et un flux, le vecteur effort et flux à la sortie (e_2, f_2) est égal au vecteur effort et flux à l'entrée multiplié par une matrice de transfert telle que l'effort

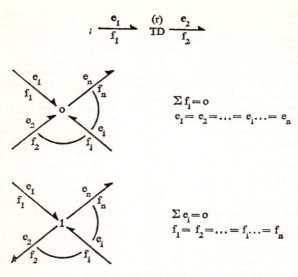

Figure 5

à l'entrée est multiplié par un facteur r (v dans le cas des réactions chimiques) et que le flux à l'entrée est multiplié par $1/r$, de sorte que les produits $e_1 f_1$ et $e_2 f_2$ restent égaux.

En ce qui concerne les jonctions 0 et 1, on a affaire à quelque chose de beaucoup plus fondamental, qui est une des innovations des graphes de liaison.

On a pu montrer que ces jonctions sont en fait des façons commodes d'écrire les deux lois de Kirchhoff, bien connues en électricité. Il s'agit d'une part de la loi des nœuds ou loi des courants qui dit qu'à un nœud du réseau à chaque instant les charges se conservent de telle sorte que la somme algébrique des courants est nulle : la somme des courants qui entrent dans un nœud est égale à la somme des courants qui en sortent; d'autre part, la loi des mailles ou loi des voltages qui dit que dans une maille, à chaque instant, la somme des différences de potentiel est nulle. En fait, ces lois sont très générales et leur validité n'est en aucune façon restreinte aux phénomènes électriques. En effet, la loi des courants exprime simplement la

116

conservation de ce qui circule. La matière, les charges qui circulent ne disparaissent ni ne sont créées. Et chaque fois qu'on pourra admettre une telle conservation, la loi des courants sera valable. Quant à la loi des voltages, elle exprime quelque chose d'un peu plus subtil qui est l'unicité de potentiel. Cela veut dire qu'on peut assigner à chaque point de l'espace à chaque instant une valeur unique du potentiel telle qu'une différence entre deux potentiels sera un effort responsable d'un courant pendant cet instant.

Dans la mesure où on admet qu'efforts et flux varient dans le temps, les potentiels varient évidemment, mais on admet qu'on peut toujours définir des intervalles de temps assez petits pour que le potentiel en chaque point puisse y être considéré comme constant.

En fait, cette hypothèse n'est qu'une autre façon d'exprimer ce qui est connu en thermodynamique comme l'hypothèse de l'équilibre local : bien que l'on s'occupe de systèmes qui ne sont pas en équilibre, et qui ne sont même pas en état stationnaire de non-équilibre, c'est-à-dire que la valeur des efforts et des flux peut changer tout le temps, et d'un endroit à l'autre, chaque volume élémentaire, pendant un petit intervalle de temps — et c'est cela que nous désignons par « un point à un instant » — est supposé en équilibre. C'est une hypothèse qui est généralement faite en thermodynamique des phénomènes irréversibles. Sa signification physique est qu'il est possible de réticuler un réseau de façon telle qu'on puisse considérer des éléments de volume suffisamment petits pour que leurs temps de relaxation internes soient beaucoup plus courts que ceux du système entier, de telle sorte qu'ils puissent atteindre sans cesse leur équilibre local beaucoup plus vite que l'ensemble du système. (D'autre part, ces éléments de volume doivent être suffisamment grands pour que les fluctuations microscopiques y soient considérées comme négligeables.)

Il est évident que ce n'est pas toujours le cas et dans des processus très rapides comme des explosions par exemple, on ne peut pas, en principe, admettre cette hypothèse; de même qu'en électricité les très hautes fréquences introduisent des problèmes particuliers au niveau des conducteurs, négligés aux basses fréquences. Là aussi, pour la même raison, le temps nécessaire pour que le courant soit conduit dans un câble est trop long pour que le réseau puisse en suivre « instantanément » les changements de haute fréquence; autrement dit, les temps de relaxation dans les conducteurs sont du même ordre de grandeur que ceux de l'ensemble du réseau. Il n'y a pas équilibre local. Mais on sait que dans ces cas la théorie des lignes peut être utilisée, où l'on considère les câbles conducteurs eux-mêmes comme des réseaux réticulés en éléments infiniment petits, et en principe la même approche pourrait être utilisée aussi bien dans des réseaux non électriques.

Mais nous n'entrerons pas maintenant dans la discussion de ce point qui pourrait donner lieu à des développements sûrement très intéressants. En revenant aux lois de Kirchhoff, on voit que leur généralité est assez grande puisqu'il s'agit d'une loi de conservation d'une part, et d'une loi d'unicité de potentiel équivalente à l'hypothèse de l'équilibre local d'autre part. Autrement dit, ces lois ne sont nullement restreintes aux phénomènes électriques et bien évidemment elles ne sont pas restreintes non plus au caractère linéaire ou non linéaire, à coefficients constants ou variables dans le temps, des éléments du réseau : ces lois sont valables quelles que soient les relations constitutives des éléments du réseau.

Une des propriétés les plus remarquables des graphes de liaison est que les deux lois de Kirchhoff peuvent être écrites de façon automatique à partir de la représentation des jonctions 0 et 1 (voir fig. 5).

La jonction 0, ou jonction en parallèle, permet d'écrire la loi des courants comme un nœud dans les graphes habituels : la somme algébrique des flux dans les liaisons entrant ou sortant d'une jonction 0 est nulle, ce qui s'écrit : $\Sigma f_i = 0$.

Mais l'unicité de potentiel (c'est-à-dire l'autre loi) s'exprime aussi dans une jonction en parallèle par le fait que les efforts dans les liaisons connectées par une jonction 0 sont égaux, de même que la différence de potentiel aux bornes de plusieurs éléments connectés en parallèle est la même.

En ce qui concerne la jonction 1, ou jonction en série, c'est l'inverse : comme dans la loi des mailles, la somme des efforts est égale à zéro et le courant qui traverse plusieurs éléments en série est le même.

Ainsi, cette représentation des connections par ces éléments multiports particuliers que sont les jonctions permet d'écrire les deux lois de Kirchhoff comme sur la figure 5 : autour d'une jonction 0, tous les efforts sont égaux et la somme des flux est nulle; autour d'une jonction 1, tous les flux sont égaux et la somme des efforts est nulle.

En utilisant ce formalisme, on peut représenter non seulement des systèmes mécaniques ou électromécaniques, mais encore des réactions chimiques et des phénomènes de transport. On peut donc le généraliser à n'importe quel phénomène compliqué décrit par des transformations (généralisant les réactions chimiques) et des transports.

Il existe un programme d'ordinateur [1] qui permet de lire un graphe

1. D.O. Karnopp et R.C. Rosenberg, *System Dynamics : a unified approach*, East Lansing, Mich., University of Michigan Press, 1971.

de liaison et d'écrire de façon algorithmique les équations d'état du système. Ce programme est déjà complet et opérationnel en ce qui concerne des systèmes linéaires à coefficients constants. Son extension à des systèmes non linéaires vient d'être réalisée [1].

4.4. *Thermodynamique et simulation analogique*

Il est important de souligner que cette méthode ne revient pas à construire des modèles analogiques, ainsi que le montre l'exemple des condensateurs chimiques.

En effet, dans un mélange de substances, chaque sorte de molécules est caractérisée par un potentiel chimique μ — qui exprime l'énergie libre chimique par mole — et ce potentiel chimique est relié à la concentration $c = \dfrac{n}{v}$ (n étant le nombre de moles et v le volume) par la relation [2]

$$\mu = \mu_o + RT \, Lnc$$

Il est facile de voir que cette relation est une relation capacitive du type $\Psi_c \, (e, q) = 0$.

En effet, dans ce mélange chimique, une variation $\dfrac{dn}{dt}$ de la quantité de cette substance représente un flux (il peut s'agir d'un courant de diffusion si cette variation est due à un transport de matière, ou d'un courant chimique si cette variation est due à une transformation par une réaction chimique).

L'effort responsable de ce flux est toujours une différence de potentiel chimique : soit différence de potentiel d'une même substance responsable de la diffusion de cette substance, soit différence de potentiel de substances différentes susceptibles de réagir chimiquement, qui représente l'affinité de la réaction et est responsable de la réaction elle-même.

On peut toujours s'arranger pour choisir un potentiel de référence, par rapport auquel les autres sont mesurés, et s'il est mis à zéro, les autres potentiels deviennent des différences, de telle sorte que μ dans cette relation représente un effort e. Si $\dfrac{dn}{dt}$ représente un flux, n est l'intégrale de ce flux, c'est-à-dire un déplacement q.

1. J.J. Van Dixhoorn, « Simulation of bond graphs on minicomputers », *Journal of Dynamic Systems, Measurement and Control*, 99, p. 9-14.
2. R = constante des gaz parfaits, T = température, Ln = logarithme népérien.

Cette relation est donc bien de la forme capacitive puisqu'elle relie un effort μ à un déplacement n.

Et la capacité d'un condensateur chimique peut donc être écrite :

$$C = \frac{\partial c}{\partial \mu} = \frac{c}{RT}$$

On voit, en passant, comment cette capacité dépend de la concentration : contrairement à ce qui se passe dans un condensateur linéaire (électrique par exemple ou autre), la capacité n'est pas constante.

Quoi qu'il en soit, le condensateur chimique ainsi représenté n'est pas un circuit électrique représentant de façon analogique des propriétés chimiques : c'est une façon d'écrire une relation de la thermodynamique chimique, directement, dans un formalisme généralisé à l'ensemble des phénomènes physico-chimiques.

4.5. *Généralisation à d'autres domaines*

Une question importante est évidemment de savoir dans quelle mesure ce formalisme peut être étendu à d'autres domaines, par exemple sociaux, économiques, psychiques, où des courants et des forces pourraient être définis.

La seule limitation sérieuse réside dans la nécessité de lois de conservation du genre conservation de la masse et de l'énergie permettant d'écrire les lois de Kirchhoff. Pourtant, un pas en avant est peut-être possible grâce à la définition de la quasi-puissance comme grandeur conservative dans des systèmes où la notion d'énergie physique n'est pas directement applicable. Nous y reviendrons à propos du théorème de Tellegen.

4.6. *Applications à l'analyse de systèmes biologiques*

En attendant, il est possible de s'interroger sur les conditions de validité de la méthode appliquée aux systèmes biologiques.

Deux sortes de situations très différentes peuvent être rencontrées :

— systèmes partiels, artificiellement découpés dans le temps et l'espace par les conditions expérimentales : la méthode s'applique sans problème particulier;

— systèmes observés globalement (tels qu'un organisme, même unicellulaire, en cours de différenciation) dans des conditions d'évolution non contrôlées par l'expérimentation.

4.6.1. *Exemples de systèmes partiels*

Un premier exemple d'application à un système bien connu expérimentalement est celui des *oscillations de relaxation* qu'on peut observer à travers une membrane chargée qui sépare deux compartiments contenant une solution salée à différentes concentrations, quand on la fait traverser par un courant continu constant. Le courant de diffusion du sel est couplé à l'électro-osmose et des oscillations de pression dans les compartiments et de résistance électrique dans la membrane peuvent être observées. Un graphe de liaison de ce système a permis de calculer ces oscillations et l'accord avec les oscillations observées est tout à fait satisfaisant [1].

Un deuxième exemple est celui de la *conversion d'énergie chimique en chaleur* par un certain type de cellules des tissus graisseux de jeunes mammifères spécialisées dans la régulation thermique. Il s'agit d'un grand nombre de réactions couplées entre elles et avec des transports d'ions et une production de chaleur. La source d'énergie est l'ATP dont l'hydrolyse produit la chaleur. La thermogénèse dépend donc de la synthèse de l'ATP. Mais l'hydrolyse de l'ATP sert aussi de source d'énergie au transport actif d'ions Na^+ et K^+ à travers la membrane cellulaire. Celui-ci compense les fuites passives de ces ions à travers la membrane et maintient ainsi en état stationnaire les différences de concentrations ioniques entre l'intérieur et l'extérieur de la cellule. Aussi, une modification de la perméabilité membranaire à ces ions entraîne une modification des fuites et du travail de la pompe par voie de conséquence. C'est ainsi que des variations de résistances membranaires et de courants ioniques à travers la membrane peuvent entraîner des modifications de la thermogénèse. On a affaire ainsi à un réseau de réactions couplées avec de nombreuses boucles de rétroaction, qui se produisent en outre dans trois domaines d'énergie : chimique, électrique, thermique. La thermodynamique en réseaux et les graphes de liaison ont été utilisés par J. Horowitz et R. Plant [2] pour en rendre compte quantitativement. Ces mêmes auteurs ont appliqué plus récemment le même formalisme à la représentation du fonctionnement des mitochondries, que nous

---

1. G.F. Oster et D. Auslander, « Topological Representations of thermodynamic systems, II : some elemental subunits for irreversible thermodynamics », *Journal of the J. Franklin Institute*, 1971, 292, 77.
2. J.M. Horowitz et R.E. Plant, « Controlled Cellular Energy Conversion in brown adipose tissue thermogenesis », *American Journal of Physiology*, 235 (3), 1978, p. R121-R129.

avons décrit brièvement précédemment[1], ainsi que de la fameuse « pompe » au sodium et au potassium par quoi on rend compte de bon nombre de propriétés de transport actif dans des membranes cellulaires.

Nous-même travaillons sur un phénomène de couplage assez voisin, entre le transport de potassium à travers une membrane cellulaire et des réactions de synthèse protéique à l'intérieur de la cellule. Là aussi, il semble que le couplage fasse intervenir avec une grande sensibilité des variations dans les taux de production et de dégradation de l'ATP[2].

Il s'agit là d'exemples de *régulation* de fonctions cellulaires par des variations de courants de transport ou de réactions, éventuellement amplifiés par leur couplage avec d'autres réactions dans le réseau cellulaire. Les propriétés en sont nouvelles par rapport à celles auxquelles la biologie moléculaire nous avait habitués, où la régulation s'effectue plutôt sur le mode du tout ou rien, par l'existence ou l'absence de récepteurs moléculaires spécifiques, et où le signal est alors constitué par la présence d'une molécule à structure spatiale bien déterminée. Ici, au contraire, le signal est constitué par la *modulation d'un courant* à l'entrée d'un réseau.

Plus récemment, J. Schnakenberg[3] a proposé d'étendre ce formalisme à l'ensemble de la cinétique enzymatique. Enfin, on commence à appliquer cette technique à la modélisation de flux couplés à travers des membranes physiologiques[4]. Il semble donc qu'on puisse

1. Voir p. 102 et J.M. Horowitz et R.E. Plant, « Simulation of coupling between chemical reactions and ion transport in brown adipose tissue using network thermodynamics », *Computer Programs in Biomedicine*, 8, 1978, p. 171-179.

2. H. Atlan, « Source and transmission of information in biological networks », *op. cit.* ; M. Herzberg, H. Breitbart et H. Atlan, « Interactions between membrane functions and protein synthesis in reticulocytes », *European Journal of Biochemistry*, 1974, p. 161-170 ; H. Atlan, R. Panet, S. Sidoroff, J. Salomon, G. Weisbuch, « Coupling of ionic transport and metabolic reactions in rabbit reticulocytes. Bond Graph representation », *Journal of the Franklin Institute*, 34, 1979 ; R. Panet et H. Atlan, « Coupling between potassium efflux, ATP metabolism and protein synthesis in reticulocytes », *Biochem. Biophys. Res. Com.*, 88, 1979, p. 619-626.

3. J. Schnakenberg, *Thermodynamic Network Analysis of Biological Systems*, Berlin, Springer-Verlag, 1977.

4. D.C. Mikulecky, « A simple network thermodynamic method for series-parallel coupled flows. II. The non linear theory with applications to coupled solute and volume flow in a series membrane », *Journal of Theoretical Biology*, 69, 1977, p. 511-541 ; D.C. Mikulecky et S.R. Thomas, « A simple network thermodynamic method for series-parallel coupled flows. III. Application to coupled solute and volume flows through epithelial membranes », *Journal of*

prédire une multiplication relativement rapide des applications de la thermodynamique en réseaux à des problèmes biologiques de complexité moyenne où un besoin de modélisation se fait sentir [1].

4.6.2. *Systèmes observés dans leur totalité : problèmes nouveaux de contrôle et de régulation*

Deux exemples nous serviront à signaler des problèmes nouveaux posés à l'analyse des systèmes par l'observation de systèmes naturels complets, comme des organismes vivants dans leur totalité. L'un a trait aux mécanismes de contrôle et de régulation, l'autre aux réseaux à structure variable. Habituellement, contrôle et régulation sont assurés par des signaux qui modulent des paramètres du réseau ; par exemple, une valve sur un circuit hydraulique ou un interrupteur régulé par un thermostat dans un circuit électrique. Le propre de ces mécanismes est qu'en général ils ne consomment qu'une énergie minime par rapport à celle qui est mise en jeu dans le réseau comme conséquence de leur action. D'où l'habitude de séparer, dans la représentation des réseaux, les circuits d'information par où passent les signaux, des circuits d'énergie. Dans le formalisme des graphes de liaison, les circuits d'information sont aussi séparés, et représentés par exemple par des flèches en pointillés qu'on appelle des liaisons activées. Leur signification est la transmission d'un signal sous la forme soit d'un effort, soit d'un flux mais pas des deux, de sorte qu'aucun transport d'énergie n'y soit impliqué. Ce signal agit sur un élément tel que résistance, transducteur, etc., pour en moduler un paramètre caractéristique qui devient une fonction de l'effort ou du flux en question.

C'est ainsi que dans une réaction chimique élémentaire, la transformation de réactants en produits au niveau intermédiaire du complexe activé peut être représentée par la transmission d'un signal par une liaison activée [2]. La valeur du courant de réaction y est transmise du domaine des réactants à celui des produits sans que cette trans-

---

Theoretical Biology, 1978, 73, p. 697-710; D.C. Mikulecky et S.R. Thomas, « A network thermodynamic model of salt and water flow across the kidney proximal tubule », *American Journal of Physiology*, 1978, 235 (6), p. F638-F648; D.C. Mikulecky, E.G. Huf et S.R. Thomas, « A network thermodynamic approach to compartmental analysis », *Biophysical Journal*, 1979, vol. 25, n° 1, p. 87-105.

1. Voir « Bond Graphs in biology », numéro spécial de *Computer Programs in Biomedicine* 8, 1878, p. 145-179.

2. J.U. Thoma et H. Atlan, 1977, « Network thermodynamics with entropy stripping », *Journal of the Franklin Institute*, 303, 4, p. 319-328.

mission s'accompagne de conversion ou de transport d'énergie. De même, une *réaction enzymatique* ou de catalyse peut être représentée par la modulation de la résistance chimique par laquelle le courant (ou vitesse) de réaction peut être modifié à affinité chimique constante. Là aussi, l'activité de l'enzyme n'a rien à voir avec l'énergie de la réaction. Cette activité dépend de la concentration en enzyme, mais surtout de l'état de conformation de la protéine qui constitue l'enzyme. On peut parfois agir sur cet état, donc sur l'activité, en faisant varier la concentration en certains ions, par exemple, qui apparaît ainsi comme une variable de contrôle de la réaction, agissant de l'extérieur du réseau, sur ce réseau que constitue la réaction elle-même [1]. On représentera encore l'effet de cette concentration en ions par une flèche en pointillés qui indiquera comment la résistance doit être modifiée en fonction de cette concentration. La séparation entre courant d'énergie et courant d'information est évidente : le signal agit en modifiant l'état de configuration d'une macromolécule — l'enzyme —, et il s'agit évidemment d'une modification d'entropie de configuration qui n'a rien à voir avec les variations d'énergie chimique survenant au cours de la réaction.

Jusque-là, la situation est assez claire et les réseaux chimiques et physico-chimiques font apparaître des mécanismes de contrôle et de régulation qui n'ont rien de fondamentalement différent de ceux que l'on observe dans les autres réseaux artificiels.

Mais la situation est déjà un peu plus compliquée quand on comprend que les résistances et les capacités chimiques ne sont presque jamais linéaires — sinon dans des situations tout à fait particulières — puisque, comme nous l'avons vu, elles sont toujours fonction des concentrations des substances qui participent à la réaction, qui changent évidemment comme conséquences de la réaction.

Ces non-linéarités et cette dépendance des concentrations compliquent évidemment l'analyse, sans que pourtant les difficultés soient insurmontables, si on fait appel aux méthodes de résolution numérique par ordinateurs. Mais, en revanche, les non-linéarités sont riches en possibilités immédiates d'autorégulation puisque les rétroactions y sont réalisées d'emblée. D'autre part, dans ce genre de contrôles et de régulations de réactions par l'intermédiaire de changements de concentrations, ceux-ci sont eux-mêmes des résultats de réactions — soit la même, soit d'autres réactions couplées.

1. H. Atlan, 1973, « Source and transmission of information in biological networks », *op. cit.*; 1976, « Les modèles dynamiques en réseaux et les sources d'information en biologie », *op. cit.*

Il n'est donc pas dit que la séparation entre courants d'information et courants d'énergie soit encore aussi nette, quand on envisage non pas une seule réaction enzymatique isolée, mais un système biologique global où l'activité enzymatique elle-même est le résultat des produits des réactions. Ce serait une autre façon de retrouver une prédiction de Brillouin suivant laquelle, à partir du moment où des quantités énormes d'information seraient transmises, le facteur 10^{-16} ne serait plus suffisant pour les rendre négligeables en unités d'énergie, et son hypothèse était alors que cette situation pourrait bien être rencontrée en biologie [1].

4.6.3. *Réseaux à structure variable*

Le deuxième exemple de problèmes posés par des systèmes observés dans leur totalité est celui des réseaux à structure variable [2]. Jusque-là, les techniques d'analyse des réseaux artificiels avaient évolué des réseaux linéaires aux réseaux à coefficients variables, et enfin aux réseaux non linéaires.

Mais il semble bien que si on veut rendre compte des propriétés de développement, d'évolution et d'adaptation des organismes, on doit franchir une étape de plus en envisageant des réseaux à structure variable. Autrement dit, la topologie, c'est-à-dire les connections du réseau, doit être amenée à changer comme résultat du fonctionnement de ce même réseau, et l'analyse devrait permettre de prévoir ces changements. Ainsi, dans l'évolution d'un état à l'autre, la topologie elle-même n'est plus fixe et fait partie des variables d'états. Cela est d'observation banale en ce qui concerne une cellule en train de se modifier ou un organisme en train de se constituer mais ce n'est, en général, pas réalisé dans des réseaux artificiels dont le hardware est fixé — ou alors modifié de l'extérieur par des hommes et il s'agit alors d'un nouveau réseau — et non pas modifié comme conséquence du fonctionnement du réseau lui-même.

C'est pourquoi les techniques habituelles d'analyse des réseaux ne se sont pas occupées jusqu'à présent de cette question. Mais le problème est posé et quelques éléments assez disparates pour le moment sont en place qui pourront peut-être permettre de le traiter.

4.6.4. *Quasi-puissance et théorème de Tellegen*

Une première démarche consiste à rechercher des théorèmes d'invariance. Un curieux théorème, dû à Tellegen, est apparu récem-

1. Voir H. Atlan, *L'Organisation biologique, op. cit.*
2. H. Atlan et A. Katzir-Katchalsky, « Tellegen's theorem for bondgraphs. Its relevance to chemical networks », *Currents in Modern Biology*, 1973, 5, 2, p. 55-65.

ment comme un premier théorème d'invariance dans ce qui serait une théorie des réseaux à structure variable.

Il s'agit d'un théorème bien connu, très employé dans l'analyse des réseaux[1], qui dit en gros que si le réseau est fermé, la somme des produits des flux f sur chaque branche par les différences de potentiel e entre les deux extrémités de la branche correspondante, est nulle à chaque instant :

$$\Sigma\, ef = 0$$

L'intérêt de ce théorème est que sous cette forme de conservation de la puissance, il ne représente qu'un cas particulier. Sa forme générale est celle d'un théorème de conservation d'une quantité abstraite dite « quasi-puissance » où e pour chaque branche n'est pas nécessairement une différence de potentiel conjuguée au flux, mais peut être remplacée par la différence entre deux valeurs numériques quelconques assignées à chaque instant aux nœuds, extrémités de la branche.

Sous cette forme, on peut le démontrer facilement en considérant une branche A B d'un réseau, parcourue par un flux f^* (pas forcément électrique) quelconque (fig. 6).

Il suffit que ce qui circule dans le réseau obéisse à une loi de conservation pour que la loi de Kirchhoff des courants puisse être appliquée en chaque nœud, soit :

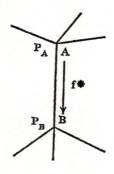

Figure 6

1. B.D.H. Tellegen, « A general network theorem with applications », *Philips Research report*, 1952, p. 259-269. — P. Penfield, R. Spence et S. Duinker, *Tellegen's Theorem and Electrical Networks*, Cambridge, Mass., MIT Press, 1970.

$$\Sigma \, f_{(A)} = 0$$

somme des courants autour du nœud A, et

$$\Sigma \, f_{(B)} = 0$$

autour du nœud B.

Si on assigne respectivement à A et à B à un instant quelconque une valeur numérique quelconque P_A et P_B, rien n'empêche d'écrire :

$$P_A \, \Sigma \, f_{(A)} = 0 \quad \text{et} \quad P_B \, \Sigma \, f_{(B)} = 0$$

ou encore :

$$P_A \, \Sigma \, f_{(A)} + P_B \, \Sigma \, f_{(B)} = 0$$

Cette dernière somme peut être réécrite d'une autre façon en constatant que f^* y est présent deux fois, une fois avec un signe moins comme flux sortant de A, et une fois avec un signe plus comme flux entrant en B. Puisque le réseau est supposé fermé, cela est vrai de tous les courants de branche f^*. On peut donc réarranger la dernière somme en groupant deux à deux les termes contenant le même courant avec des signes opposés, et il vient :

$$\Sigma \, (P_A - P_B) f^* = 0 = \Sigma \, e f$$

où e comme différence de potentiel conjuguée à un flux f ne représente que le cas particulier trivial de conservation de la puissance.

Ce théorème a une grande généralité et est très utilisé dans l'étude des réseaux non linéaires car il ne dépend que des lois de Kirchhoff instantanées, et pas du tout des caractéristiques des composants.

Sous cette forme de quasi-puissance, on peut l'appliquer aux réseaux de réactions chimiques et de diffusion en découpant l'espace en boîtes où s'effectuent les réactions et en considérant la diffusion d'une boîte à l'autre. On écrit alors le théorème en considérant comme flux f les courants de diffusion J_D d'une boîte à l'autre. On choisit alors comme « potentiels » les valeurs des courants de réactions chimiques J_R en chaque instant dans chaque boîte, de sorte que des différences de vitesses de réactions $\Delta \, J_R$ jouent le rôle des différences de potentiels e conjuguées aux courants de diffusion [1]. Le théorème sous cette forme de quasi-puissance s'écrit alors

$$\Sigma \, J_D \, \Delta \, J_R = 0$$

On pensait pourtant que comme les lois de Kirchhoff, le théorème de Tellegen dépendait de la structure du réseau. En fait, nous avons pu montrer que sa validité s'étend aussi à des réseaux à topologie variable et cela est un résultat direct des graphes de liaisons. En effet, si on exprime ce théorème dans un graphe de liaison, on peut démontrer qu'il reste valable si les jonctions 0 et 1 sont changées. Autrement

1. H. Atlan, 1973, 1975, *op. cit.*

dit, cette quantité *ef*, dite quasi-puissance, se conserve non seulement quand les éléments sont variables et non linéaires, mais même quand les connections elles-mêmes entre ces éléments sont variables[1].

Il s'agit donc bien d'un théorème d'invariance dans des réseaux à topologie variable, et qui représente quelque chose de plus que la simple conservation de l'énergie.

III. VERS DES REPRÉSENTATIONS SEMI-DÉTERMINISTES : RÉSEAUX STOCHASTIQUES ET COMPLEXITÉ PAR LE BRUIT

Parallèlement à la recherche de théorèmes d'invariance, et de façon plus générale, une autre démarche consiste à se demander à quelle condition les deux approches dont nous avons parlé, l'une probabiliste utilisant la théorie de l'information, l'autre déterministe utilisant la théorie des systèmes dynamiques, pourraient se compléter. Il est possible qu'on trouve une source d'inspiration en ce domaine dans des travaux récents sur les automates stochastiques[2] et sur la stabilité de systèmes dont la structure est partiellement indéterminée et aléatoire[3].

Le système est défini par ses équations d'état, écrites sous la forme vectorielle habituelle

$$[\dot{X}] = A \, [X]$$

où la matrice A représente la structure dynamique et les connexions. Au lieu que ses éléments a_{ij} soient des constantes (systèmes linéaires) ou des fonctions (systèmes non linéaires), ils sont considérés comme des variables aléatoires qui ne sont définies que globalement par des distributions de probabilités. En particulier, la connectivité est définie par la probabilité que $a_{ij} \neq 0$ (pour $i \neq j$), c'est-à-dire la fréquence des coefficients de couplage différents de zéro entre deux variables d'état x_i et x_j. Ces auteurs ont étudié, dans ces conditions,

1. H. Atlan, et A. Katzir-Katchalsky, *op. cit.*
2. M. Milgram, « Models of the synaptogenesis : stochastic graph grammars », in *Information and Systems*, B. Dubuisson (ed.) (Proceed. IFAC Workshop, Compiègne, 1977), New York, Pergamon, 1978, p. 171-176.
3. M.R. Gardner et W.R. Ashby, « Connectance of large dynamic (cybernetic) systems : critical values for stability », *Nature*, 1970, 228, p. 784. — R.M. May, *Stability and Complexity in model ecosystems*, Princeton University Press, 1973, Princeton. — J.-P. Dupuy, « Autonomie de l'homme et stabilité de la société », *Économie appliquée*, 1977, n° 1.

la stabilité du système, asymptotique et structurelle. Bien évidemment, elle ne peut être elle aussi définie qu'avec une probabilité : un système a une probabilité plus ou moins grande d'être stable suivant la distribution de probabilités de ses coefficients a_{ij}. Des résultats intéressants concernant les rapports entre stabilité et connectivité ou complication ont été déjà obtenus.

Une transposition de cette approche à la thermodynamique en réseaux consisterait à tirer au sort les valeurs des éléments constitutifs, et aussi la connectivité, c'est-à-dire la topologie du réseau.

En attendant, les résultats du principe de complexité par le bruit, exposés plus haut, peuvent être utilisés de la manière suivante. Gardner et Ashby, puis May, ont pu montrer que l'augmentation de connectivité d'un système (définie de façon probabiliste) diminue sa probabilité de stabilité asymptotique. Bien qu'un système asymptotiquement instable puisse se maintenir dans un état stationnaire oscillant (cycle limite), J.-P. Dupuy en déduit que sa probabilité de stabilité structurelle doit diminuer elle aussi avec la connectivité. Résultat apparemment paradoxal, qui prend son sens quand on réalise qu'une grande connectivité — qui représente une sorte de redondance — implique une grande rigidité et donc une probabilité plus faible de trouver des conditions favorables à la stabilité. Au contraire, un système plus souple pourra grâce à cette souplesse conserver sa structure malgré des déformations provoquées par des conditions aléatoires. (Deux exemples extrêmes de ces situations sont peut-être à trouver dans les cristaux d'une part et les macromolécules de l'autre. Les premiers ne gardent leur stabilité que dans des conditions bien précises de température et de solubilité. Les secondes au contraire réagissent à de multiples changements de conditions par des changements de conformation où leur structure macromoléculaire globale est conservée.)

Supposons donc un système dont la connectivité est grande, donc la probabilité à priori de stabilité faible, mais dont la structure particulière le rend pourtant stable quant à lui. Des facteurs de bruit (s'ils ne le détruisent pas tout de suite comme la température pour un cristal) vont augmenter sa complexité en diminuant sa redondance. Le résultat devrait en être une augmentation de sa probabilité à priori de stabilité. Ainsi sous l'effet conjugué de la relation redondance-stabilité improbable et du principe de complexité par le bruit, certains systèmes redondants et stables peuvent avoir une évolution remarquable. Stables bien que redondants, leur stabilité est le résultat de conditions exceptionnelles. Grâce à leur redondance comme potentiel d'auto-organisation, ils vont pouvoir réagir au bruit en

129

augmentant leur complexité. En même temps, leur stabilité devient de moins en moins exceptionnelle, puisque leur redondance diminue. Ils se rapprochent ainsi de l'état de probabilité maximale, donc d'entropie maximale. Ce processus n'est en fait pas différent de l'évolution d'un système vivant vers la mort par l'intermédiaire d'une complexification croissante.

Il n'y a rien là finalement que de très cohérent puisque entropie maximale équivaut à complexité maximale, comme l'indique l'identité de signe des formules de Boltzmann et de Shannon [1]. La différence entre la complexité vivante et l'entropie morte d'un tas de molécules ne vient que du caractère fonctionnel de la première aux yeux de l'observateur d'un individu vivant. Celui-ci est supposé d'emblée organisé quand on le perçoit en fonction. C'est pourquoi son entropie comme manque d'information sur cette organisation supposée est perçue comme une complexité fonctionnelle. Au contraire, dans le tas de molécules provenant du cadavre en décomposition, on ne perçoit d'emblée aucune organisation. C'est pourquoi son entropie ne nous apparaît pas comme un manque d'information sur une organisation que nous ne lui supposons pas. Si, pour quelque raison, nous voulions reproduire ce tas désordonné tel qu'il est, dans ses détails moléculaires, alors il nous apparaîtrait à nouveau comme d'une complexité maximale.

Quoi qu'il en soit, bien que cette approche n'en soit qu'à son début, elle semble prometteuse, car particulièrement adaptée à notre situation réelle d'observateurs de systèmes naturels. Nous savons que nous ne les connaissons pas suffisamment pour que des descriptions strictement déterministes en rendent compte dans tous les aspects, en particulier ceux qui sont liés à leur organisation en niveaux hiérarchisés, et plus généralement à leur « fermeture informationnelle [2] »; mais en même temps nous en savons assez sur certains processus dont ils sont le siège pour tenter, au moins localement, des descriptions déterministes. C'est pourquoi une éventuelle synthèse d'une théorie déterministe du genre thermodynamique en réseaux et d'une théorie probabiliste de l'organisation du genre de celle qui a été exposée plus haut devrait être fructueuse dans l'analyse de tels systèmes auto-organisateurs, où quelque chose — mais pas tout — nous est connu de leurs structures et fonctions.

1. Voir plus haut, p. 77.
2. F. Varela, *Principles of biological autonomy, op. cit.*

Deuxième partie

L'AME, LE TEMPS, LE MONDE

« Évidence de la chose, fumée (de signalisation ?), témoins fidèles (de l'ordre ubiquitaire) : le monde, l'année, l'âme du corps. (...)

« Le dragon règne dans le monde comme un roi sur son trône. La roue règne sur l'année comme un roi sur l'État. Le cœur règne sur le corps comme un roi en guerre. » *Sefer Yetsira*, chap. 6.

« ... Il n'y a pas de roi sans peuple. » *Rabeinou Be'hayié* sur Genèse, XXXVIII, 30.

5. Conscience et désirs
dans des systèmes auto-organisateurs[1]

Depuis plusieurs années, la mort de l'homme est annoncée. Des essais lucides et brillants qui en analysent le processus déclenchent souvent une sainte horreur, dans la mesure où ils expriment, en même temps qu'ils fondent, la fin des humanismes. Il est peut-être intéressant, dans ce contexte, d'essayer de préciser ce qui reste après que l'homme a disparu, en utilisant pour cela quelques concepts issus de la logique des systèmes auto-organisateurs.

En effet, *c'est l'Homme, système fermé, qui a disparu ; des systèmes cybernétiques ouverts, auto-organisateurs, sont candidats à sa succession.*

L'homme, dont Michel Foucault a annoncé la disparition, c'est en fait l'image d'un système fermé, qui a dominé le XIXᵉ siècle et la première partie du XXᵉ siècle, détenteur unique de la raison toute-puissante à rendre compte du monde. Le fait que l'existence de cet homme et le fonctionnement de sa raison soient parties intégrantes de ce monde était certes reconnu mais comme un subphénomène dont seuls des biologistes et des neurophysiologistes étaient censés s'occuper ; étant bien entendu qu'ils ne touchaient pas, en faisant cela, à l'essence de l'homme, résidu par définition inaccessible et non réductible, responsable en revanche de toutes les manifestations soit de spontanéité imprévisible et créatrice, soit de rationalité ou d'ordre. Le service et l'accomplissement de l'homme, entité abstraite posée en origine et fin de toutes choses, y étaient présentés comme le programme allant de soi, dès lors que la religion ne pouvait plus survivre à la mort de Dieu, mort annoncée et vécue par de plus en plus d'individus dans l'Occident chrétien. Aujourd'hui, cet « humanisme »-là n'est plus tenable, car l'image de l'homme éclate de toutes parts.

1. Ce texte fut publié en plusieurs parties dans les comptes rendus du colloque sur *L'Unité de l'homme*, Royaumont, 1973, E. Morin et M. Piattelli-Palmarini (éds.), Paris, Éditions du Seuil, 1975. Il est ici restitué dans sa composition originale.

D'une part, ses réalisations les plus prestigieuses — la science et la technique — semblent lui échapper et se retourner contre lui. En fait, si sciences et techniques sont créées par certains individus, ce sont d'autres qui les appliquent; et ces applications elles-mêmes sont utilisées et manipulées par d'autres encore, parfois aux dépens de tous. En tout état de cause, il n'existe pas *un homme* qui utilise sa raison à créer et à gérer, de façon consciente et cohérente, des outils de domination de la nature, mais une multitude d'individus, plus ou moins dotés de raisons et d'appétits, plus ou moins semblables et plus ou moins antagonistes qui s'associent et se combattent au fil de leurs rencontres.

D'autre part, ces individus eux-mêmes, analysés en ce qui leur semble commun, ne peuvent plus être vus comme des hypostases de cet homme en principe tout-puissant, tels que leurs imperfections ne seraient que l'expression d'une part animale — non humaine — qui serait en eux. Les découvertes — ou redécouvertes — de la vie de l'inconscient et des motivations inconscientes des discours et des actions des hommes, plongeant profondément leurs racines dans ce monde dit animal, ont été à l'origine des premiers coups assenés, au nom de la science, à cette image de l'homme créateur de ses discours et de ses actions et dominant par eux un monde de la nature qu'il aurait transcendé par essence. Aujourd'hui, bien d'autres arguments, venus de nouvelles découvertes en ethnologie, en sociologie comparée, en linguistique, en esthétique, en biologie et en anthropologie, ont achevé de détruire cette image. Le résultat en est que, tandis que certains essaient d'analyser et de disséquer les aspects les plus cachés du phénomène sur le plan de l'épistémologie, d'autres, affolés périodiquement par tel ou tel signe spectaculaire de cette disparition — par exemple, des greffes d'organes vitaux extrapolées à de futures greffes du cerveau, ou des manipulations en génétique humaine à la Aldous Huxley, etc. —, se lamentent sur la fin des humanismes, ne pouvant imaginer que quelque chose de bénéfique puisse sortir de la fin d'une illusion.

Parmi les idées qui ont contribué et contribuent encore à détruire l'illusion de l'homme créateur de son discours et de ses actions — et par là même donc à « saper le moral » de nombre de nos contemporains —, les découvertes successives de l'importance du hasard dans l'organisation des êtres vivants ont une place privilégiée. Elles jouissent en effet maintenant d'un grand retentissement dans le public, car elles bénéficient de l'apriorisme de confiance accordé à la biologie, que l'on considère, à tort ou à raison, comme une science plus exacte que les sciences humaines.

Aussi est-il intéressant de se demander comment la logique des systèmes ouverts auto-organisateurs, où un hasard organisationnel, exprimé dans un principe de complexité par le bruit [Von Foerster, MacKay, Ashby, Atlan][1], joue un rôle de plus en plus évident, peut être étendue au domaine où les principes d'organisation de la matière vivante semblent s'être appliqués avec un maximum de complexité, de raffinement et d'efficacité; à savoir, à notre fonctionnement psychique. Très schématiquement, ce principe implique que la redondance et la fiabilité d'un système complexe lui permettent, à partir d'une certaine valeur de ces paramètres de réagir à des agressions aléatoires — habituellement destructrices des systèmes plus simples — par une désorganisation rattrapée suivie d'une réorganisation à un niveau de complexité plus élevé; celui-ci étant mesuré par une richesse plus grande en possibilités de régulation avec adaptation à de nouvelles agressions de l'environnement. Cela, évidemment, jusqu'à un certain point, où les effets destructeurs cumulés dans le temps de ces agressions aléatoires productrices d'erreurs ne peuvent plus être surcompensés par ces effets autonomisants et complexifiants d'auto-organisation. Alors, l'accumulation d'erreurs qui avait jusqu'à ce point nourri le temps de l'invention et de la nouveauté devient ce qui précipite le système dans son temps de vieillissement et de destruction.

Ces mécanismes de création et d'organisation à partir du bruit sont à l'œuvre de toute évidence dans les processus de l'évolution des espèces par mutations-sélection si l'on tient compte du caractère *orienté* de l'évolution. En effet, des mutations au hasard ont abouti non seulement à de nouvelles races susceptibles d'être favorisées par des pressions de sélection d'un nouveau milieu, mais encore à de nouvelles espèces où l'on est forcé d'admettre que des mutations ou même des accidents chromosomiques ont été auparavant récupérés à un nouveau niveau d'intégration, plus complexe que le précédent, avant de pouvoir s'exprimer dans des caractères favorables du point de vue des pressions de sélection, soit d'un milieu nouveau, soit, aussi bien, du même milieu. Mais ces mécanismes sont aussi à l'œuvre dans les processus de l'apprentissage, dans ce que Piaget appelle l'assimilation — usant volontairement d'un terme à résonance à la fois psychologique et biologique. Ils apparaissent dans le mélange de déterminé et de stochastique qui caractérise aussi bien l'organisation cérébrale que celle des machines à apprendre dont les

1. Les références bibliographiques, appelées par des crochets [ ], ont été regroupées en fin de chapitre.

performances se rapprochent le plus de celles du cerveau [Perceptron de Rosenblatt, Informon de Uttley]. Enfin, il n'est pas exclu qu'ils soient aussi à l'œuvre au niveau cellulaire et organismique dans les mécanismes du développement et de l'adaptation.

I. CONSCIENCE ET VOLONTÉ DANS DES SYSTÈMES OUVERTS AUTO-ORGANISATEURS

Si donc nous essayons d'étendre ces idées à la logique de notre fonctionnement psychique, nous sommes amenés à nous demander, en particulier, à quoi correspondent notre conscience et notre volonté, en tant qu'elles sont ressenties, non seulement comme conscience du monde extérieur et volonté d'action, mais comme conscience de soi et volonté d'être ? Autrement dit, à quoi correspond ce qui est ressenti par chacun de nous comme la source de notre détermination — notre programme ? — si nous sommes des systèmes auto-organisateurs où l'invention et la nouveauté apportées par le temps qui passe proviennent en fait d'une accumulation de secousses contingentes ?

1. *Le déterminisme et son fondement dans la réversibilité du temps*

Au nom même de cette logique de l'auto-organisation qui fait une place centrale à l'irruption du radicalement nouveau et de la création — à partir non du néant mais du chaos —, nous ne pouvons plus souscrire à la conception purement déterministe déjà ancienne suivant laquelle ces sensations d'autonomie ne seraient que pure illusion, dans la mesure où tout ne serait que réalisation d'un programme déterminé à l'avance lors de la constitution de notre appareil génétique : l'idée que ce programme contiendrait toutes les réponses prévues à l'avance à telle ou telle stimulation par l'environnement, le tout étant le produit de chaînes de causes et d'effets, dont la cause première pourrait être trouvée, théoriquement, dans les mouvements des particules élémentaires constitutives de la matière, est une séquelle du déterminisme mécaniciste de Laplace. Cette conception est encore vivace chez nombre de biologistes alors qu'elle a déjà disparu de la physique des systèmes complexes, où le rôle des fluctuations aléatoires doit toujours être pris en considération. Même si, au cours du développement des organismes, des déterminations rigoureuses peuvent être trouvées à un certain niveau de généralité et d'approximation, la place de l'aléatoire, donc de la possibilité du nouveau et de l'imprévisible, reste grande au niveau du détail, et son rôle effectif augmente de plus en plus avec la complexité et la richesse d'interactions du système considéré. Ainsi l'établissement des connexions nerveuses, rigoureusement déterminé dans les ganglions nerveux ultra-simples de mollusques, laisse au contraire la place à l'aléatoire du détail, support probable des possibilités d'apprentissage dans les cerveaux de mammifères. Comme l'avait bien vu Bergson, la conception déterministe-mécaniciste, avec comme corollaire le rejet pur et simple de la conscience autonome et de la volonté libre comme illusions spiritualistes, revient en fait à ne concevoir le temps que sous son aspect réversible — qui est celui de la mécanique — et ne peut imaginer la possibilité physique d'un temps-invention.

Aujourd'hui, nous pouvons comprendre comment, par l'intermédiaire de l'accumulation d'erreurs rattrapées, tout se passe comme si le temps apportait avec lui un capital de nouveauté et de création, ce qui, entre parenthèses, devrait nous permettre une relecture critique mais certainement féconde de *l'Évolution créatrice*. Il est normal que cette vision des choses n'ait pas pu s'imposer autrement que par appel à l'intuition, à une époque où la notion du temps physique était dominée par la mécanique et, plus généralement, par la physique des phénomènes réversibles. On sait en effet que, pendant longtemps, pour des raisons de facilité, la physique et la chimie ont déployé beaucoup plus d'efforts dans la description et l'explication des phénomènes réversibles que dans celle des phénomènes irréversibles; et, dans la mesure où les phénomènes naturels sont presque tous irréversibles, leur description physico-chimique n'a été possible, le plus souvent, qu'en y découpant — dans l'espace et le temps — plusieurs parties considérées, en première approximation, comme assimilables à des phénomènes réversibles. Or, par définition, dans un phénomène réversible, le temps est réversible. Et c'est pourquoi le temps de la physique, servant le plus souvent à la description de phénomènes réversibles, a longtemps perdu sa direction [1]. Cela apparaît de façon

---

1. Katchalsky et Curran font remarquer très justement que, dans les lois régissant les phénomènes réversibles, le temps n'intervient que par son carré (par exemple, équation de propagation des ondes) alors qu'il intervient par sa puissance unité dans la description des phénomènes irréversibles (par exemple, loi de diffu-

éclatante dans la théorie de la relativité où la dimension temporelle de l'espace-temps est tout aussi réversible que les dimensions spatiales [1]. Le temps physique ne retrouve sa direction que dans cette partie de la physique beaucoup plus récente qui est celle des phénomènes irréversibles, où la loi de variation irréversible d'entropie dans le temps joue un rôle tout à fait central, au point qu'on a pu dire qu'elle constitue « la pointe dans la flèche du temps » [Eddington]. Mais là, le rôle des fluctuations ne peut plus être négligé et tout le problème de l'évolution irréversible de ces systèmes physiques est dominé par celui des effets de fluctuations aléatoires sur les états successifs structurels et fonctionnels de systèmes ouverts maintenus loin de leur état d'équilibre. Par conséquent, la nouveauté est vraiment nouvelle, une conscience de soi comme lieu de création et d'innovation, donc d'individualité et d'originalité, peut ne pas être seulement une pure illusion.

2. *L'absolu spiritualiste et son ignorance des effets organisateurs du hasard*

Mais cette même vision des choses, qui nous empêche d'accepter la vieille idée déterministe mécaniciste, nous empêche aussi de considérer la conscience et la volonté comme des espèces de forces extraphysiques, manifestations de pointe d'un principe vital ou « humain » mystérieux, à l'œuvre dans la matière et se battant contre elle. Précisément, parce qu'elle nous donne l'espoir d'une compréhension cybernétique des organismes, qui ne soit pas cependant leur réduction à des machines programmées, et qui laisse la place, par la découverte de

sion de la chaleur ou de la matière). Dans le premier cas, un changement de $(+\,t)$ en $(-\,t)$ ne change rien; dans le second, il renverse la direction du phénomène [13].

1. O. Costa de Beauregard a établi un parallèle très intéressant entre les deux principes de la thermodynamique, d'une part, et la théorie de la relativité et l'irréversibilité du temps d'autre part. A ne s'en tenir qu'au premier principe d'équivalence des différentes formes d'énergie, on ne rend pas compte de la spécificité de la chaleur, telle qu'elle apparaît dans le deuxième principe d'accroissement d'entropie; de même, à ne s'en tenir qu'à la théorie de la relativité (équivalence des dimensions spatiale et temporelle), on ne rend pas compte de la spécificité du temps que constitue son irréversibilité. La description du réel implique que l'on ajoute aux principes d'équivalence (1er principe, relativité) des principes de spécificité (2e principe, irréversibilité du temps) qui ont de plus en commun la propriété d'*orienter* le réel [5].

forces organisatrices dans les phénomènes aléatoires eux-mêmes, à un temps-invention dans les phénomènes physiques eux-mêmes dès que ceux-ci atteignent un degré de complexité du même ordre que celui des organismes vivants. Cet espoir n'est pas étranger à celui que les progrès de la physique des phénomènes irréversibles nous donnent, d'une compréhension dans le cadre de lois physiques — encore à découvrir, mais déjà pressenties [1] — ces organismes vivants considérés comme lieu de création relativement stable d'entropie négative.

3. *Mémoire-conscience et faculté inconsciente d'auto-organisation*

S'il est ainsi vrai que les données immédiates que nous avons sur notre autonomie d'êtres conscients et doués de volonté ne peuvent être considérées ni comme de pures illusions ni comme un absolu, cela veut dire qu'elles correspondent à une réalité qui a besoin d'être explicitée en étant rattachée à d'autres réalités.

Déjà au niveau cellulaire, ainsi que M. Eigen l'a analysé [8], des processus enzymatiques d'auto-organisation protéinique ont besoin, pour être efficaces, d'êtres couplés à des mécanismes de réplication sur moule (dont le support est ici les acides nucléiques). Ceux-ci jouent le rôle de mémoire stabilisatrice permettant à des structures fonctionnelles apparues au cours de fluctuations de se reproduire et d'être ainsi maintenues à moindres frais malgré les effets destructeurs toujours présents de ces mêmes fluctuations. Il suffit d'étendre ces idées au domaine de nos mémoires corticales, à l'œuvre dans les systèmes auto-organisateurs que nous sommes aussi, pour rendre compte de ce qui nous apparaît comme notre conscience et notre volonté.

1. Voir les travaux de Prigogine, de Morowitz [17], de Glansdorff et Prigogine [11], de A. Katchalsky [12]. Lorsque cet espoir se sera réalisé, alors le temps physique — mais qui sera bien différent du temps de la physique d'aujourd'hui et d'hier — se sera rapproché du temps biologique. Nous avons vu que le temps de la physique des phénomènes réversibles est très loin du temps biologique en ce qu'il a perdu sa direction. On s'en est déjà rapproché avec l'étude des phénomènes irréversibles, en ce que l'orientation du temps des processus vitaux de vieillissement et de mort — avec les caractères nouveaux et relativement imprévisibles qu'ils comportent — se trouve indiquée par la loi d'accroissement d'entropie. La dernière étape sera peut-être franchie lorsque l'orientation des processus de développement et d'évolution sera indiquée par une ou plusieurs lois de diminution d'entropie.

Pour cela, il faut, contrairement à l'intuition immédiate de notre conscience volontaire (ou volonté consciente ?), dissocier radicalement dans un premier temps ce qui peut nous apparaître comme volonté, de ce qui peut nous apparaître comme conscience. L'auto-organisation inconsciente avec création de complexité à partir du bruit doit être considérée comme le phénomène premier dans les mécanismes du vouloir, dirigés vers l'avenir ; tandis que la mémoire doit être placée au centre des phénomènes de conscience. C'est l'*association* immédiate et quasi automatique de notre conscience et de notre volonté dans une conscience volontaire (ou volonté consciente), considérée comme la *source* de notre détermination, qui a, croyons-nous, un caractère *illusoire*.

En effet, les choses qui arrivent sont rarement celles que nous avons voulues. Il semble que ce ne soit pas nous qui les fassions, alors même que nous savons que c'est nous qui les avons faites. Et cela ne devrait pas nous étonner puisque nous ne nous sentons vouloir qu'avec une partie de nous-mêmes — la conscience volontaire — alors que nous faisons avec le tout de nous-mêmes. Or, ce tout de nous-mêmes semble nous échapper, et s'enfonce de plus en plus dans l'abîme de l'inconnu au fur et à mesure que l'inconscient se dévoile — quand il se dévoile. C'est que ce tout, en fait, ne peut pas être connu — rendu conscient — en tant que force agissante orientée vers le futur pour la bonne raison qu'il se constitue au fur et à mesure qu'il agit, de façon imprévisible, déterminée entre autres par les agressions contingentes — mais indispensables — de l'environnement. Autrement dit, le véritable vouloir, celui qui est efficace parce que celui qui se réalise — le pseudo- « programme » tel qu'il apparaît à posteriori —, le véritable vouloir est inconscient. Les choses se font à travers nous. Le vouloir se situe dans toutes nos cellules, au niveau très précisément de leurs interactions avec tous les facteurs aléatoires de l'environnement. C'est là que l'avenir se construit.

Inversement, la conscience concerne d'abord le passé. Il ne peut y avoir en nous de phénomène de conscience sans connaissance, sous une forme ou sous une autre. Que ce soit un connu de façon perceptive, intellectuelle, intuitive, directe ou indirecte, claire et distincte ou vague et peu différenciée, formulée ou informulée, un phénomène de conscience est une présence de connu. Or, il ne peut y avoir de connu que du passé. Inversement, peut-on dire, ce que nous appelons passé est le connu qui n'est pas — ou n'est plus — perçu (le perçu étant identifié avec le présent), et ce que nous appelons futur est, tout simplement, l'inconnu. La conscience, présence du connu, est donc en nous présence du passé. N'est-ce pas dire que la conscience, c'est notre mémoire qui se manifeste, au sens de la mémoire d'un ordinateur, au moment où elle est utilisée dans une suite d'opérations? Et nous savons bien aujourd'hui qu'il n'est besoin de faire appel à aucun principe métaphysique pour avoir affaire à un phénomène de mémoire. Il suffit qu'un phénomène physique présente une propriété d'hystérésis — et nombreux sont de tels phénomènes, parmi lesquels le magnétisme n'est que le plus connu et le plus utilisé en technologie — pour qu'on ait une possibilité de mémoire. Il suffit en outre qu'un tel phénomène soit structuré de telle sorte qu'il soit porteur d'information, pour que l'on ait une mémoire réalisée; et il suffit que ce phénomène soit alors intégré sous une forme quelconque à une machine organisée pour avoir une mémoire en fonctionnement.

Nous voilà donc « systèmes auto-organisateurs » doués d'une mémoire, qui, quand elle se manifeste — ou, en langage d'informatique, quand elle est « affichée » —, constitue notre conscience, présence du passé, et doués de cette faculté d'auto-organisation qui est notre vrai vouloir, c'est-à-dire ce qui, sans que nous en soyons conscients, à la limite de ce qui est nous et de notre environnement, détermine l'avenir [1].

Mais voilà que cette mémoire, qui rend présent le passé, et cette faculté d'auto-organisation qui construit l'avenir, ne peuvent évidemment pas se contenter de coexister dans un même système sans interagir l'une sur l'autre. *Ce sont ces interactions qui produisent* ces phénomènes hybrides et seconds, non fondamentaux, que sont la *conscience volontaire* d'une part, et les phénomènes de *dévoilement de l'inconscient* d'autre part.

---

1. Un maître juif de la fin du XVIIIe siècle, le Gaon Rabbi Eliahou de Wilna, a analysé un type de relation entre l'homme et le temps qui serait celle d'un couple où l'homme serait le mâle, le temps la femelle et le monde avec la loi, le lieu de leur rencontre. Il établit alors des correspondances entre trois parties de l'« âme » humaine, et les trois aspects du temps, passé, présent, futur, qui étonnent au premier abord, mais qui, à la réflexion, illustrent parfaitement notre propos. L'âme sensible *(rouah)* éprouve et inspire sensations et mouvements dans le présent. L'âme intelligente *(nechama)* apprend en tirant les enseignements du passé. Quant au futur, c'est ce qui est caché de nous et vécu dans l'inconscient de l'âme dite vivante *(nefech)*, celle qui anime, du plus près, la matière de notre corps (Likoutei Hagra in *Sifra ditseniouta*, p. 78).

II. CONSCIENCE VOLONTAIRE ET DÉSIRS CONSCIENTS

Autrement dit, la conscience volontaire et le vouloir émergeant à la conscience sous forme de désirs et de pulsions doivent être compris comme les résultats symétriques d'interactions entre conscience-mémoire du passé et vouloir inconscient auto-organisateur de l'avenir; la conscience volontaire serait le résultat d'éléments précédemment mis en mémoire qui interviennent secondairement dans des processus de réponse organisatrice aux stimulations de l'environnement, à la façon de programmes partiels ou sous-programmes; tandis que le vouloir conscient serait le résultat de l'émergence à la conscience, c'est-à-dire de l'affichage en mémoire, de certains processus auto-organisateurs; ceux-ci fonctionnent par création d'organisé à partir du bruit, et ils se déroulent habituellement et déterminent l'avenir de façon totalement « inconsciente », c'est-à-dire comme successions d'opérations structurantes et fonctionnelles qui ne font pas nécessairement intervenir des mécanismes de stockage en mémoire. Plus exactement, l'utilisation de mémoires surajoutées, qui permet des reproductions sur moules, augmente toujours l'efficacité des processus de création d'organisation, en stabilisant des structures successives qui, autrement, apparaîtraient mais disparaîtraient aussi vite. Par conséquent, il est possible aussi, et même le plus probable, que les processus auto-organisateurs utilisent systématiquement des mécanismes de stockage de l'information — donc de mémoire — mais situés à un niveau anatomique différent de celui du cortex cérébral; à l'extrême, le type de mémoire à l'œuvre dans les processus de réponses immunitaires aux agressions antigéniques serait ainsi un exemple de mémoire, inconsciente parce que située à un niveau d'intégration tout à fait différent de celui du cortex cérébral. Quoi qu'il en soit, l'affichage en mémoire corticale de processus soit régulateurs, soit auto-organisateurs, normalement inconscients qui constituent le véritable vouloir, produit ce que nous appelons les dévoilements de l'inconscient; tandis que, symétriquement, comme on l'a dit, l'irruption de sous-programmes affichés en mémoire au milieu de ces processus définit ce que nous appelons la conscience volontaire. Le vouloir inconscient apparaît donc ainsi comme une caractéristique absolument générale de tous les organismes vivants — et même des automates auto-organisateurs si l'on arrive à en réaliser. L'apparition progressive de ce qui semble être — par analogie avec ce qui apparaît dans notre expérience introspective — une volonté consciente, chez les êtres dits supérieurs, ne serait donc qu'une conséquence de l'existence de mémoires de plus en plus puissantes au fur et à mesure que l'on a affaire à des organismes plus complexes. Plus la mémoire corticale occupe une place importante dans le système, plus ses possibilités d'interaction avec les processus auto-organisateurs sera grande et donc plus les manifestations d'une conscience volontaire sembleront évidentes. De même, d'ailleurs, que les phénomènes de dévoilement de l'incons-cient. Non pas que l'inconscient existe moins chez les organismes élémentaires à faible capacité de mémoire, mais simplement que les possibilités de mémorisation de cet inconscient sont forcément beaucoup plus limitées.

Ainsi, la vie de l'inconscient ne peut pas être réduite à un phéno-mène second, résultant du refoulement et de la censure de désirs et pulsions déjà à moitié conscients, qui eux seraient les phénomènes premiers. Au contraire, le vouloir inconscient, ensemble des méca-nismes par lesquels notre organisme tout entier réagit aux agressions aléatoires et à la nouveauté — ainsi qu'à leur répétition éventuelle d'ailleurs —, est le phénomène premier qui caractérise notre orga-nisation à la fois structurale et fonctionnelle. Ce vouloir inconscient n'a pas besoin, le plus souvent, pour se réaliser, de se dévoiler, de devenir conscient et de se transformer en désir. Au contraire, comme nous le verrons, une trop grande visualisation en mémoire des pro-cessus auto-organisateurs peut les bloquer. Il vaut mieux parfois, pour la survie du système, qu'il continue à rester inconscient. Le désir lui-même n'est pas de l'ordre du vouloir inconscient « pur », mais déjà de son émergence à la conscience, de son inscription en mémoire, et de sa représentation. Les situations de conflit entre cons-cience volontaire et désirs ne sont pas des conflits entre conscient et inconscient, mais plutôt entre ces deux modes symétriques d'interac-tions entre mémoire et auto-organisation, que sont une mémoire organisatrice et une auto-organisation mémorisée. Dans la mesure où les processus d'auto-organisation reposent comme nous l'avons vu sur la contradiction d'une digestion organisatrice d'aléas désor-ganisateurs, c'est leur trop grande émergence à la conscience, leur affichage trop systématique en mémoire corticale, qui peut aboutir à la conscience schizophrénique bloquée suivant Bateson, ainsi que l'avait suggéré Morin [15]. Mais il existe aussi une autre façon de bloquer le mouvement, qui s'exprime, comme nous allons le voir, dans les délires.

De toute façon, si l'on suit Morin, ces dérèglements par débordements intempestifs des mécanismes du vouloir inconscient ne seraient que l'exagération du processus d'hominisation par lequel *Homo sapiens* se serait véritablement distingué de ses ancêtres immédiats.

III. MACHINES A FABRIQUER DU SENS[1]

La digestion de l'aléatoire et son affichage en mémoire aboutissent aux activités les plus élaborées de la conscience sous sa forme non seulement de conscience volontaire décidant d'une réponse à un stimulus mais aussi de conscience cognitive établissant des relations entre stimuli, véritables cartes spatio-temporelles de l'environnement (*mapping* de l'environnement suivant Fischer) [9]. C'est ainsi que se nourrit l'organisation psychique en créant et défaisant des *patterns* de référence, qui, à chaque instant, déterminent le nouveau pattern qu'il s'agit de reconnaître et auquel il s'agit de réagir.

Appliquant le principe de complexité par le bruit à une théorie de l'apprentissage[2], on aboutit à un certain nombre de propriétés de ce qu'on peut considérer comme un système auto-organisateur à l'œuvre dans un processus d'apprentissage non dirigé. Il faut, en effet distinguer entre apprentissage dirigé et apprentissage non dirigé. Le premier est un apprentissage avec un professeur qui dit ce qu'il faut apprendre. Dans l'apprentissage non dirigé, un système, placé dans un environnement nouveau pour lui, crée en quelque sorte, dans cet environnement inconnu, les patterns qu'il va ensuite se conditionner lui-même à reconnaître. Ces mécanismes sont intéressants aussi en ce qu'ils ne sont pas de pures descriptions phénoménologiques, mais qu'ils sont reproduits dans des machines. Notamment, il existe une différence de principe de fonctionnement entre une machine du type « Perceptron [19] », qui sait reconnaître des formes mais avec un professeur (il faut un expérimentateur qui règle les paramètres de fonctionnement de la machine au cours du pro-

---

1. Il s'agit là, évidemment, d'une immense question que celle de l'origine et de la légitimité du sens et des significations. Nous n'avons fait qu'en aborder un des aspects ici, un autre dans « Signification de l'information... » (p. 86), et peut-être un autre dans « '' Je '' de hasard » (p. 98).
2. H. Atlan, « Le principe d'ordre à partir de bruit. L'apprentissage non dirigé et le rêve », in *L'Unité de l'homme, op. cit.*, p. 469-475.

cessus d'apprentissage lui-même), et la machine du type « Informon », mise au point par Uttley [20]. Il s'agit là d'un Perceptron modifié de telle sorte que c'est la machine elle-même qui, calculant des probabilités conditionnelles dans les différents stimuli qui lui arrivent, fabrique en quelque sorte des patterns de fréquences d'après ces calculs, puis reconnaît plus ou moins ces patterns dans l'environnement. Lorsqu'il s'agit d'apprentissage non dirigé, deux propriétés, conséquences du principe de complexité par le bruit, peuvent être reconnues. La première est que le processus d'apprentissage peut être compris comme une création de patterns par diminution de redondance, où des spécifications de patterns bien particuliers en excluent d'autres. Ainsi, à la question : qu'est-ce qui augmente et qu'est-ce qui diminue dans l'apprentissage ?, on peut répondre, d'après ce principe, que ce qui augmente, c'est la différenciation, la spécificité des patterns appris, et ceci implique donc une augmentation de la variété, de l'hétérogénéité ; au contraire, ce qui diminue, c'est la redondance de l'ensemble du système, c'est le caractère non différencié. En particulier, on pourrait trouver là une explication des mécanismes de la finalité du rêve et du sommeil. Il semblerait [22] que le sommeil paradoxal s'accompagne d'une synchronisation de l'ensemble des cellules cérébrales activées par un même *pacemaker* localisé dans le tronc cérébral. Peut-être pourrions-nous interpréter cela comme un retour à un état de redondance initiale extrêmement grande, c'est-à-dire d'indifférenciation. Tout se passe comme s'il y avait un potentiel d'apprentissage, qui pourrait être mesuré par une redondance : ce potentiel diminue au fur et à mesure que l'apprentissage se produit ; ensuite, il est nécessaire de recharger en redondance pour pouvoir reprendre et continuer le processus d'apprentissage. Un deuxième aspect du principe de complexité par le bruit dans les mécanismes d'apprentissage non dirigé consiste en ce que les patterns, une fois créés, sont comparés avec les nouveaux stimuli ou, plus exactement, sont projetés et appliqués sur eux. Dans la mesure où patterns et nouveaux stimuli peuvent coïncider, on dit qu'on « reconnaît » de nouveaux patterns dans l'environnement. *Mais, dans la mesure où ils sont vraiment nouveaux, cette coïncidence ne peut être qu'approximative.* Il y a là une ambiguïté dans cette application, dans cette projection de ces patterns sur les nouveaux stimuli, et cette ambiguïté elle-même a alors un rôle positif dans la mesure où elle entraîne une action en retour sur les patterns eux-mêmes, c'est-à-dire une modification des patterns initiaux. Ceux-ci, modifiés, vont ensuite être projetés à nouveau sur les nouveaux stimuli, et ainsi de suite. On peut ainsi se représenter ces mécanismes d'apprentissage non dirigé par une espèce de va-et-vient entre des patterns qui sont créés, puis projetés sur des stimuli aléatoires, et ceux-ci, qui, dans la mesure où ils ne peuvent pas coïncider exactement avec les premiers, modifient alors la classe de patterns qui va servir de référence, et ainsi de suite. Autrement dit, tout se passe comme si notre appareil cognitif était une espèce d'appareil créateur, une fois de plus, d'ordre de plus en plus différencié, soit de complexité à partir du bruit.

Encore une fois, ces processus se déroulent normalement de façon inconsciente, à la façon de ce qui se passe par exemple dans une machine de type Informon qui sélectionne elle-même les patterns qu'il s'agit pour elle d'apprendre à reconnaître; mais leur affichage en mémoire, c'est-à-dire leur émergence à la conscience, aboutit à cette activité d'*interprétation* qui consiste à intégrer les événements nouveaux du présent et de l'avenir au contenu de notre connaissance du passé mise en mémoire. Cette intégration s'effectue par reconnaissance de formes *(pattern recognition)*, c'est-à-dire que les nouveaux stimuli sont classés et associés aux formes préexistantes, grâce à quoi ils sont reconnus. En général, comme on l'a dit, cette reconnaissance n'est pas parfaite : les nouveaux stimuli ne peuvent pas coïncider exactement — dans la mesure même où ils sont nouveaux. Ils sont donc reconnus approximativement avec une certaine quantité d'ambiguïté. Et cette ambiguïté va pouvoir jouer là aussi un rôle positif enrichissant, en modifiant, faisant dériver la forme de référence, ou plus exactement la classe de formes qui constitue la référence des nouvelles formes à reconnaître. Et ainsi de suite. C'est donc de cette façon que le principe de complexité par le bruit peut aussi fonctionner au niveau de l'organisation de notre système cognitif. Là aussi du nouveau et de l'aléatoire sont intégrés à l'organisation évolutive et lui servent même de nourriture. Là aussi tout se passe comme si nous fabriquions sans cesse de l'organisé à partir du chaos. L'interprétation n'est ainsi que l'affichage en mémoire de mécanismes de fabrication de sens à partir du non-sens, qui, sans cela, se dérouleraient de façon quasi automatique, et évidemment inconsciente.

Mais ces mécanismes de fabrication de sens là où il n'y en avait pas, ne sont-ils pas ce par quoi on a l'habitude de caractériser les consciences délirantes? Et n'est-ce pas cela qui se retrouve d'ailleurs dans la signification ambiguë de l'idée d'interprétation et dans la réserve qu'on a, à priori, quant à la vérité de tout système interprétatif?

Or nous venons de voir que ces mécanismes obéissent à une logique de l'apprentissage adaptatif qui semble enracinée dans les principes mêmes de l'organisation biologique en tant qu'il s'agit d'auto-organisation, et par là, ils semblent donc être liés à notre fonctionnement normal de systèmes auto-organisateurs.

C'est donc que nous situons mal le délire quand nous y voyons un trouble de la relation réel-irréel, une projection illégitime de l'imaginaire dans le réel. Il n'y a en effet de connaissance évolutive que grâce à de telles projections. Mais alors, où se situe donc le passage entre conscience délirante et conscience qui ne le serait pas, entre interprétation délirante et interprétation « correcte », si le critère n'est plus le degré du « coller à la réalité », autrement dit la précision et le manque d'ambiguïté dans la reconnaissance des formes ? Probablement non pas dans le contenu des interprétations, mais dans leur mode de fonctionnement. Le délire serait la fixation, dans un stade, du processus d'interprétation qui resterait bloqué sur des patterns immuables à travers lesquels les événements nouveaux seraient reconnus sans *feed-back* modificateur, de telle sorte que, petit à petit, la distance — l'ambiguïté — entre patterns de référence servant à la reconnaissance et événements nouveaux à reconnaître deviendrait de plus en plus grande, au point que le processus lui-même de reconnaissance et d'interprétation serait arrêté, et qu'il ne se survivrait alors qu'en se refermant sur lui-même.

Cela pourrait expliquer qu'un même contenu interprétatif puisse avoir une fonction délirante chez un individu, organisatrice et créatrice chez l'autre. Si ce contenu est un stade d'un processus ouvert, non bloqué, d'interprétation, il contribuera à enrichir l'organisation du système ; tandis que, s'il est figé, sous l'influence de mécanismes de mémoire trop actifs, en patterns immuables qui ne sont plus susceptibles de se modifier au cours du processus d'interprétation lui-même, alors ce processus devient celui du délire, apparemment organisé — surorganisé — autour de ce contenu interprétatif précis — trop précis —, fixé une fois pour toutes.

Toute hypothèse scientifique vraiment nouvelle est en fait de l'ordre du délire du point de vue de son contenu, en ce qu'il s'agit d'une projection de l'imaginaire sur le réel. Ce n'est que parce qu'elle accepte à priori la possibilité d'être transformée ou même abandonnée sous l'effet de confrontations avec de nouvelles observations et expériences qu'elle s'en sépare finalement. En particulier, on peut comprendre comment l'interprétation psychanalytique peut jouer elle-même le rôle d'un délire organisé, ou au contraire celui d'une création libératrice, suivant qu'elle est vécue soit de façon fermée comme le modèle central — le pattern immuable —, pôle organisateur, soit de façon

147

ouverte comme une étape fugace dans le processus auto-organisateur. Pourtant, dans tous les cas, le contenu d'interprétation consiste toujours en ce qu'on appelle d'habitude « une projection de l'imaginaire sur le réel ». Ainsi la « marque du délire » ne serait pas la présence de l'imaginaire dans l'appréhension du réel; ce serait, au contraire, la conservation trop systématique et trop rigide d'états d'auto-organisation qui devraient normalement se succéder en se modifiant. Une mémorisation excessive, c'est-à-dire une émergence trop précise à la conscience, de ces stades d'auto-organisation qui gagneraient à rester inconscients, pourrait être responsable de ces fixations conduisant à la fermeture du système. Le fonctionnement délirant de l'imaginaire n'est pas délirant parce qu'il se projette sur le réel, mais parce qu'il cesse de fonctionner comme un système ouvert, cessant de se nourrir des interactions en retour avec ce réel source d'aléas, donc de nouveauté. Au lieu de rester caché et souterrain, condition de son mouvement d'auto-organisation, il apparaît trop tôt ou trop précisément à la conscience, et il se fixe alors sur une projection particulière conservée en mémoire comme un moule inaltérable sur lequel viennent se plaquer les événements ultérieurs... de moins en moins nombreux, d'ailleurs, dans la mesure où la coïncidence se fait de plus en plus difficilement. Jusqu'à ce que la tension soit trop grande et que ces patterns, qu'une mémoire en quelque sorte abusive a trop fidèlement conservés, soient remplacés par d'autres, ainsi qu'ils auraient dû l'être depuis longtemps, mais cette fois de façon brutale et dans une crise majeure alors qu'ils auraient dû l'être de façon progressive et dans des crises mineures sans cesse rattrapées. C'est leur inscription intempestive en mémoire qui, en les y fixant, a arrêté puis fait éclater les processus d'auto-organisation cognitive.

Si l'on accepte l'idée de Morin suivant laquelle l'apparition d'*Homo sapiens* est caractérisée autant par ses délires que par sa sagesse, et si l'on reconnaît la part de responsabilité dans les mécanismes du délire de mémorisations excessives, c'est-à-dire d'émergences excessives à la conscience des va-et-vient normalement inconscients des projections de l'imaginaire sur le réel, alors on peut comprendre que ce débordement de l'imaginaire inconscient dans le conscient n'ait pu se faire qu'à partir du moment où des capacités de mémoire suffisantes étaient disponibles. Le trait caractéristique de la mutation du gros cerveau consisterait ainsi en une extension des capacités de mémoire, obtenue par simple répétition de structures déjà existantes, par simple création de redondance (dont on a vu par ailleurs le rôle dans la détermination de ce qu'on pouvait appeler un potentiel d'auto-organisation [Atlan 1972, 1974]. Dans cette perspective, on peut comprendre alors que ce dévoilement du délire chez *Homo sapiens*, latent parce qu'inconscient chez ses prédécesseurs, ait été concomitant du développement du langage symbolique dans la mesure où celui-ci a impliqué et permis justement une augmentation considérable des capacités de mémoire, par rapport à celles qui lui préexistaient.

IV. LANGAGES ET MÉMOIRES

On peut ainsi essayer de comprendre en quoi et pourquoi, lorsque l'inconscient se dévoile, il parle un certain langage. Bien sûr, il peut s'agir d'un langage non seulement crypté mais encore à significations multiples et ambiguës, susceptibles d'être sans cesse formées et déformées par celui ou ceux qui l'écoutent et, surtout, qui essayent de le traduire en langage parlé. Mais il s'agit quand même d'un langage fait de signes susceptibles d'être reçus, qui se manifeste à la conscience soit du sujet lui-même, soit de quelqu'un d'autre dès qu'il le reçoit comme langage en l'analysant et l'interprétant. Il s'agit là, dans la perspective du modèle que nous proposons, des processus inconscients du vouloir et des choses qui se font, qui, secondairement, émergent à la conscience, c'est-à-dire, qui sont accumulés en mémoire, et affichés, visualisés, sous une forme ou sous une autre. « Parler » est alors synonyme d'« émerger à la conscience », car ce vouloir normalement inconscient, et ces choses qui se font habituellement de façon cachée, anonyme, lorsqu'ils interfèrent avec les processus de mémoire manifestée, ne peuvent qu'utiliser les matériaux de cette mémoire ; or, entre ceux-ci et le langage, existe un lien très étroit ; car l'utilisation d'un langage parlé, puis écrit, est en fait une extension formidable des possibilités de stockage de notre mémoire, qui peut, grâce à cela, sortir des limites physiques de notre corps pour être entreposée soit chez d'autres, soit dans les bibliothèques. Cela veut dire qu'avant d'être parlé ou écrit, un certain langage existe comme forme de stockage de l'information dans notre mémoire. Et c'est pourquoi toute manifestation de conscience ne peut qu'utiliser ces matériaux, et apparaître donc comme l'utilisation d'un langage. Suivant l'origine et la nature de cette manifestation de conscience, l'origine de ce langage s'imposera avec plus ou moins d'évidence. S'il s'agit d'une manifestation de conscience sur un mode habituel, c'est-à-dire présence « pure » de notre mémoire, sans interférence du vouloir inconscient, il semblera à tout le monde que c'est le sujet qui parle. Mais, s'il s'agit de l'émergence à la conscience des processus habituellement inconscients du vouloir, la question, angoissante et sans réponse, du « qui parle? » s'impose alors. Étant donné que, dans la pratique, tous les intermédiaires peuvent être rencontrés entre ces deux limites — au point que pour certains, après analyse et même si ce n'est pas immédiatement évident, la question « qui parle? » se pose toujours —, il semble bien que des manifestations de conscience « pure » n'existent pas; tout se passe comme si les processus du vouloir, ces processus anonymes d'auto-organisation, cherchaient sans cesse à s'inscrire dans la mémoire; comme si, ne pouvant se satisfaire de construire l'avenir, ils se constituaient aussi en passé. C'est pourquoi, comme nous l'avons vu plus haut, le langage de l'inconscient semble être aussi celui du désir.

Exactement symétriques, comme nous l'avons vu, sont les phénomènes de conscience volontaire : ici, c'est le passé qui ne peut renoncer à déterminer l'avenir. C'est la conscience, mémoire normalement tournée vers le passé, qui intervient dans les processus qui construisent l'avenir, ne pouvant pas renoncer à être pour quelque chose dans leur détermination.

V. PASSÉ ET AVENIR; DE L'UNITÉ TEMPORELLE

Autrement dit, dévoilements du vouloir inconscient et conscience volontaire ne sont que les deux façons symétriques d'unifier notre passé et notre avenir. C'est pourquoi ces deux phénomènes, même s'ils ne sont pas premiers, n'en jouent pas moins un rôle fondamental : c'est à eux qu'est accrochée la réalité de l'unité et de l'autonomie du système auto-organisateur que nous sommes. Le second affirme cette unité avec éclat; le premier en représente une ombre au point qu'il semble la nier; mais il ne peut évidemment la nier qu'en la suggérant. Cette affirmation et cette négation sont d'ailleurs aussi fondées l'une que l'autre puisque, d'une part, le système est bien isolé en un système unique et un, ne serait-ce que par l'enveloppe cutanée qui le délimite dans l'espace, mais que, d'autre part, il est perméable à tous les facteurs anonymes de l'environnement qui s'impriment en lui, agissent en lui et à travers lui, et sans lesquels il cesserait immédiatement d'exister.

Le fait de ne pas vouloir ou de ne pas pouvoir envisager sereinement la disparition de l'homme vient donc, croyons-nous, de ce que les humanismes nous ont bien mal préparés à voir en nous-mêmes ces systèmes auto-organisateurs où la volonté consciente et les dévoilements de l'inconscient signent et affirment une unité temporelle — relative — du système, de même que notre peau signe et affirme une unité spatiale — tout aussi relative. Ce n'est pas parce que notre peau n'est pas totalement imperméable, et qu'en plus elle est percée d'orifices divers, qu'elle est inutile. De même, pour notre volonté consciente: elle peut (et même se doit de) s'exercer sans cesse et toujours, sans l'illusion de déterminer les choses, car sa seule activité, doublée de celle de son ombre, le langage inconscient, maintient, comme nous l'avons vu, l'unité dans le temps des systèmes que nous sommes.

Dans un article paru il y a quelques années, A. David constatait que chaque progrès de la cybernétique fait disparaître l'homme un peu plus [6]. Mais un dernier sursaut d'humanisme lui fait localiser en nous le dernier recoin d'où l'homme serait indélogeable; ce serait le désir (autrement dit notre programme?). Moyennant quoi, il nous suggère une description futuriste d'hommes télégraphiés dans l'espace sous la forme de « purs programmes ». Mais qu'adviendra-t-il de cela s'il s'avère que, dans des systèmes cybernétiques auto-organisateurs ayant la complexité des organismes vivants, le programme ne peut pas être localisé parce qu'il se reconstitue sans cesse? Eh bien, cela veut dire que l'homme est finalement délogé même de là, et que cela vaut mieux pour nous, car, de cette façon, l'unité et l'autonomie de notre personne, dans la mesure où elles se font, ne pourront plus être télégraphiées dans l'espace, séparées du reste, que la surface qui limite un volume et en définit l'unité ne peut être séparée de ce volume. Des programmes d'organisations pourront peut-être être télégraphiés : les systèmes ainsi réalisés pourront peut-être nous ressembler et dialoguer avec nous. Il n'y a là rien d'inquiétant[1], bien au contraire, car ils ne seront pas nous; pas plus que ne le sont les machines, même les plus puissantes, qui nous prolongent.

Ce n'est que dans une culture abusivement humaniste que cette vision des choses peut paraître pessimiste. Ce n'est que si l'on a érigé l'homme en absolu que la constatation du caractère partiellement illusoire — parce que non premier — de la volonté consciente

---

1. Sauf, bien entendu, quant à ce qu'on fera d'un tel pouvoir. Comme toujours, ce n'est pas sur le plan philosophique et théorique que des progrès scientifiques peuvent être dangereux; c'est sur le plan politique.

est désespérante. Et, pourtant, cette constatation ne coïncide-t-elle pas avec l'expérience de tous les jours? La volonté consciente n'est-elle pas sans cesse démentie par la réalité dans la mesure où jamais les choses ne se passent comme nous les avons voulues? N'apprenons-nous pas de l'expérience quotidienne que la volonté consciente ne maîtrise pas les choses, que celles-ci ne font qu'arriver ou se faire? L'Ecclésiaste et les anciens sages ne nous en ont-ils pas avertis depuis toujours? C'est l'illusion du contraire qui conduit au désespoir quand elle se dissipe, car on s'imagine alors que la volonté consciente n'a pas d'objet, qu'elle est niée, et par là même notre existence en tant qu'êtres autonomes. Après avoir fait de l'homme un absolu, on croit y reconnaître un jouet de forces aveugles. Ce n'est pas parce que l'homme disparaît et s'efface « comme à la limite de la mer un visage de sable » que nous devons pleurer sur nous-mêmes. L'homme qui s'efface, ce n'est pas nous, ce n'est, comme l'a montré Foucault, qu'un absolu imaginaire qui a joué un rôle commode dans le développement des connaissances en Occident, en un temps d'ailleurs où le système physique par excellence était le système fermé — ou même isolé — en équilibre thermodynamique [10]. Cet homme est en voie d'être remplacé par des choses, certes, *mais où nous pouvons nous reconnaître* parce qu'elles peuvent nous parler. Au lieu d'un homme qui se prend pour l'origine absolue du discours et de l'action sur les choses, mais est en réalité coupé d'elles et conduit inévitablement à un univers schizophrénique, ce sont *des choses* qui parlent et agissent en nous, à travers nous comme à travers d'autres systèmes bien que de façon différente et peut-être plus perfectionnée. Grâce à cela, si nous ne nous laissons pas étouffer par elles, c'est-à-dire si notre vouloir — faculté inconsciente d'auto-organisation sous l'effet des choses de l'environnement — arrive à s'inscrire suffisamment en mémoire, de telle sorte que nous en ayons un degré suffisant de conscience, et si celle-ci en retour peut interagir avec les processus auto-organisateurs sans toutefois qu'il y ait conflit entre ces deux formes d'interaction, alors, lorsque nous regardons autour de nous, nous pouvons nous sentir chez nous parce que les choses *nous* parlent aussi [1]. Après tout, si l'on peut nous démonter comme des machines et

---

1. Dans *Les Mots et les Choses* de M. Foucault, au moins aussi important que l'annonce finale de la disparition de l'homme et du retour du langage, nous apparaît le rappel, dans le premier chapitre, d'une époque où les mots parlaient le langage des choses. Même si cette époque est à jamais révolue, son existence passée n'en suggère pas moins la possibilité, dans l'avenir, de nouvelles retrouvailles des mots et des choses, à travers, bien sûr, des formes et des langages nouveaux, véhiculant les savoirs d'aujourd'hui et de demain.

remplacer des organes comme des pièces, est-ce que cela ne veut pas dire aussi que nous pouvons voir dans les machines, c'est-à-dire dans le monde qui nous entoure, quelque chose où nous pouvons nous retrouver, et avec qui nous pouvons, à la limite, dialoguer ? Quand nous découvrons une structure dans les choses, n'est-ce pas retrouver, de façon renouvelée et épurée, un langage que les choses peuvent nous parler ? Et est-ce payer trop cher ces retrouvailles que de constater, au passage, que notre propre langage n'est dans le fond pas radicalement différent de ce langage des choses ? La seule conséquence de ces découvertes ne devrait être ni l'affolement puéril à l'idée d'être un jouet de forces aveugles, ni cette forme d'aveuglement qui consiste à vouloir à tout prix retrouver l'homme quelque part, mais une détermination à atteindre a maîtrise de nous-mêmes en plus de la maîtrise des choses — à dialoguer avec nous-mêmes en même temps qu'avec les choses —, puisque notre existence même en tant qu'êtres doués d'unité, systèmes autonomes, n'est pas un phénomène premier mais peut pourtant être affirmée, car elle se crée dans cette affirmation même, et nulle part ailleurs. Cette détermination s'appuie sur la vision claire que cette existence unifiée, bien que non assurée, est *possible*, car elle se joue *dans un univers qui cesse de nous être hostile et de nous détruire, dès qu'on se laisse traverser par lui.* L'unité dans le temps des systèmes auto-organisateurs et mémorisants que nous sommes n'est pas absolue — mais elle est non moins réelle que leur unité spatiale, délimitée par une peau et des muqueuses. La frontière qui protège l'autonomie d'un être vivant par rapport à l'univers qui l'entoure n'a de sens que si, en même temps que barrière, elle est lieu d'échanges et se laisse traverser.

N'est-ce pas contenu dans la conclusion de l'Ecclésiaste, ramassée en une brève sentence : « Fin de discours, tout ayant été entendu, crains les dieux et garde ses commandements, car ça est le tout de l'homme. » ? En d'autres termes, après avoir constaté la vanité des choses, le caractère illusoire de la volonté consciente lorsqu'elle s'imagine déterminer les choses, sache que ce qui est véritablement en jeu c'est le *ça*[1], qui est le tout de l'homme; c'est d'en tracer la

---

1. On pourrait croire que nous prenons Groddeck ou Freud pour l'auteur de l'Ecclésiaste ! Il n'en est rien, même si leur lecture n'est évidemment pas pour rien dans cette interprétation. Celle-ci nous a été suggérée par de nombreux textes d'exégèse traditionnelle juive où l'expression hébraïque *zé* (ça), utilisée ici, véhicule un sens faisant allusion à une structure d'éléments qui représente l'affectivité plus ou moins consciente de l'individu, à l'exclusion de son intellect. De même, la traduction « crains les dieux... » provient de ce que le nom (*Elohim*) utilisé ici pour désigner la divinité « organisatrice des forces dans le monde »

limite et d'en établir l'unité. A travers l'action volontaire sur les choses, c'est en réalité l'action unificatrice sur nous-mêmes qui est en jeu, et c'est donc en fonction de son effet sur le *ça* qui nous constitue tout entiers qu'elle doit être orientée. Dans cette entreprise, le déchiffrage et l'interprétation du monde et de sa loi, puis le fait de se laisser pénétrer par elle sont les facteurs irremplaçables de lucidité et d'efficacité.

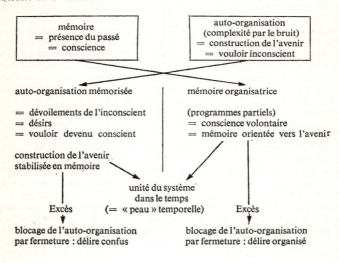

(R. Haïm de Volozhin, *Nefesh Hahaïm*) est un pluriel. Plusieurs noms hébreux aux significations très différentes sont uniformément et platement traduits par Dieu, le Seigneur, l'Éternel, etc. La fonction significative de chacun de ces noms, comme du pluriel de *Elohim* n'est ignorée que dans les lectures catéchisantes et édificatrices. Au contraire, l'enseignement traditionnel la connaît bien, qu'il s'agisse de l'exégèse biblique juive communément acceptée (par exemple Rashi sur Genèse 20, 13) ou de la tradition exégétique de la Cabale. Celle-ci, bien que moins connue, n'en reste pas moins la *seule* source de significations systématisées des commandements de la loi qui, dans les faits, régit l'organisation et la pratique de sociétés vivantes depuis plus de trente siècles. C'est donc à tort que sa place dans l'univers socio-culturel juif est parfois contestée.

Références

1. W.R. Ashby, « Principles of the self-organizing system », *Principles of Self-organization*, V. Foerster et Zopf (eds.), New York, Pergamon Press, 1952, p. 255-278.
2. H. Atlan, « Du bruit comme principe d'auto-organisation », *Communications*, 18, 1972, p. 21-35.
3. H. Atlan, *L'Organisation biologique et la Théorie de l'information*, Paris, Hermann, 1972.
4. H. Atlan « On a formal definition of Organization », *Journal of Theoretical Biology*, 45, 1974.
5. O. Costa de Beauregard, « Two principles of the science of time » *Annals of New Academy of Science*, vol. 138, art. 2, 1967, p. 407-421.
6. A. David, « Nouvelles définitions de l'humanisme », *Progress in Biocybernetics*, Wiener et Schade (eds.), New York, Elsevier Publications Co, 1966.
7. A.S. Eddington, *The Nature of The Physical World*, New York, Mac-Millan, 1929.
8. M. Eigen, « Self-organization of matter and the evolution of biological macromolecules », *Die Naturvissenschaften*, oct. 1971.
9. R. Fischer, « The biological fabric of time », *Annals of New York Academy of Science*, vol. 138, art. 2, 1967, p. 440-488.
10. M. Foucault, *Les Mots et les Choses*, Paris, Gallimard, 1966.
11. P. Glandsdorff et I. Prigogine, *Structure, Stabilité et Fluctuations*, Paris, Masson, 1971.
12. A. Katchalsky, « Biological flow-structures and their relation to chemico-diffusional coupling », *Neurosciences Research Program Bulletin*, vol. 9, n° 3, 1971, p. 397-413.
13. A. Katchalsky et P.F. Curran, *Non Equilibrium Thermodynamics in Biophysics*, Cambridge (Mass.), Harvard University Press, 1965.
14. D.M. McKay, « Generators of information », *Communication Theory*, W. Jackson (ed.), New York, Academic Press, 1953, p. 475-485.
15. E. Morin, « Le retour de l'événement », *Communications*, 18, 1972, p. 6-20.
16. E. Morin, *Le Paradigme perdu : la nature humaine*, Paris, Éditions du Seuil, 1973.

17. H.J. Morowitz, *Energy Flow in Biology*, New York, Academic Press, 1968.
18. J. Piaget, *La Naissance de l'intelligence chez l'enfant*, Delachaux et Niestlé, Neuchâtel, 1968, 6ᵉ édition.
19. F. Rosenblatt, « Perception simulation experiments », *Proceedings of the IRE*, 48, n° 3, 1960; et Arkadev et Braverman, *Teaching Computers to Recognize Patterns*, New York, Academic Press, 1967.
20. A.M. Uttley, « The Informon; a network for adaptive pattern recognition », *Journal of Theoretical Biology*, n° 27, p. 31-67, 1970.
21. H. Von Foerster, "On self-organizing systems and their environment ", *Self-organizing Systems*, Yovitz et Cameron (eds.), New York, Pergamon Press, 1960, p. 31-50.
22. M. Jouvet, « Neurobiologie du rêve », *L'Unité de l'homme*, E. Morin et M. Piattelli-Palmarini (eds.), Paris, Éditions du Seuil, 1975, p. 364-392.

6. Sur le temps et l'irréversibilité[1]

Réversibilité microscopique et irréversibilité macroscopique en physique

La perception du temps présente de nombreuses particularités qui méritent d'être explorées en ce que nous-mêmes, comme êtres vivants, en faisons l'expérience de double façon : de l'intérieur, par l'expérience du temps vécu, et de l'extérieur, par des observations d'ordre biologique et psychologique. Un de ses aspects les plus importants semble aller de soi : l'irréversibilité du temps biologique. De l'expérience intérieure et subjective comme de l'observation extérieure et objective des organismes, il ressort que le temps des systèmes biologiques apparaît comme une dimension orientée de façon non symétrique. Il s'écoule dans une direction unique, de la naissance, au développement, à la maturation, a la reproduction, au vieillissement et à la mort. Cette unidirectionnalité vaut non seulement pour les individus mais globalement pour l'ensemble des organismes vivants tels qu'ils ont évolué depuis des millions d'années : car apparemment ceux-ci ont également suivi une sorte de voie orientée, allant des organismes unicellulaires les plus simples vers des formes organiques de plus en plus complexes pour aboutir à l'espèce humaine actuelle. Celle-ci semble à la fois l'ultime et la plus complexe (quelle que soit la définition quantitative précise de ladite complexité, puisqu'en effet les concepts de complication ou de complexité sont eux-mêmes en question dans toute réflexion sur l'évolution). Tout cela paraît bel et bien évident et banal : le fait que le temps ne s'écoule que du passé vers l'avenir et non de l'avenir vers le passé semble un

1. Des extraits d'une version anglaise de ce texte, communication à un séminaire sur « Perception juive du temps », Institut Van Leer, Jérusalem, 1975, ont été publiés dans les revues *Shefa*, n° 1, Jérusalem, 1977, p. 40-54, et *Centerpoint*, City University of New York, n° 3, vol. 2, 1977, p. 19-25. Les références bibliographiques ont été regroupées en fin de chapitre.

caractère inhérent au temps lui-même, quelle qu'en soit la nature. En d'autres termes, il semble que cette irréversibilité ne soit pas du tout spécifique des êtres vivants et qu'elle soit sans rapport avec la biologie. Or, il se trouve que du point de vue d'un physicien dégagé du sentiment subjectif de l'écoulement du temps, il n'en va pas ainsi. De plus, et à l'autre extrême, du point de vue de notre perception subjective, il est des situations où nous faisons l'expérience d'une sorte d'inversion du temps : lorsque nous nous engageons dans un acte volontaire, une série de gestes est le résultat de notre volonté consciente et s'oriente vers le but que nous désirons atteindre, en sorte que, d'une certaine façon, la série d'événements paraît déterminée par des causes finales. Suivant une formule bien connue en hébreu : « La fin d'une réalisation est commencement dans la pensée[1]. »

En physique classique, il n'y aurait aucune raison de considérer l'écoulement du temps comme irréversible, si ce n'était le second principe de la thermodynamique : en effet les lois de la mécanique, auxquelles obéissent les mouvements des corps célestes et des particules submicroscopiques isolées, sont des invariants temporels : les lois du mouvement restent les mêmes si la direction du temps est inversée, tout comme celle, choisie arbitrairement, des coordonnées spatiales. Cela vient de ce que, dans ces lois (dont celle de la chute des corps en $\frac{1}{2}gt^2$ est un exemple particulier), la coordonnée temporelle t est présente par son carré. Un changement de t en $(-t)$ n'y change rien. Aussi, du point de vue de la physique, l'irréversibilité du temps des phénomènes macroscopiques ne peut avoir qu'une origine : la loi d'accroissement de l'entropie. Comme l'a dit Eddington, cette loi donne son orientation à la flèche du temps [2]. Il

---

1. S. Alkabetz, *Lekha dodi* (poème populaire).
2. Cette idée — généralement admise — a été discutée par K.R. Popper (1956, 1957, 1965) à partir de l'impossibilité d'inverser le sens des ondes physiques, à la surface d'un liquide par exemple, de la périphérie vers le centre — figure classique de la physique traditionnelle qui ne requiert aucun recours direct au concept d'entropie. Popper fut soutenu dans sa discussion par E.L. Hill et A. Grunbaum (1957) qui mirent en avant un cas similaire relevé par Einstein concernant l'impossibilité d'inverser les ondes électromagnétiques de la lumière.
Le débat entre Popper, Hill et Grunbaum montra clairement que l'irréversibilité provenait de l'impossibilité de créer la cohérence nécessaire à tous les oscillateurs périphériques qui permettrait aux ondes cohérentes d'être repoussées de la périphérie vers le centre. Popper rattacha cela à une théorie des causes centrales selon laquelle seules des causes centralement reliées ensemble peuvent exister et fonctionner. De la même manière, on peut dire de l'irréversibilité classique qu'elle résulte des conditions initiales imposées par le principe de causalité, comme dans le cas des potentiels retardés plutôt qu'avancés de la théorie électromagnétique de Maxwell. Toute cette discussion semble néanmoins tourner

a fallu une somme considérable de travail, aux fondements de la thermodynamique statistique, pour arriver à concilier cette réversibilité du temps de la mécanique avec l'irréversibilité observée au niveau des phénomènes macroscopiques où se produisent des transformations d'énergie.

Principes d'équivalence et principes d'action

Avant d'examiner comment se présente le problème en biologie, soit au niveau des organismes vivants, voyons d'abord brièvement comment cette question de l'irréversibilité du temps en physique est devenue encore plus complexe à la lumière de la théorie de la relativité. En ce domaine, certaines idées développées par O. Costa de Beauregard fournissent une transition intéressante avec la question du temps biologique.

Dans la théorie de la relativité, le temps est traité comme une quatrième dimension d'un espace abstrait, c'est-à-dire une coordonnée qui s'ajoute aux trois coordonnées habituelles de l'espace. Cela implique que le temps puisse être déterminé de façon conventionnelle en fonction de l'état où se trouve l'objet qui nous intéresse. C'est là une propriété générale des coordonnées spatiales, mais elle peut être

---

en rond, car a) le principe de causalité ne vaut que dans un monde où la flèche du temps est déjà orientée; b) le concept de cohérence improbable est manifestement de nature statistique et se rattache directement au second principe de la thermodynamique.

En d'autres termes, l'irréversibilité des phénomènes physiques macroscopiques paraît encore découler de la réversibilité microscopique par le truchement du théorème H, comme cela se passe en thermodynamique statistique — et cela malgré toutes les questions soulevées quant à la validité de ce théorème. Les rapports entre l'irréversibilité macroscopique et les phénomènes stochastiques sont encore plus manifestes dans l'approche de la thermodynamique statistique à partir de la théorie de l'information (Jaynes, A. Katz).

Hill et Grunbaum admettaient que le concept d'entropie « puisse s'appliquer à une caractérisation partielle des bases empiriques et psychologiques de la flèche du temps dans notre environnement physique ordinaire... ». Mais ce qu'ils recherchaient, c'était un fondement à l'irréversibilité physique comme telle « dans des systèmes *ouverts* où les processus pouvaient se produire à partir du centre *ad infinitum*, et non inversement puisque cela supposerait un *deus ex machina* ».

Tout en montrant que cet argument d'ouverture devait être rejeté et remplacé par celui de la cohérence et des causes centrales, Popper reconnut qu'il était impossible de proposer une caractérisation générale de processus irréversibles classiques non entropiques. Plus tard, il appuya son argumentation sur l'hypothèse que « la flèche du temps ou l'écoulement du temps ne semblent pas avoir un

étendue à la quatrième dimension de l'espace-temps. On sait que lorsque nous voulons représenter un objet statique dans l'espace, nous pouvons choisir les coordonnées que nous voulons, situer leur origine où bon nous semble, et leur orientation aussi, selon notre convenance. Aucun absolu n'est requis. En théorie de la relativité, la même chose se produit lorsque nous voulons décrire un objet mobile : la coordonnée de temps peut aussi être choisie comme bon nous semble, selon la vitesse relative de l'objet par rapport à un autre objet arbitraire pris comme référence. En principe, rien ne devrait nous empêcher de choisir, également comme nous le voulons, sa direction. De ce point de vue donc, le temps est, en principe, parfaitement équivalent à l'espace, notamment en ce qui concerne sa réversibilité : étant une coordonnée de convention, il est aussi réversible que les coordonnées spatiales. Mais en réalité, on sait bien qu'il n'en est pas ainsi. Aussi avons-nous besoin d'un postulat supplémentaire, injecté dans la théorie, pour nous permettre de rendre compte de l'irréversibilité du temps telle que nous l'observons. Ce postulat est lié à la vitesse de la lumière comme plus grande valeur de vitesse possible pour tout élément de matière ou d'énergie. Il implique que, pour un corps donné, il y a des régions de l'espace-temps qui lui seront inter-

---

caractère stochastique ». Cela paraît en contradiction avec le recours au concept de « probabilité de cohérence » — de nature nettement stochastique — comme fondement de l'impossibilité de la réversibilité des ondes.

A partir de certaines propriétés des particules étranges telles qu'elles ont été révélées par les découvertes plus récentes, plusieurs auteurs ont exploré la possibilité de lier la direction du temps à l'irréversibilité microscopique (Sachs, 1963). Mais cela n'a pas encore abouti et continuera demain à occuper les chercheurs dans un domaine d'une extrême complexité.

De même, il n'est pas évident que la tentative de Glansdorff, Prigogine et leur groupe (1973, 1976) d'introduire l'irréversibilité au niveau élémentaire de la dynamique des particules change fondamentalement les données de ce problème; on peut toujours argumenter en effet qu'il s'y agit encore d'une projection de notre expérience du temps macroscopique irréversible par le biais d'un formalisme qui le permet (Ullmo, 1976).

La question de l'irréversibilité du temps physique dans ses rapports avec la théorie de l'information est discutée d'un point de vue assez proche, bien que différent, de celui présenté ici dans les travaux récents de O. Costa de Beauregard (1976, 1977). L'association ondes retardées-accroissement d'entropie y est largement documentée. En particulier, la possibilité d'une inversion du temps y est analysée, accompagnant l'expérience des volontés conscientes agissantes. Cette analyse fait suite aux travaux antérieurs de cet auteur, que nous évoquons longuement un peu plus loin, sur la dualité de principes de connaissance et d'action. Comme on le verra en fin de compte, l'inversion du temps psychologique accompagnant l'action volontaire est moins radicale que celle qui apparaît lors des mécanismes, au moins en partie inconscients, de création du nouveau dans des systèmes auto-organisateurs.

dites d'accès en raison précisément des limites de sa vitesse possible. Ces régions correspondent aux lieux où irait cet objet s'il lui était possible de remonter la coordonnée de temps. Dire que la vitesse ne peut dépasser celle de la lumière ou que le temps ne saurait être réversible, c'est dire plus ou moins la même chose. D'où il suit que d'une part, étant une coordonnée conventionnelle dans l'espace à quatre dimensions, le temps est en principe réversible, mais que, d'autre part (en pratique), on le tient pour différent des trois autres coordonnées spatiales, en raison même du fait qu'il n'est pas réversible.

Face à cet état de choses, Costa de Beauregard suggère que, pour décrire la réalité, nous avons toujours besoin de deux types de principes. La science reposerait d'un côté sur des principes d'équivalence et de l'autre sur des principes de distinction et de limitation. En thermodynamique, les premier et deuxième principes correspondent à ces deux types. Le premier est un principe d'équivalence, selon lequel toutes les formes d'énergie s'équivalent en ce sens qu'elles peuvent se transformer les unes dans les autres. Cela est étendu aujourd'hui à la matière considérée comme équivalente à l'énergie en ce sens qu'on peut transformer l'une en l'autre et que l'on connaît la loi (quantitative) qui gouverne leur transformation. Mais, à côté de ce principe d'équivalence, le second — de distinction et d'orientation — nous dit qu'il existe des formes d'énergie plus ou moins dégradées, donc que toutes les formes d'énergie ne sont pas totalement équivalentes, la plus dégradée de toutes étant la chaleur parce qu'elle ne peut jamais être complètement retransformée en une autre forme utilisable d'énergie [1]. Ce principe de distinction est celui qui oriente la réalité. Pour Costa de Beauregard, la même situation se retrouve dans l'espace-temps. Un principe d'équivalence stipule que les coordonnées de temps sont transformables en coordonnées spatiales et vice versa. Mais un principe de distinction et d'orientation stipule que le temps est différent dès lors qu'il ne peut s'écouler que dans une seule direction. D'où la question : comment donc ces deux principes fondamentaux apparemment contradictoires peuvent-ils rendre compte de la réalité physique ? Et la solution suggérée : les principes d'équivalence régissent la réalité dans la mesure où celle-ci est une pure potentialité indépendante des changements réels qui s'y produisent et que nous pouvons observer, mesurer et provoquer. Lorsque nous prenons en considération les changements qui interviennent en fait, alors, nous nous introduisons nous-mêmes dans

1. Voir plus haut, p. 28.

la réalité, en tant qu'observateurs et mesureurs, car c'est nous qui produisons les changements, ou les mesurons, ou faisons les deux à la fois. Les principes d'irréversibilité — les lois de dégradation de l'énergie et d'accroissement de l'entropie en thermodynamique et le postulat de l'irréversibilité du temps dans la théorie de la relativité — sont une conséquence de cette interaction entre la réalité et la nature logique de l'esprit de l'observateur, c'est-à-dire de l'homme. En d'autres termes, *l'irréversibilité du temps résulte de la structure de l'esprit humain, lequel est conçu de telle façon que la cause doit précéder la conséquence, et non l'inverse.*

De plus, cette particularité de notre esprit est elle-même une conséquence de notre adaptation biologique au besoin d'agir. Si l'espèce humaine réussit si bien, c'est parce que nous sommes capables de nous adapter à un environnement changeant. Pour cela, il nous faut agir (et réagir) sur l'environnement de façon projective et finalisée : nous avons besoin de savoir prévoir les conséquences de nos actes. Percevoir un temps orienté, où le futur succède au passé et au présent, est par conséquent une condition nécessaire à la finalisation de nos actes. C'est pourquoi, d'après Costa de Beauregard, le principe d'irréversibilité du temps est en fait un principe d'action. Ce qui revient à dire que du point de vue de la physique le temps pourrait être réversible, mais que dans la mesure où nous avons besoin d'agir pour survivre, le temps apparaît orienté.

Finalité apparente en biologie

Mais qu'en est-il des systèmes vivants ? On sait que la tâche principale de la biologie au cours des derniers siècles a été de trouver des explications physico-chimiques aux observations de la vie et qu'elle y a fort bien réussi, quoique de façon incomplète et inégale selon les niveaux d'organisation des systèmes vivants.

Nous avons vu qu'en physique c'est au prix d'efforts considérables qu'on a pu rendre compte de l'irréversibilité observée, le résultat se trouvant finalement résumé par le second principe de la thermodynamique. Mais celui-ci, qui stipule que l'entropie, c'est-à-dire le désordre [1], s'accroît, ne peut rendre compte que des processus de

---

1. Voir plus haut (p. 77) notre discussion sur la relation entropie-désordre, qui reste valable de façon opératoire compte tenu du rôle — inévitable — de l'observateur dans la définition du désordre. Même si certains phénomènes de structuration peuvent s'accompagner d'augmentation d'entropie, il suffit qu'il y en ait d'autres, avec diminution (locale) de l'entropie, pour que notre argumentation, ici, reste valide.

désorganisation, c'est-à-dire du vieillissement et de la mort, lorsqu'il s'applique aux systèmes vivants. Or, à cette évolution vers plus de désordre ou, comme on dit aujourd'hui, vers plus d'erreurs dans la structure et la fonction — évolution qui caractérise le vieillissement et la mort — s'ajoute, comme on le sait, une autre sorte d'évolution qui se déroule depuis l'instant où l'œuf est fécondé jusqu'à l'âge mûr de l'individu adulte. Au cours de ces phases du développement embryonnaire et de la maturation, on observe une évolution en sens contraire, vers une complexité toujours plus grande de l'organisation, vers toujours plus d'ordre différencié, c'est-à-dire vers moins d'entropie[1]. C'est vrai au niveau du développement de l'individu, mais c'est tout aussi vrai au niveau de l'évolution de l'espèce, ainsi qu'en témoignent la géologie et la paléontologie : les espèces qui semblent les plus complexes, les plus organisées — ce qui du reste leur permet de s'adapter le mieux et d'être les plus autonomes par rapport à leur environnement — sont justement celles qui sont apparues le plus tard dans le temps. C'est pourquoi l'évolution des espèces paraît aussi s'être déroulée en sens contraire de ce que dit le second principe de la thermodynamique : non pas vers toujours plus de désordre, d'homogénéité et d'entropie, mais à l'inverse, vers plus de diversité, vers une diminution d'entropie.

On voit donc comment ce type d'évolution, au niveau de l'individu comme à celui de l'espèce, pouvait sembler en contradiction avec le second principe de la thermodynamique et constituer un scandale aux yeux des physiciens. En fait, si l'on admet que l'irréversibilité du temps physique n'est que la conséquence d'un accroissement irréversible d'entropie, il en résulte que, si nous trouvons des systèmes tels que les organismes vivants, dans lesquels on observe une diminution continue d'entropie, tout se passe comme si, dans ces systèmes, la direction du temps avait été inversée. Raison de plus de trouver la chose scandaleuse. De plus, comparer cette déduction purement logique à notre sentiment subjectif et à notre expérience psychologique nous conduit à un résultat similaire : l'enfance, la jeunesse paraissent se dérouler selon une direction du temps opposée à celle du vieil âge. Il semble que les causes des phénomènes ne se trouvent pas dans le passé mais dans le futur, c'est-à-dire que ce qui dirige le présent semble être plus une tension vers un avenir imaginaire et inconnu qu'un simple déterminisme résultant des événements du passé. On sait qu'au cours du développement embryonnaire, les choses *semblent* se passer de la même manière : comme si

1. Voir note 1, p. 162.

le développement qui commence avec la cellule-œuf indifférenciée était dirigé vers la forme ultime de l'adulte, c'est-à-dire vers quelque chose qui n'existe pas encore mais qui existera plus tard.

Ce type d'observation est aux antipodes du mode de pensée scientifique habituel fondé sur un pur causalisme et sur la conviction que les causes des phénomènes doivent les précéder au lieu de les suivre. Aujourd'hui, à la suite de Monod, Crick et autres chercheurs, les biologistes ont résolu le problème en utilisant la métaphore cybernétique du « programme génétique » : la téléologie, c'est-à-dire le type de raisonnement finaliste recourant à des causes finales, est remplacée par une « téléonomie » où l'orientation vers le futur est perçue comme la mise en œuvre d'un programme, à la façon dont un ordinateur réalise, par exemple, un programme de construction de machine qui lui indique progressivement ce qu'il doit faire et comment ajouter de nouveaux éléments à ceux qui existent déjà. Lors de l'exécution du programme, c'est aussi un but, c'est-à-dire ce qui interviendra à la fin, qui semble déterminer la suite des événements. Nous trouvons également ici une sorte de « fin d'une réalisation qui est commencement dans la pensée [1] » alors que le fonctionnement de l'ordinateur repose pourtant sur la seule causalité. On peut objecter que les programmes connus ont toujours été écrits par quelqu'un et il faut bien admettre que le seul concept de programme génétique comme unique source de détermination biologique n'est pas totalement clair [2]. Car la cellule n'est pas un ordinateur et il est pour l'instant impossible d'isoler le programme en tant qu'élément distinct de la cellule, même si l'ADN semble en constituer une partie importante. C'est pourquoi nous parlons de développement épigénétique, ou d'un programme ayant besoin des résultats de son exécution pour être lu et exécuté. Pourtant, aussi imparfait soit-il, ce concept de programme a du moins une valeur opérationnelle. Il a ouvert la voie à de très fructueuses recherches (ainsi qu'à une nouvelle forme de dogmatisme) en biologie. Aussi y a-t-il lieu de faire une distinction très nette entre ce concept et ce qui se disait avant, lorsque les deux types d'observation dont nous parlons, à savoir la diminution d'entropie observée au niveau de l'individu comme au niveau de l'espèce, venaient à l'appui des théories vitalistes.

Le vitalisme du XIXe siècle s'appuyait sur le scandale apparent que nous avons évoqué, et les théories vitalistes affirmaient sur un mode purement négatif qu'il était impossible d'expliquer les systèmes

1. Voir plus haut, p. 158.
2. Voir plus haut, p. 22.

vivants par la physique et la chimie, et que la vie était donc quelque chose d'extérieur au domaine des lois physiques. Dès lors que ces théories étaient uniquement négatives (il demeurait impossible d'isoler les fluides ou esprits vitaux qui étaient censés expliquer les propriétés soi-disant non physiques de la vie), les tentatives visant à concilier les observations biologiques avec la physique et la chimie se poursuivirent. Les percées les plus importantes ont été réalisées en ce sens au cours des dernières décennies — grâce essentiellement à la biologie moléculaire. Ces découvertes ont pratiquement éliminé les théories vitalistes et ont conduit à ces concepts si répandus de programme génétique et de développement épigénétique concernant le développement de l'individu, ainsi qu'aux théories néo-darwiniennes de l'évolution des espèces par mutations aléatoires suivies de sélection naturelle par l'environnement.

Il reste que cette conciliation de la physique et de la biologie a été obtenue grâce à une extension de la physique et de la chimie à de nouveaux domaines, impliquant de nouvelles méthodes, de nouveaux modes de pensée, notamment ceux de la biochimie et de la biophysique. Ces extensions — même s'il s'agit de concepts qui ne sont pas encore totalement éclaircis — nous fournissent aujourd'hui quelques conclusions, qui nous permettent de comprendre comment une sorte d'inversion du temps lors du développement de l'individu et de l'évolution des espèces ne contredit pas nécessairement les lois de la thermodynamique.

Le hasard[1] et la logique de l'auto-organisation

La solution de cette difficulté est liée au problème de ce qu'on appelle organisation et plus précisément à la logique des systèmes dits auto-organisateurs. La question peut être formulée de la façon suivante : comment un échantillon de matière peut-il s'auto-organiser dans le sens d'une complexité et d'une diversité toujours plus grandes ?

On avait compris depuis longtemps que la loi d'accroissement de l'entropie ne vaut de façon absolue que pour des systèmes isolés, c'est-à-dire des systèmes qui n'échangent rien — ni matière ni énergie — avec leur environnement. En conséquence, si l'on avait la moindre chance de découvrir un mécanisme physique permettant à l'entropie de décroître au lieu de croître, ce ne pouvait être qu'en étudiant ce qui peut se produire dans des systèmes ouverts, c'est-à-

1. Voir plus haut, p. 81 note 1.

dire dans des systèmes qui échangent bel et bien de la matière et de l'énergie avec l'environnement. Il est clair que les systèmes vivants correspondent à cette situation. En fait, toutes leurs fonctions dépendent de ces échanges. Il était déjà admis en 1948 — après Shrödinger — qu'il pouvait y avoir en théorie une diminution d'entropie à l'intérieur d'un système ouvert surcompensée par un accroissement d'entropie dans l'environnement, grâce aux échanges entre le système et son environnement : il s'ensuivait que, globalement, l'ensemble constitué par le système et son environnement était le lieu d'un accroissement général d'entropie, conforme au second principe. Mais, une fois cette possibilité théorique admise, restait à savoir comment cela pouvait fonctionner.

Quels types de systèmes ouverts sont capables de présenter de telles propriétés d'auto-organisation? Quelles doivent être les lois régissant les échanges et la structure interne du système de sorte qu'à partir d'un état homogène, non organisé, il puisse évoluer, de façon automatique et nécessaire, vers davantage de diversité et de complexité? Le cas trivial est celui où un agent extérieur fabrique le système et lui donne sa forme et sa complexité. Dans ce cas-là, l'environnement agit par l'intermédiaire d'un ensemble d'instructions ou d'une série orientée d'interactions. Mais alors, le système étant organisé de l'extérieur, par quelqu'un d'autre, n'est évidemment pas auto-organisé. D'autre part, une diminution d'entropie ne pouvant se produire que dans un système ouvert, c'est-à-dire par le jeu des interactions entre système et environnement, une auto-organisation au sens strict est impossible. L'origine de la diminution d'entropie devant venir de l'extérieur, il ne saurait y avoir, à strictement parler, de véritable auto-organisation.

Toutefois, deux possibilités existent quant à la nature logique de ce qu'un système peut recevoir de l'extérieur. La première est ce que nous venons d'envisager : le système reçoit une série d'impulsions organisées, l'organisation future du système se trouve déjà dans la série des effets organisés agissant sur lui et il n'y a aucune raison de parler d'auto-organisation.

L'autre possibilité est celle où la série d'événements agissant sur le système n'est pas organisée; il s'agit de perturbations aléatoires sans aucune relation causale avec le type d'organisation qui apparaîtra dans le système. Si, sous l'effet de ces perturbations aléatoires [1],

1. Ces perturbations peuvent aussi bien provenir des fluctuations thermodynamiques, du bruit thermique à l'intérieur du système. Bien qu'à l'intérieur, elles jouent le même rôle que des perturbations d'origine externe, car, par leur caractère aléatoire, elles sont extérieures à l'organisation apparente. De plus, elles ne

le système, au lieu d'être détruit ou désorganisé, réagit par un accroissement de complexité et continue de fonctionner, nous disons alors
que le système est auto-organisateur. Bien sûr, il est vrai qu'il ne s'agit
pas non plus, strictement, d'auto-organisation, puisque le système
reçoit des impulsions de l'extérieur; mais ces impulsions étant aléatoires, sans relation causale avec l'organisation passée ou future du
système, nous pouvons dire du système qu'il s'auto-organise en ce
qu'il y réagit néanmoins sans être désorganisé, mais au contraire en
accroissant sa complexité et son efficacité. En d'autres termes, la
propriété d'auto-organisation paraît liée à la possibilité de se servir
de perturbations aléatoires, de « bruit » — pour produire de l'organisation. Mais comment cela est-il possible, alors qu'à première vue,
des perturbations aléatoires ne semblent devoir produire que du
désordre, du désorganisé?

Sans entrer dans le détail, signalons que la thermodynamique
du non-équilibre apporte une solution à ce paradoxe : il s'agit de
l'ordre par fluctuations[1], dont le principe explique l'apparition et
le maintien de structures macroscopiques telles que tourbillons
stables dans une eau courante ou formes stables dans une flamme
de bougie. L'apparition d'une structure implique un certain « ordre »,
parfois une diminution d'entropie, mais dans le cas de structures
dynamiques en état de non-équilibre, cette apparition dépend de
fluctuations locales, microscopiques et aléatoires. Dès lors, en raison
des contraintes imposées au système, notamment celles qui interviennent lorsque différents flux de matière et d'énergie sont couplés,
il peut arriver, sous certaines conditions, que ces fluctuations microscopiques soient amplifiées, mais point trop, et qu'alors elles se
stabilisent à l'intérieur de la structure macroscopique. Prigogine a
appelé ce type de structures «structures dissipatives». Plus récemment,
par analogie avec le vocabulaire de la théorie de l'information,
on a retenu l'expression « ordre par fluctuations ».

A partir d'un formalisme différent mais qui n'est pas sans rapport —
celui de la théorie de l'information —, la logique de ce type de phénomènes a été décrite sous le nom de principe d'ordre par le bruit

---

jouent de rôle organisateur — dans « l'ordre par fluctuations » — que dans des
systèmes ouverts maintenus loin de l'équilibre par des contraintes imposées de
l'extérieur (voir p. 104). Voir aussi l'effet similaire de bruits d'origines interne et
externe sur un système ouvert, dans P. De Kepper et W. Horsthemke, « Étude
d'une réaction chimique périodique. Influence de la lumière. Transitions induites
par un bruit externe », *Comptes rendus de l'Académie des Sciences*, Paris, 1978,
T287C, p. 251-253.

1. Voir plus haut, p. 104.

ou mieux de complexité par le bruit [1]. Il s'agissait là de comprendre comment, sous l'effet du bruit, c'est-à-dire de perturbations aléatoires sur les circuits qui transmettent l'information, il est possible d'obtenir un accroissement de l'information, au sens de Shannon (mesure de la complexité). Cela, bien entendu, sans contrevenir au théorème fondamental de la théorie de l'information, lequel stipule que dans une voie avec bruit, l'information transmise ne peut qu'être détruite, ou, au mieux, conservée, mais en aucun cas accrue.

Nous commençons à comprendre qu'il ne s'agit là que d'un paradoxe apparent dû à l'ingérence de l'observateur dans les opérations de mesure chaque fois que nous voulons définir la complexité, l'organisation, l'aléatoire, l'ordre et le désordre. On considère en effet deux niveaux différents d'observation : le premier lorsque nous observons l'information transmise dans une voie de communication, l'autre lorsque nous observons le contenu global d'information d'un système dont cette voie particulière n'est qu'un élément. L'intuition derrière cette approche est que, en diminuant l'information transmise dans les diverses voies à l'intérieur d'un système, on diminue les contraintes de l'ensemble du système. En conséquence, celui-ci est rendu moins rigide, plus diversifié, mieux capable de s'adapter à de nouvelles situations. Bien entendu, cela n'est vrai que jusqu'à un certain point, car au-delà, le système devient si lâche qu'il est complètement désorganisé. Mais, dans certaines limites et sous certaines conditions, cela peut fonctionner.

Une tout autre approche, celle d'une théorie de l'évolution chimique conduisant à une complexité croissante, avec accroissement de quantité d'information au niveau moléculaire [2] —, conduit à des conclusions similaires. Dans un ensemble moléculaire composé de macromolécules capables de catalyse et d'autoreproduction (comme, respectivement, les protéines et l'ADN), la quantité d'information ou, si l'on veut, la diversité et la complexité, ne peut augmenter que si une certaine quantité d'erreurs, petite mais non nulle, intervient dans la synthèse des molécules. Ces erreurs moléculaires jouent, à ce niveau, le rôle que jouent les mutations au niveau de l'évolution des espèces. Là aussi, elles peuvent être à l'origine de modifications comportant un accroissement de complexité.

Quelques exemples de la vie de tous les jours peuvent montrer que tout cela n'est pas aussi étrange qu'il y paraît. On peut d'abord penser à ces petits chiens artificiels que l'on place souvent à l'arrière des

1. Voir plus haut, première partie, sur le « hasard organisationnel ».
2. Voir plus haut, p. 54.

voitures. Les cahots de la voiture font ramuer la tête d'une façon imitant celle d'un vrai chien. Les mouvements de la tête sont apparemment orientés ; ils ont un sens et ne sont en rien aléatoires, alors qu'en fait, le chien ne se meut qu'en raison des perturbations aléatoires du véhicule. Nous sommes ici en présence d'une utilisation de l'aléatoire productrice d'une fonction ordonnée. Il en va de même des montres automatiques : les mouvements du bras, au hasard, font remonter l'horlogerie. On pourrait donner des exemples de systèmes où l'aléatoire est utilisé non seulement pour produire une *fonction* mais également une *structure* ordonnée. L'un de ces exemples a été fourni par Heinz Von Foerster [1]. Il s'agit d'un tas de petits cubes aimantés, chacun de ces cubes étant magnétisé de deux façons différentes, sur trois faces dans une direction, sur trois autres faces dans l'autre. On part de ce tas de cubes, on le met dans une boîte qu'on ferme et qu'on secoue au hasard. On ouvre de temps en temps et on découvre alors que ces cubes s'organisent suivant des configurations géométriques changeantes qui ont l'air de se construire au fur et à mesure. Pour quelqu'un ignorant la magnétisation des cubes, il semble bien s'agir d'auto-organisation. Il est difficile de dire quelle est la cause d'une forme spécifique au moment où on la regarde. C'est tout d'abord la forme qui précède immédiatement, c'est-à-dire celle qui existait avant la dernière secousse. Bien sûr c'est aussi cette dernière secousse, mais celle-ci est totalement aléatoire : elle est imprévisible et n'a rien à voir avec la forme déjà existante ou celle qui existera. Évidemment, la magnétisation est en cause, mais celle-ci a été réglée une fois pour toutes au début. La cause réelle est une combinaison des trois. C'est en cela que ce type d'exemple peut nous aider dans une certaine mesure à comprendre ce que pourrait être l'auto-organisation.

C'est ainsi que, si paradoxaux et étranges qu'ils puissent paraître, ces principes de « hasard organisationnel » — d'« ordre par fluctuations » — sont des principes de logique et de physique qui nous facilitent la compréhension des propriétés dites d'auto-organisation. Celles-ci sont à l'œuvre non seulement dans le développement et la croissance des organismes individuels, non seulement dans l'évolution des espèces, mais aussi dans les processus d'apprentissage et plus particulièrement d'apprentissage non dirigé. Il s'agit là d'apprendre des choses totalement nouvelles sans le secours d'un maître, c'est-à-dire essentiellement à partir de l'expérience. Ici aussi nous rencontrons le même genre de paradoxe : comment apprendre

1. Voir plus haut, p. 84, figures 2 et 3.

par l'expérience des choses totalement nouvelles? Ici aussi l'acquisition des connaissances est un processus d'accroissement de quantité d'information. Mais l'absolue nouveauté nous est étrangère et ne peut donc être intégrée à notre système cognitif. Il faut que s'y trouve déjà quelque chose qui puisse l'intégrer; mais alors il ne s'agit pas, en ce sens, de totale nouveauté. Le paradoxe peut être résolu si l'on admet qu'un certain degré d'aléatoire est nécessaire pour qu'il y ait accroissement réel en sorte que ce qui est appris et acquis soit réellement nouveau, et non une simple répétition de ce qui est déjà connu [1]. De ce point de vue, la nouveauté absolue provient du caractère indéterminé de stimuli qui jouent ainsi le rôle de perturbations aléatoires du système qu'ils affectent. L'acquisition de connaissances nouvelles par l'expérience est ainsi un cas particulier d'accroissement d'information sous l'effet du bruit.

Deux sortes d'inversion du temps

À l'aide de ces notions sur le rôle de l'aléatoire dans les processus d'auto-organisation, nous pouvons maintenant revenir sur la question de l'irréversibilité du temps. Plus précisément, nous tenterons, de façon spéculative certes, mais qui n'est pas dépourvue d'intérêt, d'analyser les conséquences de ces idées lorsqu'elles sont extrapolées et appliquées non seulement à la psychologie de l'apprentissage mais encore à certains aspects de l'expérience psychologique du temps.

Nous avons vu que la direction habituelle et irréversible du temps était interprétée par Costa de Beauregard comme le résultat de notre adaptation à l'environnement par l'intermédiaire d'actions préventives modificatrices de celui-ci. Ces actions requièrent une connaissance fondée sur la causalité, telle que le futur puisse apparaître déterminé par le passé. Mais voilà que justement, lorsque nous utilisons ce principe de causalité, non pour la connaissance mais pour l'action, lorsque nous projetons la connaissance du passé sur le futur et que nous prévoyons toute une suite de démarches pour atteindre un but donné, nous faisons l'expérience, comme on l'a vu plus haut, d'une certaine inversion de la direction du temps. Nous percevons donc l'existence de causes finales, bien que nous utilisions une connais-

1. Voir « Machines à fabriquer du sens », p. 144, et, sur le réellement nouveau, p. 81 note 1 et p. 82 note 1.

sance reposant uniquement sur le déterminisme causal habituel, qui précisément exclut les causes finales. Cela n'est pas un paradoxe. Cela nous indique seulement qu'il y a lieu de bien distinguer entre deux types de situation lorsqu'on parle de finalité, de causes finales et d'inversion de la direction du temps.

Le premier type de situation est celui d'une finalité qui apparaît lorsque quelqu'un a un projet, un but à atteindre, et accomplit les actions les unes après les autres en vue d'atteindre ce but. Autrement dit, une volonté, ou un désir, régit la suite des événements. On pourra dire assurément qu'il n'existe rien de tel, ni volonté, ni intention, ni désir, et fonder ainsi un déterminisme causal étendu à l'ensemble de l'univers : ce qui se produit ne résulte que d'effets déterminés par des causes antérieures, et il en va de même lorsque nous produisons les événements. L'idée que ces événements résultent de notre volonté sera alors définie comme une illusion puisque notre volonté est elle-même déterminée par ce qui s'est passé avant, etc. Cependant, admettre cette position ne suffit pas pour supprimer le problème. Nous avons le sentiment d'avoir une volonté ou un désir qui détermine les choses de façon séquentielle et nous devons donc en tenir compte de façon positive : il ne suffit pas de dire simplement et négativement qu'il s'agit là d'une illusion; il faut aussi comprendre comment fonctionne ce sentiment et comment il se fait qu'à un certain niveau de réalité il apparaisse pour ce qu'il est. Tel est donc le premier type de situation dans lequel nous observons des causes finales : lorsque quelqu'un — c'est-à-dire un locuteur qui peut être nous-même — nous dit qu'il a fait ceci ou cela en vue de ceci ou cela, lorsque quelqu'un nous parle — ou que je me parle à moi-même — de ses intentions, de sa volonté, de son désir, quel que soit le nom qu'on donne au sentiment en question.

Mais il existe un autre type de situation, très différent, qui apparaît lorsque nous observons des phénomènes naturels — non créés artificiellement par d'autres hommes — et que ceux-ci nous semblent orientés de telle façon que les choses se produisent comme si elles étaient déterminées par un projet, c'est-à-dire aussi par une volonté, un désir ou une intention. Naturellement ce genre de situation se rencontre surtout lorsqu'on observe les systèmes biologiques à tous leurs niveaux d'organisation, sauf peut-être au niveau moléculaire. Cela explique que la biologie ait régulièrement frayé la voie à toutes sortes de spéculations mystiques ou religieuses, et pas toujours dans le meilleur sens : si l'on observe des phénomènes où les choses se produisent de manière apparemment finalisée, comme si elles résultaient d'une volonté (encore que personne ne soit là pour nous renseigner sur cette volonté), alors bien sûr il est tentant d'assimiler l'existence de cette volonté supposée à la volonté de Dieu ou du Créateur. Ce que nous avons vu jusqu'à présent nous montre en quoi cette hypothèse n'est pas nécessaire, car nous commençons à comprendre comment la matière peut être le lieu de phénomènes d'auto-organisation : en raison de divers types d'interactions entre l'ordre et le hasard, des échantillons de matière peuvent évoluer de telle sorte qu'aux yeux de l'observateur extérieur ils paraîtront déterminés par leur futur, alors qu'en fait il n'en est rien.

Il reste que dans ces situations — et bien que nous ne soyons pas obligés de supposer l'existence d'une volonté consciente — nous avons affaire à une inversion locale du temps *dans la mesure où se produit une diminution locale d'entropie.* Cette inversion ne résulte pas, bien entendu, d'une volonté humaine qui en dicterait l'orientation, et les volontés humaines sont les seules que nous connaissions, car la volonté de Dieu n'est que qu'une abstraction de la volonté humaine.

Ainsi, nous avons affaire à deux sortes d'inversion du temps : l'une se produit dans les actions conscientes et volontaires de l'homme, lorsqu'il existe une volonté; l'autre intervient dans les processus physico-chimiques — inconscients — d'auto-organisation, lorsque fonctionne le principe de « complexité par le bruit ». La première, qui apparaît dans l'action volontaire comme l'expression d'une volonté consciente, est la moins puissante. En fait il ne s'y agit pas d'une réelle inversion du temps, au moins pour deux raisons. D'abord, cette inversion ne se produit que dans la pensée et l'on est toujours fondé à dire qu'elle est plus ou moins illusoire : la réalisation du projet s'effectue par les habituels processus causalistes et producteurs d'entropie. Ensuite, le projet et sa réalisation s'appuient sur la connaissance du passé; le projet lui-même et sa planification se fondent sur la perception déterministe et causaliste de phénomènes où les causes précèdent les conséquences, et non l'inverse. Cela signifie que, même dans la pensée, il n'y a pas de réelle inversion du temps, puisque dans le processus de prévision de l'action le temps s'écoule dans le sens causaliste habituel. Et d'ailleurs, c'est cela précisément qui a permis à Costa de Beauregard d'affirmer que c'est le principe d'action qui crée notre perception causaliste du temps de telle sorte que nous pouvons vivre dans un monde où notre survie dépend de l'adaptation même de nos actes volontaires.

« *Rien de nouveau sous le soleil* »

En fait, s'appuyant sur cette perception déterministe, ces processus de volonté consciente excluent toute adaptation à une vraie nouveauté. Du fait qu'ils reposent sur une connaissance causale, ils sont adaptés à des situations où l'action requise peut être déduite de ce qui s'est passé antérieurement. Autrement dit, dans ce type de processus, le futur est d'une certaine manière inclus dans le passé et ne saurait être quelque chose de totalement nouveau, d'imprévisible [1]. C'est là, si l'on peut dire, le monde du « Il n'y a rien de nouveau sous le soleil » de l'Ecclésiaste : si l'on s'imagine que, parce qu'on a le sentiment d'une volonté libre, on va produire une réelle nouveauté ou bien qu'on va s'adapter à la nouveauté lorsqu'elle surgira, alors tout le livre de l'Ecclésiaste est là pour nous enseigner qu'il n'en va pas ainsi, à l'instar d'ailleurs de toutes les philosophies de l'éternel retour, fondées sur l'expérience que ce que nous prévoyons et préparons pour le long terme ne se réalise jamais. En d'autres termes, cette adaptation au moyen d'une volonté consciente fondée sur une connaissance intelligente et causale ne vaut que pour le court terme. Elle n'est pas illusoire, elle fonctionne. Mais ce qui est illusoire, c'est de croire qu'elle peut réellement déterminer le futur dans un monde où la nouveauté, des événements imprévus, surgissent effectivement.

1. Nous pouvons reprendre à notre compte la distinction de C. Castoriadis (*L'Institution imaginaire de la société*, Éditions du Seuil, 1975) reprise par J.-P. Dupuy (« L'économie de la morale ou la morale de l'économie », communication au colloque de la maison des Sciences de l'homme sur « Raisonnement économique et analyse sociologique », 1977, *Revue d'Économie politique*, n° 3, 1978) entre fabrication et action. La fabrication fait apparaître une finalité dans la conception, sur le mode de « la fin d'une réalisation est commencement dans la pensée ». Elle apparaît le plus clairement dans les ordinateurs et autres automates artificiels, bien différente de l'action des hommes et autres « automates naturels ».

« Lorsque nous construisons un ordinateur, c'est nous qui fixons aussi bien l'*output* désiré que les conditions de fonctionnement : l'univers du discours de l'ordinateur, le fait qu'il réagit à des cartes perforées ou à des bandes magnétiques mais ne pleure pas à l'audition du *Vase brisé* ont été fixés par nous en vue d'un résultat ou d'un état bien défini à atteindre. Dans la causalité de la production d'un ordinateur par des hommes, la finalité de l'ordinateur (plus exactement, sa représentation) est la cause, son univers du discours (incorporé dans sa construction) est la conséquence ; dans le fonctionnement de l'ordinateur, l'ordre est inversé ; mais les deux moments sont bien distincts et la situation logique est claire. Il n'en va pas de même des automates naturels, pour une foule de raisons dont il suffit de mentionner la principale : nous ne pouvons rien dire de leur

173

Au contraire, les propriétés des systèmes auto-organisateurs — fondées non pas sur le déterminisme causal tel qu'il est enraciné dans la connaissance consciente du passé, mais sur les processus d'utilisation du désordre et de l'aléatoire — sont parfaitement adaptées à la vraie nouveauté puisque l'aléatoire, c'est, par définition, la nouveauté; c'est même le plus nouveau qui se puisse imaginer. Et l'auto-organisation n'est qu'un processus de création et de stabilisation de la nouveauté. Aussi, en ce qu'elle fonctionne en utilisant l'aléatoire, elle ne peut pas être totalement objet de prédiction et ne peut donc pas résulter de la conscience.

Pour le Gaon R. Eliahou de Wilna, l'âme humaine et le temps sont accouplés par les différentes parties qui les composent[1]. A l'intellect conscient *(nechama)* est associé le passé, à l'affectivité *(ruah)*, le présent et à la partie inconsciente la plus proche du corps *(nefech)*, le futur. Fait intéressant, c'est bien cette partie inconsciente, lieu des processus physiologiques, qui est associée au futur, et non l'intellect comme on aurait pu le croire, « parce que le futur, comme le *nefech*, est de l'ordre de l'inconnu ».

De même, la *nechama* est associée au passé parce que seul le passé peut être connu. Cela illustre parfaitement notre propos : le futur n'est pas construit par une volonté consciente mais par un processus dans lequel l'inconnu, l'aléatoire inorganisé peut se transformer en un ordre connu et organisé.

L'Ecclésiaste et le temps créateur.
Idéalisme et matérialisme

Aussi, au « il n'y a rien de nouveau sous le soleil », le commentaire ajoute : « mais au-dessus du soleil, il y a du nouveau ». Cet au-dessus du soleil, aussi étrange que cela puisse paraître, est indiqué par la lune. En effet, le temps rythmé par la succession des mois lunaires exprime, pour la conscience hébraïque, l'avènement du nouveau.

---

finalité. » (C. Castoriadis, *Les Carrefours du labyrinthe*, Éditions du Seuil, 1978, p. 182.) Ici, l'action, en tant que créatrice de nouveau, mettrait en jeu une autre logique que celle de la fabrication. Nous suggérons que la logique de l'auto-organisation et du hasard organisationnel en est peut-être une première approximation. De ce point de vue, le principe d'action de Costa de Beauregard, lié surtout aux mécanismes conscients d'actions volontaires, serait un principe de fabrication programmée (où le temps de la réalisation reste celui de la causalité irréversible) plutôt qu'un principe d'action créatrice (où le temps pourrait « localement » retrouver sa réversibilité).
1. Likoutei Hagra in *Sifra ditseniouta*, p. 78, voir plus haut p. 141.

Au contraire, celui des années solaires est plutôt perçu comme temps de la répétition [1]. Le monde du soleil (qui en hébreu se dit *chemech*, de *chamach*, serviteur) est celui du déterminisme visible, du développement de ce qui existait déjà (comme celui du serviteur n'est que l'exécution de ce qui existait, au moins en projet, chez le maître). C'est aussi celui de la conscience, où tout se passe en plein jour. Au contraire, le nouveau, tout comme le mois, ne peut provenir, ainsi que le suggèrent les phases de la lune, que d'un processus de destruction et de mort suivi d'une renaissance, et il ne se produit que la nuit. Le lieu et le temps de la répétition, comme ceux de la conscience ou de la connaissance du passé, c'est la lumière du jour. La véritable nouveauté surgit la nuit, avec la renaissance de la lune. C'est en cela que, bien que soumise elle aussi au déterminisme du soleil (et donc, elle aussi, de ce point de vue « sous le soleil »), elle est vue pourtant comme l'indication de cet « au-dessus du soleil » où le nouveau peut arriver.

Tout cela peut sembler assez proche de philosophies idéalistes comme celles de Bergson, Schelling ou Schopenhauer, pour qui les forces actives sont celles d'une volonté inconsciente agissant sur la nature, alors que la conscience, l'intelligence, sont des outils particuliers au moyen desquels l'espèce humaine est adaptée à ses besoins d'action sur son environnement.

En fait, ce que nous avons appris de la biologie physico-chimique est très différent. La distinction entre le principe d'action, fondé sur la perception causaliste du temps, et le principe d'auto-organisation, plus organique et essentiellement inconscient, capable de découvrir et d'assimiler la nouveauté, ne doit pas être identifiée à un idéalisme de ce type, opposant la vie et la matière, comme en témoignent par exemple les lignes suivantes de Bergson : « L'intelligence se caractérise par une compréhension erronée de la vie; l'instinct au contraire épouse la forme même de la vie. Tandis que l'intelligence traite toutes choses de façon mécanique, l'instinct procède — si l'on peut dire — de manière organique... parce qu'il ne fait que continuer le travail par quoi la vie organise la matière. » Ce que nous avons vu plus haut est très différent. Ce qui est à l'origine du concept de « complexité par le bruit » ou « hasard organisationnel » pourrait bien d'une certaine façon être tenu pour de l'idéalisme, mais on peut aussi bien y déceler un pur matérialisme. En réalité, il ne s'agit ni de l'un ni de l'autre. Ce qu'on voit ici, ce n'est pas « la vie organi-

1. Mois (lunaire) se dit en hébreu *hodech*, de *hadach* (nouveau). Au contraire, année (solaire) se dit *chana*, de *chinou* (changement répétitif) comme le deuxième *(cheni)* est une répétition du premier.

sant la matière », mais la matière s'organisant elle-même, et ce qu'on cherche, ce sont les lois régissant ces processus d'auto-organisation. Ces lois, qui gouvernent l'auto-organisation de la matière, peuvent du reste servir à comprendre l'apprentissage et l'acquisition de la connaissance, c'est-à-dire des phénomènes qui impliquent l'usage de l'intelligence et ne sont pas seulement inconscients (on songera par exemple aux travaux de Piaget). De ce dernier point de vue, tout cela peut donc sembler très matérialiste. Mais, d'un autre côté, ces lois utilisent des concepts très abstraits tels que ceux d'information, d'aléatoire, d'organisation, etc., et la signification de ces concepts n'est certainement pas à rechercher dans une matière pure, totalement coupée des catégories de notre esprit. Nous voilà donc redevenus, semble-t-il, très idéalistes. En fait, ce mode de pensée n'appartient ni à l'un ni à l'autre domaine; il ne relève ni de l'esprit seul ni de la seule matière, mais de l'interaction des deux telle qu'elle se produit nécessairement chaque fois qu'une observation et une mesure sont effectuées, observations et mesures qui sont à la base de toutes les sciences expérimentales. Il n'est pas surprenant, dès lors, que la théorie de l'information, qui joue un rôle fondamental dans ce mode de pensée, fournisse aussi à la physique une théorie de la mesure (Brillouin, 1956). Cela montre, entre autres, qu'il y a lieu d'être très prudent quand on essaye de fonder une métaphysique sur la connaissance scientifique, parce que cette connaissance évolue et parce que, de plus, à chaque moment de l'histoire des sciences, les métaphysiques inspirées d'un même corps de théories scientifiques sont multiples et contradictoires. En réalité, comme cela s'est toujours produit, les vieux problèmes philosophiques et métaphysiques sont aujourd'hui abordés sous un angle nouveau et avec de nouveaux concepts, grâce aux développements des sciences de la nature, et c'est là tout ce que nous pouvons faire : renouveler l'approche des vieux problèmes en utilisant de nouveaux concepts. Cela est vrai par rapport aux problèmes de notre philosophie gréco-occidentale, mais également lorsque nous examinons les mêmes problèmes à travers le langage de la tradition juive. Aussi bien allons-nous évoquer très brièvement la façon dont d'actuels discours scientifiques nous permettent de lire, et de réagir à certains enseignements traditionnels, tout en sachant fort bien qu'il ne pourra s'agir que de projections d'un langage dans un autre. Mais il ne se produit rien que de semblables projections. D'ordinaire, dans de nombreux cercles traditionnels — fussent-ils fermés — ces projections existent aussi mais restent inconscientes; parce que ce qui est projeté dans le langage de la tradition n'est autre que d'anciens concepts philosophiques acceptés et tombés dans le domaine public sans que personne n'en connaisse plus l'origine. Inversement, le langage de la tradition peut aussi être projeté, comme contexte théorique possible, sur certains problèmes scientifiques d'aujourd'hui. Essayons donc, en ce qui nous concerne, de le faire consciemment, en sachant que nous le faisons et comment nous le faisons, c'est-à-dire en utilisant du moins les concepts de la science contemporaine, et non pas ceux d'hier; ainsi, bien qu'utilisant deux langages différents, notre recherche sera-t-elle plus unifiée, de l'unité même de notre vie d'aujourd'hui, un pied (ou un hémisphère cérébral?) dans chaque culture.

Pour Newton et, après lui, la mécanique classique, le temps était une sorte de Dieu transcendant : le cadre immuable permettant aux mouvements et aux changements de se produire, l'inaltérable unificateur de tous les mouvements et de tous les changements. A l'intérieur de ce monde, les êtres vivants ne pouvaient apparaître autrement que voués à la destruction et à la mort; le temps était une version moderne du dieu grec Chronos, dévorateur de ses enfants. Dans ce monde-là, l'apparition de la vie, la naissance et le développement des organismes vivants ne pouvaient être qu'un scandale aux yeux du physicien puisque, semblant se dérouler dans un sens contraire à l'ordre normal des choses, ils étaient incompréhensibles.

Aujourd'hui il est possible d'effacer le scandale et de commencer à comprendre des lois physiques de diminution d'entropie et d'accroissement d'information et d'organisation, même si, d'un point de vue formel, ces lois peuvent impliquer une inversion de la direction du temps. De nos jours, où la physique et la chimie ont totalement pénétré la biologie, on aurait pu croire que nous allions nous trouver de nouveau sous la loi du Dieu mécanique newtonien. Et voilà qu'il n'en va pas ainsi. La physique est devenue une nouvelle physique où le désordre, les fluctuations, le bruit et l'aléatoire sont pris en compte : ils ne constituent pas l'arrière-plan purement négatif où apparaissent l'ordre, l'organisation et la vie. Désormais l'aléatoire, le bruit, les processus de mort eux-mêmes, jouent un rôle positif dans les processus de vie, c'est-à-dire dans l'organisation, l'apprentissage et la maturation. La direction des changements — le temps luimême — n'est plus un cadre unique qui s'impose à tout. Le temps et sa direction sont pour ainsi dire « coulés » à l'intérieur de chaque système en mouvement[1]. Autrement dit, les coordonnées d'espace

---

1. Voir un exposé détaillé de ces notions dans le livre de A. Pacault et C. Vidal, *A chacun selon son temps*. On y trouvera posée la question du temps de chaque système physico-chimique qu'il s'agit de définir à partir de sa loi d'évolution,

et de temps ne sont pas des données premières; elles ne sont pas le cadre universel où les événements et les changements se produisent... Et de la même façon, la volonté consciente n'est pas notre toute première composante.

En tant que composante première et fondamentale déterminante de notre réalité, la volonté consciente est une illusion, même si, comme réalité dérivée, elle existe et fonctionne. Nos composantes premières sont, d'une part, une connaissance ou mémoire consciente tournée vers le passé et, d'autre part, une orientation inconsciente des processus, que l'on peut appeler volonté si on le désire, mais qui est une volonté totalement inconsciente et qui détermine, comme telle, un avenir où la nouveauté peut survenir. Les événements, les changements, les mouvements, l'aléatoire, telles sont les données premières, couplées à une mémoire, mécanisme stabilisateur. Tout système individuel est régi et orienté conformément à son propre cadre de références. Ce cadre résulte de la structure du système lui-même, mais aussi de ses relations mutuelles avec d'autres systèmes; et, en ce sens, ce cadre de référence n'est pas non plus totalement arbitraire, car il n'est pas coupé du reste de l'univers.

Dans un monde ainsi conceptualisé, où la complexité de l'organisation est prise en compte, ainsi que sa nature hiérarchique (c'est-à-dire les interactions entre systèmes conduisant à des systèmes intégrés plus importants), il dépend de la structure du système lui-même que l'aléatoire soit source de destruction ou de création. Dans un tel monde — au contraire de celui de Newton — le temps apparaît davantage comme une sorte de dieu immanent; un peu à la façon dont R. Haïm de Volozhin et certains commentateurs hassidiques nous demandent de lire un passage célèbre du Traité des Pères, en retournant sa signification habituelle édifiante et transcendantaliste : « Sache quoi au-dessus de toi [1] », compris dans les catéchismes comme « Sache ce qui est au-dessus de toi », en une lecture tout aussi correcte du point de vue de la grammaire hébraïque : « Sache que ce qui est au-dessus (et détermine les choses) vient de toi. » Cette idée se trouve à la racine de la confiance sans limites en ce que tout nous est donné pour être transformé et réagencé, qu'à la limite même la mort puisse être vaincue. (Dans la mesure où les processus d'organisation des systèmes vivants contiennent la mort comme partie intégrante responsable de leur transformation inces-

___

à la fois en unités qui lui sont propres et par rapport à un temps physique commun habituellement pris comme cadre de référence.

1. « Da ma lemaala mimekha », *Pirkei Avot* (Traité des Principes), ch. II, 1.

sante — par désorganisation-réorganisation —, l'idée de la victoire sur la mort peut être comprise comme une sorte de passage à la limite, posant que cette transformation puisse un jour être « complète » !)

De façon différente, la même idée est exprimée dans la littérature hassidique sous une forme qui l'apparente à une sorte de principe d'ordre à partir de désordre. Il s'agit du *tikkun haolam*, correction ou arrangement, par des hommes, d'un monde qui aurait été faussé ou dérangé. A ce propos, selon R. Nahman de Brazlav, « toute l'affaire consiste à inclure la catégorie du non-ordonné dans celle de l'ordonné ». Autrement dit, il ne s'agit pas de pourchasser, de détruire le désordre ou de faire comme s'il n'existait pas, mais de l'inclure dans l'ordre lui-même. Or, bien entendu, cela n'est possible que si cet ordre est tel qu'il peut s'y prêter : le désordre et l'aléatoire doivent nécessairement en faire partie. En fait, ils constituent, comme nous l'avons vu, l'élément créateur, celui qui engendre la nouveauté. Nous avons vu comment la biologie moderne, armée de cybernétique, nous en enseigne la possibilité effective dans le monde physique ; et elle nous donne, par la même occasion, le moyen d'asseoir plus solidement l'intuition — bergsonienne entre autres — d'un pouvoir créateur du temps, sans pour autant nous engager sur la voie d'un idéalisme difficilement tenable.

Ce pouvoir créateur suppose une inversion du temps (par opposition à l'écoulement déterministe et causaliste des événements) : autrement dit, ce qui advient — le processus continu de l'être qui se renouvelle — apparaît déterminé par ce qui arrivera (et qui n'est pas connu aujourd'hui) plus que par ce qui est déjà arrivé — par le futur plus que par le passé. Comme on l'a vu, nous commençons à comprendre comment c'est possible lors du développement épigénétique où l'individualité résulte non pas d'une volonté consciente, donc pas — en ce sens — de la « volonté de Dieu », mais des interactions non déterminées d'un pseudo-programme avec l'environnement. Ce pouvoir créateur du temps est aussi ce que, de façon plus subjective, nous ressentons pendant l'enfance et la jeunesse, alors qu'à un vieil homme le présent semble de plus en plus une répétition du passé. (Un désir de changer cet état de choses et de vaincre le vieillissement et la mort peut être vu comme étant à l'origine des doctrines sur le « monde futur », qui permettent aux hommes, malgré le vieillissement et la mort, de continuer d'imaginer un avenir inconnu.)

La biologie physico-chimique nous indique, bien sûr sans pour autant nous donner de recette, comment tout cela est théoriquement possible, au moins dans son principe, et comment cela fonctionne dans les systèmes biologiques en développement. Précisément, bien

que de façon abstraite, cela peut ainsi se résumer : la direction irréversible habituelle du temps est inversée dans les processus où l'entropie d'un système ouvert décroît et où l'information et l'organisation se créent par utilisation d'interactions aléatoires du système
avec son environnement. Ce n'est là qu'une conséquence directe de
ce que le caractère irréversible habituel du temps en physique est
déterminé par la loi d'accroissement de l'entropie. Il s'ensuit, en
effet, que si, quelque part, peut se produire une diminution d'entropie, tout se passe comme si la direction du temps était là, localement,
inversée; ce qui revient à dire que le passage du temps, de destructeur, y devient créateur.

RÉFÉRENCES

O. Costa de Beauregard, « Two principles of the science of time »,
Ann. N.Y. Acad. Sci. 138, art. 2, 1967, p. 407-421.
O. Costa de Beauregard, *Le Second Principe de la science du temps*,
Paris, Éditions du Seuil, 1963.
O. Costa de Beauregard, « Récents progrès dans l'analyse de l'ir-
réversibilité physique » in *Sadi Carnot et l'Essor de la thermo-dyna-
mique*, Paris, Éditions du CNRS, 1976, p. 413-422.
O. Costa de Beauregard, « Réflexions sur l'irréversibilité phy-
sique », *L'Idée de régulation dans les sciences*, A. Lichnérowicz,
F. Perroux et G. Gadoffre (éds.), Paris, Maloine-Doin, 1977, p. 193-
203.
H. Atlan, *L'Organisation biologique et la Théorie de l'information*,
Paris, Hermann, 1972.
H. Atlan, « Conscience et désirs dans des systèmes auto-organi-
sateurs », *L'Unité de l'homme*, E. Morin et M. Piattelli-Palmarini
(éds.), Paris, Éditions du Seuil, 1974, p. 449-475 et p. 487-490, et
plus haut, p. 133.
H. Atlan, « On a formal definition of organisation », *Journ. Theoret.
Bio.*, 45, 1974, p. 295-304.
K.R. Popper, « The arrow of time », *Nature*, 17 mars 1956, vol.
177, p. 538.
E.L. Hill, et A. Grunbaum « Irreversible processes in physical
theory », *Nature*, 22 juin 1957, vol. 179, p. 1296-1297.
K.R. Popper, « Irreversible processes in physical theory », *Nature*,
22 juin 1957, vol. 179, p. 1297.

K.R. Popper, « Time's arrow and entropy », *Nature*, 17 juillet 1965, vol. 207, n° 4994, p. 233-234.

R.G. Sachs, « Can the direction of flow of time be determined? », *Science*, 1963, vol. 140, p. 1284-1290.

E.T. Jaynes, « Information theory and statistical mechanics », *Physical Review*, 106, 1957, p. 620-630.

A. Katz, *Principes of Statistical Mechanics ; The Information Theory Approach*, San Francisco, W.H. Freeman Publ., 1965.

P. Glansdorff et I. Prigogine, *Structure, Stabilité et Fluctuations*, Paris, Masson, 1971.

Glansdorff P., et Prigogine I., « Entropie, structure et dynamique », in *Sadi Carnot et l'Essor de la thermodynamique*, Paris, Éditions du CNRS, 1976, p. 299-315.

I. Prigogine, « Order through fluctuations : self-organization and social system », in *Evolution and Consciousness*, E. Jantsch et C.H. Waddington (eds.), Reading Mass. Addison Wesley, 1976, p. 93-131.

I. Prigogine, C. George, F. Henin, et L. Rosenfeld, « A unified formulation of dynamics and thermodynamics », *Chemical Scripta*, 4, 1973, p. 5-32.

J. Ullmo, « Le principe de Carnot et la philosophie », in *Sadi Carnot et l'Essor de la thermodynamique*, Paris, Éditions du CNRS, 1976, p. 399-408.

L. Brillouin, *La Science et la Théorie de l information*, Paris, Masson, 1956.

A. Pacault et C. Vidal, *A chacun son temps*, Paris, Flammarion, 1975.

7. Variabilité des cultures et variabilité génétique[1]

1. *Notion de sélection culturelle*

L'idée est communément admise, aujourd'hui, que l'évolution biologique dans l'espèce humaine s'est considérablement ralentie et a été relayée par une évolution culturelle. Les courbes d'augmentation du volume du crâne superposées par A. Leroi-Gourhan [3]* à celles d'évolution des techniques en sont une spectaculaire illustration. Mais la question se pose alors de la possibilité d'un *feedback* de facteurs culturels sur les mécanismes de l'évolution biologique.

Cette idée n'est d'ailleurs pas neuve. L'idée que la culture modifie le patrimoine génétique remonte au moins à Lamarck, reprise plus récemment par Lyssenko avec le succès que l'on connaît. Autrement dit, elle a subi dans la biologie moderne le sort du lamarckisme définitivement condamné dès lors que l'hérédité des caractères acquis eut été définitivement rejetée comme l'hérésie génétique par excellence. Comment en effet des facteurs culturels, donc nécessairement acquis, pourraient-ils s'inscrire dans le patrimoine génétique jusqu'à devenir héréditaires? Pourtant, en ce qui concerne les premières étapes de l'hominisation, le rôle dynamique d'un tel *feedback* a été longuement analysé par des chercheurs comme A. Leroi-Gourhan [3], S. Moscovici [6], E. Morin [5]. Là, des phénomènes socioculturels tels que l'invention de la chasse collective ont pu être à l'origine de changements d'environnements à la fois naturels, sortie de la forêt vers la savane, et sociaux, qui ont pu provoquer des changements qualitatifs dans les pressions de sélection, à l'origine d'une orientation nouvelle de l'évolution biologique, ayant conduit finalement à l'*Homo sapiens Neanderthalis* adapté à ce nouvel environnement.

1. Initialement paru dans *Annales de génétique*, 1975, 18, n° 3, p. 149-152 (éditorial).
* Les références bibliographiques, appelées par des crochets [ ], ont été regroupées en fin de chapitre.

Autrement dit, sans remettre en cause la non-hérédité des caractères acquis, et de façon non contradictoire avec les schémas actuels des théories néo-darwiniennes, on peut imaginer comment, au niveau de la *distribution* des gènes dans les populations, et non, bien sûr, de génomes d'individus, des facteurs socioculturels peuvent modifier le patrimoine génétique en créant de nouveaux environnements sources de pressions de sélection nouvelles. S'il n'y a pas hérédité des caractères acquis au niveau des individus, tout se passe comme s'il y en avait une, indirectement et statistiquement, au niveau des populations, par l'intermédiaire de modifications de *fréquences* de gènes.

L'objet de ce chapitre est d'analyser le rôle possible de tels mécanismes dans l'évolution dite culturelle de l'espèce humaine qui se continue aujourd'hui, sous nos yeux.

Cette analyse doit porter non seulement sur l'espèce humaine dans son ensemble soumise aux pressions de sélection de son environnement envisagé à l'échelle de la planète, mais encore sur les divers groupes humains plus ou moins séparés les uns des autres. En effet, si les isolats absolus sont tout à fait exceptionnels sinon inexistants, des isolements relatifs existent, déterminés par des facteurs à la fois géographiques et socioculturels qui limitent la panmixie théoriquement possible à l'échelle de la planète. Et les mesures de taux d'endogamie expriment quantitativement l'efficacité de cet isolement relatif au niveau de populations différentes.

Envisageons donc quel peut être l'effet de conditionnements socioculturels différents sur les patrimoines génétiques de ces populations.

Une étude récente de Lewontin [4] citée par A. Jacquard [2] a tenté de quantifier ce qui dans la variabilité génétique [1] de l'espèce humaine revient à une variabilité entre individus à l'intérieur des groupes (nations, tribus, « races », etc.) et ce qui revient à une variabilité entre groupes. Il en ressort que, dans l'hypothèse de mariages au hasard à l'intérieur de chaque groupe, la variabilité entre individus est responsable approximativement de 90 % de la variabilité globale, celle entre nations ou tribus de 5 % et celle entre « races » de 5 %. Mais nous savons bien que les mariages ne s'effectuent pas au hasard. Deux phénomènes socioculturels peuvent être analysés à ce niveau-là, responsables d'autosélections à l'intérieur des populations. L'un est

---

1. La variabilité est en général mesurée par la fréquence d'hétérozygotes pour un gène donné dans une population. Lewontin a utilisé ici une valeur voisine, bien que différente, donnée par la fonction H (quantité d'information) de Shannon (voir références [1] et [4] sur les relations entre variabilité et information).

l'existence de règles explicites de mariage. L'autre consiste en l'efficacité de règles de mariage implicites, non formulées, résultant de la valorisation culturelle par une société donnée de tel ou tel caractère visible, qu'il s'agisse d'un type physique donné, « canons » de beauté, ou surtout d'un type de comportement particulier, guerrier, chasseur, musicien, artisan, « artiste », intellectuel, etc.

On conçoit facilement comment, si une société donnée valorise un type physique ou de comportement particulier, les individus présentant ce caractère seront favorisés par le prestige qui leur sera ainsi accordé et pourront se marier dans les meilleures conditions possibles : grand choix de partenaires, notamment parmi ceux ou celles présentant ce même caractère, ou, éventuellement, un caractère complémentaire en favorisant l'expression; bonnes conditions matérielles permettant la survie et l'éducation des enfants, la même sélection étant ensuite effectuée parmi ces enfants.

Pour que ce caractère soit ainsi sélectionné, que sa fréquence augmente après plusieurs générations et devienne supérieure à ce qu'elle est dans d'autres populations, à cultures différentes, il suffit évidemment que ce type physique ou ce mode de comportement soit, ne serait-ce qu'en partie, dépendant d'aptitudes génétiques. Or nous pouvons penser d'après l'existence de cas limites, « géniaux » ou pathologiques, que des aptitudes à la course, à la musique, sans parler d'aptitudes intellectuelles ou de troubles du comportement, ont des composantes génétiques même si leur expression dépend de conditions de milieu plus ou moins favorables.

C'est dire que nous avons toutes raisons de penser que ce mécanisme de sélection culturelle est effectivement à l'œuvre dans les différents groupes sociaux en état d'isolement relatif qui constituent l'espèce humaine. La « seule » question, évidemment fondamentale, concerne l'importance de ce mécanisme, c'est-à-dire la rapidité en terme de nombre de générations avec laquelle un patrimoine génétique peut être ainsi modifié. On conçoit que cette rapidité sera d'autant plus grande que : *a*) le degré d'isolement (*i.e.* taux d'endogamie) est élevé; *b*) la composante génétique du caractère culturellement valorisé est grande; *c*) la pression de sélection exercée par cette valorisation est efficace dans la détermination des mariages et de la fécondité.

Dans les calculs cités plus haut, l'hypothèse des mariages au hasard est justifiée car ils portent sur des caractères cachés repérés expérimentalement par les marqueurs immunogénétiques. Ce qui nous manque pour une étude expérimentale de l'importance de la sélection culturelle dans la variabilité intergroupes c'est évidemment la mise en évidence éventuelle de marqueurs de comportement permettant des mesures de fréquences géniques non limitées à l'immunogénétique ou, plus généralement, à des caractères culturellement neutres.

Pourtant, de tels marqueurs, en relation directe avec un comportement particulier, ne sont peut-être pas absolument indispensables. Des marqueurs génétiques non causalement liés à un comportement, tels que, justement, ces marqueurs immunogénétiques, mais dont des études de fréquences auraient au préalable montré la corrélation statistique avec ce comportement (voir par exemple J. Ruffié et J. Bernard, [7]), pourraient peut-être aussi permettre ce genre de recherches [1].

2. *Variabilité culturelle et variabilité génétique*

Si l'on admet que la variabilité génétique globale est un facteur favorable pour la survie de l'espèce humaine en ce qu'elle conditionne l'adaptabilité, la question que nous posons ici revient à celle de l'importance de la variabilité culturelle comme facteur de survie de l'espèce humaine. En effet, si la sélection culturelle est efficace dans la modification des patrimoines génétiques des populations, la variabilité des cultures doit être inévitablement responsable d'une part importante de la variabilité génétique globale de l'espèce humaine. Autrement dit, dans une telle hypothèse, une tendance à l'homogénéisation des cultures du type de celle à laquelle nous assistons actuellement, si elle facilite, au moins superficiellement, les communications, pourrait ne pas avoir que des avantages du point de vue des capacités adaptatrices de l'espèce humaine, dans la mesure où une certaine hétérogénéité des cultures pourrait renforcer la diversité des patrimoines génétiques. Soulignons en quoi cette hypothèse doit être soigneusement distinguée des théories racistes dont nous n'avons que trop connu les méfaits : la variabilité culturelle peut être

---

1. Des travaux récents — A.E. Mourant et al. [8] — semblent indiquer qu'un mécanisme de ce genre aurait fonctionné dans la constitution de patrimoines génétiques de communautés juives dispersées et maintenues en état de pseudo-isolats. Une communauté de Pologne, par exemple, est génétiquement plus éloignée d'une communauté du Maroc qu'elle ne l'est de la population polonaise environnante, et que ne l'est la communauté du Maroc de la population marocaine non juive. Cependant les deux communautés juives ont en commun quelques marqueurs génétiques présents avec une fréquence plus grande que dans les populations environnantes. Cela serait dû à la fois à une origine ancienne commune et aux conditions historiques — donc socioculturelles — de leur maintien en état de pseudo-isolats.

un facteur de variabilité génétique et augmenter en cela les aptitudes adaptatrices de l'espèce tout entière, sans que cela implique le moins du monde un déterminisme racial génétique, au niveau des individus, avec les notions de supériorité ou d'infériorité qui s'y rattachent, puisqu'il ne s'agit que d'effets statistiques sur des distributions de fréquences de gènes existant de toute façon dans toutes les populations. De plus, on sait que si une population est totalement isolée, les chances d'homogénéisation génétique au hasard (« dérive » génétique sur des gènes sélectivement « neutres ») sont beaucoup plus élevées que si, à chaque génération, une fraction non nulle des individus est composée d'immigrants. Autrement dit, la division de l'espèce humaine en *pseudo-isolats* révèle un caractère favorable, en principe, par son double aspect : non seulement l'isolement, qui permettrait à la variabilité culturelle d'ajouter son écot au maintien d'une variabilité génétique intergroupes, mais encore le caractère relatif de cet isolement, qui élève par ailleurs la variabilité interindividus à l'intérieur des groupes.

Ce caractère de pseudo-isolats, ni isolement total, ni panmixie, serait ainsi un *optimum* du point de vue de la valeur sélective de l'espèce. Suivant les schémas explicatifs habituels, non dépourvus de circularité, on expliquerait ainsi *a posteriori* son existence et son maintien tout au long de l'histoire de l'humanité : si une division en isolats avait eu une valeur sélective plus élevée, c'est elle qui aurait été sélectionnée; de même, si une panmixie totale avait eu une valeur sélective plus élevée, c'est elle qui aurait été sélectionnée... A moins que, pour des raisons historiques et géographiques, cette dernière n'ait pas encore eu le temps de survenir et que, la civilisation mondiale vers laquelle nous semblons tendre soit en fait la première chance qui lui soit donnée de tester sa valeur. Une façon de trancher entre ces alternatives (avant d'attendre le verdict du futur avec le risque d'échec, donc de disparition, qu'il comporte) serait de pouvoir mesurer, comme nous l'indiquions plus haut, l'efficacité du mécanisme de la sélection culturelle dans le maintien de la variabilité génétique globale de l'espèce humaine.

Remerciements

Les remerciements de l'auteur vont à MM. J. Ruffié, A. Jacquard et L. Poliakov, qui ont bien voulu discuter les idées exposées ici, avant et après lecture du manuscrit.

RÉFÉRENCES

1. H. Atlan, *L'Organisation biologique et la Théorie de l'information*, Paris, Hermann, 1972.
2. A. Jacquard, « L'évolutionnisme évolue », *La Recherche*, 1975, 54, p. 176-177.
3. A. Leroi-Gourhan, *Le Geste et la Parole*, Paris, Albin Michel, 1972.
4. Lewontin, *The Genetic basis of evolutionary change*, Columbia University Press, 1974.
5. E. Morin, *Le Paradigme perdu : la nature humaine*, Paris, Éditions du Seuil, 1973.
6. S. Moscovici, *La Société contre nature*, Paris, UGE, coll. « 10-18 », 1972.
7. J. Ruffié et J. Bernard, « Peuplement du Sud-Ouest européen. Les relations entre la biologie et la culture », *Cah. anthropol. Écol. hum.*, II (2), 3-18, 1974.
8. A.E. Mourant, A.C. Kopec, K. Domaniewska-Sobzac, *The Genetics of Jews*, Clarendon Press, Oxford, 1978.

Troisième partie

PROCHES ET PROCHAINS

« Par la rivalité des scribes s'augmente la sagesse. » *Talmud de Babylone*, Baba Batra, p. 21(a).

« Le sage l'emporte sur le prophète. » *Talmud de Babylone*, Baba Batra, p. 12 (a).

Que la recherche scientifique et la méthode expérimentale n'empêchent pas d'entendre d'autres façons de penser, issues de la philosophie et des plus anciennes traditions. Au risque de se faire traiter de mystiques tandis que pour d'autres, au contraire, en quête de prophétie plus que de théorie, il s'agirait surtout de ne pas être prisonniers d'un carcan désuet et mortifère qui serait voué à s'écrouler en cette fin de siècle, en même temps fin de millénaire et de civilisation! Il est vrai qu'à ne pas se vouloir enfermés, nous côtoyons, parfois simultanément, ces deux abîmes de la facilité et du repos que sont la science universitaire sage, conformiste, institutionnalisée, et les délires-délices de la contre-culture, de l'antiscience et de l'art prophétique. D'où l'importance peut-être de ces rencontres — mises à distance entre proches se reconnaissant ainsi comme prochains. Ces débats dont l'enjeu est de ne tomber dans aucun de ces abîmes — cristal et fumée — n'apparaîtront oiseux qu'à ceux qui ont définitivement choisi l'un des bords.

« Alors se répandra la haine des sages '' qui iront de ville en ville et seront rejetés '' (*Talmud de Babylone*, Sota, p. 49b.) La source en sera une soif inextinguible de prophètes après tous ces siècles où la sagesse, voulant accomplir la prophétie, aura presque réussi à l'étouffer. Alors se lèveront de nouveaux prophètes, disciples de Moïse prophète de la vitre transparente, réunissant sagesse et prophétie et s'inclinant et avouant : '' le sage l'emporte sur le prophète ''. » (D'après *Orot*, A.I.H. Kook, p. 121).

8. Hypercomplexité
et science de l'homme[1]

Le paradigme du « parler ensemble »

« Nous savons tous que nous sommes des animaux de la classe des mammifères, de l'ordre des primates, de la famille des hominiens, du genre *homo*, de l'espèce *sapiens*, que notre corps est une machine de trente milliards de cellules, contrôlée et procréée par un système génétique, lequel s'est constitué au cours d'une évolution naturelle longue de 2 à 4 milliards d'années, que le cerveau avec lequel nous pensons, la bouche par laquelle nous parlons, la main par laquelle nous écrivons sont des organes biologiques, mais ce savoir est aussi inopérant que celui qui nous a informés que notre organisme est constitué par des combinaisons de carbone, d'hydrogène, d'oxygène et d'azote » (p. 19). « Il nous faut lier l'homme raisonnable *(sapiens)* à l'homme fou *(demens)*, l'homme producteur, l'homme technicien, l'homme constructeur, l'homme anxieux, l'homme jouisseur, l'homme extatique, l'homme chantant et dansant, l'homme instable, l'homme subjectif, l'homme imaginaire, l'homme mythologique, l'homme critique, l'homme névrotique, l'homme érotique, l'homme lubrique, l'homme destructeur, l'homme conscient, l'homme inconscient, l'homme magique, l'homme rationnel, en un visage à multiples faces où l'hominien se transforme définitivement en homme » (p. 164).

Alors que la méthode scientifique a consisté jusqu'à présent à isoler les faits naturels pour les transformer en objets de laboratoire, soumis à des expériences répétitives sur lesquelles la méthode expérimentale pouvait s'appliquer, on nous demande ici de « penser ensemble » (p. 105) des termes qui jusqu'à présent ne l'ont été que séparément à l'intérieur d'au moins trois domaines distincts de la pensée et de l'expérience, à savoir l'analyse du psychisme, la socio-

1. Initialement paru dans *Critique*, août-sept. 1974, n° 327-328, p. 829-855, sur Edgar Morin, *Le Paradigme perdu : la nature humaine*, Paris, Éditions du Seuil, 1973. Les numéros de pages renvoient à cette publication.

logie et la biologie. Ce qui est proposé dans ce livre pour ce penser ensemble et pour fonder ainsi le nouveau paradigme, c'est une **logique** de l'hypercomplexité et de l'auto-organisation encore balbutiante certes mais déjà esquissée par ailleurs[1], et qu'Edgar **Morin** annonce sous la forme d'un ouvrage futur sur *la Méthode*[2].

Dans *le Paradigme perdu : la nature humaine*, il tente, à partir d'un savoir actuel dispersé et stérile, stérile parce que dispersé, de ramasser les morceaux. Il s'agit des morceaux de ce qui peut apparaître comme un vase plusieurs fois brisé, cette nature humaine qui a éclaté et s'est évanouie chaque fois qu'on croyait la cerner. Mais ces morceaux épars, Morin les transforme sous nos yeux en éléments d'un puzzle passionnant, encore que d'un genre unique puisqu'il s'agit d'un puzzle qui se construit et se défait sans cesse, dont les éléments changent de structure et donc de fonction au fur et à mesure de la construction et à travers des naissances successives. Super puzzle donc, où il ne suffit pas d'assigner une place à chaque élément pour avoir gagné, parce qu'il y a plusieurs places possibles, plusieurs solutions possibles, en même temps et successivement, parce qu'enfin il s'agit d'un puzzle du hasard et de l'organisation.

Certains livres[3] expriment plus que d'autres, en même temps qu'ils précipitent, les changements de point de vue et retournements de perspectives qui surviennent dans l'histoire de la pensée, ce que Foucault a appelé les mutations du savoir, que Kuhn appelle les changements de paradigmes.

Une réflexion critique sur l'histoire des sciences et des découvertes conduit en effet à reconnaître que les discours scientifiques, loin d'être objectifs et rationnels « absolument », sont en fait conditionnés et inconscients dans des formes de pensée diffuses, à la limite anonymes, qui caractérisent époques, sociétés et langages. Telle découverte ne pouvait survenir à telle époque, alors même que tous les éléments de connaissance expérimentaux et théoriques y étaient présents, parce que le paradigme dominant, « modèle conceptuel commandant tous les discours » (p. 22), ne lui faisait aucune place. Quelques années ou dizaines d'années plus tard, alors que les connaissances n'ont objectivement et quantitativement pas tellement aug-

1. Voir plus haut, première partie.
2. Premier tome déjà paru aux Éditions du Seuil, 1977.
3. Dans un tout autre contexte, un livre comme *De la souillure*, de Mary Douglas (trad. française Anne Guerrin, Paris, Maspero, 1971) et dans l'univers romanesque *Vendredi*, de Michel Tournier (Gallimard, 1977), jouent à mes yeux un rôle similaire : il y apparaît que l'organisation — fonction d'organiser — joue un rôle organique, en ce qu'elle est structurante de sociétés et de psychismes qui ont l'air, par ailleurs, d'être producteurs d'organisation sur leur environnement.

menté, elles sont revues sous un jour tout a fait nouveau, à la lumière
de questions qui n'étaient même pas soupçonnées et elles se rassemb-
blent alors tout naturellement en un nouveau discours, où la nouveauté est en même temps celle de l'univers conceptuel de l'époque,
qui envahit alors tous les discours de façon tellement « naturelle »
et contraignante que la possibilité même qu'il a pu en être autrement
est oubliée ou reléguée au rayon des divagations dépassées, puériles,
naïves ou ignorantes du siècle d'obscurantisme qui toujours précède
celui où nous nous trouvons. Dans *The Structure of Scientific Revo-
lutions*, Kuhn décrit comme « incommensurables » les paradigmes
successifs qui ont permis — puis bloqué avant d'être remplacés —
les révolutions scientifiques : les éléments de connaissance, *qui peuvent
être les mêmes*, sont assemblés dans des discours, qui, au sens propre
et figuré, ne parlent pas le même langage. Très vite, du coup, sont
triés et changés les éléments de connaissance qui sont perçus comme
signifiants, importants, et relèguent les autres au rang d'épiphé-
nomènes, ce qui a pour effet de rendre ces langages encore plus hermé-
tiques les uns aux autres. Ce que Chargaf (*Science*, 14 mai 1971,
p. 637) commentait : « Il est presque impossible de retracer le cours
de l'histoire des sciences jusqu'à une étape antérieure, car nous nous
devrions d'oublier beaucoup de ce que nous avons appris, et de plus
une grande part de ce qu'une époque précédente connaissait ou
croyait connaître n'a simplement jamais été appris par nous. Nous
devons nous rappeler que les sciences de la nature sont autant une
lutte contre que pour les faits. »

On peut maintenir que ce concept de paradigme est encore loin
d'être évident, et qu'en tout état de cause, il est lui-même une construction (résultat... d'un paradigme ?) « à l'intérieur des sciences
sociales à propos des sciences de la nature » (W.J. Fraser, *Science*,
3 septembre 1971, p. 868). Quoi qu'il en soit, il relativise comme il
se doit les discours successifs de la science occidentale en les situant
par rapport aux discours non scientifiques, et les uns par rapport
aux autres. En même temps, il permet de comprendre le comment
et le pourquoi des révolutions scientifiques, à la fois conséquences
et causes de crises plus générales de la pensée, de la représentation,
du discours et même de la perception, ces mutations du savoir que
Foucault a décrites et nommées dans *les Mots et les Choses*.

La microphysique depuis le début du siècle, la biologie moléculaire
depuis une vingtaine d'années, nous enseignent des choses « bizarres »,
où le bon sens commun se retrouve difficilement, qui forcent à des
remises en question de couples de concepts tels que réalité et représentation, ordre et désordre, hasard et déterminisme, pierres angu-

laires de l'ancien paradigme à l'intérieur duquel la science progressait royalement sur le chemin de la vérité objective qui se dévoilait sans ambiguïté à l'homme armé de la raison et de la méthode expérimentale. En même temps, cette image elle-même de l'homme rationnel, dégagé de son animalité et dominant le monde, s'est écroulée sous les coups de la psychanalyse, de l'ethnologie et de la « crise » de la civilisation occidentale dont toutes les idéologies, censées continuer ou remplacer les prédications chrétiennes, se sont révélées l'une après l'autre sources de perversion. Aussi n'est-il pas étonnant que, depuis une dizaine d'années, les discours sur l'homme aient commencé à devenir de plus en plus inaudibles.

Et voilà que Morin ose la gageure d'un discours renouvelé sur l'homme, qu'appelait M. Foucault à la fin de *les Mots et les Choses* mais que personne apparemment ne voulait entreprendre. C'est qu'en même temps, il devait s'agir — et c'est bien ainsi dans le livre de Morin — d'un discours sur les *conditions* du renouvellement du discours sur *Homo sapiens* et son environnement, conditions épistémologiques liées à l'état actuel des sciences biologiques, sociales, anthropologiques où se découvrent et se façonnent de multiples images humaines. Chemin faisant, il devait s'agir aussi, en retour, d'une réévaluation de ce que nous apprennent ces sciences parfois même à l'insu de ceux qui les enseignent, ce qui n'est pas fait pour étonner, vu la spécialisation nécessaire et le cloisonnement qui l'accompagne, déploré mais rarement évité, entre ces disciplines. D'où le titre, « paradigme », perdu, certes, jusqu'à aujourd'hui dans les discours humanistes qui impliquent une culture extra-naturelle, dégagée de l'animalité, plaquée sur une nature biologique — animale — et l'humanisant; mais nouveau paradigme aussi, recréé, qui émerge çà et là, et qui se laisse déjà entrevoir quand, comme l'auteur le déclare, on refuse de se laisser enfermer dans les disciplines closes et de refouler les questions impertinentes, « non scientifiques » — c'est-à-dire rejetées par l'ancien paradigme —, qui nous sont pourtant suggérées par la simple juxtaposition et l'articulation branlante des enseignements de ces différentes disciplines.

La révolution biologique et l'auto-organisation

On connaît les principales thèses du livre, posées dès la première partie. Rappel des conséquences implicites, le plus souvent masquées, de la révolution biologique, auquel Morin nous avait déjà habitués dans des articles antérieurs. Révolution « par le bas » qui démonte les mécanismes physico-chimiques de la réplication des gènes et de leur expression, démonstration éclatante de la justesse des conceptions antivitalistes par l'isolement de molécules dont les seules caractéristiques physico-chimiques peuvent rendre compte de propriétés jusque-là mystérieuses de la matière vivante : transmission et expression des caractères héréditaires. Mais aussi, et en même temps, révolution « par le haut », par l'introduction en biologie de concepts tels que communication, information, code, message, programme, etc., « extraits de l'expérience des relations humaines qui semblaient jusqu'alors indissociables de la complexité psycho-sociale » (p. 27).

Ces concepts, tels quels, et malgré leurs ambiguïtés, jouent un rôle explicatif fondamental et pour l'instant indispensable dans le passage du niveau moléculaire à celui de l'organisme fonctionnel même le plus simple. D'où les questions nouvelles qui se posent inévitablement dès qu'on ne se laisse pas brimer par le poids des anciennes disputes. En effet, déjà à ce niveau, l'ancien paradigme est source de blocages : toute préoccupée par le combat antivitaliste la biologie moderne ne retient de ses acquisitions que ce qui lui permet de triompher de son ancien ennemi. Alors que celui-ci est déjà mort depuis longtemps, on reste encore occupé à le tuer plusieurs fois en négligeant le point de départ prodigieux que constituent ces acquisitions, en elles-mêmes, par les questions nouvelles qu'elles font surgir et qui n'ont rien à voir avec le vieux combat. La biologie moderne joue un rôle tout à fait privilégié pour nous faire prendre sur le fait les mécanismes de passage d'un paradigme à l'autre. La plupart de ses discours explicites s'inscrivent encore dans l'ancien paradigme. Mais les questions que font naître ces discours eux-mêmes contribuent à l'éclosion du nouveau. C'est pourquoi des discours de biologistes qui se veulent orthodoxes tendent souvent à refouler ces questions comme « non scientifiques » tandis que d'autres, au contraire, évoquent l'impression de clôture, de terminaison ou d'« essoufflement [1] » de la biologie moléculaire déjà enfermée dans ses « dogmes » seulement une trentaine d'années après ses débuts.

Pour Morin, évidemment, il n'est pas question de se laisser enfermer, et bien au contraire, la biologie nouvelle peut — ou pourrait! — fournir un cadre de référence et des moyens de liaison bio-anthropologiques. Grâce à elle, qui n'est plus « fermée à toutes les qualités ou facultés dépassant strictement la physiologie, c'est-à-dire tout ce qui chez les êtres vivants est communication, connaissance, intelligence » (p. 23), l'anthropologie pourra enfin tenter de dépasser

1. F. Gros, leçon inaugurale, chaire de Biochimie cellulaire au collège de France, janvier 1973.

195

son impuissance devant le problème de la relation homme/nature.
On ne peut pas s'empêcher de voir dans ce projet — ou cette espérance — une relation avec l'entreprise de Piaget qui se situe surtout
au niveau du développement de l'individu, tandis que Morin met
l'accent sur celui des sociétés. Mais déjà apparaît ce qui sera le leitmotiv de tout le livre, à savoir le rôle épistémologique central d'une
réflexion sur la complexité et la complexification. Il se trouve en
effet que la révolution « par le haut » n'est pas seulement *superposée*
à celle « par le bas », car « l'ouverture physico-chimique » de la
biologie est *en même temps* et en elle-même une ouverture psycho-
sociale à cause du rôle central à la fois différenciateur et unificateur
qu'y joue la complexité. C'est la complexité qui différencie la physico-
chimie biologique de l'autre physico-chimie. Et c'est la complexité
qui rapproche la biologie physico-chimique de la logique des relations
psycho-sociales. Mais complexité, complexification — sans parler
d'organisation — sont encore des concepts vagues et intuitifs. Eh
bien, la science de la complexité, de l'organisation, et surtout de
l'auto-organisation, c'est cela qui, pour Morin faisant suite à Von
Neumann et d'autres, va constituer le noyau du nouveau paradigme.
On sait que l'élucidation et la précision de nouveaux concepts sont
souvent allés de pair avec l'émergence des nouveaux paradigmes[1].
Le concept newtonien de force s'est dégagé petit à petit de représentations et même de « visions » vagues, mystiques, présentes chez
Kepler et Newton lui-même, et a fondé le paradigme mécaniste du
XVIIIᵉ siècle. Multiplié par le déplacement, il a permis la cristallisation du super-concept d'énergie, lui aussi issu du vague des représentations intuitives. Autour de ce concept, la science des échanges
thermodynamiques et de l'équilibre s'est développée au XIXᵉ siècle,
à peine corrigée par les principes d'évolution surajoutés, mal intégrés, que constituaient le deuxième principe de la thermodynamique
et les théories de l'évolution biologique où on peut aujourd'hui, à
posteriori, voir déjà s'annoncer l'intuition de la complexité, à travers les idées d'ordre, de désordre et la notion d'entropie.

En ce qui concerne la science de la deuxième moitié du XXᵉ siècle,
et pour un tas de raisons liées notamment au développement des
théories des automates, c'est au concept de complexité fonctionnelle
et adaptatrice que Von Neumann prédisait un destin analogue.
Mais pour l'instant, « encore trop formelle par rapport à la recherche
empirique, encore prématurée pour les applications pratiques, la

---

1. Voir « Reflexions on art and science », A. Katzir-Katchalsky, in *Leonardo*,
vol. 5, p. 249-253, New York, Pergamon, 1972.

théorie de l'auto-organisation demeure embryonnaire, méconnue, marginale; elle n'a pas échoué mais demeure échouée en attendant la nouvelle marée » (p. 30). Il s'agit là d'une allusion aux travaux formels suggérés par la biologie et développés ces dernières années par quelques auteurs (Von Neumann, McKay, Von Foerster, Ashby, Atlan), où un rôle de l'aléatoire — du « bruit » — a pu être reconnu dans les processus d'auto-organisation; parallèlement, des physico-chimistes (I. Prigogine, A. Katchalsky, M. Eigen...), à la suite d'hydro-dynamiciens, découvraient des mécanismes de *structuration* par couplage de flux, où des fluctuations aléatoires, amplifiées et stabilisées dans des systèmes dynamiques, jouent le rôle de facteurs déclenchants. Morin, lui, sans attendre la « nouvelle marée », va puiser dans les théories formelles de l'auto-organisation, en particulier dans le « principe d'ordre à partir du bruit » (Von Foerster, Atlan), les premiers éléments d'une théorie de l'hypercomplexité qui va se retrouver aux articulations centrales des chapitres suivants et s'y amplifier au point d'éclater en des « visions » dont certaines pourront évidemment être contestées. Aussi, s'il est bien vrai que cette théorie de l'auto-organisation reste « méconnue, marginale, échouée », le livre de Morin tout entier en fait ressortir la nécessité conceptuelle. S'il est vrai que le marginalisme de cette théorie est la conséquence du « vieux paradigme », alors il est évident que Morin, au contraire du plus grand nombre de chercheurs actuels veut se situer déjà dans un futur paradigme — car « le vieux paradigme est en miettes et le nouveau pas constitué » — où une théorie de l'hypercomplexité et de l'auto-organisation n'apparaîtra plus comme marginale mais bien centrale et nécessaire.

« L'ouverture de la notion d'homme sur la vie n'est pas seulement nécessaire à la science de l'homme, elle est nécessaire au développement de la science de la vie; l'ouverture de la notion de vie est elle-même une condition de l'ouverture et du développement de la science de l'homme. L'insuffisance de l'une et de l'autre doit inévitablement faire appel à un point de vue théorique qui puisse à la fois les voir et les distinguer, c'est-à-dire permettre et stimuler le développement d'une théorie de l'auto-organisation et d'une logique de la complexité. Ainsi la question de l'origine de l'homme et de la culture ne concerne pas seulement une ignorance à réduire, une curiosité à combler. C'est une question de portée théorique immense, multiple et générale. C'est le nœud gordien qui assure la soudure épistémologique entre nature/culture, animal/homme. C'est le lieu même où nous devons chercher le fondement de l'anthropologie » (p. 58).

197

L'hominisation

Cela étant posé, les principales étapes de l'hominisation sont rappelées telles qu'elles apparaissent dans les travaux notamment de Leroi-Gourhan, puis de Lee et De Vore, et enfin de Moscovici. Mais, à la lumière des considérations précédentes, on comprend que l'accent soit mis, non pas tant sur les étapes elles-mêmes que sur le procès d'une évolution dont la caractéristique principale est la complexification.

La cérébralisation y apparaît comme le phénomène qui suit et signe cette évolution et non comme sa cause. En bons néo-darwinistes, on voit l'évolution comme le résultat de pressions de sélections exercées par les milieux écologiques successifs (forêt, savane, etc.) sur des mutants bipèdes, à petite mâchoire, puis à crâne de plus en plus gros. Mais la complexification croissante oriente cette évolution, et apparaît dans le développement du gros cerveau en même temps que dans celui des paléo-sociétés.

Gros cerveaux et paléo-sociétés, systèmes hypercomplexes à développements concomitants, sont vus comme les expressions, intérieure et extérieure, du même procès de complexification. La sociogenèse d'hominiens à cerveaux de plus en plus gros est le support du développement de la culture qui crée le niveau favorable au développement du gros cerveau et du langage articulé et combinatoire; celui-ci à son tour permet la divergence puis l'explosion de la culture. Ce rôle ambigu de la cérébralisation, à la fois moyen et résultat des complexifications sociales et de culture, est une autre façon de souligner la circularité apparente de cette « logique du vivant » qui a produit l'appareil avec lequel nous la pensons. C'est cette circularité qui pousse Piaget à rechercher, dans le procès de cérébralisation de l'individu (l'enfant) et la logique du développement de l'intelligence, une trace de la logique de l'évolution adaptatrice biologique. Pour Morin, la circularité n'est qu'apparente car elle s'inscrit dans un procès qui l'englobe, justement celui de la complexification et de l'auto-organisation. Ce procès est appréhendé à travers des concepts cybernétiques que Morin nous invite à considérer, non « comme des outils servant à appréhender la réalité physico-chimique ultime de la vie » mais « comme des traducteurs d'une réalité organisationnelle première » (p. 28). Autrement dit, l'auto-organisation avec sa logique est première et traverse toute l'évolution. Cette proposition, que nous opposons à celle du primat de la reproduction invariante comme moteur de l'évolution (cf. première partie), Morin la reprend et l'étend à l'hominisation : les traits, spécifiques de l'hominisation — société, culture, cérébralisation —, sont des aspects divers du même procès d'auto-organisation complexifiante. Le dernier d'entre eux, la cérébralisation, est celui où ce procès apparaît à la fois dans ses dimensions biologiques préhominienres, « naturelles », et dans ses dimensions hominiennes, « culturelles » et sociales. C'est pourquoi, lorsqu'on entrevoit comment la cérébralisation par ses interactions réciproques avec la sociogenèse et la culturogenèse est le « nœud gordien de l'hominisation », où le cerveau n'est pas considéré comme un « organe », mais comme « l'épicentre d'un procès de complexification multidimensionnel en fonction d'un principe d'auto-organisation ou autoproduction », on peut comprendre enfin en quoi et comment' « lorsque apparaît l'*Homo sapiens Neanderthalensis* l'intégration est effective : l'homme est un être culturel par nature parce qu'il est naturel par culture » (p. 100).

En effet, ce qui est acquis au cours de la période d'hominisation ce n'est pas tellement tel organe ou telle fonction qu'une plus grande richesse de ce qu'on convient d'appeler l'organisation, et qui se traduit justement par une aptitude de plus en plus grande... à *acquérir*.

« Il est bien évident que le gros cerveau de *sapiens* n'a pu advenir, réussir, triompher qu'après la formation d'une culture déjà complexe, et il est étonnant que l'on ait pu si longtemps croire exactement le contraire.

« Ainsi, ce ne sont pas seulement les débuts de l'hominisation, mais son achèvement, qui sont incompréhensibles si l'on dissocie évolution biologique et évolution culturelle comme deux cours distincts.

« Leur association de fait nous montre, d'une part que le rôle de l'évolution biologique est beaucoup plus grand qu'on ne le pensait dans le procès social et l'élaboration culturelle, mais, d'autre part, on voit aussi que le rôle de la culture, qui aurait été insoupçonné encore tout récemment, est capital pour la continuation de l'évolution biologique jusqu'à *sapiens* » (p 100-101).

Si cette intrication de la nature culturelle et de la culture naturelle de l'espèce humaine — « aptitude naturelle à la culture et aptitude culturelle à développer la nature humaine » (p. 100) — n'est pas tout à fait nouvelle (Lévi-Strauss), c'est son fondement dans une logique de l'auto-organisation complexifiante qui l'éclaire d'un jour nouveau en la mettant en mouvement, et qui, surtout, va permettre d'entrevoir la suite de l'évolution... et du Livre.

Les chapitres suivants, sur l'inachèvement final et ses suites, sont annoncés par les études — encore conjecturelles — sur : 1) la naissance du langage articulé, reconstruite à partir d'aptitudes non utilisées dont la présence dans le cerveau des chimpanzés est induite des travaux de Premack et de Gardner; 2) la sociogenèse, reconstruction « paléo-sociologique » des arke-sociétés hominiennes, intermédiaires nécessaires entre les sociétés de singes et les sociétés humaines. Ces reconstructions comportent certes une part d'arbitraire — mais n'est-ce pas le propre de toute reconstruction paléontologique? On peut regretter — et c'est le reproche que je leur ferai, pour ma part — que l'analyse des conditions d'actualisation des aptitudes au langage ignore le rôle de l'augmentation des capacités de mémoire qui accompagne le développement du cerveau. Ce qui manque aux chimpanzés pour parler comme des hommes, ce n'est pas seulement les aptitudes glottiques et les occasions socioculturelles d'être forcés de se servir de leurs aptitudes et de les développer; c'est aussi des possibilités plus grandes de mémorisation. (On peut alors supposer que l'augmentation du nombre de neurones n'est pas étrangère à l'apparition de ces possibilités chez *Homo sapiens*.) Comme nous le verrons plus loin, cet « oubli » — si l'on peut dire — de la mémoire chez Morin est la conséquence de ce qu'il favorise les mécanismes d'ordre à partir du bruit dans la logique de la complexification, à l'exclusion de ceux de stabilisation par réplication — recharge en redondance — dont on ne peut pourtant pas se passer. C'est dommage en ce qui concerne le langage, car sa relation à la mémoire est double : d'une part, le langage articulé combinatoire a eu besoin pour se développer de cerveaux à capacités de mémoire augmentées; d'autre part, exprimé dans les sociétés et les cultures à travers des productions qui traversent les générations, il constitue un support de choix pour une augmentation fantastique des capacités de mémoire de l'espèce, qui se superposent à celles, plus anciennes, des mémoires génétiques.

Bien sûr, le langage est aussi un domaine privilégié, où les dérives, métaphores et autres progrès génératifs font apparaître clairement ces mécanismes d'organisation par désorganisation/réorganisation et par intégration de l'ambiguïté. Ces aspects du langage concernent plus particulièrement son rôle structurant dans l'organisation cognitive, c'est-à-dire sa relation à la pensée, aux mécanismes du *pattern recognition* (reconnaissance de formes) par dérive créatrice de formes [1] ou encore à la « fonction métaphorique » avec ses propriétés d'« in-

1. H. Atlan, in *L'Unité de l'Homme*, Paris, Éditions du Seuil, 1974, et plus haut p. 144.

vention-réorganisation[1] » (J.E. Schlanger). Mais l'importance des mémoires — au sens de mémoires d'ordinateurs, mécanismes de reproduction invariante —, dans la stabilisation des procès d'auto-organisation par ordre à partir du bruit, ne doit en effet pas être sous-estimée. Ces procès ont besoin, pour être efficaces, d'être couplés à ces mémoires grâce auxquelles un minimum de stabilité peut apparaître dans les successions de désorganisation/réorganisation qui les caractérisent. Sans mémoire, les *patterns* apparus disparaîtraient aussitôt. A côté du bruit de l'environnement, source de complexification et de nouveauté, les mémoires permettent aux systèmes auto-organisateurs qui utilisent ce bruit de ne pas être détruits par lui, de ne pas disparaître lors de chaque transformation.

On peut aussi regretter que certaines reconstructions de la sociogenèse soient marquées par la vision qu'a l'auteur des sociétés contemporaines et même des jugements de valeur implicites sur ces sociétés. C'est presque un reproche d'idéologisme dont il s'agit ici et sur lequel nous reviendrons. Mais qu'importe. Cette sociogenèse, même si on ne prend pas toute son « histoire » pour argent comptant, n'en a pas moins le mérite d'être proposée comme un possible vraisemblable. Et surtout, cela n'est qu'un hors-d'œuvre où les éléments d'un savoir existant, dispersé, sont rassemblés et réorientés, avant les envolées sur l'inachèvement final et *sapiens-demens*, qui constituent sans conteste la partie la plus originale et la plus attirante de cette œuvre.

Aptitudes non réalisées et logique de l'auto-organisation

Une fois qu'on a constaté que ce que l'on croyait le propre d'*Homo sapiens* (bipédisme, langage articulé combinatoire, sociétés) existait avant le gros cerveau, la question se pose : à quoi sert le gros cerveau? Et puisqu'*Homo sapiens* est défini par son gros cerveau de 1 500 cm³, quels sont donc les caractères propres à *Homo sapiens*, qui n'existaient pas avant lui, ni chez les anthropoïdes (500 cm³) ni chez les premiers hominiens (600 à 800 cm³) ni chez *Homo erectus* (1 100 cm³)? La réponse vient alors : c'est l'imaginaire la déraison, le délire. Et le plus intéressant n'est peut-être pas tant cette affirmation que le chemin par lequel elle apparaît, conséquence en quelque sorte inéluctable d'une logique de l'hypercomplexité déjà à l'œuvre dans

1. J.E. Schlanger, « Sur le problème épistémologique du nouveau », *Revue de métaphysique et de morale*, n° 1, 1974, p. 27-49.

l'évolution biologique, puis dans l'évolution bio-socioculturelle qui a conduit jusqu'à *Homo sapiens*.

Dès que les premiers systèmes vivants sont apparus — eux-mêmes résultats d'une évolution chimique ayant permis l'association de capacités enzymatiques (c'est-à-dire catalytiques) dont la variété (c'est-à-dire l'hétérogénéité, la quantité d'information au sens de Shannon) était suffisamment grande pour permettre des régulations éventuelles, avec des capacités de réplication invariante (c'est-à-dire de répétition, mise en mémoire) —, l'évolution biologique s'est produite par va-et-vient ininterrompu d'interactions entre ces systèmes et leur environnement. Celui-ci, par la variété de ses demandes, et par les agressions aléatoires dont il est l'origine, sert à la fois de moyen d'*expression* des aptitudes du système, et de *source* de causes déclenchantes dans l'apparition de nouvelles aptitudes. Une fois ces nouvelles aptitudes apparues (mutations), elles trouvent un nouvel environnement où elles peuvent s'exprimer, qui à son tour permettra l'apparition de nouvelles aptitudes et ainsi de suite. Cette vision des choses, suggérée par les théories actuelles de l'évolution, a plusieurs implications qui ne sont pas toujours soulignées. L'une est la notion d'aptitude non réalisée, avec la distance qu'elle implique entre l'existence d'une aptitude nouvelle (mutation) et son expression éventuelle qui peut être réprimée ou favorisée par un environnement donné. L'autre est que ce procès n'est possible que si chaque étape de l'évolution est caractérisée par un état d'adaptation *approximatif* et lâche, entre organisme et environnement, qui permet que le procès ne soit pas bloqué.

En ce qui concerne l'hominisation, ces aptitudes apparaissent surtout comme les aptitudes cérébrales, et le procès comme un va-et-vient de ces aptitudes vers un environnement (naturel-culturel) permettant leur développement, puis vers le cerveau où le développement de ces aptitudes engendre l'émergence d'aptitudes nouvelles, etc. Des modifications des pressions de l'environnement, qu'à la suite de Moscovici, Morin voit dans la nécessité de la chasse, vont actualiser et exalter des aptitudes jusque-là faiblement utilisées, et en *même temps* susciter des aptitudes nouvelles, encore inutiles par rapport aux pressions présentes. Mais à leur tour, ces aptitudes nouvelles, faiblement utilisées dans ces conditions présentes, trouveront de nouvelles conditions où elles pourront être actualisées et exaltées, en même temps qu'apparaîtront des aptitudes encore nouvelles, faiblement utilisées, jusqu'à ce que de nouvelles conditions d'environnement... et ainsi de suite.

On voit comment la notion d'aptitude non encore actualisée joue un rôle directeur dans cette vision. Un des meilleurs exemples est celui des aptitudes au langage découvertes chez les chimpanzés, dans des conditions expérimentales artificielles bien sûr, mais dont on peut penser que, soumises à des pressions d'environnement différentes, où les singes seraient forcés de les utiliser, elles pourraient apparaître au grand jour comme des propriétés de l'espèce, non plus potentielles mais actualisées.

Cette introduction du « potentiel », du « non-actualisé », dans le procès d'hominisation, est capitale mais elle a besoin d'un support logique. Morin le trouve « naturellement » dans ce qui est implicite mais toujours présent dans l'utilisation de la théorie probabiliste de l'information. En effet, la théorie de l'information dans ses rapports avec la théorie de la mesure (Brillouin, Rothstein, Atlan) introduit l'univers du possible dans la science : la quantité d'information obtenue lors d'une mesure dépend du nombre de résultats *possibles* de cette mesure; de façon générale, la quantité d'information d'un système observé — et on ne peut parler en physique que de systèmes observés — dépend du nombre de possibilités différentes d'observation. Toute la thermodynamique statistique a pu être reconstruite à partir de considérations de ce genre (Jaynes, A. Katz). Mais de plus, la complexification perçue comme une augmentation de variété, d'hétérogénéité, et mesurée — au moins partiellement par une augmentation de quantité d'information au sens probabiliste de Shannon, ou encore de néguentropie — ne peut se produire, comme nous l'avons indiqué[1], qu'aux dépens d'une redondance initiale. Celle-ci apparaît alors comme une autre sorte de possible, un possible au deuxième degré, non pas celui d'un état parmi d'autres possibles, mais une possibilité de complexification. Et c'est pourquoi la logique de l'hypercomplexité ne peut être conçue que comme, à la fois, diversification et variabilité par une actualisation de possibles qui diminue la redondance, et, superposée — tandis que les possibles actualisés sont mis en mémoire et sont ainsi stabilisés et conservés —, recharge en redondance nouvelle, par addition répétitive qui en soi et au moment où elle se fait est inutile, mais constitue une réserve de nouveaux possibles.

Dans la logique de l'auto-organisation par ordre à partir du bruit, des perturbations aléatoires peuvent ne pas détruire l'organisation à la seule condition que la fiabilité du système — assurée par une redondance structurale et fonctionnelle — n'ait pas été dépassée, et que la désorganisation ainsi produite ait pu être rattrapée et récupérée dans un autre état d'organisation/adaptation. Cela implique

1. Voir plus haut, première partie.

que chacun de ces états ne soit pas celui d'une adaptation parfaite, mais ait encore des réserves d'adaptation, ce que nous avons appelé un « potentiel d'auto-organisation ». De plus, les grandes mutations, avec augmentation de capacités d'auto-organisation, consisteraient en de véritables recharges en redondance (gènes ou même chromosomes surnuméraires, copies initialement identiques aux préexistants), suivies de diversification dans et à partir de cette redondance. Car si la nouveauté désorganisatrice consiste non seulement en une augmentation de variété (nouveau gène, nouvelle enzyme, nouvelle voie métabolique) gagnée au dépens du stock déjà existant de redondance, mais encore en une augmentation de ce stock lui-même (addition de matériel génétique « inutile » à l'état présent d'adaptation, suffisamment répétitif par rapport à ce qui existe déjà pour pouvoir être lu et exécuté, mais déjà suffisamment différent pour constituer des « aptitudes » nouvelles), alors la mutation constitue un vrai saut d'organisation et pas seulement un changement d'état d'adaptation tel que ceux qu'on peut observer dans les phénomènes de dérive génétique. C'est là qu'on peut considérer que des *aptitudes* vraiment nouvelles sont apparues — par *addition* et non par substitution — qui attendent pour s'exprimer que des conditions d'environnement soient réalisées où elles seraient en quelque sorte exigées.

C'est cela qui permet de comprendre le « jeu oscillatoire » dont parle Morin « entre, d'une part des demandes de complexité que le développement socioculturel peut faire au cerveau et, d'autre part, une source cérébrale de complexité, disposant de réserves non épuisées, voire non utilisées socioculturellement, et qui peut sans cesse s'enrichir, comme par avance, à partir de mutations heureuses » (p. 94). *C'est cela la logique sous-jacente à cette hominisation où* « il semble que le cerveau ait été à la fois toujours en avance (par des aptitudes non exploitées) et toujours en retard (par l'absence de dispositifs devenant de plus en plus utiles ou nécessaires), toujours source/réserve de complexité potentielle, toujours limité/surchargé quelque part. Et c'est dans ce jeu que surgissent les mutations génétiques développant le cerveau, qui à la fois accroissent la source bien au-delà des besoins de l'étape évolutive, mais établissent des dispositifs convenant à ces besoins » (p. 94). La surcharge, la limitation à chaque étape proviennent de ce que la redondance, source de complexité potentielle, est bien une condition nécessaire pour une complexification possible, mais non suffisante. Il est nécessaire qu'elle apparaisse, par exemple, par mutation additive — le gros cerveau — mais lorsqu'elle est apparue elle ne suffit pas pour rendre fonctionnels tous les possibles qui pourront y être différenciés. Certains de ces possibles, pourtant demandés par l'environnement, ne pourront être fonctionnels que si d'autres possibles ont été au préalable actualisés. Nous touchons là aux limites d'une théorie de l'hypercomplexité qui ne serait encore fondée que sur la théorie probabiliste de l'information de Shannon, d'où, comme on sait, la signification est exclue. Or, au niveau d'une voie de communication intérieure à un organisme, la signification de l'information, c'est sa fonctionnalité. Il n'est donc pas étonnant que la théorie de Shannon, même élargie par le principe d'ordre à partir du bruit, ne puisse conduire qu'à l'établissement de conditions nécessaires ; les conditions suffisantes ne pourraient être dictées que par le caractère fonctionnel ou non, c'est-à-dire signifiant ou non, des combinaisons possibles réalisées. Mais, telle quelle, elle a au moins l'avantage de fonder l'intuition de « l'inachèvement final » et du « *sapiens-demens* » en permettant à Morin d'affirmer : « C'était déjà le cas pour le chimpanzé dont les possibilités cérébrales dépassaient de beaucoup ses besoins sociaux. C'est également le cas pour *Homo sapiens*, dont les plus hautes aptitudes sont loin d'avoir été non seulement épuisées mais parfois même actualisées » (p. 94).

Cette affirmation, qui conduit à l'idée qu'*Homo sapiens* est, en même temps que l'aboutissement de l'hominisation, un nouveau point de départ, est ainsi le résultat non d'un désir ou de l'optimisme impénitent de Morin, comme on a pu le dire, mais d'une *analyse d'un procès ininterrompu, en cascades, d'hypercomplexification dont on n'a aucune raison de penser qu'il doive s'arrêter.* Alors, *Homo sapiens* est envisagé du point de vue à la fois de son état présent d'hyper-complexité, et de ses « réserves de complexité », de ses « aptitudes non encore actualisées ».

Son état présent, c'est la juvénilisation et le gros cerveau, dans l'ordre qu'on voudra.

Ses réserves de complexité, c'est l'imaginaire, *sapiens-demens*.

Mémoire et langage, apprentissage et erreur. L'imaginaire et l'extase

L'état présent d'*Homo sapiens*, c'est l'association gros cerveau-juvénilisation qui constitue déjà le fin du fin dans l'évolution vers une plus grande adaptation. En effet, cette association constitue au départ, chez le bébé d'homme, un état caractérisé non pas tant par l'acquisition de facultés nouvelles plus adaptées par rapport aux étapes antérieures de l'hominisation que l'acquisition de... facultés

205

d'acquérir, utilisables pendant une longue fraction de la durée de vie. Comme nous l'avons indiqué ci-dessus, une sorte d'optimum d'organisation est constitué par un compromis où une redondance initiale assez grande est associée à une complexité (= variété, hétérogénéité) assez grande aussi. Ces caractéristiques rendent possible une longue période d'auto-organisation (juvénilisation) par apprentissage non dirigé (et aussi dirigé, bien sûr) pendant laquelle la redondance initiale est utilisée lors des successions de désorganisation/réorganisation créatrices de toujours plus de variété. On aboutit, au terme de cette période, à une différenciation encore plus grande des individus. A l'individualité héritée sous forme de combinatoire génétique, s'ajoute celle acquise lors de l'apprentissage, par différenciation en partie aléatoire à partir de la redondance (= indifférenciation) initiale.

Mais on comprend aussi comment la charge en redondance initiale, qui caractérise l'acquisition de facultés d'acquérir, s'accompagne forcément d'« aptitudes non encore actualisées », qui établissent *Homo sapiens* en nouveau point de départ. En effet, cette redondance initiale fonctionne comme une réserve de diversifications avec associations possibles, créatrices de nouveaux patterns, qui débordent largement l'ensemble des patterns de structure et de fonction strictement nécessaires à la satisfaction des besoins immédiats, qu'implique la survie dans l'environnement actuel d'*Homo sapiens*. Ces réserves de complexification « inutiles », non adaptées, c'est ce dont nous faisons l'expérience dans le monde de l'imaginaire, de *sapiens-demens*, du rêve, dont on a pu avancer qu'il remplit chaque nuit une fonction de recharge en redondance, nécessaire à la reprise journalière du procès d'apprentissage adaptatif par diversification, procès qui s'épuiserait sans cela [1].

Ainsi, si « le terminus de l'hominisation est en même temps un commencement » et « ce sur quoi s'achève l'hominisation c'est sur l'inachèvement définitif, radical et créateur de l'homme », c'est que l'hominisation est un processus d'hypercomplexification qui continue l'évolution biologique, où chaque étape est à la fois terminus et commencement. L'adaptation à un état donné implique plus que le nécessaire; ce surplus va être utilisé comme source de nouvelles adaptations, qui impliqueront toujours de nouveaux surplus, et ainsi de suite. On voit donc comment Morin se fonde sur l'intuition d'une logique de l'organisation grâce à quoi il ne s'agit pas (ou pas

---

1. H. Atlan, in *L'Unité de l'Homme, op. cit.*, et plus haut p. 145.

seulement) d'une projection optimiste sur l'avenir. Il s'agit de ce qu'il appelle, de façon encore balbutiante, « non pas une logique finaliste, teilhardienne, mais la logique de la néguentropie, c'est-à-dire de la disposition propre au système auto-organisé complexe — à la vie dans son sens le plus ample, englobant aussi et l'homme et l'esprit — à utiliser les forces de désorganisation pour maintenir et développer sa propre organisation à utiliser les variations aléatoires, les événements perturbants pour accroître la diversité et la complexité » (p. 105).

Les manifestations extérieures de rêves et d'un imaginaire possible chez l'animal nous forcent à reconnaître que ce n'est pas tant la simple existence des rêves et des associations imaginaires qui caractérise « les aptitudes non encore actualisées » — les réserves « de complexité », le surplus —, chez l'homme, que leur irruption dans sa culture et la façon dont ils sont vécus dans les contextes bio-socio-culturels où il se définit. La trace de cette irruption dans le comportement des premiers hommes est aujourd'hui retrouvée dans les premières peintures et sépultures.

C'est cette intuition fondamentale de Morin qui nous vaut les plus riches et les plus originales envolées dans ce livre, où la démence de *sapiens*, le délire, l'excès qui se cristallisent autour de ces non-réalités que sont la mort et l'image, loin d'être des bavures dans l'émergence d'une rationalité adaptée, réaliste et sage, en sont des conditions nécessaires. Mais c'est aussi à propos de ces pages, d'une très grande richesse, qu'on peut faire quelques critiques sur la façon qu'a Morin d'utiliser la notion — encore imparfaitement maîtrisée — d'hypercomplexité. Une utilisation peut-être trop univoque du principe d'ordre à partir du bruit le conduit trop vite à identifier purement et simplement basse complexité avec présence de contraintes; et, en corollaire, l'état de haute complexité qui caractérise *Homo sapiens* avec « l'irruption de l'erreur » qui, desserrant les contraintes, est à l'œuvre dans l'inventivité.

Dans les sépultures et dans les peintures préhistoriques, apparaissent, avec « l'achèvement et l'accomplissement à un niveau supérieur, des aptitudes développées par l'hominisation... les éléments d'un univers anthropologique nouveau avec les émergences magiques, mythiques, rituelles, esthétiques » (p. 120). Dans la logique de l'auto-organisation, ces émergences furent les manifestations d'aptitudes nouvelles, non encore nécessaires à l'adaptation immédiate, mais poussant vers une évolution nouvelle, par projection sur le milieu et complexification de ce milieu, qui, en retour, favorisera en le rendant nécessaire le développement de ces aptitudes. Autrement dit, cette « nature imaginaire et imaginante d'*Homo sapiens* », qui apparaît ici, constitue l'expression de « la relation ambiguë et trouble qui s'est constituée entre le cerveau humain et l'environnement » (p. 120), et c'est en cela qu'elle est une condition de la poursuite de l'auto-organisation. Mais c'est là que Morin effectue un glissement contestable, du point de vue même de la logique de l'hypercomplexité. Si cette logique était déjà à l'œuvre, bien avant *sapiens*, il est difficile de comprendre pourquoi « l'incertitude et l'ambiguïté dans la relation cerveau-environnement » ne sont apparues qu'avec *sapiens*, ainsi que le rôle organisateur des erreurs. Il y a en fait ici glissement des notions d'erreur et d'ambiguïté, définies de l'extérieur, comme perturbations dans des transmissions d'information, à l'expérience de l'imaginaire et de l'irrationnel, perçus intérieurement par rapport à une certaine conscience de la réalité. Pourtant, *sapiens*, imaginant et délirant, n'a pas inventé les erreurs ni même leur rôle organisateur. Seulement, elles prennent chez lui une nouvelle forme, liée à son état actuel d'organisation et d'adaptation. Dans l'atteinte de cette étape, l'accroissement des capacités de mémoire par rapport aux étapes précédentes a joué un rôle fondamental que Morin a quelque peu négligé, comme on l'a vu à propos du langage. Si l'on en tient compte au contraire, il devient possible de situer la nouveauté du rôle de l'imaginaire par rapport aux formes précédentes d'erreurs fécondes et de bruit organisationnel. Morin a pourtant bien vu comment la nouvelle relation à la mort qui s'exprime dans la sépulture implique « une pensée qui n'est pas totalement investie dans l'acte présent, c'est-à-dire... une présence du *temps* au sein de la conscience » (p. 110). Mais il ne s'agit pas seulement d'une simultanéité dans l'apparition de cette conscience et l'irruption de l'imaginaire. C'est cette qualité nouvelle, la conscience — qu'on peut en fait assimiler à une extension des capacités de mémoire, au sens cybernétique (cf. chapitre 5) —, qui permet à l'imaginaire de faire « irruption dans la vision du monde ». Plus exactement, c'est par rapport à cette conscience-mémoire et à son contenu, que l'imaginaire et l'illusion peuvent apparaître comme erreurs et ambiguïtés. Mais l'imaginaire n'est pas moins réel, pas plus erreur, que ne l'est la conscience du réel. La conscience-mémoire permet des superpositions d'événements séparés dans le temps, donc une combinatoire plus riche de ces superpositions. Et c'est l'expérience de l'adéquation ou non-adéquation dans ces superpositions *(mappings)* qui s'exprime dans le diagnostic de réel ou d'imaginaire des événements. Autrement dit, en même temps que l'expérience des adéquations apparaît chez *sapiens* celle des ambiguïtés. Ce qui est nouveau chez *sapiens*, ce n'est pas le rôle organisationnel de l'erreur, c'est l'expérience de l'erreur parce qu'y est nouvelle aussi l'expérience de l'adéquation ou « vérité ». D'où, en particulier, le caractère extraordinaire de l'extase, mystique, esthétique, érotique ou psychédélique, où cette contradiction se résout : la présence de l'imaginaire est tellement forte que son caractère d'illusion, ou d'erreur, ou d'« autre chose », disparaît. Au moins temporairement, la fonction fabricatrice d'imaginaire n'est plus en porte à faux avec l'état actuel de la perception du monde réel. L'unité se fait entre l'homme adapté et l'homme imaginant grâce à qui se poursuit le mouvement d'adaptation. C'est ce dernier qui va donc « survivre » à la « Mort » de l'homme adapté. Le « dieu » de l'homme, c'est-à-dire son moteur enfoui et contradictoire, est alors atteint et se dévoile.

Mais en dehors de ces états limites, n'ayant de toute façon inventé ni l'illusion, ni l'erreur, ni leur rôle organisateur, *sapiens* leur donne une consistance d'illusion et d'erreur en même temps qu'il les projette encore plus dans son environnement. Il leur donne ainsi une réalité plus grande alors même qu'elles sont perçues comme illusions et erreurs, ou à tout le moins « forces autres, ou occultes, ou d'au-delà ». C'est cela qui explique que « l'irruption de la mort, chez *sapiens*, est à la fois l'irruption d'une vérité et d'une illusion, l'irruption d'une élucidation et du mythe, l'irruption d'une anxiété et d'une assurance, l'irruption d'une connaissance objective et d'une nouvelle subjectivité, et surtout leur lien ambigu » (p. 113). Ce lien ambigu, « union trouble en une double conscience » (p. 112), c'est cela la vraie nouveauté qu'on ne peut comprendre que par référence à la conscience elle-même — encore une fois comprise comme mémoire, rendue possible par le gros cerveau —, et non « l'irruption de l'erreur » (p. 120) ou « du désordre » (p. 124) et de leur fonction organisationnelle, déjà présentes dans les étapes antérieures. La même chose peut être dite à propos de la peinture, des images ou symboles, de leur fonction de « doubles » imaginaires, d'êtres représentés, et de leur expression dans « le mot, le signe, le graffiti, le dessin », grâce auquel tout objet « acquiert une existence mentale en dehors même de sa présence » (p. 115). Là aussi, ce qui est nouveau, c'est la grosse mémoire du gros cerveau, grâce à laquelle les aptitudes logiques au langage et à la symbolisation ont pu effectivement se réaliser — tout comme les aptitudes logiques nécessaires à la solution d'un certain problème peuvent exister dans l'unité de calcul d'un ordinateur mais ont besoin, pour concrètement se réaliser, qu'on y ajoute des capacités de mémoire supplémentaires. On voit donc que le surgissement de l'homme imaginaire n'est pas lié à celui de l'erreur. L'erreur et son rôle organisateur ont toujours existé, depuis le commencement de l'évolution. L'homme imaginaire surgit en même temps que l'homme à grosse mémoire.

L'illusion de l'imaginaire n'est pas de l'erreur par rapport à une vérité « réelle » établie, mais par rapport à une projection tout aussi imaginaire qu'à cause de certaines adéquations et régularités, on appelle réalité. Mais celle-ci fait toujours partie de ce même « lien ambigu »,... « union trouble » entre le cerveau et son environnement. Il n'y a pas plus — pas moins — d'erreurs dans les combinatoires de l'imaginaire que dans celles de ce qui est perçu comme réalité. Les productions propres à l'esprit (images, symboles, idées) ne sont pas directement « utiles », pas directement branchées sur l'état d'adaptation actuel, mais, tout comme la conscience temporelle de la vie et de la mort, sont l'expression du trop-plein de complexité. De nouvelles combinaisons, de nouveaux patterns se forment sans nécessité, pour se former, comme le bébé qui, d'après Piaget, « suce pour sucer ». Morin a bien vu que le « langage a ouvert la porte à la magie : le mot qui nomme une chose appelle aussitôt l'image mentale de la chose qu'il évoque » (p. 115). Mais ce processus n'est pas le propre de la magie en tant qu'erreur ou illusion. On le trouve dans toutes les projections de l'imaginaire sur le réel, c'est-à-dire dans toutes les appréhensions du réel par la pensée, car l'imaginaire imprègne inévitablement toutes les perceptions d'une machine dont les capacités de mémoire rendent présent un long passé. Des patterns d'images se forment sans cesse, « pour se former », « l'action immédiatement transformante sur les choses est remplacée par une action transformante sur les images » accumulées en mémoire et projetées sur un avenir par définition imaginé et non réel. Observons que ce mouvement proprement délirant semble avoir trouvé un certain équilibre de réussite dans les sciences où une action sur les choses est possible grâce à des combinaisons d'idées et de formules n'existant que dans l'esprit [1]. Dans l'émergence de la pensée scientifique aussi, la « métaphore est première ». La question se pose alors du critère entre bonne et mauvaise métaphore, des raisons du « progrès de la science » [2].

Ainsi, s'il est bien vrai « que le déferlement de l'imaginaire, que les dérivations mythologiques et magiques, que les confusions de la subjectivité, que la multiplication des erreurs et de la prolifération du désordre, loin d'avoir handicapé *Homo sapiens*, sont au contraire

---

1. H. Atlan, in *L'Unité de l'Homme, op. cit.*, et plus haut, p. 147.
2. Voir à ce sujet l'excellent ouvrage de Judith E. Schlanger, *Les Métaphores de l'organisme*, Paris, Vrin, 1971, et son article : « Sur le problème épistémologique du nouveau », *op. cit.*

liés à ses prodigieux développements » (p. 126), ce n'est pas parce qu'une plus haute complexité implique un plus grand désordre et que l'existence de contraintes est le propre de la basse complexité. L'hypercomplexité implique l'aptitude à avaler et utiliser un plus grand désordre ; mais cette aptitude ne peut exister que grâce à des contraintes multiples et multiformes. L'imaginaire, les dérivations mythologiques, les confusions de la subjectivité, ce n'est pas seulement du désordre mais surtout de la mémoire et des associations qui, pour être « libres », n'en représentent pas moins des contraintes, au sens probabiliste et informationnel du terme, puisqu'elles réduisent les degrés de liberté dans l'exacte mesure où elles associent. Jusqu'à présent dans la logique de l'évolution, on avait surtout mis l'accent sur la reproduction invariante. Et comme il est difficile de fonder une logique de l'auto-organisation sur la seule reproduction, la mémoire génétique s'est transformée, assez illégitimement, en « programme » génétique. Morin, vite conscient des insuffisances de cette logique, aurait maintenant tendance à tomber dans l'excès inverse, en favorisant le principe d'ordre à partir du bruit comme principe d'auto-organisation et en négligeant les mécanismes de répétition et reproduction — les mémoires — sans lesquels ce principe ne peut être fonctionnel.

Il s'agit là, peut-être, encore du même reproche d'idéologisme que je faisais plus haut. On peut surprendre Morin à projeter une certaine vision des réalités humaines actuelles marquée par ses affinités d'opinions, d'éthique et d'engagements socio-politiques. Contraintes, répétition, hiérarchie, étant idéologiquement dépréciées, c'est tout naturellement que s'effectue le glissement. La reconnaissance du bruit comme facteur indispensable d'auto-organisation et d'hypercomplexité conduit très vite à associer basse complexité, c'est-à-dire anti-évolution, non-humanisation, archaïsme, à contraintes et hiérarchie, car le « propre de l'hypercomplexité... c'est la diminution des contraintes ».

L'*hy*père*complexité*

Cette projection idéologique peut être tenue pour responsable d'une omission étonnante et d'une analyse contestable. L'omission, c'est celle du rôle de l'apparition du père et des relations privilégiées père-fils, père-fille, dans le procès d'hypercomplexification. Ce rôle n'est que suggéré sans être analysé car l'augmentation de hiérarchie et de contraintes que cela implique s'accorde difficilement avec l'équation posée en fin de compte : contraintes = basse complexité. Nous allons y revenir.

L'analyse contestable, c'est celle de « l'instinct mis en miettes par le bruit » (p. 135) qui renforce la conviction de la valeur de cette équation (...pourtant elle-même peu hypercomplexe). En fait, cet instinct mis en miettes n'est pas l'instinct stéréotype. C'est l'instinct déjà dédoublé, triplé, multiplié *n* fois dans ses images mentales et ses dénominations mises en mémoire. Sa « mise en miettes » aboutit alors non pas à le refouler mais à le diversifier : plusieurs comportements différents deviennent porteurs possibles de ce qui, au départ, était la même information. Les instincts sexuels, de défense et d'agressivité sont d'abord vécus de façon redondante, dans leurs multiples représentations, et c'est cela qui leur permet ensuite, sous l'effet du bruit, une diversification et une richesse d'expression inconnues jusque-là. En effet, les messages instinctuels sont associés à d'autres messages (entre eux, et avec leurs signifiants et leurs images mentales), de façon inévitable et non forcément fonctionnelle, lors de leur stockage en mémoire et du fonctionnement incessant des mécanismes de reconnaissance par associations. L'apprentissage consiste ensuite en une diversification par inhibitions, délimitations et différenciations de certaines de ces associations par rapport à d'autres. Ainsi ce qui est mis en miettes, c'est un instinct qui s'était d'abord multiplié. Le rêve, le sommeil sont des reconstitutions d'associations, c'est-à-dire de contraintes, de redondances qui seront ensuite utilisées dans la veille comme un nouveau matériau à être « mis en miettes ».

Il semblerait donc que vers la fin du livre, emporté par la fascination devant l'*errare humanum est*, Morin ait peu à peu substitué l'équation simplificatrice (disparition des contraintes = hypercomplexité) aux rapports complexes et apparemment contradictoires entre autonomie et dépendance (c'est-à-dire contraintes) qu'il avait perçus et exprimés dans des formules éblouissantes, au début du livre ; par exemple : « L'autonomie suppose la complexité, laquelle suppose une très grande richesse de relations de toutes sortes avec l'environnement, c'est-à-dire dépend d'interrelations, lesquelles constituent très exactement les dépendances qui sont les conditions de la relative indépendance... L'individualité humaine, fleur ultime de cette complexité, est elle-même ce qu'il y a de plus émancipé et de plus dépendant par rapport à la société. Le développement et le maintien de son autonomie sont liés à un très grand nombre de dépendances éducatives (longue scolarité, longue socialisation), culturelles et techniques. C'est-à-dire que la dépendance/ indépendance écologique de l'homme se retrouve à deux degrés superposés et eux-mêmes interdépendants, celui de l'écosystème social et celui de l'écosystème naturel... L'homme n'est pas une entité close... : il est un système ouvert, en relation d'autonomie/dépendance organisatrice au sein d'un écosystème » (p. 32).

Pourtant déjà, à propos du passage de « nos frères inférieurs » à la société hominienne, l'analyse des rapports entre « complexité et contradictions » (p. 48-49) avait scotomisé, comme on l'a indiqué, le problème pourtant bien étrange des pères. En effet, à partir des sociétés de primates avancés, où compétition/hiérarchie, dans et à travers les classes biosociales (mâles adultes, jeunes, femelles) ne peuvent « qu'entraîner une hiérarchie rigide, ou la dispersion fatale » (p. 49), le « progrès en complexité de la société hominienne » ne se concevra que par le « développement de coopération et d'amitié entre mâles ». On pourrait alors supposer que l'apparition du père, plus tard, dans les sociétés humaines, soit classée comme un cas particulier de ces « établissements de ponts affectifs interindividuels entre adultes et jeunes ». Mais ce serait réduire considérablement la richesse de cette figure nouvelle dont il faudrait bien trouver la valeur évolutive dans le « progrès en complexité ». Morin aborde à peine cette question et on peut se demander si elle ne le gêne pas déjà parce qu'elle impliquerait la valorisation de ce qui apparaît aujourd'hui dans nos sociétés comme des contraintes bloquant le « Progrès » (non pas en complexité... mais tout court!). Pourtant, en l'absence de blocages dus à cette idéologie, on pourrait interpréter cette apparition comme une mutation sociale ayant conduit à un saut fantastique en hyper-complexité grâce à la projection de la contradiction dans le lieu même où se jouent les rapports ambigus entre l'individu et la société. Jusque-là, ce lieu pour l'enfant n'était constitué que par le rapport à la mère. Tant que la compétition/hiérarchie fonde le reste des rapports sociaux, le rattachement à la mère suffit à fonder au départ l'appartenance au groupe. Mais si la compétition s'atténue pour laisser la place à la coopération et à l'amitié, la relation de dépendance nourricière/autonomisante avec la société ne peut plus s'établir à travers la seule relation maternelle. L'ensemble des relations de l'individu avec la société est déséquilibré vers son aspect nourricier : la compétition/hiérarchie n'est plus là pour fonder son aspect autonomisant. Le procès risque de s'arrêter dans une rigidité certes non hiérarchique, mais cristalline ; celle de la répétition sans souplesse, de la redondance sans fiabilité : où l'individu ne peut plus être que soit totalement dépendant, immobilisé dans les liens puissants et univoques qui l'unissent aux autres, soit totalement autonome et donc coupé de la société. Avec le père, voilà que la relation de l'enfant à la société plus fraternelle n'est plus univoque, la mère ne la représente plus seule mais un couple bizarre de deux individus très différents et antagonistes. Voilà donc que la dualité, l'opposition et la contradiction reviennent s'installer dans le rapport de l'individu à la société dès qu'il se perçoit en relation avec elle à travers la famille et plus seulement la mère. La famille introduit une nouvelle combinatoire possible des rapports sociaux, à la fois événementiels et dans la représentation, et par là un facteur considérable d'hypercomplexité. La connaissance et la conscience du père apportent avec elles l'intériorisation, dans l'histoire individuelle du jeune, du mouvement de dépendance/autonomie qui fonde sa société en système de haute complexité. Tandis qu'auparavant ce mouvement et cette contradiction ne se manifestaient que plus tard et secondairement, dans les jeux puis dans les relations sociales de la vie adulte (compétition/hiérarchie), ils sont maintenant introduits dans la constitution même de l'individu. L'apparition du père et des structures familiales peut être ainsi interprétée comme un cas typique d'accroissement de contraintes susceptibles, lors de leur desserrement, de donner lieu à plus de complexité. Encore une fois, ce n'est pas *l'état* de faibles contraintes qui caractérise l'hypercomplexité, mais le *processus* de diminution des contraintes ; celui-ci implique, au contraire, un état de contraintes relativement importantes. (Ce qu'il ne faut pas oublier, c'est évidemment qu'il doit s'agir de contraintes d'un type tel qu'elles puissent se desserrer. On peut concevoir comment certaines formes de structures familiales ont pu, à leur tour, se bloquer dans un état de contraintes non évolutives.)

Science du politique ou politique de la science ?

C'est dans le dernier chapitre sur l'homme historique que l'éthique et l'idéologie éclatent presque à chaque page. Morin est conduit à parler « d'erreur féconde et d'erreur fatale » (p. 232), ce qui l'amène à reconnaître au bruit organisationnel une tendance à déboucher dans le bruit et la fureur de l'histoire dont il semblerait qu'on devrait les ranger parmi les « erreurs fatales ». Bien sûr, il s'agit là d'une volonté de faire déboucher tout de suite la science de l'homme vers une science du politique. Mais il n'est pas sûr que cela soit la meilleure façon, car le risque est encore trop grand de psychologiser et d'idéologiser ainsi la science de l'homme sans déboucher en aucune façon sur une science du politique. « L'histoire n'est qu'une succession de désastres irrémédiables » (p. 205) : cela n'est vrai que dans une vision

très relative du bon et du mauvais, du bien et du mal, où une régression, nn « mal », ne sont perçus que par rapport à l'état immédiatement précédent, par rapport à une aspiration à la conservation et au
repos qui est aussi une aspiration à la mort. Ces différences entre
« erreurs fécondes et erreurs fatales » (p. 232) ne viennent que du
moment et du système sur lesquels elles agissent. Ce sont les mêmes
« erreurs » qui produisent la mort biologique et qui produisent le
développement et l'apprentissage non programmé : seulement, elles
surviennent dans un organisme vieux, c'est-à-dire déjà orienté dans
une voie de diversification, tandis que, dans le second cas, elles surviennent sur un organisme vierge de diversification, encore plein de
redondance, de « potentiel d'auto-organisation ». Une science du
politique devrait arriver, si c'est possible, à trouver les compromis
entre cette aspiration au repos et à la conservation et le mouvement
lui-même qui empêche ce repos, qui ne peut que contrarier ce repos.

Une possibilité de réaliser de tels compromis se trouverait peut-
être dans un jeu nouveau entre différents niveaux hiérarchiques
d'organisation, entre le particulier et le général, l'individu et sa société
historique, dont Morin a bien montré les rapports contradictoi-
rement constitutifs autonomisants (voir plus haut). De nouveaux
rapports de ce type pourraient s'établir chez *Homo sapiens*, à travers,
cette fois-ci, des jeux de sa conscience, qui peut être à la fois individuelle, historique, sociale, cosmique, etc. Ici, on peut imaginer ces
rapports s'établissant à travers une conscience anthropologique de
l'histoire, par un double mouvement : d'extériorisation, projection dans
le mouvement de la vie sociale, de la pesanteur d'être, de l'aspiration
au repos et à la conservation qui orientent la vie de l'individu, de
telle sorte que la mort de l'individu se dissolve dans la stabilité et la
permanence (relatives) de la société ; et d'intériorisation consciente
du mouvement de l'histoire, dans l'individu, de sorte à superposer
et faire entrer en résonance les mouvements individuels avec ceux
de la société et de l'histoire. Et inversement intériorisation de la stabilité et de la permanence du cadre social, stabilité et permanence
évidemment relatives par rapport à l'échelle de temps des mouvements
d'agitation des individus ; et extériorisation de cette agitation dans
la société, agitation qui la met finalement en mouvement.

Autrement dit, il s'agirait, dans ce genre de jeux, de prendre acte des
rapports hiérarchiques/autonomisants entre nos sociétés historiques
et nous-mêmes, et d'utiliser les possibilités de notre conscience (et
aussi de notre inconscience) de se mouvoir à l'intérieur des différents
niveaux hiérarchiques. En effet, une organisation hiérarchisée implique que l'on change d'échelles de temps et d'espace quand on passe

d'un niveau (plus général, plus englobant) à un autre (plus particulier, plus individualisé). L'évolution du premier se mesure dans des échelles d'espace et de temps différentes de celles du second, et c'est pourquoi l'un peut toujours apparaître comme immobile et stable par rapport aux échelles de l'autre.

Comme notre appareil cognitif, conscience-inconscience, joue un rôle d'auto-organisation à mémoire[1], à la fois chez l'individu (dans notre psychisme) et dans la société (par la culture, la connaissance et le savoir), il a une possibilité tout à fait spécifique de va-et-vient d'un niveau hiérarchique à un autre, avec les perceptions simultanées de mouvement et d'immobilité que cela implique.

C'est d'ailleurs ainsi tout naturellement que Morin en arrive, en fin de compte, à la vision d'une *scienza nuova*, qui serait celle de l'homme nouveau en train d'émerger, « l'homme péninsulaire » qui intégrerait « la science de la science dans la science elle-même » (p. 230), « la description de la description » après que l'on eut compris comment « de plus en plus, en microphysique, en théorie de l'information, en histoire, en ethnographie... l'objet est construit par l'observateur, passe toujours par une description cérébrale ». Cette science nouvelle devra donc « établir le métasystème du système scientifique..., la nouvelle métaphysique qui permettra non sans doute de surmonter, mais de mieux comprendre la formidable béance qui s'élargit entre science et valeurs (éthique), science et finalité (anthropolitique) ».

Ainsi, la science de l'homme, en visant une science du politique, débouchera inévitablement sur une science de l'homme connaissant et savant, donc sur une science de la science, une nouvelle épistémologie, et donc un nouveau paradigme, une nouvelle pratique scientifique. La réforme de la science appelée ici implique un dépassement de l'attitude opérationnelle qui s'est imposée et s'impose encore de plus en plus dans la pratique scientifique : le but de la science n'est plus de comprendre — car qu'est-ce que comprendre ? puisque nous ne nous posons que des problèmes que nous pouvons résoudre et éliminons toutes les questions considérées comme « non scientifiques » — mais de résoudre des problèmes de laboratoire grâce auxquels un nouvel univers technique et logique est façonné dont on a tendance à considérer — à cause de son efficacité opérationnelle — qu'il coïncide avec la réalité physique tout entière. Le fait qu'il n'en est rien, que cet univers est de plus en plus actefactuel — pour être répétitif, et reproductible, pour que la science ancienne puisse s'y

1. Voir H. Atlan, « Conscience et désirs dans des systèmes auto-organisateurs », in *L'Unité de l'homme, op. cit.* et plus haut, p. 93-99 et p. 133.

appliquer efficacement — est évidemment la raison du gouffre que
l'on reconnaît toujours avec un certain étonnement naïf entre les
sciences de laboratoire et la science du réel vécu. Il y a là une diablerie
de l'épistémologie occidentale que, le premier à notre connaissance,
H. Marcuse avait dénoncée. On a cru que, pour échapper aux leurres
de la métaphysique, la science se devrait de n'être qu'opérationnelle
et voilà qu'on est enfermé dans l'univers aliénant, unidimensionnel,
de l'opérationnel sans négativité, où l'étranger, l'étrange sont simplement repoussés, éloignés, quand ils ne peuvent pas être récupérés.

C'est ainsi que le livre se termine par là où il avait commencé, en
ce qui reste le projet central de Morin, d'unifier les éléments dispersés du savoir sur l'homme, et, pour ce faire, les orienter dans un cadre
épistémologique différent, un nouveau paradigme. Par rapport à ce
projet, on voit bien que les critiques et commentaires sur lesquels
nous nous sommes attardé en cours de route ne concernent encore
que des nuances d'orientation. D'ores et déjà, ce livre trace les
contours de cette science de l'homme, qui intégrerait à la fois biologie et anthropologie tout en étant exempte des péchés de biologisme
et d'anthropologisme, que Morin appelle de ses vœux et dont il
indique, en première page, que pour lui elle n'est pas encore née.
On peut espérer que par ses utilisations et prolongements judicieux
— et c'est là que les critiques exprimées plus haut peuvent avoir leur
raison d'être —, son livre en signera la date de naissance. Le danger
serait évidemment de réifier les nouveaux concepts, hypercomplexité,
bruit, auto-organisation, etc., jusqu'à les réduire à un phénomène
de mode intellectuelle.

En attendant, et de toute façon, il contribue grandement à déblo-
quer l'image que nous avons de nous-mêmes. Littéralement, il la met
en mouvement, grâce au remplacement de « l'image de l'homme »
par celle, toujours ouverte, de l'hominisation. On y retrouve la primauté héraclitéenne du mouvement — à laquelle correspond, dans
l'ordre de la connaissance, la primauté de la fonction métaphorique
sur le concept, « métaphore immobilisée » (J.E. Schlanger).

Comment ne pas rapprocher l'auto-organisation hominisatrice
de l'organisation cognitive telle qu'elle apparaît dans les nouvelles
conceptions d'une histoire des sciences non triomphaliste, impure,
métaphorique et analogique[1]? L'homme n'existe pas, mais l'homi-

1. Voir notamment J.E. Schlanger, « Sur le problème épistémologique du
nouveau », *op. cit.*

nisation, qui trouve sa source dans l'évolution. Son moteur n'y est certes pas la conscience — facteur de conservation et de stabilisation —, mais bien les courants de matière, d'énergie et d'information qui traversent la matière et lui permettent de s'auto-organiser. Mais voilà que ces courants et forces y prennent, à cause même de la présence de la conscience, une dimension nouvelle. Au lieu de n'apparaître que soumis à un principe d'ordre à partir du bruit, ils deviennent l'inconscient ; ils deviennent déraison et délire à cause de, et par rapport à la présence de la raison.

La fonction cognitive serait peut-être — suivant l'intuition de Piaget — le lieu ultime où la logique de l'évolution se manifeste et se dévoile de la façon la plus riche. Non seulement machines désirantes, mais machines à avaler, machines à projeter, machines à assimiler, *machines à fabriquer du sens*, en somme, machines à connaître (...intellectuellement et « bibliquement »).

Enfin, on ne peut pas fermer ce livre sans savourer cette richesse d'expression qui est tout Morin, depuis les calembours et clins d'œil — on apprécie ou on est irrité ; moi, j'apprécie —, jusqu'aux néologismes plus ou moins heureux, plus ou moins justifiés, mais toujours évocateurs et porteurs d'« ambiguïté créatrice », véritable jeu des mots, projection évidente du fonctionnement « buissonnant », « néguentropique », « néguenthropologique », « associatif/dissociatif », « ordonné/désordonné », « programmé/aléatoire », bref « hypercomplexe » du cerveau d'Edgar Morin.

9. La théorie des catastrophes

Parmi les représentations mathématiques du vivant proposées ces dernières années, celle de René Thom occupe une place tout à fait particulière.

René Thom, mathématicien parmi les plus grands, couronné en 1958 par la médaille Field, s'est fait connaître plus récemment d'un public de plus en plus large de non-mathématiciens bien incapables dans la plupart des cas de comprendre les travaux qui lui ont valu ce couronnement. Il le doit à une partie de son œuvre venue plus tard, encore assez contestée, désignée par le titre provocant de théorie des catastrophes.

Ce travail, exposé dans un livre, *Stabilité structurelle et Morphogénèse*[1], est lui aussi d'une extrême technicité mathématique. Et pourtant, il commence à acquérir une sorte de popularité parmi un grand nombre de penseurs, philosophes et scientifiques, mathématiciens ou non, dont la grande majorité n'a pas accès au langage technique permettant de comprendre en profondeur la théorie des catastrophes. Ces chercheurs sentent intuitivement que cette théorie peut leur rendre des services, répondre à leurs besoins, voire être *la* théorie révolutionnaire qu'ils attendaient... alors même qu'ils ne la maîtrisent pas.

Bien sûr, on pourrait liquider le phénomène en le considérant comme une de ces modes intellectuelles parisiennes, l'éclosion d'un de ces nouveaux « gourous » dont les listes — non exhaustives — sont établies et renouvelées de temps en temps. Certains ne s'en privent pas, quoique dans ce cas il s'agirait plutôt d'un gourou « indirect », référence et source d'inspiration pour les précédents. Mais d'autres savent que, derrière ce phénomène, il y a une pensée profonde et originale. On ne voit pas encore clairement où elle va aboutir — son auteur non plus d'ailleurs — mais on voit qu'elle est susceptible, peut-être, d'aider à bien poser des problèmes scientifiques et philosophiques dont on ne sait pas encore comment les aborder. Il est possible que les fruits de la théorie des catastrophes soient dans l'avenir tout

1. W.A. Benjamin Inc., Reading Massachusetts, 1972.

autres que ceux qu'on peut imaginer, surtout quand il s'agit de ses supporters enthousiastes mais mal informés. Pourtant il y a là plus qu'une mine d'idées, même si elles sont parfois contestables, touchant à la biologie, la linguistique, l'économie... C'est qu'il s'agit d'une approche qui renouvelle la relation des mathématiques au monde physique et, par là, est susceptible de renouveler, avec d'autres modes de penser, ce qu'on a pu appeler le paradigme de notre époque [1].

Le langage de la théorie des catastrophes est celui de la topologie, branche des mathématiques d'une extrême abstraction au développement de laquelle R. Thom a contribué dans la première partie de son œuvre; celle, non contestée, qu'il a accomplie quand il était, comme il le dit avec l'humour froid et tranquille qui le caractérise, un mathématicien orthodoxe.

En effet, le but étant une description géométrique des formes et de leur genèse telles qu'elles apparaissent dans la nature, la géométrie du lycée est bien insuffisante. C'est ainsi que, par exemple, les formes compliquées et changeantes observées dans la structure et l'évolution des êtres vivants n'évoquent pas immédiatement, chez nous, des

---

1. Depuis Kuhn, Foucault, Morin et d'autres, on sait que l'esprit du temps conditionne aussi la pensée scientifique. A une époque donnée, cet esprit, que Kuhn appelle son paradigme, dicte les critères non dits mais absolus de la scientificité. Puis, sous l'effet de ce que Foucault appelait — faute d'en comprendre les mécanismes — des mutations du savoir, un nouveau paradigme vient légitimer de nouvelles approches. De nouvelles questions entrent dans le cadre de l'interrogation scientifique tandis que d'anciennes sont oubliées comme « irrelevantes ». Un épisode de l'histoire des sciences des trente dernières années a présenté à ses débuts plus d'une ressemblance avec le phénomène René Thom — théorie des catastrophes. Je veux parler du destin de la théorie de l'information de Shannon (1949). Là aussi une théorie mathématique compliquée, exprimée dans un langage très technique que seuls les spécialistes pouvaient maîtriser, désignée par un nom provocant, l'information, attirait aussitôt l'intérêt enthousiaste des chercheurs de toutes disciplines. Ils rencontraient dans leur travail des questions cruciales tournant autour de la notion pour eux vague mais déterminante d'information. Sans même la comprendre en profondeur ils pressentaient que la théorie de Shannon devait apporter des réponses à ces questions en les aidant à préciser et maîtriser cette notion. Or l'histoire des applications de cette théorie à divers domaines du savoir (voir entre autres H. Atlan, *L'Organisation biologique et la Théorie de l'information, op. cit.*) est celle d'une suite de malentendus, d'enthousiasmes suivis de désenchantements, mais aussi de retombées d'une grande richesse bien que très différentes de ce qui était prévu; et finalement d'une contribution éclatante au nouveau paradigme (quelle que soit par ailleurs la façon d'apprécier ce nouvel esprit du temps, celui du signe et de la simulation). Autrement dit, l'enthousiasme à priori des supporters mal informés du début s'est avéré à posteriori justifié même si ce n'est pas pour les raisons qu'ils imaginaient. Il n'est pas impossible qu'un destin analogue attende la théorie des catastrophes.

formes géométriques. Il n'en est pas ainsi pour R. Thom et d'autres mathématiciens entraînés à la topologie différentielle. L'exercice de cette discipline leur a appris à décrire mathématiquement et à « voir » dans des espaces à un grand nombre de dimensions des formes géométriques bien plus compliquées que les figures auxquelles nous a habitués la géométrie de notre enfance. Cette formation permet de reconnaître des formes très abstraites, tout « naturellement », comme tout un chacun peut reconnaître des hexagones dans les nids d'abeilles. Cette faculté est utilisée pour l'observation et l'explication de phénomènes naturels soit en géologie, soit en biologie, soit même en linguistique et psychosociologie où il s'agit alors de formes encore plus abstraites, définies dans un espace qui n'est plus forcément celui de la perception de nos sens.

La recherche d'explications géométriques à la réalisation de toutes les formes même les plus compliquées, observées lors du développement des êtres vivants, était une tâche qui semblait s'imposer naturellement aux sciences de la nature et en particulier à la biologie, compte tenu de l'évolution des autres sciences (physiques et chimiques) vers une mathématisation toujours plus poussée. Cette exigence était exprimée avec force et talent dans un livre de d'Arcy Thompson [1], auteur auquel R. Thom se réfère souvent comme un de ses prédécesseurs. Mais cette exigence était restée à l'état de programme de recherche, car l'outil mathématique n'était pas adéquat. Cet outil, Thom l'a trouvé dans la dynamique qualitative et la topologie différentielle, ces branches encore assez peu utilisées des mathématiques, à l'étude desquelles il faudra bien que nous nous mettions! Disons très grossièrement que la topologie est l'étude logique des formes au sens le plus large du terme. Il peut s'agir d'une forme géométrique habituelle. Mais il s'agit surtout des structures dont les propriétés logiques de connectivité restent les mêmes alors même que leur aspect concret peut au sens habituel se déformer. Plus précisément, la topologie étudie, dans une figure, les propriétés qui ne changent pas quand celle-ci subit des transformations de proche en proche, sans discontinuité. C'est ainsi qu'un cercle, une ellipse, un carré ou un triangle inscrit dans le cercle ont les mêmes propriétés topologiques, celles d'une courbe fermée, qu'ils partagent d'ailleurs avec le cercle déformé par aplatissements et étirements.

La topologie a habitué R. Thom à reconnaître dans les formes compliquées des êtres vivants et dans la nature en général des réali-

1. D'Arcy Thompson, *On growth and forms*, Cambridge University Press, 1917, nelle édition 1972.

sations de surfaces plus ou moins tourmentées dont il est impossible de donner des définitions mathématiques assez rigoureuses. Par rapport aux formes diverses qu'elles constituent les figures géométriques habituelles n'apparaissent que comme des cas particulièrement simples et figés. En effet, ces surfaces ne sont pas des figures statiques : elles sont générées par un dynamisme (ou plusieurs en conflit) et c'est cela qui est à l'origine du terme de catastrophes que Thom a choisi pour nommer en la « dramatisant », comme il le dit, sa théorie.

Son hypothèse fondamentale est qu'une forme ou « une apparence qualitative » est le résultat d'une discontinuité quelque part : si dans l'espace où peut apparaître quelque chose ne survient aucune discontinuité, aucune forme n'y apparaîtra. La question est évidemment : discontinuité de quoi ? Des figures dynamiques du genre tourbillons de liquide, gouttes en mouvement et autres crêtes de vague surviennent elles aussi comme résultats de discontinuités dans les mouvements qui sont la condition même de leur existence : jet de liquide, formation des gouttes, glissement de couches d'eau qui constituent les vagues, etc. La forme particulière du tourbillon de l'écume sur les vagues est le résultat d'une discontinuité due en général à des forces antagonistes, dans le mouvement du liquide. Des forces tendant à briser la symétrie du mouvement sont contrecarrées par d'autres qui tendent au contraire à le stabiliser. Il en résulte un éclatement, une discontinuité, une « catastrophe » dans le mouvement dont la forme se maintient pourtant, tant que la structure ainsi réalisée reste stable. De là l'idée que toute forme doit pouvoir être rattachée à un mouvement, un dynamisme particulier dont une discontinuité va engendrer une possibilité de structure. Cette possibilité sera réalisée si, bien que discontinue et résultant d'une instabilité du régime homogène précédent, elle produit elle-même une structure dynamique relativement stable.

C'est cette hypothèse fondamentale que Thom résume en disant que sa méthode « donne un certain fondement à l'approche structurale. Elle permet d'expliquer la structure par un dynamisme sous-jacent... Il ne faut pas considérer que la structure est donnée à priori, qu'elle se soutient en quelque sorte parce qu'en tant que structure elle sort d'un empyrée platonicien ; mais au contraire, que ce qui fait la stabilité d'une structure c'est qu'il y a un dynamisme sous-jacent qui l'engendre et dont elle est la manifestation [1] ».

---

1. R. Thom, « Stabilité structurelle et catastrophes », in *Structure et Dynamique des systèmes*, séminaires interdisciplinaires du Collège de France, A. Lichnerowicz, F. Perroux, G. Gadoffre (éds.), Paris, Maloine, 1976, p. 51-88.

A partir de là, son travail fut d'étudier les conditions formelles d'apparition de structures dynamiques stables, de la façon la plus générale possible, indépendamment de la nature physique ou autre (linguistique par exemple) des forces et éléments substrats constituant ces structures; le but étant d'établir une espèce de catalogue des formes dynamiques relativement simples, telles que toute forme rencontrée dans la nature pourrait se réduire à une superposition ou combinaison de ces formes simples dites « catastrophes élémentaires ».

Dans cette démarche, Thom imagine ce qu'il appelle la théorie du « déploiement universel d'une singularité ». Très schématiquement, il s'agit d'étudier ce qui se passe en un point où survient une discontinuité dans une fonction mathématique qui représente un certain dynamisme agissant en ce point. (Un tel point est dit singulier par opposition aux autres dits réguliers où la fonction est continue.) En un tel point, contrairement à ce qui se passe ailleurs, non seulement la fonction est discontinue mais encore cette discontinuité peut, suivant les valeurs de certains paramètres qui lui sont surajoutés, prendre plusieurs formes différentes. Ces paramètres expriment en fait l'action de l'extérieur du système dynamique en question (variables externes) tandis que les variables proprement dites de la fonction (variables internes) expriment le dynamisme propre du système. Les variables externes dans le cas le plus étudié sont tout simplement les trois coordonnées de l'espace et le temps. Les variables internes peuvent être par exemple les concentrations des différents constituants chimiques d'un organisme, dont le dynamisme est dirigé par les lois qui régissent réactions chimiques et diffusion de la matière.

Cette recherche des conditions d'apparition de discontinuités structurellement stables et d'un catalogue de catastrophes élémentaires à partir de singularités de fonctions se heurte à des difficultés que la Dynamique qualitative (branche des mathématiques inaugurée par Poincaré) n'est pas encore arrivée à surmonter dans les cas les plus généraux où aucune hypothèse n'est faite sur la nature de ces fonctions.

Cette tâche est réservée au travail futur de mathématiciens dans le cadre d'une théorie encore débutante dite des bifurcations. Le mérite de Thom est d'attirer l'attention — des mathématiciens et des autres — sur ce qu'il est peut-être possible d'attendre des développements de cette théorie.

Par contre, à l'aide de deux hypothèses supplémentaires qui restreignent certes la généralité des phénomènes mais qui sont très souvent justifiées dans la pratique, Thom réussit à démontrer le caractère fini du nombre possible de catastrophes élémentaires et à

223

en établir le catalogue qui se limite à sept. Ces hypothèses sont d'une part que le dynamisme sous-jacent s'exerce dans notre espace-temps à quatre dimensions (c'est-à-dire que le nombre des variables externes n'excède pas quatre); d'autre part, que ce dynamisme peut être décrit à l'aide d'une fonction qui admet un potentiel. Les singularités de la fonction correspondent alors à des minima ou maxima de ce potentiel. Dans ces conditions il montre que le nombre de singularités possibles (avec leur déploiement universel) se limite à sept, données par sept expressions relativement simples du potentiel. Les déploiements universels de ces sept singularités aboutissent à sept figures dynamiques possibles représentées par des surfaces plus ou moins compliquées déployées dans l'espace. Des sections de ces surfaces par différents plans correspondant à différents temps représentent des formes élémentaires susceptibles de s'engendrer les unes les autres de façon stable.

Les sept catastrophes élémentaires portent les noms imagés de pli, fronce, queue d'aronde, papillon, ombilic hyperbolique, ombilic elliptique et ombilic parabolique!

Voilà, très grossièrement résumé, l'aspect technique de la théorie des catastrophes. La question qui se pose à partir de là est ce par quoi nous avons commencé : qu'est-ce qui explique la curiosité, voire l'enthousiasme et la fascination, ou encore les réserves ironiques et les critiques énervées de la part des chercheurs de disciplines diverses dont peu ont fait l'effort d'acquérir un minimum du langage technique nécessaire pour pénétrer en profondeur dans le cheminement — on serait tenté de dire le « déploiement » tous azimuts — de la pensée de Thom ?

C'est que, même sans en comprendre les subtilités et l'esthétique mathématique qu'elle véhicule, on voit assez rapidement ce qui est en jeu, sur le plan d'une certaine philosophie de la science. D'autant plus que Thom, dans ses tentatives d'explications et de vulgarisation, ne se prive pas d'insister de façon provocante sur les présupposés méthodologiques de son approche. C'est une certaine façon d'aborder les problèmes, une attitude générale devant les questions non résolues, bref une certaine conception de la démarche scientifique qui s'exprime à travers la technicité de son exposé. C'est elle qui déclenche ces réactions souvent passionnelles en ce qu'elle entre en résonance ou au contraire heurte de front les présupposés méthodologiques des uns et des autres à l'œuvre dans les disciplines les plus diverses.

Ce que tout le monde y pressent, c'est une nouvelle façon — attirante ou agaçante suivant les personnes — d'aborder les questions du déterminisme et de la finalité dans les genèses naturelles de formes;

celles des rapports du tout et des parties dans les systèmes organisés. Ce qui est en jeu, c'est l'approche globale et formalisatrice par rapport à l'analyse détaillée de la série des causes et des effets ; c'est la primauté de l'abstrait et du formel sur le concret qui en serait une réalisation dans une certaine mesure indépendante du matériau qui le constitue. Appliquée à l'étude des êtres vivants, cette approche est évidemment à contre-courant de la biologie moderne, analytique, réductionniste, moléculaire, enracinée dans la biochimie.

Ce qui est en jeu, c'est aussi la validité du raisonnement par ana- logies dont on sait qu'il sert de support à tous les délires. Et Thom sait bien le risque qu'il court en touchant à ces domaines presque tabous de la pensée scientifique : « A cet égard une bonne doctrine de l'utilisation des analogies en science reste à établir... Entre constater la présence d'accidents morphologiques isomorphes sur des substrats différents et établir entre ces substrats un couplage fonda- mental pour expliquer ces analogies, il y a un pas énorme, celui qu'accomplit précisément la pensée délirante. Si certaines de mes considérations, en biologie notamment, ont pu paraître au lecteur confiner au délire, il pourra par une relecture se convaincre qu'en aucun point, je n'ai, j'espère, franchi ce pas » (p. 317).

En fait, cette démarche est une conséquence logique de sa formation précédente aux exercices de la topologie. (A moins que son intérêt antérieur pour la topologie ait été déjà la conséquence de sa démarche.) En effet il ne fait que pousser à l'extrême et surtout faire sortir du champ ésotérique des mathématiques une tradition représentée par un certain courant des mathématiques modernes. De ce point de vue, la lecture d'une réédition récente d'un philosophe des mathé- matiques, Albert Lautman [1], mort en 1942, est très éclairante. Depuis longtemps déjà — le début du siècle — les mathématiques avaient découvert ce par quoi « on cherche à établir une liaison entre la struc- ture du tout et les propriétés des parties par quoi se manifeste dans les parties l'influence organisatrice du tout auquel elles appartien- nent [2] ».

Ces considérations qu'on croit être le propre de la biologie et de la sociologie, les mathématiques les ont découvertes en réfléchissant aux rapports entre le local et le global, l'intrinsèque et l'extrinsèque, là où il ne s'agit pas d'organismes vivants mais d'êtres mathématiques rigoureusement définis. Aussi les problèmes logiques que la philoso-

---

1. A. Lautman, *Essai sur l'unité des mathématiques et divers écrits*, Paris, UGE, coll. « 10/18 », 1977.
2. A. Lautman, *op. cit.*, p. 39.

phie de la biologie croit avoir résolus par les concepts de téléonomie et de programme (Mayer, Monod), les philosophes des mathématiques les avaient déjà rencontrés et résolus dans le cours même du développement des mathématiques. C'est qu'en effet, « l'idée de l'action organisatrice d'une structure sur les éléments d'un ensemble est pleinement intelligible en mathématiques, même si, transportée dans d'autres domaines, elle perd de sa limpidité rationnelle. La prévention que le philosophe éprouve parfois à l'égard des arrangements trop harmonieux ne vient pas tant de ce qu'ils subordonnent les parties à l'idée d'un tout qui les organise, que de ce que la manière dont s'opère cette organisation de l'ensemble est tantôt d'un anthropomorphisme naïf et tantôt d'une mystérieuse obscurité. La biologie comme la sociologie manquent en effet souvent des outils logiques nécessaires pour constituer une théorie de la solidarité du tout et de ses parties : (...) les mathématiques peuvent rendre à la philosophie le service éminent de lui offrir l'exemple d'harmonies intérieures dont le mécanisme satisfait aux exigences logiques les plus rigoureuses [1] ».

De même, un mode de pensée finaliste tellement choquant pour un esprit scientifique quand il s'exprime de façon anthropomorphique ou théologique à propos de systèmes vivants est depuis longtemps intégré au discours mathématique et physique sous la forme abstraite mais rigoureuse de principes de maximum et de minimum : chaque fois qu'une loi physique exprime que sous certaines conditions une grandeur caractéristique d'un système doit atteindre un maximum ou un minimum, il s'agit d'une expression rigoureuse et déterministe d'un finalisme apparent : cela veut dire en effet que l'évolution du système est dirigée *vers* son état final de maximum ou minimum au moins autant qu'à partir de son état initial sans qu'on doive pour autant lui attribuer une volonté ou une intention [2]. Ce qui était vrai en 1938 semble l'être encore aujourd'hui pour R. Thom en ce qui concerne les outils logiques dont se sert la biologie. Alors que la biologie moderne triomphe et prétend avoir résolu ses problèmes séculaires d'« apparente finalité » et « d'organisation du tout à partir de ses constituants moléculaires », Thom rejette dédaigneusement ce qu'il considère comme des fausses explications et le résultat d'une « quincaillerie irrelevante »! En même temps, il sait bien que ses propres explications ne peuvent qu'ahurir les biologistes expérimentateurs à cause de leur abstraction généralisatrice et de son flirt poussé avec l'analogisme.

1. A. Lautman, *op. cit.*, p. 40.
2. Voir les exemples présentés et discutés par A. Lautman, *op. cit.*, p. 122-126.

Mais il va son bonhomme de chemin, parce qu'il sait aussi que dans le contexte des mathématiques où la topologie prend le relais de l'analyse classique, sa démarche n'a rien d'étonnant ni d'hétérodoxe. Il se garde de franchir le pas entre l'analogie féconde et l'analogie délirante.

La seule question qui reste posée est alors : ces théories qui effraient aujourd'hui par leur abstraction comme autrefois celles de Galois et de Riemann, ont-elles quelque chance d'aider à mieux connaître et comprendre la réalité? Les précédents de Galois et de Riemann dont les applications à la physique sont aujourd'hui irremplaçables sont évidemment là pour faire réfléchir ceux qui seraient vite tentés de rejeter la théorie des catastrophes dans les limbes du délire. Mais Thom lui-même répond à la question en distinguant deux sortes d'applications de sa théorie, qu'il appelle scientifiques et métaphysiques. Dans les premières, il s'agit d'aider à la résolution de problèmes où le nombre élevé de variables et la forme compliquée des équations empêchent les méthodes de l'analyse classique d'être efficaces. Mais les problèmes à résoudre sont des problèmes scientifiques classiques où les variables et les forces sont bien définies et mises en équations. La théorie des catastrophes apporte alors un outil mathématique de plus permettant la solution — au moins qualitative — de systèmes d'équations aux dérivés partielles.

Mais à côté de ces applications dites scientifiques, les applications dites « métaphysiques » sont visiblement celles qui intéressent le plus René Thom. Il s'agit là d'une démarche inverse : on est devant une morphologie, c'est-à-dire un système fourni par la nature (vivant, social, linguistique...) et il s'agit d'expliquer sa survenue, sa stabilité et son évolution, en le considérant comme solution d'une dynamique sous-jacente. La théorie des catastrophes permet de proposer de telles dynamiques — c'est-à-dire des équations. Les critères d'explication sont alors souvent des critères de simplicité et d'élégance plus que de vérification expérimentale. De plus, les variables, les forces et les potentiels n'ont pas forcément besoin d'être définis de façon concrète. D'où le caractère abstrait de ces applications que Thom appelle métaphysiques. Mais c'est visiblement celles-ci qu'il préfère, car c'est celles qui lui semblent les plus prometteuses. Il en reconnaît volontiers le caractère choquant pour la démarche scientifique habituelle mais c'est celle-ci qu'il critique, en appelant de ses vœux un nouvel esprit scientifique : « *Nos modèles sont-ils susceptibles de contrôle expérimental? peut-on, grâce à eux, faire des prévisions expérimentalement contrôlables? Au risque de décevoir le lecteur, il me faut répondre à cette question par la négative. C'est là*

227

le défaut propre de tout modèle qualitatif par rapport aux modèles quantitatifs classiques [...].

Devant ce constat d'impuissance, les esprits strictement empiristes seront tentés de rejeter nos modèles comme une construction spéculative sans intérêt. Sur le plan de l'édification de la science actuelle, ils ont probablement raison. Mais, à plus longue échéance, il y a deux raisons qui devraient inciter tout savant à leur accorder quelque crédit. La première est que tout modèle quantitatif présuppose un découpage qualitatif de la réalité, *l'isolement à un système stable expérimentalement reproductible. Nous admettons comme données à priori ces grandes divisions, cette taxonomie de l'expérience en grandes disciplines : physique, chimie, biologie... Cette décomposition que notre appareil perceptif nous lègue presque inconsciemment, tout savant l'utilise, malgré qu'il en ait, tout comme M. Jourdain faisait de la prose sans le savoir. N'y aurait-il pas intérêt, dans ces conditions, à remettre en question cette décomposition et à l'intégrer dans le cadre d'une théorie générale et abstraite, plutôt que de l'accepter aveuglément comme une donnée irréductible de la réalité ?*

La deuxième raison est que nous ne connaissons pas les limites d'applicabilité des modèles quantitatifs. Les grands succès de la physique du XIXe siècle, fondés sur l'utilisation et l'exploitation des lois physiques, ont pu faire croire que tous les phénomènes seraient justifiables de schémas analogues ; qu'on allait mettre la vie, la pensée elle-même en équations ! Or, à la réflexion, bien peu de phénomènes dépendent de lois exprimées mathématiquement de manière simple ; à tout prendre, il n'y en a guère que trois, baptisés pour cette raison de fondamentaux : la gravitation (loi de Newton), la lumière et l'électricité (lois de Maxwell). Mais cette simplicité n'est qu'apparente ; elle exprime seulement le caractère étroitement lié à la géométrie de l'espace de la gravitation et de l'électromagnétisme, elle résulte d'un effet statistique portant sur un grand nombre de petits phénomènes isolés et indépendants. Dès qu'on descend à l'échelle quantique en effet, la situation change ; on ne comprend plus les faits fondamentaux qui assurent la stabilité de la matière, on ne s'explique pas la stabilité du proton ! La mécanique quantique, avec son saut dans la statistique, n'a été qu'un pâle palliatif à notre ignorance. De plus, même si un système est régi par des lois d'évolution explicites, il s'en faut de beaucoup que son comportement qualitatif ne soit calculable et prévisible. Dès que le nombre des paramètres intervenant dans le système s'élève, les possibilités de calcul approché diminuent [...]. *Les marchands de quincaillerie électronique voudraient nous faire croire qu'avec la diffusion des ordinateurs, une ère nouvelle va s'ouvrir pour la pensée*

scientifique et l'humanité. Ils pourront tout au plus nous faire aper-
cevoir où est le problème essentiel; il est dans la construction des
modèles [...]. Il n'est pas impossible, après tout, que la science approche
d'ores et déjà de ses ultimes possibilités de description finie; l'in-
descriptible, l'informalisable sont maintenant à nos portes et il nous
faut relever le défi. Il nous faudra trouver les meilleures manières
d'approcher le hasard, de décrire les catastrophes généralisées qui
brisent les symétries, de formaliser l'informalisable. Dans cette tâche,
la cervelle humaine, avec son vieux passé biologique, ses approxima-
tions habiles, sa subtile sensibilité esthétique, reste et restera long-
temps encore irremplaçable.

On voit donc que ce que nous apportons ici, c'est non pas une théorie
scientifique, mais bien une méthode; décrire les modèles dynamiques
compatibles avec une morphologie empiriquement donnée, tel est
le premier pas dans la construction d'un modèle; c'est aussi le premier
pas dans la compréhension des phénomènes étudiés. De ce point de
vue, nos méthodes, trop indéterminées en elles-mêmes, conduiront
à un art des modèles et non à une technique standard explicitée une
fois pour toutes. Dans le cadre d'un substrat donné, on peut espérer
que les théoriciens seront capables de développer un modèle quantitatif
comme l'a fait la mécanique quantique pour les interactions élémentaires;
mais ce n'est là qu'un espoir[...].

Ce n'est pas sans quelque mauvaise conscience qu'un mathémati-
cien s'est décidé à aborder des sujets apparemment si éloignés de ses
préoccupations habituelles. Une grande partie de mes affirmations
relève de la pure spéculation; on pourra sans doute les traiter de
rêveries... J'accepte le qualificatif; la rêverie n'est-elle pas la catas-
trophe virtuelle en laquelle s'initie la connaissance? Au moment où
tant de savants calculent de par le monde, n'est-il pas souhaitable
que d'aucuns, qui le peuvent, rêvent? » (p. 322-326).

Pour Kuhn, le passage d'un paradigme (esprit du temps) au suivant se fait grâce à des hommes ayant un pied dans l'ancien pendant
qu'ils avancent l'autre dans le nouveau. Insensiblement, leur discours
se déplace d'un discours intégré au précédent à un discours créateur du nouveau. Il semble bien que par rapport au futur nouveau
paradigme, René Thom soit un de ces hommes.

10. La Gnose de Princeton[1]

Nous sommes prévenus dès le sous-titre : des savants à la recherche d'une religion. Reportage par le philosophe R. Ruyer[2] sur un « mouvement » aristocratique et discret de scientifiques américains qui essaient, comme ils disent, de « remettre la science à l'endroit ». Plus précisément, il s'agit de retrouvailles des sciences d'aujourd'hui — physis de la nature, de l'énergie et de l'information — avec la métaphysique, où sont pris au sérieux les problèmes du « je », de l'origine de la pensée — « il pense » dans l'univers comme « il pleut » *(it thinks)*, et c'est pourquoi « je » pense — de la conscience (in)formatrice et du sens. Pour les néognostiques, l'astronomie, la microphysique, la biologie montrent à l'évidence la présence d'une telle « conscience » à l'œuvre aussi bien dans l'évolution des galaxies, des particules élémentaires, que dans la différenciation embryonnaire : plus généralement, chaque fois qu'on a affaire à une entité organisée caractérisée par un *comportement global*, à un tout (« holon ») et pas seulement à un « amas ». Pour eux, l'approche scientifique habituelle qui fait sortir l'ordre du désordre, l'anti-hasard du hasard, est le résultat d'un postulat, dit de l'Aveugle absolu, qu'ils considèrent comme un mythe au même titre que son contraire, celui d'une conscience clairvoyante. Mais, « mythe pour mythe », la Gnose choisit du moins celui qui n'est pas absurde... philosophie de la lumière consciente dans un univers semblable à l'aire visuelle d'un cerveau vivant, qui a un « endroit, une véritable unité, et non la fausse unité du cerveau d'un cadavre dont toutes les molécules font retour à la foule pulvérulente des molécules terrestres » (p. 77). Autrement dit, l'existence d'une causalité descendante (i.e. du tout organisé vers ses parties), superposée à la causalité ascendante (des parties

---

1. A propos de R. Ruyer, *La Gnose de Princeton*, Fayard, Paris, 1975. Déjà publié dans *Le Gai Savoir*, n° 2, 1975.
2. Auteur de plusieurs ouvrages, dont un livre qui a trouvé sa place dans l'univers intellectuel du « mouvement » : *Paradoxes de la conscience et Limites de l'automatisme*, Paris, Albin Michel, 1966.

vers le tout) habituellement admise, leur apparaît moins absurde que son absence. Aussi sont-ils tout naturellement conduits à la Cause unique, l'Unitas de l'Univers, l'Ame ou la Conscience du Monde, qu'avec certaines réticences ls appellent quand même Dieu. Bien sûr, ce Dieu qui pénètre tout pour remettre « à l'endroit » la compréhension des phénomènes que nous suggèrent les sciences d'aujourd'hui n'est pas le Dieu des religions en ce qu'il ouvre la recherche plus qu'il ne la ferme. Il n'est pas posé comme l'explication magique et verbale, ni comme « point oméga », mais invite à comprendre toujours plus, toujours plus profondément. Pourtant le glissement est facile et on ne peut pas se défaire d'un certain malaise, à côté des moments d'enthousiasme (au sens étymologique, forcément, lorsque le dieu nous pénètre!) que nous procure ce livre. Le langage, souvent irritant, est évidemment très important, et toute l'entreprise semble faite d'une succession de glissements. Les vieux problèmes métaphysiques du « je », de la conscience, de l'esprit dans la matière, ne sont pas vraiment questionnés. Ils sont repris et reformulés à l'aide d'un nouveau langage fourni par les sciences de la nature. Mais pour ce faire, les concepts de causalité descendante, de sens, de conscience, sont posés sans être réellement mis en question. Ou, s'ils le sont, c'est à l'aide de glissements de concepts comme celui — encore — d'information : à partir du concept clair et maîtrisé, mais limité, d'information probabiliste d'où la signification est exclue, on passe abusivement à celui, qui fait justement problème, d'information signifiante, de sens. L'approche habituelle, réductionniste, des sciences de la nature nous ferait voir comme une « tapisserie » à l'envers; la Nouvelle Gnose en serait un retournement nous permettant de voir ce qui la rend possible. Mais ce retournement s'accompagne inévitablement de discontinuités logiques où, si j'ose dire, on perd le fil. Sans défendre le moins du monde l'approche scientiste, réductionniste et opérationnelle, j'aimerais mieux essayer de *traverser* la tapisserie pour en voir l'endroit, plutôt que de la retourner [1].

Dans une deuxième partie, pratique, suivant — mais non issue de — la théorie, apparaît le plus le caractère aristocratique — anarchiste? — de ce mouvement d'intellectuels exaspérés par les modes intellectuelles : « déviation des déviations », qui sera vite taxée de réactionnaire par certains. Et pourtant c'est là que sont développées des notions comme celles de montages psychiques, d'attitudes-

1. Voir, par exemple, plus haut, « Conscience et désirs dans des systèmes auto-organisateurs », p. 133.

comportements supports d'idées, de psychosynthèse (et non-analyse), trouvant leurs justifications non dans la théorie mais dans la recherche d'une « bonne technique » de construction de l'organisme psychique. Dialectique subtile entre pensée et action, idéologie et comportement, conscience pensée et conscience organique, il s'agit là d'une ouverture d'une grande richesse par rapport aux idéologies humanistes habituelles. En effet, d'un côté « les normes règnent dans tous les domaines, contrairement aux croyances naïves des idéalistes de la liberté, de la foi, de la créativité arbitraire, et ces normes sont techniques, non morales ».

Mais d'un autre côté « l'emploi des bonnes techniques n'est pas toujours dû à une volonté consciente préalable de technique, mais souvent, au contraire, à des croyances mythologiques qui ne visent pas du tout la réussite technique » (p. 244). C'est pourquoi « la Nouvelle Gnose réduit le mythe au minimum indispensable », ayant reconnu que « le réduire davantage serait illusoire, et même contradictoire » (p. 293). C'est en cela que réside l'ouverture de cette approche, où la science ne fait plus écran devant les problèmes qu'elle a jusqu'à présent négligés, où une sagesse et une métaphysique redeviennent possibles à partir des sciences de la nature et non contre elles ou en dehors d'elles. C'est cela qui peut créer — au-delà de toutes réticences, de toutes objections — une grande sympathie pour le commencement que constitue ce mouvement, souffle d'air frais sur notre culture oscillant d'un néo-dogmatisme à l'autre, scientisme mécaniciste, anthropologie, psychanalyse au rabais, bouddhisme zen, cibles préférées des néo-gnostiques.

Quatrième partie

DES FOIS, DES LOIS,
DES ARBITRAIRES,
DES APPARTENANCES

« J'ai été engendré, chacun son tour, et depuis
c'est l'appartenance. J'ai tout essayé pour se
soustraire mais personne n'y est arrivé, on est
tous des additionnés. » Émile Ajar, *Pseudo*,
Mercure de France, 1976.

11. Israël en question[1]

1. *Un peuple, son histoire, sa culture*

L'histoire du peuple juif commence — de même que celle de ses rapports avec la Tora — lors de la sortie d'Égypte, il y a trois ou quatre millénaires.

Le fait que le ou les premiers millénaires de cette histoire ne nous soient connus qu'à travers la Tora elle-même ne change pas grand-chose à cette réalité historique. Même si l'on considère le récit biblique comme plus mythique qu'historique, il s'agit là du mythe d'origine du peuple juif qui joue, dans la détermination de l'identité de ce peuple, au minimum le même rôle que le mythe d'origine de n'importe quel peuple, tribu ou famille.

Bien plus, les rapports entre ces mythes — l'ensemble de la Tora écrite et orale, si on les considère comme tels — et le peuple juif historique ont une nature générique très particulière.

Il ne s'agit pas seulement de vieux récits qu'on se transmet pieusement, d'anciens à initiés, et dont se servent les sorciers — prêtres puis rabbins — pour établir leur pouvoir et organiser leur société. Il s'agit, en plus, de la matière de tout un enseignement — Tora veut dire enseignement — qui a fait depuis des siècles l'objet d'une

1. Initialement paru dans *Les Nouveaux Cahiers*, n° 40, 1975, p. 3-15. Depuis, deux modifications essentielles sont survenues dans le contexte politique : le commencement du processus de paix, bien sûr, et, sur le plan intérieur, le renforcement de l'idéologie religieuse nationaliste. Celle-ci, en partie réactionnelle à la crise du sionisme socialiste et normalisateur décrite un peu plus loin, était dénoncée déjà dans cet article alors qu'elle ne faisait que commencer à prendre corps, ayant abouti aujourd'hui aux débordements du Bloc de la Foi. L'hypothèse explicative présentée ici de la pérennité d'un peuple à travers les millénaires d'histoire de déséquilibres et de crises surmontées nous est suggérée par les modèles de systèmes ouverts oscillants et stables, ou encore par ceux d'organisation par désorganisation rattrapée et réorganisation analysés dans la première partie de ce livre. Il s'agit en effet d'une société à la fois éclatée, dispersée, et unifiée, dans l'espace et le temps, expérience exemplaire de renouvellement permanent et de stabilités renouvelées. Aussi, n'est-il pas impossible d'imaginer que, dans un mouvement inverse, certains de ces modèles nous aient été suggérés par l'impact de l'expérience historique sur notre perception de la réalité physique et biologique!

235

étude et d'une recherche, à la fois populaire et intellectuellement très raffinée, en même temps qu'il façonnait, produisait, engendrait le peuple juif lui-même. *Populaire*, car il s'agit là d'un des premiers systèmes d'instruction obligatoire et de scolarisation généralisée qui ait été établi, il y a environ deux mille ans, et qui se soit maintenu, avec des hauts et des bas, jusqu'aujourd'hui. *Intellectuellement raffinée*, presque pour les mêmes raisons : à partir du moment où l'étude de la Tora, sur le mode non seulement récitatif mais analytique et critique, était constituée comme le pilier institutionnel fondamental autour duquel s'organisaient les communautés juives dispersées, ces communautés se transformaient, *ipso facto*, en fabriques et réservoirs d'intelligences.

Celles-ci émergeaient d'ailleurs effectivement, çà et là, grâce aux conditions favorables à l'épanouissement intellectuel qui régnaient dans ces communautés, dont l'infrastructure était placée au service de l'école, de l'enseignement et de la recherche — le Talmud Tora sous toutes ses formes, avec tous ses niveaux d'élèves et de maîtres, du moins doué au génie, « gaon », reconnu par tout le peuple, dont les productions et la renommée s'étendaient à travers tout le réseau de ces communautés-écoles dispersées de par le monde.

L'histoire du peuple juif, après la destruction du temple de Jérusalem, symbole de l'enracinement national territorial il y a deux mille ans, c'est l'histoire de ses écoles, divisée en grandes périodes qui ont marqué l'évolution de l'enseignement, tant dans son contenu que dans ses institutions. C'est la période des « Tanaïm », les « Enseignants » de la Michna, suivie par celle des « Amoraïm », les « Parlants » des Talmuds de Jérusalem et de Babylone, suivie par celle des « Gaonim », les « Génies », dispersés, puis par celle des « Poskim, richonim et aharonim », les législateurs décisionnaires, anciens et récents.

Cette organisation, mise en place dès le retour du premier exil de Babylone, avant le deuxième temple, remplaça l'organisation nationale monarchique et sacerdotale dès la fin du deuxième temple, aussi bien pour les juiveries dispersées que pour les communautés qui continuaient de vivre, tant bien que mal, sur leur terre d'Israël, sous domination romaine d'abord, puis byzantine, puis arabe, puis turque.

En retour, les maîtres — rabbi ou rav veut dire maître — étaient chargés de l'organisation, non seulement de l'École, mais encore du droit, de l'organisation de la vie sociale et individuelle de ces communautés.

En effet, leurs productions intellectuelles avaient pour but, en fin de compte, même après les détours les plus abstraits, de déboucher sur l'énoncé du droit, de la loi pratique pour les communautés, droit et loi qu'il s'agit toujours de découvrir et de révéler, même si, sous une forme prototypique, ils furent donnés, une fois pour toutes, « à Moïse du Sinaï ».

Cette loi recouvrait et recouvre encore tous les aspects de la vie des individus, sociaux et personnels. Une place particulièrement importante fut et reste toujours réservée à la recherche d'une forme d'épanouissement de la vie sexuelle et familiale, responsable au premier chef de la génération des futurs élèves et de leur intégration dans le système d'enseignement.

Autrement dit, ces rapports génériques réciproques entre la nature (c'est-à-dire le type d'hommes et d'organisations constituant le peuple dans son environnement) et la culture de ce peuple, rapports aujourd'hui reconnus pour tout peuple et toute culture, étaient vécus là, en plus, sur le mode conscient, à travers le rôle constitutif et génératif de société juive que jouait la Tora aux yeux de ceux qui, tout à la fois l'étudiaient, la renouvelaient, l'énonçaient et l'appliquaient à leur communauté.

2. *Le désert, la terre et l'inceste*

Pour ce peuple privé de terre d'enracinement, la Tora, sa culture, plus que pour tout autre peuple, a acquis un caractère de source d'identité, de référence collective.

Ce caractère est évidemment celui de toute culture pour tout peuple ; mais il est en général partagé par la géographie, c'est-à-dire la terre nourricière, mère-patrie de tous les États modernes, sur laquelle et à partir de laquelle le groupe s'est constitué en peuple tout en y développant sa culture, laquelle parachevait elle-même le développement du peuple en nation, voire en État.

Pour le peuple juif, sans terre depuis deux mille ans, la Tora a cumulé le rôle génératif et de la culture et de la terre. Bien plus, et c'est là un point capital, les rapports privilégiés que le peuple juif a pu établir dans son histoire avec une terre particulière, la terre d'Israël, pour fondamentaux et constitutifs qu'ils soient, n'en sont pas moins exclus du mythe d'origine, donc de l'identité initiale.

Le peuple juif, dans la conscience qu'il a de lui-même, n'est pas né sur la terre d'Israël. Il est né en Égypte, plus précisément lors de la sortie d'Égypte elle-même, comparée par la tradition à l'expulsion et la délivrance d'un accouchement [1]

1. Voir Maharal, *Gvurot Hachem*, ch. 3, Midrach sur Deutéronome IV, 34.

La terre d'Israël n'est pas, pour le peuple juif, la mère-patrie (mère-père) génératrice et nourricière du peuple. Ce rôle fut joué, en ce qui concerne la génitrice, par l'Égypte antique, comparée par la tradition à un utérus et vue comme le berceau de la civilisation méditerranéenne tout entière ; et, en ce qui concerne le rôle de la mère nourricière, c'est la Tora elle-même qui l'a joué, avec, pour lieu de son dévoilement initial, le désert.

La terre d'Israël est plutôt la femme, la fiancée, l'épouse future qu'il s'agit de féconder, l'objet du désir, le moyen de l'accomplissement et du dépassement, une fois que la mère, comme femme, a été interdite.

L'interdiction du retour en Égypte que la Tora fait au peuple juif est significative de ce point de vue, ainsi que les récits bibliques sur la fascination effrayée que la terre d'Israël exerçait sur les Hébreux du désert, soumis en même temps aux nostalgies sans cesse réprimées du « retour en Égypte ». Celui-ci prend ainsi figure d'inceste à ne pas commettre. Il est en effet un autre inceste, à commettre celui-là, et consommé par le peuple juif tout au long des siècles, avec la Tora, à la fois mère nourricière et femme. Tout se passe comme si le rapport de type incestueux qu'a chaque peuple avec sa terre, d'où il est né, qu'il désire, et à qui il retourne, avait été violemment brisé par l'écartement entre ces deux terres, la génitrice, l'Égypte, d'un côté, et la désirée, la terre de Canaan, de l'autre. Dans le désert, non-terre entre les deux, la Tora est découverte qui remplit la place de l'une et de l'autre, Israël, en exil, aura la force de survivre sans terre, car celle à laquelle il aspire n'est pas sa mère mais sa femme. Ayant surmonté la coupure de l'interdiction de sa mère, il pourra vivre, orphelin de terre (car *il l'avait toujours été*, même lors de son existence nationale), marié à la terre d'Israël. Sans terre du tout, il sera comme un homme sans femme, condamné à osciller entre la sublimation et le dépérissement ; mais il pourra se maintenir en exil, contrairement à la plupart des autres peuples pour qui l'exil est à la fois et en même temps l'arrachement à la mère et à la femme, comme une obligation, non seulement de vivre sans femme, mais encore, d'exister sans être né.

3. *Le peuple juif contemporain : « mythe d'origine », « programme » ou fuite dans l'indicible ?*

On voit comment le rapport générique réciproque de la Tora et de son peuple, cas particulier de rapports réciproques de culture et de nature, prend chez les juifs historiques une intensité particulière à cause de leur type de relations avec le monde de nature — les terres. A moins que ce ne soit l'inverse : que cette division, cette séparation de la terre génitrice d'avec la terre désirée ne soit le *résultat* — et pas seulement la cause — de la relation particulière du peuple juif avec le monde de sa culture.

Quoi qu'il en soit, qu'on considère cette culture comme une histoire, un mythe, un droit, une philosophie, une science ou une religion — ce qu'elle est tout à la fois, comme toute culture —, son effet constitutif du peuple juif est suffisamment enraciné pour qu'il soit indispensable d'y faire appel au-delà (et en deçà) de considérations de l'ordre de la science historique occidentale.

Autrement dit, que la naissance du peuple juif dans les événements de la sortie d'Égypte et de l'Exode, racontée, enseignée et renouvelée par la Tora pendant des siècles et des millénaires, soit un fait historique ou mythique importe peu dès qu'elle a pris la place qu'on lui connaît dans cette Tora, culture génératrice du peuple juif historique, en même temps que véhiculée par lui.

C'est pourquoi l'identité juive initiale, l'image de lui-même que le peuple juif a véhiculée dans sa conscience depuis ses origines, et dans laquelle il reconnaît sa véritable légitimité à ses propres yeux, lui est fournie par la sortie d'Égypte telle qu'elle a été et est encore vécue dans les récits, métaphores et enseignements innombrables de la tradition, amplifiés et ramifiés sans cesse au cours des siècles.

Il est remarquable, de ce point de vue, qu'un juif israélien non religieux, sioniste de la première heure, ait réagi au malaise causé en Israël en 1973 par une fête de l'indépendance trop vécue sur le mode militaire et étatique — c'est-à-dire trop occidental, trop « non juif » — en déclarant que, pour lui qui avait participé à toutes les luttes de libération nationale et à la conquête de l'indépendance en 1948, la vraie fête nationale ne se situe pas le jour de la création de l'État d'Israël, mais le jour de Pâque, anniversaire de la sortie d'Égypte.

En fait, il s'agit, plus que d'un anniversaire de fête nationale, d'un acte de naissance, et en même temps d'un programme. *C'est en réfléchissant sur la signification de la place centrale de la sortie d'Égypte dans la naissance du peuple juif et dans l'orientation de son histoire, qu'on découvrira le fil conducteur de réponses à une série de questions sur l'identité de ce peuple.*

Ces questions se posent d'abord aux non-juifs dans la mesure où le peuple juif est difficilement classable parmi les autres peuples par simple comparaison taxonomique, et il leur apparaît, soit comme un scandale historique, soit comme des restes qui ne veulent pas se résoudre à disparaître, soit encore comme le dépositaire mystérieux sur lequel peuvent se greffer tous les phantasmes aussi bien philo-qu'antisémites. Mais elles se posent aussi, et peut-être même surtout, à des millions de juifs, en diaspora et en Israël, pour qui le lien cons-cient avec leur culture a été coupé depuis une, deux, voire trois générations. Cette acculturation au profit de la culture dominante occidentale chrétienne est la même que celle des pays colonisés et a produit le même type d'aliénation avec les mêmes recherches errantes d'identité, les mêmes types de pseudo-solutions toutes faites, suggérées elles aussi par l'environnement — nationalisme, territo-rialiste ou non, crispation religieuse « orthodoxe », assimilation par identification à la nation occidentale environnante, ou encore fuite en avant éperdue dans les messianismes internationalistes supposés résoudre en les effaçant toutes les contradictions nées des différences d'histoire et de cultures —, et finalement, les mêmes névroses. En même temps, de façon entêtée, le passé, récent et plus ancien, reste présent, incarné dans les restes idéologiques du sionisme, dans la réalité de l'existence d'Israël qui empêche d'oublier l'énigme, et dans les communautés orthodoxes traditionnelles, témoins extérieurement imperturbables d'une existence juive qui fut authentique et non acculturée jusqu'à il y a environ deux cents ans.

De plus, cette présence se renforce et se renouvelle sous l'effet des divers avatars de l'antisémitisme, de droite et de gauche, dont on a suffisamment étudié par ailleurs les mécanismes [1] (Sartre) et les discours [2] (Faye).

Les réalités juives — Israël, communautés traditionnelles plus ou moins orthodoxes, voire communautés laïques de type nationa-litaire — empêchent la disparition des questions sur l'identité en maintenant vivante, plus ou moins, la personne (non identifiée) de ce peuple. Mais, en même temps, les réponses qu'elles fournis-sent — nationalismes, religion, assimilation — ne supriment pas la névrose de l'aliénation, au contraire, en ce qu'elles sont inspirées de systèmes de pensée étrangers, suggérées par des transpositions imitatives de la culture occidentale unidimensionnelle dominante, bref en ce qu'elles sont elles-mêmes le résultat de la perte d'identité et de l'acculturation.

Aussi, est-ce dans la culture juive elle-même, et au premier chef dans la Tora dans son ensemble — Bible, Talmud, Midrach, Kabbale et Philosophie — qu'on trouvera les éléments de réponse à ces ques-

---

1. J.-P. Sartre, *Réflexions sur la Question juive*, Paris, Gallimard, 1954.
2. J.-P. Faye, *Migrations du récit sur le peuple juif*, Paris, Belfond, 1974.

tions, autrement dit, dans ce qu'on pourrait appeler le mythe juif — en s'inspirant encore de définitions suggérées par l'épistémologie occidentale. Nous entendons par mythe non pas l'illusion de la fable, mais l'expression la plus authentique de la fonction organisatrice spécifique et identificatrice qui caractérise une société, bien que le niveau de réalité et de signifiance ne soit pas encore très clair dans l'analyse et le discours occidentaux des sciences humaines[1]. D'où le caractère à la fois signifiant et absurde, réel et illusoire, ouvert et fermé de ce que la conscience occidentale — les universités, les instituts de recherche, les *mass media* — reconnaît comme mythes dans les civilisations lointaines, dans la sienne propre et dans celles — gréco-romaine, juive — d'où elle se reconnaît issue. C'est en ce sens que la Tora peut aujourd'hui jouer, aux yeux de l'extérieur, non juif et juif déjudaïsé, le rôle du mythe juif et justifier ainsi qu'on y cherche les réponses aux questions « qui est ce peuple ? », lui demandant son acte de naissance, comment il s'appelle, comment il se voit et se nomme en lui-même, et par rapport aux autres, depuis ses origines et à travers les péripéties de son existence, jusques et y compris la période présente et sa perte d'identité elle-même.

Encore, faut-il, bien entendu, se garder de toute forme de réduction, même déguisée, de la Tora à un phénomène homilétique religieux comme le font malheureusement bon nombre de maîtres à penser juifs contemporains. N'est-il pas curieux que « maître à penser » soit devenu péjoratif, tandis que « maître » a tout simplement disparu du vocabulaire ? Leurs discours, parfois brillants, parfois grossiers, renvoient toujours, en fin de compte, à un mystère d'Israël qui serait en quelque sorte le mystère privilégié, une sorte de super-mystère sinon de mirage, en quelque sorte la preuve toujours recherchée de l'existence de Dieu, posé Lui-même comme le mystère des mystères. En suite de quoi, cette fonction mystérieuse est proposée comme « explication », réponse explicative aux questions sur notre identité, réponse que par définition seuls des croyants peuvent, à la rigueur, accepter ; ce qui prive définitivement du même coup tous les juifs non croyants (pourquoi certains sont-ils croyants à priori et acceptent-ils le Dieu-mystère comme explication et d'autres non ? Encore mystère) de tout espoir de recevoir une réponse à leur question : « Qui suis-je ? »

Quant à ceux qui acceptent ces réponses, un danger mortel de paranoïa les guette en période de crises, où les questions ne sont

---

1. Voir, par exemple, Pierre Smith, « La nature des mythes », in *L'Unité de l'homme*, Paris, Éditions du Seuil, 1974, p. 714-730.

plus seulement du genre théorique, qu'on peut oublier dans la vie quotidienne, mais s'imposent à travers les événements politiques et sociaux où nous sommes impliqués.

Je veux parler, par exemple, des derniers événements qui ont secoué les juifs du monde entier, à savoir la guerre de Kippour et ses prolongements.

Dans ce genre d'analyses, tout naturellement, cette guerre, avec la faiblesse relative d'Israël qu'elle a révélée, est perçue comme une épreuve divine, tandis que l'isolement diplomatique d'Israël et les condamnations unilatérales de l'ONU font resurgir toutes les images presque archétypiques de la haine ancestrale des juifs, de cet antijudaïsme foncier, essentiel, constante de l'histoire, qui revêt des discours et formes différents suivant les contextes et les circonstances. Le caractère énigmatique de cet antijudaïsme est souligné à plaisir — comme s'il n'était pas assez évident et qu'il avait besoin qu'on en rajoute —, non pour essayer de le circonscrire et de résoudre l'énigme, mais pour mieux nous renvoyer au mystère insondable. Et c'est là qu'est le danger de paranoïa. Cette haine qui nous entoure, cet antijudaïsme seraient le résultat de notre relation particulière avec un créateur qui fait tout cela d'une manière obscure et pour des raisons encore plus obscures. Comment ne voit-on pas que cette attitude est symétrique des proclamations de l'Inquisition sur le caractère catholique et espagnol de Dieu, auxquelles répondent aujourd'hui celles d'un Kadhafi sur la supériorité ontologique de l'Islam et la mission rédemptrice universelle qui lui fut confiée par le Très-Haut avec son corollaire de guerre sainte libératrice ? Je dis symétrique, et non analogue, car une attitude essaie de « fonder » dans le mystère de la transcendance une élection de la persécution, tandis que l'autre essaie, elle aussi, de « fonder » dans le mystère d'une transcendance une élection de la puissance qui doit s'imposer et ne saurait supporter de contradiction.

Pourtant, c'est la même paranoïa où une situation d'exception, subie ou voulue, est « fondée » sur les mystères d'une transcendance. Paranoïa, car il s'agit de discours et d'attitudes fermés, où rien n'est fondé ; nous ne comprenons pas plus notre situation qu'avant quand nous l'avons rattachée au mystère insondable du créateur et nous n'avons aucune chance d'avoir prise sur elle. Nous restons bloqués dans notre situation. Quant à notre discours, incompréhensible pour l'extérieur, il ne sert qu'à nous draper dans des mots pour mieux nous y enfermer.

Et pourtant, nous voyons bien autour de nous combien est grande la tentation de se laisser charmer et enfermer dans ces discours paranoïdes, ce que Jean Daniel [1] exprimait d'une façon très suggestive en observant qu'« *il y a dans le cœur de chaque juif une place pour Begin, et dans le cœur de chaque Arabe une place pour Kadhafi* [2] ».

Le paradoxe est à son comble quand cette attitude de pseudo-explication et de vraie fuite dans le mystère invoque la tradition de la Tora. Et là, on trouve toutes les divagations possibles, culminant dans ces manipulations magiques de chiffres qui utilisent des prédictions prophétiques et l'ancienne technique de la « guématria » sortie de son contexte traditionnel, pour « fonder » des spéculations messianiques de calculs de fins de temps, qui se révèlent particulièrement faux d'ailleurs à quelques exceptions — retentissantes — près, qui suffisent pour faire oublier les autres et autoriser toutes retouches à posteriori [3].

Paradoxe en effet, car on n'a vraiment pas besoin d'une Tora, qui se présente comme sagesse, enseignement, éclaircissement, si elle n'éclaire pas tant soit peu les mécanismes et processus responsables des situations et des constantes de notre histoire. Il est évident que dans la perspective de la Tora comme savoir éclairant et recherche enseignée, toute analyse, aussi partielle soit-elle, toute hypothèse, aussi contestable soit-elle, sur ces mécanismes, valent mieux que le recours « aux voies impénétrables du Seigneur ». Et, si l'on ne veut vraiment pas se résoudre aux analyses partielles et provisoires et aux hypothèses de recherche, qu'on les critique et qu'on les détruise au nom d'une exigence et d'une rigueur plus grandes, en laissant ouvertes les questions ainsi reposées à un niveau de profondeur plus grand.

Pour notre part, l'analyse du mythe juif et de son épisode central, la sortie d'Égypte, nous servira de fil conducteur dans la compréhension de ces mécanismes. En particulier, le fond commun à tous ces antijudaïsmes — dont J.-P. Faye [4] analyse les discours, à la fois identiques et renouvelés, depuis l'Antiquité romaine jusqu'à l'antisémitisme chrétien du Moyen Age, l'humaniste du siècle des Lumières et des premiers socialistes, enfin les antisémitismes nationaux et nazi des XIXe et XXe siècles —, ce fond commun qu'on ne peut trouver qu'à l'intérieur de ceux qui sont, en permanence, l'objet

---

1. *Le Nouvel Observateur*, octobre 1973.
2. Novembre 1978 : La symétrie a été brisée par la venue au pouvoir de Begin et son entreprise de négociation de paix avec Sadate qui, sous la houlette de J. Carter, fait apparaître un autre aspect du religieux, très différent et fort intéressant (*Le Nouvel Observateur*, n° 667, août 1977).
3. *Nouveaux Cahiers*, n° 39, 1974-1975.
4. J.-P. Faye, *Migrations du récit sur le peuple juif, op. cit.*

de ces discours, alors que les sujets et les circonstances changent, nous apparaîtra aussi clairement comme une des conséquences de l'acte de naissance et de la constitution du peuple juif à partir d'un mouvement de libération vécu jusqu'à ses plus extrêmes limites : c'est la sortie d'Égypte où un peuple et une nation naissent et se constituent dans le mouvement d'une libération d'esclaves qui se veut totale, définitive, absolue.

4. *L'exode comme libération-programme et programme de libération*

Ce n'est pas la sortie d'Égypte, la libération, qui renvoient au mystère de Dieu, c'est inversement le Dieu d'Israël, son moteur intérieur, sa personne active, son système d'« auto-organisation », qui se définissent par la sortie d'Égypte. « *Je suis l'être du temps, ton dieu, qui t'ai fait sortir d'Égypte, de la maison d'esclavage* » est le leitmotiv par lequel le dieu d'Israël se présente, se nomme et se définit. Et il ne peut s'agir de libération relative parmi d'autres, entre deux aliénations, car le peuple qui naît ainsi n'a aucun autre programme que celui-là.

Toute libération de l'oppression porte avec elle l'espoir d'une libération totale, universelle et définitive; tels les mouvements messianiques chez les peuples colonisés, voire le marxisme lui-même. Mais, dans tous les cas, la libération, une fois obtenue, débouche tout de suite sur l'installation d'une nouvelle société où il ne s'agit plus de libération universelle, puisque, par définition en quelque sorte, elle aurait déjà eu lieu.

Le mythe juif contient les récits de fautes et de chutes des juifs eux-mêmes par rapport à leur projet de libération. Grâce à cela, la libération de la sortie d'Égypte et l'existence nationale peuvent ne pas épuiser, au contraire, l'espérance et l'exigence de la libération universelle.

La terre promise au-delà du désert n'est pas un but en soi, mais un moyen pour réaliser ce programme, qui s'exprime dans l'alliance entre Israël et son dieu, c'est-à-dire l'adéquation entre la société concrète des hommes d'Israël et leur image, à la fois image qu'ils ont d'eux-mêmes et conscience du temps, du projet qui est en eux.

Comme nous allons le voir, un des termes de cette alliance est la relation à la terre, l'autre est précisément la relation à la Tora qui doit garantir l'exécution du programme, et qu'il faut comprendre, encore une fois, dans le contexte antique et mythique. D'autant plus qu'en même temps cette alliance s'exprime encore : « Je serai pour vous *pour* dieux et vous serez pour moi *pour* peuple [1] », comme si les concepts habituels de dieux et de peuple ne convenaient pas en eux-mêmes et qu'il ne s'agissait là que d'un « tout se passe comme si », qu'on utilise pour décrire une situation à l'aide des seules images disponibles dont on sait par ailleurs qu'elles sont fausses.

Ce dont il s'agit, c'est de façonner ce peuple d'anciens esclaves dans le mouvement d'une libération qui se veut totale. Les tensions entre Moïse et les anciens du peuple portent précisément là-dessus : ce qui, pour les anciens, pourrait n'être que la libération de l'esclavage d'Égypte est pour Moïse l'amorce d'une libération qui doit continuer, libération de toute aliénation, de toute limitation, de tout particularisme, débouchant sur l'infini et son désert, lieux indispensables de la découverte de la Sagesse et de la Loi, elles aussi posées d'emblée comme infinies — mais intelligibles —, c'est-à-dire se renouvelant sans cesse, sans fin, en accompagnement du mouvement lui aussi incessant de la vie elle-même, des individus, du peuple, des sociétés, du monde.

Dans ces conflits qui opposent Moïse aux cadres traditionnels du peuple, chefs des tribus, aristocratie descendant des ancêtres hébreux pour qui, tout naturellement, cette libération prenait une forme nationale, Moïse s'appuie sur une masse d'esclaves non hébreux qui s'est jointe au mouvement et que la Bible appelle le *erev rav*, la « foule nombreuse », ou le « grand mélange » [2].

Curieusement, tandis que les Hébreux proprement dits sont reliés à « pour Dieu » dont ils sont « pour peuple », cette foule est, d'après le Midrach, appelée dans la Bible le peuple de Moïse [3].

Bien entendu, dans ces tensions, Moïse ne s'oppose pas au désir national territorial, mais il essaie de le canaliser vers toujours plus. « *Vous serez pour moi un royaume de prêtres et un peuple consacré* [4] » (qu'il faut, encore une fois, comprendre dans ce contexte-là et non dans l'acception cultuelle qui est devenue habituelle), tel est le programme que Moïse assigne à ce peuple, au-delà d'une simple réalisation nationale.

Et, pour ne pas risquer de tomber dans de nouvelles aliénations après cette réalisation, une exhortation revient sans cesse qui sera effectivement entendue de génération en génération : « *Vous vous*

1. Lévitique, XXVI, 12; Exode, VI, 7.
2. Exode, XII, 38 et Rachi sur Exode, XXXII, 7.
3. *Ibid.*
4. Exode, XIX, 6.

souviendrez que vous étiez esclaves en Égypte : [...] tu le raconteras
à ton fils [1] [...] Je suis l'être du temps, ton dieu qui t'ai fait sortir d'Égypte,
de la maison d'esclavage [2] [...] Tu n'opprimeras pas [...] tu aimeras
l'étranger, car vous avez été étrangers au pays d'Égypte [3] [...] car
tu fus esclave au pays d'Égypte [4]. »

Autrement dit, cette alliance d'Israël et de son dieu que Moïse
impose dans le désert, alors que la terre ancienne n'est plus là pour
imposer ses limitations et que la nouvelle n'est pas encore là pour
risquer de la remplacer, c'est cette identification d'un peuple d'anciens esclaves avec un désir, une image, un programme de libération
universelle, une connaissance qui, comme le dit A.I.H. Kook,
se confond avec un désir de connaissance [5].

Les idolâtries sont combattues, non en elles-mêmes, mais à cause
de leur danger de halte et de circularité. Elles sont rejetées comme
idolâtries, c'est-à-dire dieux de mort, à cause du type de satisfaction
de désirs qu'elles comportent, où le désir lui-même risque d'être
englouti. Au contraire, l'œuvre porteuse de vie et de liberté implique
que, lorsqu'on satisfait son désir, l'on en ménage la source, que l'on
ne mélange pas satisfaction du désir passé où celui-ci s'épuise, avec
le désir futur qui doit rester vivant.

C'est ce qui s'exprime dans ces commandements, au premier
abord curieux : « *Tu ne feras pas cuire le chevreau dans le lait de sa
mère* [6] »; « *Quand tu trouveras un nid d'oiseaux, tu prendras les œufs
et les petits, mais la mère, tu la renverras* [7]... »

Ces interdictions étendent et généralisent celle de l'inceste qui
prend, du coup, une signification nouvelle. La mère, c'est la source

1. Exode, XIII, 8; Deutéronome, VI, 20.
2. Exode, VI, 6; VI,7; XX, 2; Lévitique, XXVI, 13.
3. Exode, XXII, 20; XXIII, 9; Lévitique, XIX, 34; Deutéronome, X, 19.
4. Deutéronome, V, 15; XV, 15.
5. [...] « secret de l'existence d'Israël, [...] démarche obscure [...] où les chemins
du vagabondage sont les degrés d'une ascension [...], l'obscurcissement, une
propriété de l'illumination [...] Alors que (atteignant quelque connaissance),
nous pensons exécuter quelque programme, notre pensée et notre esprit en mouvement nous avertissent aussitôt que nous ne faisons que *désirer* un idéal de connaissance... (c'est ce désir, *chékika*) qui, en soi, est la caractéristique de la connaissance de l'Être et de son service, où nous situons le fondement de notre vision
du monde [...], incommensurable avec quelque connaissance que ce soit, intellectuelle ou morale [...], démarches mécaniques qui, en fin de compte, s'emparent
des cheminements étrangers... » (Abraham Itzhak Hacohen Kook, « La connaissance désirante », in *Orot Hakodech*, t. II, 5ᵉ discours, ch. 28, p. 557-558, Jérusalem,
Mossad Harav Kook, 2ᵉ éd., 1964).
6. Exode, XXIII, 19; XXXIV, 26. Deutéronome, XIX, 21.
7. Deutéronome, XXII, 67.

du désir et de ses satisfactions, en ce qu'elle est la source de la vie elle-même; la femme possédée, c'est la satisfaction elle-même. Leur fusion signifierait ce mélange, mortel parce que destructeur du désir, entre la satisfaction où le désir passé s'épuise et la source de tous les désirs futurs. Et la séparation entre terre-mère nourricière et terre-femme fécondée, dont nous parlions plus haut, procède encore du même mouvement.

C'est dans le désert, entre les deux terres, qu'est entrevue la possibilité de libération totale, universelle, définitive parce que pouvant se resourcer et se renouveler. « Comme les actions du pays d'Égypte où vous avez résidé, vous n'agirez pas, et comme celles du pays de Canaan, où je vous conduis, vous n'agirez pas [1]. » Ce que le Midrach renforce par ailleurs en soulignant le caractère déjà suspect et malheureux, porteur de mort, de toute *résidence* [2].

Et c'est à partir de là, une fois que le contrat a été scellé, que la Tora commence à être enseignée, que l'histoire va commencer, qui ne sera que celle — mais qui sera toute celle — des contradictions insolubles mais vitales entre la visée vers la libération totale et universelle et la réalité, qu'on espère toujours provisoire, des limitations, des particularismes, y compris et surtout du nôtre.

Auparavant, le danger mortel de supprimer le premier terme de la contradiction (et donc la contradiction elle-même, c'est-à-dire s'installer définitivement, s'arrêter et se rapetisser aux seules dimensions d'un particularisme aliénant) a été écarté. Ce danger apparaît comme celui d'une fausse relation à la terre, soit du retour en Égypte par peur de la nouvelle, soit d'une relation à la nouvelle en dehors de l'alliance, comme si c'était l'ancienne [3]

Il est écarté après que le programme, l'image de peuple libéré, eut été imprimé. Il a fallu pour cela attendre quarante ans : que la génération ancienne ait disparu dans le désert et qu'une nouvelle génération y ait grandi avec comme seule détermination la non-terre du désert, la non-limitation, non-définition, et la Tora, culture « tombée du ciel ».

1. Lévitique, XVIII, 3.
2. Talmud Babli Sanhédrin, 106 (a) et Midrach Raba, Noah, chap. 38.
3. Voir Nombres, XIV.

5. *De l'ouverture libératrice au conformisme d'une organisation sociale*

Dans ce nouveau peuple ainsi constitué, dont la mère n'est plus l'Égypte, mais le désert et la Tora, le programme de libération définitive, dépassant tel ou tel esclavage et ne pouvant s'en satisfaire, est définitivement inscrit. Un peuple est né, non des adaptations et des accommodements de l'existence aux limites et contraintes d'une terre déterminée, mais d'une expérience de voyage en dehors de ces limitations, d'un « trip » collectif de quarante ans qui façonnera définitivement l'image que ce peuple aura de lui-même : vivant sur la terre et non au ciel, puisque le désert est quand même sur la terre, mais en voyage dans un « toujours ailleurs », voyage initiatique dont les étapes ne risquent pas d'être rapetissées à telle ou telle figure de paysages déterminés.

Et c'est ainsi, à partir de là, que, presque dès l'origine, le mouvement va se retourner et engendrer, entre autres « sous-produits », cette haine qui ne disparaîtra effectivement qu'avec la fin du mouvement lui-même. En effet, libération universelle de toutes les aliénations veut dire aussi subversion des aliénations existantes; donc, non seulement rejet *de*, mais aussi rejet *par* toute forme de société organisée. Mais, bien plus grave, ce rejet implique, dans le principe, et provoque effectivement un repliement sur eux-mêmes de ces annonceurs de liberté, c'est-à-dire finalement... une nouvelle société, organisée, elle aussi. Un groupe de marginaux, marginalisés initialement par l'exigence du changement radical, se trouve bien vite confronté au problème de durer : soit qu'aucun changement n'intervienne, soit que des changements-alibis canalisent en les étouffant les espérances du grand nombre, les marginaux n'ont, devant la perspective d'une longue attente, qu'à réintégrer le giron des groupes centraux « par où passe l'histoire! », ou à organiser leur durée en attendant le grand soir ou le messie..., ce qui, évidemment, contredit sur beaucoup de points leur marginalité initiale en créant une nouvelle conformité, de nouvelles aliénations.

La vitalité du nouveau groupe social ainsi constitué va dépendre de la profondeur de la trace des exigences initiales dans son organisation sociale, qui de toute façon les contredit : ces exigences tiennent de la négativité imaginaire et de l'utopie — le changement messianique —, tandis que l'organisation se frotte aux contraintes internes et externes par rapport auxquelles elle sera adaptatrice comme fonction d'organisation et adaptée comme état d'organisation. Et pourtant, les premières justifient la seconde, au moins aux yeux des individus du groupe. C'est d'elles que viendra le minimum d'enthousiasme individuel nécessaire à la constitution et à la cohésion du nouveau groupe social. L'organisation sera plus ou moins assurée, en termes de durée, suivant qu'elle aura plus ou moins réussi à intégrer, sans les dénaturer, ces facteurs de négativité et d'utopie qui, tout à la fois, la contredisent et lui servent de garantie.

Dans le cas des Hébreux, la nouvelle société organisée, « ni comme les résidents de la terre d'où vous venez, ni comme ceux de la terre où vous allez », gardera donc la trace de l'illumination et du projet initial; mais, en tant qu'organisation sociale, elle aura aussi ses esclaves. Mieux — ou pire —, c'est dans le statut particulier qu'y auront les esclaves que s'exprimera — ou s'enfouira — le projet initial de libération de l'esclavage.

Après la libération de l'esclavage d'Égypte, la grande extase de tout le peuple au Sinaï (où ce peuple découvre son Dieu moteur intérieur, habituellement caché, avec qui l'alliance-programme est scellée) débouche tout de suite sur des lois d'organisation sociale spécifique [1] dont la première, archétypique, concerne le statut de deux types d'esclaves [2]. D'une part les esclaves hébreux, témoins de la subsistance de contraintes et d'aliénations intérieures au groupe. Il ne servirait à rien de se borner à une déclaration formelle d'abolition d'esclavage alors que des conditions existent qui permettent à des membres du groupe de se trouver en état de dépendance économique totale, supprimant leur autonomie de personnes et en contradiction évidente avec le projet inscrit dans la naissance du groupe : « Tu te souviendras que tu as été esclave en Égypte. » La loi organisatrice, en instituant la libération obligatoire des esclaves hébreux, vient alors s'efforcer de rendre transitoire et réversible cet état d'aliénation et de le retourner en source de nouvelle libération; mais en même temps, elle ne peut faire autrement qu'institutionnaliser l'esclavage, même si c'est sous la forme d'un mal nécessaire dont il faut se débarrasser. D'autre part, à côté des esclaves hébreux, les esclaves étrangers témoignent, eux, de la survivance de contraintes extérieures qui explosent parfois en guerres [3], productrices de vaincus réduits en esclavage, situation elle aussi en contradiction avec le projet initial : « Tu te souviendras que tu as été étranger

---

1. Rachi sur Exode, XXI, 1.
2. Exode, XXI, 1 à 6 et XXI, 31; Lévitique, XXV, 42 et 44.
3. Deutéronome, XXI, 10 et XXIII, 16.

au pays d'Égypte » — et que la loi organisatrice ne peut faire autrement, là aussi, qu'institutionnaliser.

Tant que la prétention à l'universalité n'est pas elle-même universelle, elle bute sur la réalité des différences et des rejets particularistes, et se retrouve rejetée elle-même inévitablement vers son propre particularisme.

Là, la prétention à l'universalité y sera d'autant plus facilement raillée et vomie, qu'elle aura été forcée de s'enfermer dans le vêtement particulier d'un peuple, d'une nation, d'une terre, d'un État. Alors, la vie de ce peuple va dépendre d'une sorte de contrat entre le vêtement et le corps, le porte-parole et la parole. Tant que le particularisme juif reste un moyen au service d'expressions diverses du projet initial, même si provisoirement elles ne sont comprises comme telles, à la limite, que par les juifs eux-mêmes, il garde assez de force pour résister à ces railleries et à cette haine que — malgré cela et à cause de cela — il déclenche et exacerbe. En même temps, il garde assez de force objective pour imposer son existence au milieu des autres particularismes, des autres peuples, nations, États.

Mais quand le particularisme juif est vécu comme une fin en soi, alors, la justification suivant laquelle « il a le droit d'exister au même titre que les autres » n'est plus suffisante pour animer une force intérieure lui permettant de résister à la dérision et aux assauts des autres.

6. *Le va-et-vient historique et idéologique*

L'existence de ce particularisme « comme les autres » est non seulement contradictoire dans les termes, mais surtout dénuée de tout intérêt par rapport au groupe initialement marginal, et conduit, finalement, à l'éclatement du groupe lui-même. Aussi, l'exil et la dispersion au milieu des nations sont-ils acceptés à la fois comme une conséquence de ces assauts des autres et comme occasion de retrouvailles avec le projet initial d'universalité. Ce sont d'ailleurs ces retrouvailles qui permettent à l'exil de n'être pas un exil « comme les autres », et finalement de durer.

Mais alors, cet exil, à son tour, qui n'est pas comme les autres, et fait durer une existence dispersée plus qu'il n'est « normal », engendre la haine des nations organisées contre ces ferments de subversion. Ceux-ci sont alors perçus avec les stigmates des malédictions de l'histoire, que ce soit sous la forme du peuple pécheur et réprouvé de Dieu, de certains chrétiens, ou du poison maladie de l'histoire, de tout un courant de l'Islam [1], ou encore, du peuple-classe, parasite sans légitimité, de Marx et de Léon.

Cette haine et ce rejet par les sociétés organisées — et par les idéologies organisatrices et classificatrices, même si elles sont révolutionnaires — de tout porteur d'espérance de libération universelle ne peut cesser tant que ces sociétés elles-mêmes — et ces idéologies — ne se sont pas libérées des aliénations particulières sur lesquelles elles se sont fondées. Plus un système social, ou une idéologie, sera censé se rapprocher de cette libération, plus son échec engendrera de haine pour l'espérance de libération par rapport à laquelle l'échec est dénoncé.

Parmi les divers antijudaïsmes, les antisémitismes d'inspiration chrétienne et musulmane, et, plus récemment, l'antisémitisme marxiste, avec ses variantes soviétiques et gauchistes diverses, apparaissent assez clairement comme des exemples de ce mécanisme.

Quant à l'antisémitisme nazi, ses théorisations par Hitler lui-même sont suffisamment explicites pour qu'on y voie là aussi une autre variété de compétition dans la prétention à l'universalité; le « véritable ennemi du peuple allemand » était le juif, lequel fut le premier à avoir eu vocation, au moins aux yeux de Hitler et des nazis, à « dominer » l'univers.

Ainsi, tout naturellement, le cercle se referme, ou plutôt la boucle de spirale : les dispersés de cette espérance tendent à nouveau à se replier sur eux-mêmes pour échapper justement à cette haine, pour permettre à nouveau à leur espérance de libération radicale et universelle de se développer et de s'incarner — encore paradoxalement — à l'abri de leur particularisme retrouvé de peuple, de nation, de terre, d'État. Et, ainsi de suite, jusqu'à l'exil suivant s'il s'avère, encore une fois, que les limites du vêtement particulariste sont décidément trop étroites pour le projet initial.

Car cette existence particulière, spécifique, reste paradoxale et antinomique par rapport au projet initial d'universalité dont il se trouve que le sionisme lui-même, dans son espérance socialiste rédemptrice, fut un des avatars.

En effet l'entreprise sioniste n'a pas échappé à ce paradoxe constitutif de l'histoire du peuple juif : le désir d'un État juif n'a pu naître

---

1. *Les Juifs et Israël vus par les théologiens arabes*, Compte rendu de la 4ᵉ conférence de l'Académie de recherches islamiques, 1968, Genève, Éditions de l'Avenir, 1972.

que de la conjonction des rejets antisémites et de la reprise en charge du projet universaliste initial.

Celui-ci, entre-temps, dans ses formulations traditionnelles juives, s'était réduit — au moins dans son expression publique — aux dimensions d'une religion exsangue, à l'image des communautés dispersées organisées dans la persécution, la haine, le mépris, puis l'acculturation.

Par contre, il avait entre-temps pénétré, bien qu'en s'y défigurant considérablement, les idéaux dominants de la morale et du messianisme chrétiens, à l'origine des visions prophétiques à la Tolstoï et des exigences de justice universelle à l'œuvre dans les diverses idéologies socialistes, marxisme compris.

Aussi, est-ce dans ces langages-là, prophétique et socialiste, que les premiers sionistes avaient retrouvé le nouvel avatar du projet juif initial autour duquel il était nécessaire de se regrouper si on ne voulait pas se résigner à sa disparition pure et simple par une assimilation aux peuples et nations environnants, ce qui devait signifier le point final à la dispersion persécutrice et acculturatrice.

Pourtant, ces langages étaient en même temps porteurs d'antisémitisme, suivant le mécanisme indiqué plus haut, dans la mesure même où ils énonçaient des idéologies organisatrices de libération universelle par rapport auxquelles l'existence de juifs particuliers dispersés, prétendant incarner cette universalité, était un scandale dérisoire. Et c'est probablement là la raison du refus d'assimilation à des idéologies verbalement universalistes où pourtant la tentation était grande pour des juifs de voir enfin universalisée leur propre prétention à l'universalité.

Cette tentation a été à l'origine des grands débats entre socialistes d'origine juive d'une part, qui voyaient dans le socialisme, d'abord internationaliste, puis soviétique, la « solution du problème juif » qui accompagnerait la libération universelle, et, d'autre part, les juifs socialistes, sionistes ou non, pour qui l'exigence de la disparition du particularisme juif au nom d'un internationalisme qui maintenait en place spécificités et pouvoirs des autres nations était reçue avec la méfiance acquise au cours des siècles de libération forcée, de salut et d'amour chrétiens imposés par le feu.

C'est le même débat qui se retrouve aujourd'hui, et qui divise les jeunes juifs occidentaux dans leur relation au gauchisme et aux diverses idéologies révolutionnaires internationalistes, « maoïstes » et trotskistes.

Les uns voient dans ces idéologies la promesse de libération où le vécu juif pourra s'épanouir en y disparaissant comme particularisme national, tandis que les autres ne peuvent s'empêcher de trouver suspect le désir que le nationalisme juif soit le *premier* à disparaître.

Nous ne pouvons donc que rester suspendus, encore une fois, entre les deux pôles de cette contradiction vivifiante; avec toujours le risque de prochain exil si, encore une fois, l'aspiration à l'arrêt, au repos, à la résidence, à « *avoir un roi comme les autres peuples* » l'emporte sur le projet initial : « *Vous serez pour moi pour* [*en devenir de*] *peuple et je serai pour vous pour* [*en devenir de*] *dieux* ».

Car c'est cela même, ce va-et-vient, l'alliance d'Israël et de son dieu, qui garantit l'étrange pérennité de ce peuple : identification collective des juifs comme famille et groupe humains particuliers avec ce projet universel qui, forcément les dépasse, et donc, par certains côtés, les nie, mais sans lequel ils n'ont aucune raison d'être particuliers.

C'est cela l'alliance, cette identification avec ce dieu, jaloux certes puisqu'il leur demande de se dépasser sans cesse pour son service, et surtout de ne jamais s'arrêter à quelque approximation que ce soit, quelque apparence de libération et de généralité, idole d'autant plus détestable qu'elle se rapprocherait en vérité du but toujours repoussé. C'est cette identification qui implique à la fois — en quelque sorte mécaniquement et automatiquement, et c'est en cela qu'il s'agit d'une alliance intelligible et non d'un « mystère » —, compte tenu de ce que sont les sociétés humaines organisées, juives comprises, la pérennité de ce peuple et son rejet par les autres.

La pérennité est assurée par ce mouvement de va-et-vient de l'universel au particulier, du nationalisme étroit à l'internationalisme dissolvant.

En même temps, elle entretient par là même les réactions de rejet par les autres sociétés dont les existences particulières et aliénantes sont sans cesse dénoncées et se sentent menacées par la seule existence oscillante et multiforme de la société juive.

Cette superposition contradictoire de la pérennité et du rejet, c'est cela qui constitue, traditionnellement, l'alliance, car une alliance, en hébreu, se « coupe » pour se « sceller ». Il n'y a d'alliance qu'entre « coupés », opposés. L'alliance elle-même est la contradiction qu'il y a dans la réunion de ce qui est fondamentalement dissocié. L'alliance d'Israël et de son dieu, c'est la contradiction entre la finitude et la petitesse humaine, acceptées et revendiquées dans les institutions familiales, tribales et sociales, et l'infini de l'imaginaire, de la pensée et du discours, entrevu dans ses expériences de libération et du désert, retrouvé et recherché dans celles du rite, du discours, de la pensée.

L'alliance, c'est la contradiction qui garantit la pérennité de l'existence rétrécie qui n'en finit pas de mourir, en l'englobant dans un mouvement de va-et-vient qui la nie et la tue, mais l'empêche en même temps de mourir en lui ménageant l'ouverture et l'impulsion minimale lui permettant de redémarrer.

Il est donc important de comprendre les termes et les mécanismes de l'alliance qui nous traverse, toujours essentiellement contradictoires, car, à différents moments de notre histoire, ils impliquent des visées et attitudes différentes.

Il est important de comprendre que toute réduction à l'un des termes de la contradiction ne peut être pour nous, de toute façon toujours déracinés, que la mort, soit dans l'illusion d'un universalisme toujours faux et impérialiste, soit dans les rétrécissements de la vie nationale.

En même temps, la réflexion sur nous-mêmes, et la compréhension de ce qui nous arrive en termes d'interactions réciproques de notre projet avec notre environnement — puisque ce sont les catégories dans lesquelles nous pensons aujourd'hui — peuvent nous sauver d'une paranoïa qu'une certaine mystique nous propose, où notre être ne se fonderait que dans une transcendance qui serait chassée de partout sauf du « destin juif », et dont le caractère mystérieux et inintelligible n'est capable, en fait, de fonder que notre non-être.

7. *Le double critère*

Cette situation suspendue, mais en mouvement, ce va-et-vient qui est la vraie vie du peuple dans son ensemble, au-delà de ses pôles national, nationalitaire, religieux, politique, humaniste, etc., doivent se traduire au niveau des jugements que nous portons sur nous-mêmes par l'existence d'un double critère. Un critère extérieur, défini par comparaison avec les autres peuples, et un critère intérieur, défini par rapport au projet, au moteur enfoui, seule source vraiment efficace de force intérieure et de vitalité. Si nous pouvons avoir bonne conscience et être « sûrs de nous » par rapport à l'extérieur, seules une mauvaise conscience et une exigence constamment renouvelée par rapport à nos propres critères peuvent assurer vraiment, de l'intérieur, notre avenir.

En tant que peuple « comme les autres peuples », engagé dans son existence particulière de société implantée sur sa terre, de nation, d'État, les droits et devoirs du peuple juif doivent être appréciés suivant les mêmes critères que ceux de tous les peuples, nations,

États. En particulier le droit à l'autodétermination, y compris l'autodétermination nationale et politique, reconnu à tous les groupes
humains, ne saurait être nié aux sociétés juives sous quelque prétexte
que ce soit, lié à la vision plus ou moins phantasmatique que les autres
peuples peuvent avoir du fait juif. En particulier, le comportement
d'un État juif qui a réussi à se constituer par des méthodes ni plus
ni moins légitimes que les autres États, de quelque point de vue que
l'on se place — historique, du droit des peuples à disposer d'eux-
mêmes, du droit brechtien suivant lequel la terre appartient à celui
qui la cultive, défense victorieuse contre une autre nation aux intérêts
contradictoires qui lui conteste ses droits —, ne saurait être jugé
suivant des critères différents de ceux des autres États, à savoir :
respect de la vie humaine, justice de la société qui s'y trouve édifiée,
respect des droits et de la souveraineté des autres peuples, bref, contribution au développement de conditions permettant l'épanouissement des potentialités humaines en ce qu'elles ont de commun à
toute l'espèce humaine et, compte tenu de l'existence de différences
historiques, géographiques, linguistiques, culturelles, traditionnelles
qui caractérisent chaque peuple, chaque société. De ce point de vue-
là, il est bien évident que ni le mouvement sioniste, ni l'État d'Israël
qui en est issu, n'ont « démérité » ou pourraient voir leur légitimité
contestée, ni du point de vue du type de société et de relations inter-
humaines qui s'y sont développées, ni du point de vue de ses contri-
butions spécifiques à la recherche commune de nouvelles voies de
développement, et malgré les difficultés et les contradictions créées
par l'opposition de la nation arabe en général et de sa branche pales-
tinienne en particulier.

Même par rapport à cette guerre, au sort des Arabes palestiniens
et à l'aspiration nationale qui en est résultée, cheval de bataille pour
tous ceux qui contestent la légitimité de l'État juif, le comportement
de la nation juive ne peut qu'être jugé « innocent » et même d'une
innocence quasi angélique si on le compare à celui des autres nations
placées dans des situations analogues de conflits d'intérêts et de lutte
de survie.

Mais il se trouve que cela ne suffit pas pour nous maintenir en
vie ! Pour des raisons qui tiennent à notre histoire, notre projet,
il ne suffit pas que nous ayons raison par rapport aux critères des
autres — et donc, que d'autres ne soient en aucune façon « justifiés »
dans une entreprise de destruction contre l'État juif — pour que
nous trouvions en nous-mêmes la force de lutter. Tout se passe
comme si cela n'était pas assez intéressant, cela n'en valait pas la

peine. Sont-ils si nombreux les juifs qui sont prêts à se battre au risque de leur vie, seulement pour une existence nationale, provinciale et limitée, où le seul projet soit d'être « comme les autres » ? Étrange problématique d'ailleurs que celle qui consiste à définir son identité par un projet d'être ou ne pas être « comme les autres » ! A quel peuple la question se pose-t-elle ainsi d'être ou ne pas être « comme les autres », et quelle existence nationale pourrait se fonder et surtout se maintenir sur cette aspiration purement négative à l'anonymat du « comme les autres », résultat des siècles d'exception tragique et de persécutions ?

Notre légitimité vraie est celle qui nous fonde, non seulement en droit, mais en fait, si nous voulons, non seulement avoir raison, mais encore, continuer à exister.

Et cette légitimité, nous ne pouvons en juger que par rapport, non seulement au droit international, mais encore au critère intérieur qui nous est fourni par notre conditionnement historique et culturel, notre mythe d'origine, notre moteur intérieur. Et là, par rapport à ce critère, il est évident que les réalisations actuelles du mouvement sioniste et de l'État d'Israël sont tragiquement insuffisantes : une société à peine plus juste que d'autres, même si elle résout ses problèmes d'inégalités de communautés, mais tout entière refermée sur elle-même, fondée sur la notion de patrie et sur l'expérience d'une vie provinciale et terne en dehors de l'héroïsme[1] de la charrue et du fusil, où les qualités intellectuelles propres aux sociétés juives traditionnelles sont dédaigneusement traitées d'esprit galoutique, tandis que l'esprit que l'on accueille et favorise de plus

---

1. La vaillance ou l'héroïsme *(gvoura)* juif, celui dont on dit, dans les bénédictions du matin, qu'il « entoure Israël », c'est, d'après le Rav Kook, non la vaillance qui conquiert et domine les autres, mais celle de la conquête de soi et de la vie de l'esprit (A.I. Hakohen Kook, *Olat Reiya*, t.I, Jérusalem, Mossad Harav Kook, 3e éd. 1969, p. 75).

Un auteur israélien contemporain, Rachel Rosensweig, projette ces idées dans l'analyse de la situation actuelle en développant des thèmes traditionnels, tels que : « Qui est un héros ? celui qui fait, de son ennemi, son ami » (*Avot* de Rabbi Nathan, p. 75, de l'édition Cherter), ou encore : « Si tu as dominé ton mauvais instinct de sorte de faire de ton ennemi ton ami, je te promets que, moi, je ferai, de ton ennemi, ton ami » (*Mehilta* de Rabbi Shimon Bar Yohaï, p. 215).

Son étude, impressionnante par sa profondeur et son érudition, est parue récemment dans *Chdemot*, revue d'un mouvement kibbouzique. Elle y souligne les dangers de mort contenus dans l'héroïsme à la Bar Kochba qui s'est imposé, jusqu'à présent, dans les modèles israéliens, en lieu et place de cet héroïsme de l'esprit et de la maîtrise de soi où le peuple juif a toujours puisé sa véritable force.

Le titre de cet article, visant à mobiliser Israël vers une véritable « conquête » de l'amitié arabe, est « Mission du sionisme aujourd'hui : conquérir des associés ».

en plus — en dehors de la recherche scientifique — n'est qu'une pâle imitation du music-hall et de la « distraction » des sociétés occidentales méditerranéennes, ce fameux « bidour » israélien.

Bien sûr, encore une fois, tout cela est parfaitement compréhensible et justifiable du point de vue des conditions d'existence de la société israélienne, et ne saurait en aucune façon justifier au contraire quelque déni de légitimité, de la part de quelque censeur que ce soit. Mais seulement, il faut voir qu'intérieurement, par rapport aux exigences et aspirations, même informulées, que les juifs ont pour eux-mêmes, cet état de choses ne peut continuer très longtemps.

Il est remarquable d'ailleurs que ces exigences et aspirations à une société plus branchée sur l'universel, structurellement et fonctionnellement, on les trouve, non seulement dans la partie la plus active des jeunes juifs du monde entier, mais encore chez les jeunes Israéliens eux-mêmes. Toutes les recherches et tous les sondages d'opinion dans la jeunesse israélienne depuis un peu avant et un peu après la guerre de Kippour montrent une insatisfaction profonde, par rapport aux idéaux officiels du sionisme des pionniers, du patriotisme et du culte de l'État. Tout se passe comme si cet esprit juif d'ouverture sur l'universel, qualifié de cosmopolite et dissolvant par certains antisémites, s'exerce aussi de l'intérieur aux dépens du particularisme juif lui-même. Il est normal qu'il en soit ainsi et c'est la survie du peuple, avec ses deux composantes, particulière et universelle, qui en sortira si chacune de ces deux composantes est capable de reconnaître l'autre.

En conclusion, en ces temps où, à nouveau, la légitimité d'une souveraineté nationale juive en Israël est contestée, où nombreux sont ceux, amis et ennemis, qui envisagent l'éventualité de la disparition de l'État d'Israël, sacrifié à la politique des impérialismes qui se partagent le monde, il n'est peut-être pas inutile de préciser que ce texte ne vise en aucune façon à préparer ou justifier à priori cette éventualité. Bien au contraire, dans l'état actuel des relations entre les peuples, la disparition de l'État d'Israël, qui, en tout état de cause, ne se ferait pas sans quelque bruit, serait un coup mortel pour le peuple juif tout entier, et est impensable du point de vue des autres peuples, comme une amputation intolérable de l'image que les hommes se sont forgée d'eux-mêmes. De même que la création de cet État a donné une dignité, une dimension et un élan nouveaux à la conscience que les juifs — sionistes ou non — ont d'eux-mêmes et de leur relation aux autres, de même une telle catastrophe, survenant moins de deux générations après celle du génocide hitlérien, transformerait les juifs de partout, à leurs yeux et à ceux des autres

257

peuples, en ces éternels boucs émissaires, errant de catastrophe en catastrophe, ne pouvant espérer au mieux qu'une survie misérable — ou dorée! — au prix d'une dépersonnalisation et d'une aliénation qu'aucun peuple au monde, aujourd'hui, n'est prêt à accepter.

Mais, cette étude a voulu tenter d'analyser les courants contradictoires qui « animent » — au sens propre de : font vivre —, de l'intérieur, le peuple juif dans ses relations à lui-même et avec les nations. La connaissance de ces courants et de ces forces, au-delà des slogans et de la politique quotidienne, devrait nous permettre, entre autres, de mieux maîtriser notre histoire, afin d'éviter, peut-être, ce genre de catastrophes.

12. A propos de
« psychanalystes juifs[1] »

Wladimir Granoff nous gratifie d'une histoire (analytique) du mouvement psychanalytique français, discours après coup sur des « agirs », où l'auteur rappelle et revendique sa responsabilité, à l'origine de l'existence actuelle d'au moins deux sociétés de psychanalyse. Histoire de scissions, de dé-liaisons et de reliaisons qu'il s'agit évidemment de lire, relire et dé-lire, à l'intérieur d'un langage de psychanalyse et pas comme une quelconque succession de conflits d'écoles et d'excommunications de clercs. En cela, l'histoire du mouvement analytique acquiert les dimensions d'une histoire sainte ou mythique, celle de la mise en mouvement du complexe d'Œdipe, ainsi que l'annonce d'ailleurs le sous-titre du livre. De surcroît, livre pétillant d'intelligence et d'agilité qu'on lit sans fatigue malgré ses cinq cent cinquante pages, comme une épopée qui culmine dans une magnifique dernière conférence-chapitre.

Bien qu'il s'agisse d'une série de conférences prononcées devant un public d'analystes, sa publication implique évidemment un public plus large. C'est de ce point de vue-là que je veux me placer pour signaler d'emblée le piège où ne pas tomber. Malgré tout ce qu'on peut y apprendre sur certains faits et agissements, il faut bien se garder de croire un mot de ce qui y est dit. Surtout pas imaginer que tout cela peut être vrai en un lieu quelconque autre que celui de la subjectivité de l'auteur et de ses condisciples. D'ailleurs, celui-ci le sait bien qui se présente devant ceux qui ne sont pas de sa maison comme un « étranger ». Et sans doute le justifie-t-il par l'épisode des relations Freud-Ferenczi, prototype de la situation de l'analyste au moment particulier de la cure où il devient « l'étranger dont il ne faut pas croire un seul mot » (p. 225-226). En effet, il s'agit en même temps, comme tout discours analytique, d'un dévoilement du caché qui

1. Paru initialement dans *Critique*, n° XX, 1977, p. 245-255, sur : Wladimir Granoff, *Filiations. L'avenir du complexe d'Œdipe*, Paris, Éditions de Minuit, 1975, 551 p., et Marthe Robert, *D'Œdipe à Moïse : Freud et la conscience juive*, Paris, Calmann-Lévy, 1974, 278 p.

prétend à une vérité plus grande après le dévoilement qu'avant. Or, rien dans ce discours ne conduit à croire qu'il en est bien ainsi, sinon pour ceux dont l'adhésion est déjà acquise en dehors de ce discours même, grâce à une foi d'autant plus solide qu'elle ne se transmet que par l'expérience intérieure et indicible du sérail des « maisons » psychanalytiques et de leurs diverses chambrées. Le dogmatisme néo-freudien y est total et sans fard : Freud là aussi, comme en tous les domaines, a montré la « voie ». Freud ayant tout dit, qui se réfère à hors Freud soit n'existe pas, soit est un traître par qui on est arrivé à ce que, sacrilège, on puisse « voir des analystes de métier demander à des non-analystes de les éclairer sur ce qui se passait en eux » (p. 28). Tant sont durs à digérer pour un vrai défenseur de l'orthodoxie (?) les méfaits dissolvants de l'ouverture aux disciplines anthropologiques. On s'étonne d'une telle naïveté — même si elle est brillante — et en même temps on se demande : « Mais d'où vient un tel aplomb, une telle assurance ? » — un peu comme devant les zélotes de telle ou telle secte pour qui l'idée même qu'il puisse ne pas en être ainsi semble parfaitement incongrue.

On s'étonne d'autant plus qu'encore une fois le brio s'y savoure à chaque page, notamment dans la critique et le démontage des mécanismes subtils des ambiguïtés du caché-dévoilé, du silence qui parle, de la parole qui tait, etc. On peut apprécier, de ce point de vue, le remarquable résultat de l'effet de la pratique analytique sur l'aiguisement d'un esprit parlant. Mais cela est mis au service du dogme, jamais questionné en lui-même, défendu farouchement contre, entre autres, l'interdisciplinarité où la discipline analytique risquerait de se fondre et d'être relayée; au point que l'un des buts énoncés de l'entreprise est de permettre de reconnaître — même pas qui est « bon » analyste de qui est mauvais — mais qui est freudien de qui ne l'est pas. Comme toujours en pareil cas, la critique brillante sert à masquer le dogmatisme des affirmations derrière l'ouverture et la liberté de la négation.

Pourtant, l'auteur cherche aussi à sortir de sa maison ou au moins à parler pour le dehors. Pour cela, il est amené à discuter très brièvement le statut de la preuve. Souci épistémologique qui vaudrait la peine d'être creusé. Malheureusement, W. Granoff s'arrête très vite sur cette voie [1] après s'être contenté d'en reconnaître le statut

---

1. On est loin, et c'est dommage, des interrogations sur le statut épistémologique de l'interprétation dont un autre analyste, Serge Viderman, a montré qu'elles peuvent être dans le champ de la psychanalyse aussi rigoureuses qu'ailleurs (*La Construction de l'espace analytique*, Denoël, 1970).

particulier et ambigu dans le discours psychanalytique : celui-ci se veut dit d'un parler où la notion de preuve est tout bonnement incongrue, et, en même temps, dé-voilement de découvertes où le caractère de vérités cachées s'appuie sur des formes verbales qui, malgré tout, lui tiennent lieu de preuves. Mais cela n'est reconnu et même revendiqué — « la preuve n'est que pour soi » — que pour servir à rejeter d'avance toute accusation de dogmatisme et d'obscurantisme : il serait du statut du discours psychanalytique de ne trouver sa justification que de sa seule existence, alors même qu'il se donne des allures de discours « scientifique » ou de « vérité ».

Mais — ou surtout ? — entre analystes, les preuves ne seraient que des accompagnements permettant aux membres de la maison (= de la même société) de se renforcer les uns les autres, mais ne permettraient en aucune façon des dialogues avec établissements de consensus même imparfaits entre maisons différentes. N'est-ce pas là une façon de justifier l'existence et la pratique de sociétés refermées sur elles-mêmes et se combattant à coup d'excommunications (qui est « vraiment » analyste, qui est « vraiment » freudien ?, etc. ; combat dont on se demande quel est l'enjeu ; n'est-ce pas aussi l'ensemble des patients potentiels ?) à la façon de bandes rivales, ou de clans dont la seule justification — qui n'en est pas une parce qu'elle n'a même pas, en théorie, à en être une — est la pratique par filiation divergente à partir du grand ancêtre, seule et unique source de toutes les vérités. S'il en est vraiment ainsi, on voit mal ce qui distingue ces sociétés de gangs de racket et d'assassinat ayant choisi comme champ d'exercice le monde du « grand public large et cultivé » à qui ce livre s'adresse aussi : vous patients potentiels, et vous candidats à l'initiation, sachez bien que vous n'avez pas d'autre choix que d'être soumis à la loi du milieu avec tous ses risques d'extorsions forcées, de punitions, voire d'exécutions, mais aussi tous les bénéfices secondaires qui s'attachent au privilège de savoir (?) qu'on marche dans un chemin ni « barré » ni « interdit » avec un corps enfin ouvert à toutes les « métamorphoses ». Si la pratique ces sociétés est bien celle qui nous est suggérée, nous avons d'autant plus lieu d'être inquiets qu'on nous apprend aussi à quel point les motivations du désir d'être analyste relèvent de pulsions sadiques encore plus raffinées que celles d'être médecin ou chirurgien... et ce n'est pas peu dire.

Mais enfin, on nous rassure en nous suggérant rapidement que ce qui est en jeu dans le rapport au corps, maintenu « barré » des patient(e)s n'est somme toute pas bien méchant, et que même quand on passe à l'acte où « toutes les folies sont permises » (p. 36), ces folies n'en sont pas vraiment tant la patiente est consentante ; et de toute façon, quelle idée d'appeler ça des folies alors qu'il s'agit des banalités du quotidien de la vie parisienne [1].

Par contre, au niveau du rapport à la théorie, non plus au corps du patient, mais au « corpus théorique », là, la règle s'inverse point pour point. Il s'agit d'un retournement assez remarquable sur lequel il vaut la peine qu'on s'arrête car il constitue visiblement un des fondements de l'idéologie analytique qui nous est proposée ici, où on trouve, entre autres, certains accents pauliniens, ce qui ne manque pas de piquant quand on connaît la suite. Ce qu'on nous dit en effet est comme autrefois saint Paul levant la loi : tout est permis dans l'œuvre (même si tout ne vous est pas convenable), tandis que votre salut ne dépend que de votre communion — par la tête et le cœur — avec le père-fils. On nous dit cela, ici, de façon un peu plus moderne mais formellement identique : l'important n'est pas tant la conduite « où l'on peut faire des folies », que l'adhésion au dogme « où aucune folie n'est permise ».

On peut se demander encore une fois ce qui motive un tel attachement acharné à la lettre de Freud comme fondement d'une pratique en 1975. L'exercice de l'exégèse talmudique du texte biblique nous a appris qu'on ne s'attache tellement à la lettre du texte de référence que pour pouvoir mieux lui faire dire quelque chose qui vient d'ailleurs. C'est ainsi que nous apprenons que le secret de Polichinelle du complexe d'Œdipe, vraiment par trop diffusé depuis Freud, est en « passe » (?) d'être remplacé dans sa fonction techniquement indispensable (de secret de Polichinelle) par « le secret d'amour » : « Notre secret, de plus en plus public, est devenu le secret à garder de l'analyse, parce que l'Œdipe, lui, est devenu secret de Polichinelle depuis longtemps. Depuis trop longtemps pour pouvoir exercer longtemps encore toutes les prérogatives propres au secret de Polichinelle. Comme tel, il est en voie d'extinction. Nous tâcherons de savoir quel sort s'en dessine. Le nouveau secret de Polichinelle est notre secret dans l'analyse, au sens du secret d'amour. En ce sens que, chez tout analyste, son secret d'amour joue au niveau où il utilise son rapport au complexe d'Œdipe, à ses géniteurs, à son et ses couples mésalliés, dans son rapport à ses analysés et à son insu. Voilà, et je le dis tout net, ce qu'on appelle politique des sociétés d'analyse, l'oreille de laquelle je l'entends et la façon dont j'accepte d'en parler maintenant, compte tenu de toute mon activité, et notamment de

---

1. Qu'en penserait Phyllis Chester ? (*Les Femmes et la Folie*, Paris, Payot, 1975, chapitre sur les « thérapeutes séducteurs ».) Mais, bien sûr, il s'agit là de pratiques d'« Anglo-Saxons », dont le contexte ne peut pas se comparer à celui des divans bien français !

certains de ses aspects, que seule la surdité rendit possible. Ce dont je m'autorise aussi à dire que la principale activité des instances administratives des sociétés d'analyse est constituée par la demande et la trouvaille de fausses explications plausibles » (p. 108-109). Dont acte.

Mais cela nous amène à un autre ordre de motivations, peut-être moins politique et plus analytique, suggéré en filigrane tout au long de ces conférences pour éclater dans la dernière. Il s'agit de ce qui se fonde sur la théorie de la filiation analytique par « couples mésalliés » où le rôle du père qui fut un fils (l'analyste qui fut analysé) est souligné par rapport à celui de son propre père (grand-père, analyste de l'analyste). Comme les rapports de ce couple restent évidemment marqués du complexe d'Œdipe et en particulier du meurtre du père-maître analyste, l'histoire de ces filiations parisiennes rejoint celle, mythique, des origines du christianisme selon le Freud du *Moïse et le Monothéisme*. Le meurtre du père est renouvelé lors des filiations de maître à disciple et les différentes écoles analytiques correspondraient à différentes attitudes possibles devant ce fait : l'aveu du fils et son pardon qui lui permettent d'être divinisé à son tour et de se confondre avec le père (Lacan) ou la revendication par les fils et leur enracinement entêté dans le rapport au grand-père grâce auquel le meurtre du père est en non pas pardonné mais, en quelque sorte, légalisé (les « psychanalystes juifs », post-lacaniens).

Il est facile de voir là une des clefs possibles de cet attachement obstiné à une orthodoxie freudienne qui, autrement et dans un autre contexte épistémologique, ne manque pas d'étonner. Freud serait ce grand-père auquel Granoff s'attacherait par-dessus Lacan, comme Moïse aurait été le grand-père auquel Freud s'attacha au-dessus de son père (ou de Fliess, ou de Breuer, suivant qu'on favorise l'un ou l'autre comme « partenaire » de l'« auto »-analyse de Freud). On voit donc comment, en fin de compte, ce discours analytique sur les filiations freudiennes en arrive à accorder une place de choix à la problématique des origines juives ou non juives de Freud et de tels de ses disciples. Évidemment, puisqu'il s'agit de l'histoire du mouvement en France, l'articulation de cette problématique se fait autour du freudien non juif (chrétien?) Lacan, et de ses disciples dissidents « psychanalystes juifs » (comme s'il n'existait pas en France d'autres psychanalystes non juifs que Lacan... mais sans doute tombent-ils, pour l'auteur du critère infaillible du freudisme, dans la catégorie des « non-freudiens » qui sortent *ipso facto* du champ de son analyse?).

Ainsi, voilà donc que cette problématique déborde des divans et des cercles plus ou moins privés d'analystes pour s'exposer au grand jour du dévoilement vers un « public large et cultivé » (?). Mais si l'on parle de psychanalystes juifs, alors parlons-en. Et pour cela, qu'on me permette une association, ou une « folie théorique » (ne revendiquant pas l'estampille de freudien, j'en ai à priori le droit, semble-t-il) que ce genre d'exercices me suggère irrésistiblement.

Il s'agit du rapprochement entre Cabale et psychanalyse, déjà maintes fois fait et défait, puis repris et dépris. Granoff mentionne d'ailleurs ces tentatives (p. 74) et je serais assez d'accord avec la critique qu'il en fait. C'est qu'en effet ce qui peut être intéressant dans ce rapprochement, ce n'est pas tant la question d'une filiation de la Cabale à la psychanalyse, mais celle d'une comparaison. Le rapprochement et la comparaison peuvent s'imposer dans un jeu d'associations « libres » — non parce que Freud était juif mais parce qu'il s'agit là de deux approches différentes de la même question du caché et de ses dévoilements. Deux approches de l'écoute de l'inconscient valent toujours d'être comparées, autant pour ceux qui vivent de la tradition psychanalytique que pour ceux qui vivent la tradition juive. Une science des rêves exprimée dans un langage culturel occidental ne peut pas ne pas être rapprochée, même et surtout pour en être différenciée, de sciences des rêves issues d'autres cultures, d'autres expériences, d'autres langages. S'il existait un corpus théorique écrit sur la science des rêves des Incas par exemple, le rapprochement et les comparaisons avec la psychanalyse s'imposeraient évidemment; encore plus et avec plus d'intérêt si les Incas avaient eu une civilisation de l'écrit et du livre qui leur eût permis de survivre dispersés à la destruction de leur empire, de sorte que leurs théories eussent été écrites par des Incas eux-mêmes au cours des siècles, et non par des ethnologues modernes occidentaux plus ou moins déjà analystes-analysants.

Les rapprochements et comparaisons de la Cabale avec la psychanalyse ne peuvent se faire qu'à ce niveau. Le fait que Freud fût juif peut parfaitement être mis de côté dans ce contexte, non comme dénégation, mais comme conséquence de ce qu'il était juif à un tout autre niveau que celui-là, complètement coupé de ces enseignements très peu connus et très peu diffusés dans le milieu déjudaïsé qui était le sien. Il n'y a vraisemblablement jamais eu accès, et de toute façon était bien incapable d'y pénétrer en profondeur à cause de la barrière de la langue hébraïque qu'il ne maîtrisait pas. Je sais qu'on peut construire des interprétations sur une filiation inconsciente, mais on peut aussi bien ne pas le faire : trop visiblement ce qui est important là n'est plus que le désir qu'on en a ou pas, et une analyse critique de ce désir — comme celle de Granoff, pourquoi pas? — est parfaitement justifiée.

Mais c'est le grand mérite de Marthe Robert d'avoir posé le problème de Freud et la conscience juive en des termes tels que, pour la première fois, les rapports ambigus entre judaïsme et psychanalyse peuvent être compris sans tomber ni dans le farfelu des filiations inconscientes, ni dans la dénégation de toute relation. Marthe Robert a bien vu la situation de Freud juif déjudaïsé, comme Kafka « entre deux cultures », de la deuxième génération après l'émancipation. C'est cette situation, par sa négativité, qui lui a permis de découvrir la psychanalyse. Le judaïsme de Freud, ce n'est pas tant un contenu théorique ou idéologique — en fait assez réduit [1] — qu'une situation de minoritaire dans une société occidentale dont, en même temps, il se nourrissait ; de métèque maîtrisant la culture de la société qui, à la fois, l'attire et le rejette. La découverte de la psychanalyse n'est pas tant une démarche juive qu'anti-occidentale. La situation juive n'est là que pour permettre, par la distance qu'elle implique du milieu même de la culture occidentale, de découvrir tout ce que cette culture a voulu refouler. Par là même, cette situation, dans sa particularité, permettait une découverte à portée universelle dont l'impact le plus important se trouvait être justement cette culture même. Mais la trajectoire de Jung et sa fascination pour les cultures d'Extrême-Orient montrent bien comment l'analyse de l'inconscient peut se rattacher non seulement au mythe juif mais aux mythes chinois et indiens aussi bien. Cela montre comment le judaïsme de Freud lui apportait non pas un contenu positif qui l'aurait conduit à redécouvrir l'inconscient, mais la possibilité d'une distance et d'une subversion par rapport à l'Occident du XIXe siècle, seule civilisation d'où l'inconscient, un moment, sembla être chassé. Sa découverte de l'inconscient, il la doit à sa négativité juive et non à son rapport conscient au mythe juif. C'est pourquoi il l'exprimera dans le langage du mythe grec et de la science. Bien plus, il cherchera ensuite, suivant l'interprétation que donne Marthe Robert de *Moïse et le Monothéisme*, à déjudaïser Moïse comme s'il avait besoin de justifier son propre cheminement hors de la famille juive, jusqu'à Athènes.

De façon bien moins convaincante, Grancff reprend en compte le judaïsme ou la judéité de Freud, dans son rapport à Moïse, puis dans

---

1. Même si Freud a connu l'hébreu, ce qui n'est que peu vraisemblable, ce ne pouvait être pour lui qu'une langue de catéchisme infantile et non une langue de culture. Cela justifie en tout état de cause sa déclaration explicite d'ignorance de cette langue dans un contexte « adulte ». Comme Marthe Robert, après Kafka, l'a bien vu, sa perception du monde juif n'était que familiale, à l'exclusion d'une participation vécue à une pensée juive dont la place était tout entière occupée par sa culture gréco-allemande.

la démarche de Lacan qui continuerait la voie de l'aveu et du pardon que Freud assigna au christianisme (en regrettant vaguement que le peuple juif historique ne l'ait pas suivie), et enfin dans l'attachement à l'en-deçà, de ce qu'il appelle les « psychanalystes juifs » (p. 548) — dont lui-même apparemment.

Ces trois moments de la filiation — Freud-Lacan-psychanalystes dits juifs — je voudrais en proposer une interprétation « folle » inspirée du rapprochement du discours cabaliste et psychanalytique que j'indiquai plus haut. Comme il s'agit dans les deux cas de discours-dévoilements de ce qui est caché et par définition indévoilable, les expériences jugées privilégiées pour ces dévoilements, les porte-parole de l'inconscient sont évidemment de la plus haute importance puisque c'est eux qui habillent le caché en le dévoilant, c'est-à-dire lui donnent sa forme visible, celle dont on peut parler et qu'on peut désigner. C'est la comparaison de ces porte-parole, tels qu'ils apparaissent dans les discours de la Cabale et de la psychanalyse respectivement, que je propose d'utiliser comme fil conducteur dans cette « folie » interprétative.

Dans les discours cabalistes sur les séphirot, les noms et les figures, les lieux privilégiés du dévoilement du caché sont à trouver : dans le corps humain et les relations parentales d'une part, avec les figures principales du grand-père, du père et de la mère, du fils et de la femme du fils (cabale de la stature et des figures); dans la structure du langage hébreu d'autre part (cabale des noms, des lettres et autres signes de l'écriture); enfin dans les personnages-événements de l'histoire mythique (de la Bible) et post-mythique du peuple d'Israël, famille dépositaire de ces dévoilements dans l'histoire.

On sait que de ces trois modes, les deux premiers (corps et relations parentales, structure du langage) ont aussi dans le discours psychanalytique ce statut de porte-parole, lieux privilégiés de dévoilements de l'inconscient. Cependant, si on les trouve bien ensemble dans l'œuvre de Freud, il semble que le premier mode, celui des relations parentales, y joue, sous la forme des schémas de l'Œdipe, un rôle beaucoup plus central et originaire que le deuxième, celui des structures du langage. De ce point de vue, Lacan, accentuant au contraire l'importance de ce deuxième mode, apparaît bien comme un continuateur qui accomplit, en la transformant, l'œuvre de son prédécesseur. C'est de ce point de vue-là que le lacanisme pourrait être perçu comme étant au freudisme ce que le christianisme veut être au judaïsme. Lacan-saint Paul de Freud-rabbi Gamliel! C'est alors que le découvreur du troisième mode, celui de l'histoire mythique, apparaîtrait enfin... en Granoff où l'histoire (sainte) du mouvement servirait à fonder le refus de ce pseudo-accomplissement mutilateur et l'obstination dans l'en-deçà judaïque! Mais c'est là que l'histoire devient comique. Ironie ultime, Granoff, « analyste juif », est amené en fait à enfourcher une doctrine on ne peut plus paulinienne : celle du salut par la foi qui deviendra le dogme, aux dépens de la pratique rigoureuse, renvoyée au « tout vous est permis » de saint Paul.

Ainsi Granoff, se voulant « analyste juif », défend-il une doctrine chrétienne qui, jusque dans sa formulation, est exactement l'inverse de ce que serait une doctrine juive des rapports tête-jambes-sexe, du corpus théorique au vécu corporel. « En bref et pour fixer les idées, on pourrait dire que dans ce rapport (au corps du patient) on est prêt à faire des folies... Nous disons en écho : Avec la théorie, on ne fait pas de folies » (p. 37). « L'insensé rend fou, s'il monte à la tête. L'absence d'insensé n'en rend pas moins fou, s'il descend au sexe » (p. 549). L'attitude résumée dans ces formules est exactement l'inverse de celle, bien connue, où l'attachement à une praxis rigoureuse permit une grande liberté d'élaboration théorique[1]. On attendrait plutôt d'un « psychanalyste juif » (si cela veut dire quelque chose) une formule du genre : « aucune folie dans les jambes,

---

1. On pourrait en trouver une formulation à la fois précise et imagée, entre autres dans les pages 59 et suivantes du traité *Hulin* du *Talmud de Babylone*, lues dans une interprétation cabaliste suggérée notamment par le commentaire de Recanati. Il s'agit là-bas des signes de reconnaissance d'espèces animales autorisées pour l'alimentation parce qu'elles véhiculent un symbolisme de la « vie » et conviennent par là au peuple que l'alliance voue, lui aussi, à cette « vie ». On y découvre l'identité d'Israël à travers les traits de l'animal permis, en opposition avec ceux d'approximations ratées que sont le chameau-Ismaël et le porc-Esaü. Suivant cette lecture, l'animal porteur de « vie » — parce qu'exprimant le symbolisme d'une vérité où s'unissent le fini et l'infini, le délimité et l'informe, le différent et le confondu — est défini par deux traits : les pieds (fendus-coupés) par où s'exprime la pratique de la conduite traceront le chemin en le délimitant, le différenciant, le coupant d'autres chemins; au contraire, la tête — par son absence de dents coupantes à la mâchoire supérieure — exprimerait le lieu des épanchements sans retenue et du grand flux unificateur, culminant éventuellement dans l'inceste *(hesed)*, lieu donc de toutes les « folies » possibles... qui ne sont d'ailleurs perçues comme folies que pour autant qu'elles déborderaient sur le champ des pieds. La vérité unificatrice de la tête et des jambes — du théorique et du pratique, du pensé et du vécu — apparaît à mi-chemin, dans le cœur et le sexe « fondement du monde ». C'est de cette vérité-là, d'ailleurs multiforme — autant qu'il existe d'espèces permises —, que la famille porteuse de ses dévoilements est censée se nourrir.
On voit donc que la maxime granoffienne — toutes les folies dans les pieds et le sexe, aucun écart dans la tête — y est exactement inversée. On pourrait bien sûr objecter qu'il s'agit là d'animaux à consommer. au lieu des patient(e)s dont il s'agit ici. Mais ne s'agit-il pas vraiment, ici aussi, de consommation? Et la consommation ne signale-t-elle pas l'identité du consommateur?

toutes les folies dans la tête : ... quelques-unes, soigneusement filtrées dans le sexe par où passe toute connaissance (et pas seulement celle que la fausse pudeur occidentale qualifia de biblique) ».

C'est le propre des juifs déjudaïsés, que nous sommes ou avons été, juifs christianisés, occidentalisés, déshébraïsés (dont Freud fut un des trois fleurons maintenant classiques), de poser la question du maître en termes de père. « Fais-toi un maître [1] », dit le *Traité des pères*. Ce qui veut dire choisis-toi, une fois ta personnalité adulte constituée et en exerçant ton sens critique, un maître pour t'enseigner dans des catégories logiques, et remplacer en les renouvelant les nourritures morales des biberons de ton père. Puis, renouvelle ton choix, qui peut être approximatif, chaque fois que ton cheminement le demande. Parler de filiation à propos des maîtres serait une régression contre laquelle le *Traité des pères*, justement, met en garde l'apprenti-sage. Les pères efficaces, qui se soucient du développement de leurs enfants en adultes, les conditionnent à se séparer d'eux et à se développer en relation avec un savoir critique, ouvert sur l'extérieur, plutôt qu'avec leurs propres nourritures, restreintes au milieu familial.

Le peuple juif de culture s'est bien gardé de cette régression en dissociant l'origine de l'enseignement, « Moïse notre maître », des origines des filiations, « Abraham, Itzhak, Yaakov, nos pères ». Moïse, dans la perception juive mythique et historique (que Freud ne pouvait pas partager [2]), n'a jamais été un père. Prototype des *rabbis talmidei-hahamim*, maîtres-apprentis-sages qui le suivront et se feront, il n'est pas censé supporter la problématique du meurtre et du pardon. Celle-ci, on la trouve bien, mais projetée sur d'autres personnages, dans les relations entre les pères-fils Abraham, Itzhak, Yaakov. Elle y est d'ailleurs renversée en meurtre du fils (Itzhak par Abraham) et tromperie du père (le même fils Itzhak devenu père, par son fils Yaakov). Pour Moïse et ses disciples, c'est d'une autre lignée, bien différente de celle des Pères d'une Église, qu'il s'agit : celle de ces maîtres-élèves des sages qui entretient des rapports toujours agités avec la descendance des pères. On pourrait faire une théorie de la religion comme réunion de cette dissociation, retour au maître-père, auquel la religion juive n'échappe pas non plus évidemment, quand elle est religion.

Quant aux « psychanalystes juifs » dont on nous parle ici, on peut se demander si ce sont des freudiens juifs, à la façon dont Freud

---

1. En hébreu, le maître qui enseigne *(rav)* et le maître de l'esclave *(adon, baal)* sont des mots très différents. Seul le dernier évoque l'autorité et la propriété tandis que le premier évoque l'abondance (« beaucoup »).
2. Voir note 1, p. 265.

l'était et pourrait l'être aujourd'hui, ou bien s'ils se prennent pour des juifs freudiens à la façon dont on nous dit que Moïse et ses disciples l'auraient été. Il y a trois quarts de siècle, dans sa situation d'issu de la première génération de juifs assimilés, Freud a été induit à découvrir la psychanalyse. Aujourd'hui, dans notre situation de juifs décolonisés post-assimilation, après l'expérience des univers concentrationnaires et des écroulements qui s'ensuivirent, nous pouvons certes utiliser la psychanalyse, mais sûrement pas la découvrir. Nous serions plutôt tentés de découvrir, en le renouvelant, le mythe juif à la fois dans son universalité et dans ses dimensions historiques particulières.

Quoi qu'il en soit, heureusement pour les patients, la nature bonne fille aidant, certaines cures réussissent sans qu'il soit indispensable que le thérapeute maîtrise les fondements théoriques de sa réussite. D'autres cures, malheureusement, échouent sans que cela infirme ni confirme le moins du monde la théorie de telle ou telle école. Les discours conscients, théorisations de certains psychanalystes, nous font croire qu'en ce qui les concerne, de toute façon, « ils ne savent pas ce qu'ils font ». Pardonnez-leur, Seigneur ?

13. La vie et la mort : biologie ou éthique[1]

Il est un vieux rêve de l'humanité, celui de l'unité de la loi morale et de la loi naturelle, celui d'un monde où le bien se confondrait avec le vrai — et puis avec le beau aussi par la même occasion, pourquoi pas? Ce rêve est assez éclaté de nos jours et sous nos latitudes, mais comme un phénix il renaît sans cesse de ses cendres.

Moïse, déjà, avant de mourir, en parlait au peuple d'Israël; il parlait au nom du Nom, si l'on peut dire, et il leur disait : « Vois, j'ai mis devant toi, ce jour, la vie, et le bien, et la mort, et le mal... J'ai pris à témoin sur vous aujourd'hui les cieux et la terre, la vie et la mort; j'ai mis devant toi la bénédiction et la malédiction. Tu choisiras la vie afin que tu vives, toi et ta semence. » (Deut. XXX, 15-19.)

C'est en ces termes que parle Moïse, s'adressant au peuple d'Israël à la croisée des chemins, au moment de le quitter; c'est aussi le moment où ce peuple, qui était jusque-là voué à l'errance du désert et aux révélations de l'infini, s'engage dans une entreprise de réalisation nationale et territoriale, entreprise nécessaire à sa stabilisation, mais pleine de dangers dont celui de rétrécissement et de rigidité sociale n'est pas le moindre.

Or, ce texte exprime apparemment, de façon très saisissante, dans ce contexte particulier, ce vieux rêve de l'humanité, cette unité de la loi morale et de la loi naturelle, qui est restée, comme tout le monde le sait, un des fondements de l'attitude juive face à la loi. De plus, ici, la loi naturelle est exprimée en termes de vie et de mort. Bien et mal ne seraient que des aspects particuliers, transposés au domaine de la vie sociale et de la vie subjective, de la vie et de la mort; et le choix du bien serait conseillé, comme le dit Rachi, à celui qui aurait accepté le conseil préalable de choisir la vie plutôt que la mort.

1. Communication au XVIIe Colloque d'intellectuels juifs de langue française, Paris, 1976, publié dans *Le Modèle de l'Occident*, Paris, PUF, 1977, p. 33-46.

En fait, nous le verrons, le texte biblique n'est pas si naïf, et ce n'est que dans une lecture édifiante et catéchisante qu'il apparaît si simple. Certains commentateurs traditionnels l'ont vu il y a bien longtemps; on peut citer, par exemple, l'auteur du *Or Ha'Haym;* mais comme dans bien d'autres cas, aveuglés par la prétendue évidence religieuse d'aujourd'hui, nous devons apprendre à les relire.

D'autre part, on sait qu'il existe un autre discours sur la vie et la mort, qui apparemment n'a rien à voir avec celui-là, celui de la biologie. Comme tout discours scientifique, il est fondé sur une attitude tout opposée, résumée dans le postulat d'objectivité. Le discours scientifique est complètement dissocié de considérations de morale sociale ou individuelle. En cela d'ailleurs, il constitue un phénomène spécifique de notre civilisation occidentale en son état actuel, où ce vieux rêve de l'humanité a été, apparemment, définitivement abandonné, où loi morale et loi naturelle n'ont plus aucun champ commun.

Je vais essayer de comparer ces deux discours, ou, plus exactement, de rechercher quelques points de repère qui permettent un va-et-vient de l'un à l'autre. Dans la mesure où ils disent explicitement le contraire l'un de l'autre (l'un s'appuie sur cette unité, l'autre au contraire l'ignore), ce va-et-vient — concernant non pas ce qui leur est explicite, mais ce qui leur est implicite et qui les fonde — permet, peut-être, de les mieux comprendre l'un et l'autre.

Le texte biblique, donc, n'est pas aussi naïf qu'il y paraît : les relations entre les couples bien/mal, vie/mort, sont bien plus complexes et ambiguës qu'on ne le croit. Cela est évident dès que l'on prend au sérieux la formulation même du texte : il en ressort toute une série de questions dont les éléments de réponses peuvent être trouvés dans des commentaires talmudiques, cabalistes ou plus tardifs, et aussi peut-être dans une réflexion sur certains courants de la biologie d'aujourd'hui.

La correspondance entre les deux couples bien/mal, vie/mort, est formulée de deux façons différentes. La première formulation contient tout cela en vrac, sans qu'il s'agisse clairement d'une véritable alternative : « Je mets devant toi la vie et le bien et la mort et le mal »; plus exactement, les termes de l'alternative sont ambigus. Il peut s'agir, comme on le croit d'habitude, de l'alternative entre vie et bien d'un côté, et mort et mal de l'autre; mais il peut aussi bien s'agir de l'alternative opposée, celle entre la vie et le bien, c'est-à-dire la vie d'un côté, le bien de l'autre; alternative qui se répète ensuite entre la mort d'un côté et le mal de l'autre. Ce serait alors la vie et le mal qui seraient dans le même camp, et le bien et la mort qui seraient dans l'autre. En fait, la forme de cette première formulation est, semble-t-il, volontairement ambiguë, afin de préserver ces deux éventualités.

Ce n'est que dans une deuxième formulation, quelques versets plus loin, que l'alternative est présentée de façon plus tranchée, telle qu'on a l'habitude de comprendre : « La vie et la mort j'ai mis devant toi, la malédiction et la bénédiction. » Là, en effet, la formule est claire : d'un côté la vie, de l'autre la mort ; d'un côté la bénédiction, de l'autre la malédiction.

Mais cette deuxième formulation se termine par une injonction qui fait rebondir l'ambiguïté du début : « Tu choisiras la vie afin que tu vives, toi et ta semence. » On s'attendrait à : « tu choisiras le bien afin que tu vives » ; ou encore : « tu choisiras la bénédiction afin que tu vives » ; ou encore : « tu choisiras la vie » tout court. Qu'est-ce que cela veut dire : « tu choisiras la vie afin que tu vives » — ce qui laisse entendre que « tu pourrais choisir la vie afin que tu ne vives pas » ?

C'est justement de cette éventualité qu'il s'agit ici, et aussi dans la première formulation où tout est donné en vrac : la vie et le bien et la mort et le mal ; il s'agit effectivement de l'ambiguïté entre ces deux alternatives opposées : celle où le bien serait du côté de la vie — avec, en corollaire, le mal du côté de la mort —, mais aussi celle, au contraire, où c'est le bien qui serait du côté de la mort, et en corollaire le mal du côté de la vie. Dans la première formulation, les deux alternatives sont également possibles, également vraies, également présentes. Si on les accepte toutes les deux ensemble, il en résulte qu'une certaine vie sera en même temps une mort, et qu'une certaine mort sera en même temps une vie : la vie par le bien de la première alternative conduira à la mort de la deuxième alternative, et la mort par le mal de la première alternative conduira à la vie par le mal de la deuxième alternative.

L'injonction finale, qui serait, autrement, incompréhensible, acquiert alors tout son poids et toute sa richesse : le conseil qui t'est donné est de découvrir un chemin au milieu de ce bric-à-brac de vie et de mort, de bien et de mal, un chemin qui te permette de choisir une vie qui ne soit pas une mort, alors même que la réalité est telle que tout choix de vie doit te conduire inéluctablement à un choix de mort : « Choisis la vie *afin que tu vives* », car tu sais que si tu choisis la vie tu risques d'être conduit à son contraire.

Et cela n'est évidemment pas compensé par le fait que si tu choisis la mort, tu risques aussi d'être conduit à choisir la vie — ce qui serait évoqué par une formule du genre : « Choisis la mort afin que tu vives. » Une telle formule est impossible, comme est impossible le cri classique de « Viva la muerte! », « vive la mort », car on ne peut oublier que, malgré tout, le choix de la mort comporte aussi, bien évidemment, le risque de mourir. Autrement dit, les choix de la vie ou de la mort ne sont pas symétriques.

Est-il possible de sortir de ces contradictions et de ces paradoxes, paradoxes et contradictions qu'on ne peut pourtant pas éviter si l'on prend au sérieux la double formulation des textes bibliques ? Si l'on est sensibilisé par une certaine façon de voir les choses, on trouvera dans certains textes rabbiniques quelques indications sur la façon de sortir de ces contradictions, ou, plus exactement, de vivre avec ces contradictions.

Mais on peut essayer auparavant de montrer en quoi des considérations, issues de réflexions sur la vie et la mort telles que la biologie d'aujourd'hui peut nous en suggérer, contribuent à éclairer un peu ces questions, même si, il importe de le souligner, le propos explicite du discours scientifique se veut complètement détaché de questions de ce genre. Essayant d'être aussi peu technique que possible, il n'est pas inutile de s'arrêter un peu sur cette particularité du discours scientifique qu'est le postulat d'objectivité, postulat qui distingue le discours scientifique de bon nombre d'autres discours. Dans la mesure où la science est une des productions les plus caractéristiques de la civilisation occidentale, cette particularité est une marque de cette civilisation, pour le meilleur et pour le pire.

Ce postulat implique entre autres que des phénomènes soient observés par des méthodes dites objectives, c'est-à-dire, en gros, reproductibles et indépendantes, non pas de l'existence d'observateurs, mais de la subjectivité des observateurs.

Ce postulat implique aussi que l'interprétation de ces observations ne fasse aucunement appel à cette subjectivité, même partagée, sous la forme de jugements de valeur a priori sur le caractère désirable, ou souhaitable, de tel ou tel résultat — ce qui exclut d'emblée qu'on se préoccupe du caractère moral, bon ou mauvais, de tel ou tel résultat, de telle ou telle théorie.

La recherche de la vérité — ou plutôt de ce type de vérité recherchée par l'exercice de la méthode expérimentale — prime toute autre préoccupation, avec l'avantage énorme de l'ouverture, c'est-à-dire la possibilité d'être remise sans cesse en question et révisée ; mais aussi, évidemment, avec l'inconvénient de sa dissociation possible d'avec le monde des vérités subjectives, de l'esthétique et de l'éthique.

273

Cette dissociation, qu'on constate aujourd'hui non seulement comme un possible mais comme un état de fait, probablement responsable d'ailleurs de ce qu'on appelle souvent la crise de la science, et même la crise de l'Occident, a une histoire. Elle n'a pas toujours existé telle quelle, même en Occident.

La science, née dans la Grèce antique, n'a pris le visage qu'on lui connaît aujourd'hui qu'au cours des deux derniers siècles de son histoire. Auparavant, disons jusqu'à Newton pour fixer les idées, la loi morale était confondue avec la loi naturelle, ou plus exactement les deux lois avaient une origine commune, à savoir Dieu créateur qui était la garantie de leur unité. Cette unité n'était jamais directement perçue comme une donnée d'expérience; elle ne l'est d'ailleurs toujours pas, ou rarement. Bien au contraire, l'expérience souvent faisait — fait toujours — douter que les lois de la nature fonctionnent en harmonie avec les lois morales. Mais, comme les lois de la nature étaient perçues comme l'expression de la volonté de Dieu, tout comme les lois morales elles-mêmes, cette origine divine servait de garantie à l'unité de ces lois, au moins dans le principe, même si l'expérience contredisait parfois cette unité; cette contradiction par l'expérience pouvait alors être mise au compte, comme on dit, de l'ignorance des desseins impénétrables de Dieu en qui, par définition, la contradiction devait disparaître.

L'avènement de la mécanique rationnelle et son application à la mécanique céleste, avec la cosmologie de Kepler et de Galilée, ont quelque peu modifié les choses en montrant des phénomènes naturels gouvernés non pas par une volonté impénétrable de Dieu mais par des lois accessibles à la raison humaine; mieux, par des lois mathématiques qui semblent produites par la raison.

Qu'on pense comme Galilée que l'univers est un livre dont la langue est les mathématiques, ou bien comme Poincaré que les mathématiques sont la langue de l'homme quand il étudie la nature, Dieu a changé de statut. Il a commencé par devenir mathématicien, puis il a disparu progressivement, remplacé par les physiciens — mathématiciens eux-mêmes —, dès lors qu'ils pouvaient s'en passer. Dans tous les cas, la garantie de l'unité de la loi morale et de la loi naturelle n'était plus Dieu créateur-législateur, mais la raison humaine. D'où cette période des grandes idéologies du XIXe siècle, où la raison devait découvrir les règles de conduite et d'organisation de la société, en harmonie avec les lois de la nature.

Aujourd'hui, tout cela est terminé. Ces idéologies ont échoué, et le libre exercice de la raison critique a abouti à l'échec de la raison elle-même pour fonder une éthique individuelle et sociale. Aussi en est-on arrivé à un état très particulier, spécifique de la civilisation occidentale en ce point-ci de son histoire. Dans cet état, tandis que les lois de la nature sont de mieux en mieux déchiffrées et maîtrisées par cette forme particulière d'exercice de la raison qu'est la méthode scientifique, on se résigne à ce que cet exercice ne soit pratiquement d'aucun secours pour le vécu individuel et social, l'élaboration ou la découverte d'une éthique.

Aussi, en ce qui concerne les sciences de la vie, aboutit-on à une espèce de paradoxe : la biologie s'occupe de la vie et de la mort, mais non pas, ou très peu, de la vie et de la mort des hommes réels en société. Quelques applications médicales, qui utilisent des concepts et des techniques biologiques, ne doivent pas faire illusion ; elles ne concernent qu'une fraction très mince de la population ; ensuite et surtout il ne s'agit de toute façon que de problèmes de santé et non pas de problèmes de vie, ce qui, dans le contexte où nous sommes, n'est pas la même chose.

Cette situation est très bien ressentie par la plupart des biologistes actuels, et ils y réagissent en fonction de leurs inclinations individuelles, car en tout cas ils ne peuvent l'ignorer. On sait que Jacques Monod a écrit son fameux livre, avec le succès que l'on connaît, pour tenter, précisément, de résoudre ce paradoxe. La solution qu'il propose est de fonder une éthique, non pas sur la science elle-même, puisque c'est impossible, mais sur le postulat extrascientifique ou métaphysique qui fonde la science, à savoir le postulat d'objectivité.

C'est une attitude que beaucoup de scientifiques, notamment des biologistes, auraient tendance à partager. D'autres, comme ce groupe de scientifiques américains que Ruyer a présenté dans son livre *la Gnose de Princeton*, essaient dans le même but de fonder un nouveau spiritualisme à partir de concepts de la science d'aujourd'hui, dont ils disent qu'ils les « remettent à l'endroit » quand ils les complètent, en les gonflant et les déformant souvent, de significations métaphysiques [1].

François Jacob a très bien résumé la situation en disant : « On n'interroge plus la vie dans les laboratoires ; c'est aux algorithmes du monde vivant qu'on s'intéresse aujourd'hui », c'est-à-dire à la logique des organismes considérés comme des machines programmées, des systèmes cybernétiques dont il s'agit de découvrir les programmes et la logique de l'organisation.

1. Cf. ci-dessus, chapitre : « La Gnose de Princeton », p. 230.

Cette attitude rejoint le courant majoritaire de la pensée technologique contemporaine, à savoir le courant opérationnel. On ne se préoccupe pas de découvrir des vérités même partielles, mais de savoir si « ça marche ». Des théories scientifiques n'ont à la limite de valeur qu'en tant qu'elles peuvent servir à faire des expériences, en tant qu'elles sont l'origine d'opérations dont on sait qu'elles aboutiront en fin de compte à prouver la fausseté de ces théories, donc à les faire rejeter. La réalité décrite n'est pas celle en soi des objets observés, mais celle des opérations mêmes d'observation, de mesure et de fabrication.

Cette prise de conscience du rôle de l'observation, de l'observateur et de ses opérations, dans le discours scientifique, est quelque chose de très important : cette prise de conscience a pu apparaître comme libératrice, véritablement, dans la mesure où elle permet d'éliminer nombre de faux problèmes essentialistes avec leurs implications totalitaires. En effet, même si l'on critique cette attitude opérationnelle, parce qu'on en perçoit les limites, il ne faut quand même pas oublier qu'elle met à l'abri, dans une certaine mesure, des pièges qui consistent à identifier la science avec telle ou telle idéologie pouvant prendre parfois des formes totalitaires extrêmement dangereuses. Et l'attitude opposée aboutit souvent à extrapoler un point particulier du discours scientifique et à l'étendre à la réalité tout entière. C'est cette attitude qui fut à l'origine de deux applications perverties de la génétique, où les fausses relations entre vérité scientifique et idéologie ont atteint le maximum de l'horreur dans leur utilisation par un pouvoir totalitaire. Il s'agit, bien entendu, de la génétique nazie qui fondait les lois raciales, et de la génétique soviétique stalinienne de Lyssenko.

Là, la question de la vérité ou de l'erreur scientifique n'a plus rien à voir avec celle de l'idéologie qui l'utilise; on s'aperçoit curieusement que les horreurs staliniennes étaient commises au nom d'une génétique qu'aujourd'hui on qualifie de délirante, mais que, en revanche, les horreurs hitlériennes étaient commises, elles, au nom d'une génétique qu'aujourd'hui on reconnaît comme vraie, même si, évidemment, son champ d'application doit être soigneusement délimité.

Par rapport à ces perversions, l'attitude opérationnelle apparaît toujours particulièrement lucide et libératrice, dans la mesure même où elle met à l'abri de confusions de ce type entre recherche scientifique et idéologie. Mais il faut bien voir aussi que cette attitude opérationnelle est quand même un constat de faillite : la faillite des relations possibles entre notre méthode de recherche et notre vécu individuel et social.

De plus, l'attitude opérationnelle, même si elle protège contre des aliénations dans des idéologies totalitaires, ne met pas à l'abri d'une autre forme d'aliénation, parfois moins brutale, plus insidieuse, comme l'a montré en particulier Marcuse, et d'autres après lui : il s'agit non pas de telle idéologie explicite, mais de l'idéologie implicite, cachée, des sociétés libérales ou, comme on dit aujourd'hui, de consommation. Là, l'aliénation s'abrite derrière l'absence de loi explicite, qui est remplacée par le conventionnel et le fonctionnel. C'est l'autre extrême, celui du « tout se vaut », un « tout se vaut » théorique, qui n'est que théorique d'ailleurs, parce qu'il se vit ou s'exprime dans une pratique unidimensionnelle qui englobe tout, métabolise tout, dans l'indifférent de la valeur; et c'est à l'abri de cet indifférent que s'effectue l'uniformisation des aspirations et des désirs.

Là, il n'y a pas de doute que la science opérationnelle joue un rôle récupérateur que Marcuse, semble-t-il, fut le premier à signaler, et que beaucoup de jeunes scientifiques commencent aujourd'hui à percevoir; d'où ce qu'on commence à appeler la crise de la science, qui est une crise de recrutement — peut-être moins quantitatif que qualitatif.

Quoi qu'il en soit, cette attitude opérationnelle pousse jusqu'à ses ultimes limites le constat de l'impossibilité d'utiliser la vérité scientifique pour fonder, disons ontologiquement, une éthique quelle qu'elle soit. En cela, encore une fois, elle a au moins l'avantage de préserver l'avenir, en permettant aux questions d'être toujours reposées, puisqu'elles ne sont que refoulées; et en même temps, elle empêche, au moins espérons-le, d'utiliser la vérité technique, comme cela a été fait dans le passé, pour fonder des idéologies dont le pouvoir meurtrier peut atteindre des dimensions catastrophiques.

Après cette digression, il nous sera possible de montrer comment, dans cette grisaille de l'indifférent, dans ce contexte de recherches purement opérationnelles, on retrouve curieusement une problématique de la vie et de la mort que peut-être les anciens avaient eue, mais qui avait disparu et était oubliée de la conscience moderne; par là, on peut peut-être redécouvrir, évidemment en des termes nouveaux, les anciens problèmes dont on s'aperçoit maintenant non seulement qu'on les avait oubliés mais qu'on n'en comprenait même plus les termes.

Cela va nous permettre de redécouvrir les implications éthiques qu'on croyait oubliées, mais de les redécouvrir à un niveau plus profond, plus multivoque, dans un contexte bien plus riche que celui des dogmes et des idéologies. Évidemment, il va s'agir non pas de fonder *une éthique* sur des théories biologiques nouvelles mais d'utiliser ces théories en ce qu'elles ont d'ambigu et de contradictoire pour poser le problème de l'éthique en des termes de vie et de mort, qui sont eux aussi ambigus et contradictoires; autrement dit, non pas utiliser la théorie scientifique comme un nouveau dogme d'où on tire des recettes morales, mais comme une source d'interrogations nouvelles qui permettent peut-être de mieux poser la question de l'éthique et de retrouver par là des interrogations qui peut-être hantaient les anciens.

Mais comment parler de nouvelles conceptions sur la vie et la mort, alors que nous rappelions qu'on n'interroge plus la vie dans les laboratoires, qu'on ne s'y intéresse qu'à la logique de l'organisation des systèmes vivants? Il se trouve que la logique qu'on y découvre est une logique de la contradiction, où s'évanouissent les anciennes idées bien tranchées sur la vie et la mort, mais où apparaît une espèce de coopération apparemment paradoxale entre ce qu'on croyait être des processus de vie, de développement et de croissance d'un côté, et ce qu'on croyait être des processus de mort, de vieillissement, de désorganisation de l'autre. Bichat disait autrefois : « La vie est l'ensemble des fonctions qui résistent à la mort. » Aujourd'hui, on aurait plutôt tendance à dire que « la vie est l'ensemble des fonctions capables d'utiliser la mort ».

La première intuition de cette coopération antagoniste et paradoxale est probablement celle de Freud sur la pulsion de mort. Mais Freud avait eu cette intuition dans un contexte scientifique qui était le sien et où les outils n'existaient pas pour la fonder véritablement. D'où la difficulté pour Freud lui-même, et plus encore pour d'autres, de comprendre véritablement comment il est possible que des processus de mort puissent faire partie intégrante des processus de vie. On s'est alors réfugié, pour un temps, dans l'idée qu'il y avait une opposition entre l'intérêt individuel et l'intérêt de l'espèce; autrement dit, dans cette idée bien connue qui apparaît clairement dans la vie des insectes et dont l'exemple classique est celui de la mante religieuse obligée de tuer son mâle au moment de leur union parce que c'est le seul moyen pour elle et pour lui de déclencher le réflexe de fécondation; ou encore celui des papillons qui meurent dès qu'ils se sont reproduits et dont on arrive à prolonger artificiellement la vie si on les empêche de se reproduire. Autrement dit, on savait bien qu'il y avait là une opposition entre la vie de l'individu et celle de l'espèce, l'individu devant sacrifier en quelque sorte sa vie, mourir, pour permettre le prolongement et la perpétuation de l'espèce. C'est seulement sous cette forme que l'on avait réussi à intégrer l'idée tellement paradoxale d'une pulsion de mort faisant partie intégrante des mécanismes mêmes de la vie : cette pulsion de mort aurait été en quelque sorte la présence de l'espèce, responsable de la mort de l'individu, à l'intérieur même de la vie de l'individu.

Mais on sait aujourd'hui que cet antagonisme est plus profond. On le découvre maintenant à l'intérieur même de l'individu, à l'intérieur même de n'importe quel système vivant, y compris le système le plus élémentaire, celui d'une cellule. On le trouve à l'œuvre aussi dans la logique de l'évolution et dans la logique du développement, de la maturation et du vieillissement; on le trouve à l'œuvre aussi dans les processus apparemment plus élaborés, ceux de notre appareil cognitif, de ce que Piaget appelle l'assimilation, avec son double sens biologique et cognitif.

En passant sur les détails techniques, disons que deux courants convergents ont conduit à se représenter aujourd'hui l'organisation d'un système vivant comme le résultat de processus antagonistes, l'un de construction, l'autre de déconstruction; l'un d'ordonnancement et de régularité, l'autre de perturbations aléatoires et de diversité; l'un de répétition invariante, l'autre de nouveauté imprévisible.

De ces deux courants, l'un est celui qui utilise, pour décrire la logique du vivant, la théorie de l'information, avec ses notions d'information génétique, de code, de programme; l'autre est celui qui utilise, pour décrire l'état de la matière organisée, une branche de la physique qu'on appelle la thermodynamique des systèmes ouverts.

Une des premières brèches dans la conception classique de l'organisation vitale à laquelle s'opposerait la désorganisation de la mort s'est produite quand on a reconnu le rôle du hasard et de l'aléatoire dans l'organisation des systèmes vivants, et aussi — comme pour bien souligner le côté non mystérieux, non vitaliste de la chose — dans l'organisation de tout système qui serait doué de vertus d' « auto-organisation ».

On sait que ce rôle du hasard a été monté en épingle, dans les mécanismes de l'évolution des espèces tels qu'on se les représente aujourd'hui, par la théorie néo-darwinienne des mutations au hasard suivies de sélection. L'évolution s'accompagne d'une augmentation de complexité et d'autonomie de l'organisation biologique. Le moteur de l'évolution est une coopération curieuse entre des mutations au hasard qui perturbent la stabilité de l'équipement génétique d'une

279

espèce, et une sélection par l'environnement des équipements génétiques modifiés les mieux adaptés à un nouvel environnement. Ce
sont les mutations au hasard qui sont la source de diversité, ou de
nouveauté et de complexification. Or, le hasard était jusque-là
considéré comme antagoniste de l'organisé. Et voilà que l'organisation biologique est capable d'intégrer et d'utiliser le hasard comme
source de nouveauté, comme moyen d'adaptabilité.

Bien plus, cela semble vrai, non seulement pour l'évolution des
espèces, mais aussi pour le développement de l'individu. C'est ainsi
qu'on est arrivé à l'idée que les mécanismes de production d'erreurs
métaboliques et de désorganisation à l'origine du vieillissement et
de la mort seraient peut-être aussi à l'origine du développement et
de la maturation.

De même, la constitution de l'appareil immunitaire en un réseau
qui apprend progressivement à reconnaître le soi du non-soi au
niveau cellulaire et moléculaire fait apparaître l'utilisation de rencontres au hasard de molécules ou de cellules diverses; ce sont ces
rencontres qui modifient la structure du réseau et en déterminent
l'orientation ultérieure dans une voie plutôt que dans une autre,
et c'est cette orientation qui aboutira en fin de compte à former
l'individualité cellulaire du sujet.

Tout cela a conduit à l'idée que l'organisation des systèmes vivants
n'est pas une organisation statique, ni même un processus qui s'opposerait à des forces de désorganisation, mais bien un processus de
désorganisation permanente suivie de réorganisation, avec apparition
de propriétés nouvelles si la désorganisation a pu être supportée
et n'a pas tué le système. Autrement dit, la mort du système fait
partie de la vie, non pas seulement sous la forme d'une potentialité
dialectique, mais comme une partie intrinsèque de son fonctionnement et de son évolution : sans perturbations au hasard, sans désorganisation, pas de réorganisation adaptatrice au nouveau; sans
processus de mort contrôlée, pas de processus de vie.

C'est à une vision du même type qu'ont abouti des travaux visant
à élucider l'état physique de la matière vivante. Quiconque a pu
regarder un film présentant des cellules observées au microscope,
alors qu'elles sont encore vivantes et non fixées en une image statique comme on les voit dans les livres, ne peut manquer d'être frappé
par l'aspect désordonné, par le grouillement de tous ces grains qui
constituent le protoplasme cellulaire; les constituants cellulaires
se font et se défont sans cesse, apparemment au hasard et en même
temps de façon organisée. On peut avoir une image de cette association de hasard et d'organisé en regardant une fourmilière : lorsque

la fourmilière s'attaque à une proie, à un morceau de nourriture, on voit des fourmis aller dans tous les sens de façon désordonnée, l'une attrape la proie, la traîne dans une direction, puis la lâche, une deuxième fourmi arrive, apparemment par hasard, reprend la proie, la traîne dans une autre direction, puis la lâche aussi, et ainsi de suite; tout cela a l'air d'une immense pagaille, mais au bout d'un certain temps on s'aperçoit que, par toute une série de détours et d'errances, la proie finit par arriver à l'intérieur de la fourmilière. Ce n'est bien sûr qu'une image, mais en ce qui concerne la cellule, on sait maintenant que les constituants cellulaires sont en état de renouvellement permanent et que c'est à travers ce flux désordonné, alimenté par l'agitation brownienne des molécules, que se crée une certaine stabilité relative, une persistance de l'ensemble organisé de la cellule.

Aussi, l'image physique qui servait de modèle de représentation de l'organisation vivante a-t-elle bien changé. Autrefois, et récemment encore, lorsqu'on cherchait dans le monde physique une image de l'organisé, on pensait toujours et tout de suite au cristal avec son ordonnancement bien régulier et bien stable; aujourd'hui, ce n'est plus au cristal que l'on pense, c'est au tourbillon de liquide, qui se fait et se défait, dont la forme reste à peu près stable, à la fois contre et grâce à des perturbations aléatoires, imprévisibles, qui maintiennent ce tourbillon tout en le détruisant, et le détruisent tout en le maintenant. C'est aussi à la vieille image de la flamme de la bougie que l'on pense encore.

L'organisation vivante apparaît ainsi comme un état intermédiaire entre la stabilité, la persistance immuable du minéral, et d'autre part la fugacité, l'imprévisible, le renouvellement de la fumée. D'un côté, le solide, de l'autre, le gaz; et au milieu, se trouve le plan fugace du tourbillon liquide.

Ces deux extrêmes constituent en fait deux sortes de mort, qui sont présentes toutes les deux et qui s'opposent l'une à l'autre pour assurer l'existence et le fonctionnement du vivant. La mort par rigidité, celle du cristal, du minéral, et la mort par décomposition, celle de la fumée. C'est elles, en même temps, qui assurent l'une la *stabilité* de la vie, l'autre le *renouvellement* de la vie.

Avec cette vision fluide et mouvante en tête, on peut retourner à la question d'une éthique de la vie et la mort, telle qu'elle était posée dans le texte du Deutéronome cité en commençant. En particulier, on peut

281

retrouver, si l'on est sensibilisé à cette façon de voir, cette même vision contradictoire dans un certain nombre de commentaires plus tardifs.

L'un se trouve dans une histoire, une Aggada, rapportée au folio 21 du traité *Sota* du Talmud de Babylone, que R. Na'hman de Bratzlav [1] a commentée au siècle dernier. L'histoire est la suivante : un homme marche dans la nuit et a peur des trous, des épines, des bêtes sauvages et des bandits. Il arrive à une croisée de chemins; il rencontre l'élève-sage, et pense au jour de sa mort. — R. Na'hman de Bratzlav a vu dans ce récit l'homme qui cherche d'abord à éviter les catégories meurtrières de la nuit, de sa propre nuit intérieure bien sûr. Ces catégories sont tirées de ce qui, en lui, est minéral, végétal, animal et humain, et que le texte exprime respectivement par les trous (pour le minéral), les épines (pour le végétal), les bêtes sauvages (pour l'animal), les bandits (pour l'humain); catégories qui prennent la forme de ce que R. Na'hman appelle respectivement la mélancolie (pour les trous), les pulsions dispersantes (pour les épines), l'agitation désordonnée et la perte de temps (pour les bêtes sauvages), l'orgueil (pour les bandits).

Mais lorsqu'on arrive à la croisée des chemins, après avoir évité ces pièges, reste la question : où aller? Pour cela, l'homme doit chercher à découvrir ce que R. Na'hman appelle l'origine de son âme, qui seule lui permettra de connaître le chemin qui lui convient, compte tenu de ce qu'il est, lui, dans son originalité. Et pour atteindre l'origine de son âme, il ne peut pas éviter la présence du jour de sa mort. C'est cette présence que R. Na'hman interprète comme ce qui va s'exprimer dans la parole de l'homme devant l'élève-sage, le *Vidouï devarim*, le « déversement de paroles », devant l'élève-sage qui ne fait que l'écouter. Autrement dit, après les pièges de la nuit où il doit éviter d'être tué, il va découvrir le chemin de sa vie, simplement en laissant couler sa parole devant l'élève-maître. On ne dit pas, évidemment, s'il doit le faire en s'étendant sur un divan ou autrement; mais de toute façon, cette parole implique, ici aussi, une mise en présence du jour de sa mort.

Un autre commentaire, peut-être plus explicite, est celui que donnait il y a environ trois quarts de siècle le Rav Kook, le père (malheureusement moins connu actuellement en Israël que son fils), à propos d'une expression très courante dans la littérature traditionnelle, celle de *'hay vekayam*, « vivant et persistant » [2]. Il souligne que « vivant » et « persistant » ne doivent pas être compris comme deux

---

1. Rabbi Na'hman, *Likoutei Maharan*, 4.
2. Rabbi Abraham Itzhak Hacohen Kook, *Olat Reiya*, t. I, Jérusalem, Mossad Harav Kook, 3ᵉ éd. 1969, p. 2.

synonymes. Bien au contraire, « vivant » et « persistant » désignent des catégories exactement opposées : « vivant », c'est le renouvellement, le changement, c'est donc la non-persistance; « persistant », c'est l'absence de renouvellement, la non-vie. C'est l'aspiration, contradictoire, à être à la fois vivant et persistant, qui traverse cette invocation traditionnelle par laquelle on veut, de façon paradoxale, réunir les deux catégories du changement et de la stabilité, car c'est justement dans son paradoxe qu'elle constitue la trame même de la vie.

C'est tout cela qu'on peut retrouver comme une clef dans ce texte du Deutéronome par quoi nous avons commencé, celui du discours de Moïse. On va y trouver non seulement l'aspiration à l'unité entre le changement et la stabilité, mais aussi la vision d'une autre garantie de l'unité entre la loi morale et la loi naturelle, qui ne serait ni Dieu ni la raison humaine. Cette garantie est signalée entre les deux formulations que nous avons analysées tout à l'heure. La première jetait en vrac « la vie et le bien et la mort et le mal », tandis que la deuxième apparaissait plus « classique » : le bien, ou plutôt la bénédiction, allant avec la vie, et le mal, ou plutôt la malédiction, allant avec la mort. Entre les deux, après la première formulation, ambiguë, où la vie et la mort sont imbriquées au bien et au mal sans qu'on sache exactement comment, le texte biblique continue ainsi : l'amour de l'innommable qui te sert de dieu, l'observance de sa loi te feront *vivre* et multiplier et feront tomber sur toi la bénédiction; au contraire, ton éloignement et ton asservissement aux dieux étrangers te conduiront à la perte et au *raccourcissement* de tes jours (c'est-à-dire à la non-persistance). On retrouve là les deux aspects : vie démultiplicatrice, et allongement des jours ou persistance, *'hay vekayam*.

Et c'est alors seulement que l'exposé en vrac peut se transformer en l'alternative vie ou mort, bénédiction ou malédiction, avec l'injonction finale : « sache choisir une vie qui te fasse vivre *toi et ta semence* », c'est-à-dire qui soit à la fois persistance de ton être, de ton identité individuelle — toi — et renouvellement — par ta semence.

Pour cela, toujours entre les deux exposés, une garantie est invoquée, ou plutôt un témoignage, celui des cieux et de la terre : « J'ai pris à témoin sur vous (dans vous) les cieux et la terre. » Cela nous indique peut-être que la garantie de l'unité morale-nature, qui est proposée ici, n'est à trouver ni en Dieu ni en la raison humaine, mais dans les cieux et la terre, c'est-à-dire dans la nature qui est elle-même persistance et vie, dont les lois ne changent pas et où pourtant le nouveau est possible. Ce serait en regardant et en se mettant à l'école de tout ce qui existe, en se laissant pénétrer par les courants célestes et telluriques, qu'on retrouverait cette garantie dans la continuité même et le renouvellement de l'existence.

Il faut bien voir que cette attitude est évidemment différente de l'attitude précédente, où c'était la raison humaine créatrice qui servait de garantie. En effet, il ne s'agit pas là de raison toute seule, mais de la perception la plus générale possible de la réalité, et même *des* réalités — les cieux et la terre —, dont la raison n'est évidemment qu'un élément.

Encore une fois, ce n'est qu'après cette mise au point — au sens de mise au point d'un appareil optique qui focalise l'attention —, que le texte peut alors nous dire : sache quel est l'enjeu quand tu choisiras la vie ; ce n'est pas seulement l'éloignement de la mort par rigidité, celle du bien étouffant, car cela va te conduire au mal dissolvant, à la mort par excès de vie, par consomption immédiate. Mais ce n'est pas non plus l'éloignement de cette mort-là, celle du mal et de ses fleurs, car cela va te ramener à la première mort, celle par étouffement stérilisant. Ce que tu choisiras, c'est l'éloignement des deux, ce qui implique, d'une certaine façon, aussi la recherche, l'acceptation et l'utilisation des deux : tu choisiras la vie — double mort — afin que tu vives — double vie — toi et ta semence.

Peut-être un exemple de cette union entre vie et mort, seule garantie d'une vie individuelle renouvelée et maintenue, serait à trouver dans une institution très peu occidentale qu'on peut désigner d'une expression barbare : un code sublimatoire non désexualisé. Qu'est-ce à dire ?

L'intégration du sexuel dans le code social est la condition de cette unité entre vie-renouvellement et persistance. En effet, le sexuel c'est la vie, mais qui se tue elle-même de trop brûler. (La sexualité reproductrice des bactéries en est un exemple spectaculaire, mais c'est vrai également de la sexualité non reproductrice : la bactérie qui se divise disparaît en ses deux bactéries filles, de telle sorte que la reproduction de la vie bactérienne s'accompagne de la disparition de l'individu.)

Le code social qui limite cette vie et qui la freine constitue en cela ce « bien » dont nous avons parlé, qui maintient la stabilité de l'organisation vivante et sociale au prix d'une limitation du fonctionnement même du vivant. Mais il est bien évident que cela ne peut marcher que si cette limitation ne dépasse pas son objet en aboutissant à tuer purement et simplement — mort par rigidité cette fois-ci (sans faire un mauvais jeu de mots) — pour éviter la mort par éclatement, consomption et décomposition.

Pour cela, il faut que le code social garde un caractère vivant, donc sexuel. Il faut que le code social lui-même soit tel qu'on aboutisse à cette réalité, peut-être paradoxale, de code sublimatoire non désexualisé. On observe de tels codes chaque fois que le code social est construit de façon consciente sur des modèles sexuels. Il s'agit bien alors d'une sublimation, puisqu'il y a code et relations sociales idéalisées et spiritualisées, mais cette sublimation n'est pas désexualisée en ce que le code lui-même est perçu sur un modèle sexuel.

C'est de cela qu'il s'agit dans la plupart des organisations sociales dites primitives, c'est-à-dire non occidentales. En ce qui concerne la société hébraïque, cela n'apparaît peut-être pas très clairement à la lecture immédiate du texte biblique. Par contre, c'est fort clair dans sa lecture cabaliste, où la symbolique utilisée est très largement sexuelle, ainsi que l'exprime la phrase qui revient souvent en fondement de cette symbolique : *Mibessari a'hazé Eloha*, « c'est à partir de ma chair que j'observerai la divinité ». On peut contester le caractère central ou périphérique des lectures cabalistes, mais ce sont les seules qui se préoccupent de donner une signification aux préceptes et interdictions du code biblique et talmudique.

Il est remarquable qu'un des axes fondateurs de l'Occident (celui dont Michel Serres [1] n'a pas voulu parler parce qu'il le disait trop connu, à savoir l'axe chrétien soutenu par Rome) ait été caractérisé par le rejet à la fois du sexuel et de la loi hors de la légitimité de son salut. Ce n'est peut-être pas un hasard si c'est dans ce contexte que les seules sortes de sublimation qui aient pu être conçues ont été justement des sublimations désexualisées.

Nous nous sommes livré à un va-et-vient entre des textes anciens et des réflexions nouvelles, malgré les contextes différents, voire opposés, auxquels ils appartiennent. Cela appelle au moins une remarque.

Tout se passe comme si, en réfléchissant aux derniers développements de la pensée occidentale, on retrouvait parfois une vieille sagesse qu'on aurait perdue et qu'on reformulerait aujourd'hui différemment. Autrement dit, on pourrait croire qu'il suffirait de se mettre à l'école des groupes sociaux qui se sont spécialisés dans la conservation de cette sagesse ; à savoir des restes de vie primitive, et en particulier chez les juifs du monde des écoles traditionnelles, des *yechivot*. Eh bien non ! On ferait là une erreur tragique parce que stérilisante, car il s'agit en fait d'un phénomène bien plus radical.

Cette sagesse ancienne, si elle a existé, a vraiment été oubliée, même de ceux qui sont censés en être les gardiens. Bien sûr, le vécu de cette

1. M. Serres, in *Le Modèle de l'Occident, op. cit.*, p. 9-16.

sagesse a été gardé dans les rites, ce qui est évidemment très important, sous la forme de « montages de comportement », qui constituent la pratique sociale et religieuse des sociétés orthodoxes. Mais son contenu conceptuel, les idées qui peuvent l'exprimer et la véhiculer ont été oubliés et sont à découvrir. Non pas à re-découvrir, mais à découvrir à partir de textes et de rites qui existent certes, mais qui ont besoin d'être lus.

Dans cette lecture, la pensée occidentale offre un outil irremplaçable. Son grand avantage, c'est son ouverture, c'est-à-dire sa capacité interminable à se remettre en question. Peut-être est-ce dans les mathématiques, comme le suggérait Michel Serres, peut-être est-ce ailleurs, qu'il faut chercher l'origine de ce langage interminable qu'on ne peut jamais arriver à enfermer.

C'est pourquoi nous avons besoin de la pensée occidentale, même si on la critique, précisément pour pouvoir la critiquer. Et il en a toujours été ainsi. L'histoire des disciples du Gaon de Vilna, venus en Palestine au XVIIIe siècle pour créer une *yechiva* scientifique, du nom de Bat Shéva, où les « sept sciences » devaient être enseignées, est là pour en témoigner. Aujourd'hui, malgré toutes les barrières, la pensée enseignée dans la plupart des *yechivot* n'est pas une pensée originale, pure dans son authenticité, comme beaucoup voudraient le croire. C'est une pensée philosophique religieuse occidentale, caractéristique de la fin du XIXe et du début du XXe siècle : la longueur des barbes, et même la fidélité à la *cacherout*, au *shabbat* et aux *tephillin*, ne sont pas une garantie d'accès direct à cette sagesse ancienne.

Une certaine forme d'étude permanente traditionnelle, renfermée et obsessionnelle, n'est pas non plus une telle garantie. Comme le disait un de nos vieux maîtres : « Ils étudient toute la journée, ils n'ont pas le temps de comprendre. »

Le chemin nécessaire pour découvrir cette sagesse passe, encore, par la pratique de ces approches scientifiques, philosophiques, artistiques, développées en Occident.

Encore une fois, l'histoire de la *yechiva* de Bat Shéva, des disciples du Gaon de Vilna, est là pour en témoigner, tragiquement d'ailleurs, quand on sait qu'elle a été sabotée par les groupes obscurantistes de l'époque.

C'est à l'aide d'outils occidentaux que nous pouvons découvrir un contenu non occidental, contenu qui sera d'ailleurs assimilé, métabolisé par l'Occident lui-même, quel que soit son devenir. C'est pourquoi, par cette démarche, nous participons simultanément à l'extrême pointe de la recherche en Occident et à la recherche de notre identité en ce qu'elle a de particulier.

Table

Introduction : le cristal et la fumée   5

Première partie : Désordres et organisation.
Complexité par le bruit

1. Dogmes et découvertes cachées dans la biologie nouvelle   13

2. Ordres et significations   27

3. Du bruit comme principe d'auto-organisation   39
   Machines naturelles et artificielles, 39. — La fiabilité des organismes, 40. — Le principe d'ordre à partir du bruit, 41. — Rap-
   pels sur la théorie de l'information appliquée à l'analyse des
   systèmes, 44. — Ambiguïté-autonomie et ambiguïté destructrice,
   46. — Auto-organisation par diminution de redondance, 49. —
   Vers une théorie formelle de l'organisation, 51. — Principes
   d'auto-organisation de la matière et d'évolution par sélection
   54. — Le bruit comme événement, 55.

4. L'organisation du vivant et ses représentations   61
   Biologie et mathématiques, 61. — *I. Hasard et organisation,*
   représentation du nouveau, 63 : 1. Bruit organisationnel et différences de points de vue, 63. — 2. Différences de niveaux : systèmes différentiels et bruit organisationnel, 68. — 3. Bruit organisationnel et signification de l'information, 73. — 4. Systèmes humains, 90. *II. Systèmes dynamiques, représentations déter-*
   ministes, 99 : 1. Limites des représentations probabilistes, 99.
   — 2. Complexité moyenne en biologie : couplages de réactions
   et de transports, 101. — 3. Réseaux chimio-diffusionnels, systèmes
   dynamiques et « ordre par fluctuations », 104. — 4. Thermodynamique en réseaux, 107. — *III. Vers des représentations semi-*
   déterministes : réseaux stochastiques et complexité par le bruit, 128.

Deuxième partie : L'âme, le temps, le monde   133

5. Conscience et désirs dans des systèmes auto-organisateurs
   I. Conscience et volonté dans des systèmes ouverts auto-organi-
   sateurs, 136 : 1. Le déterminisme et son fondement dans la réversibilité du temps, 136. — 2. L'absolu spiritualiste et son ignorance
   des effets organisateurs du hasard, 138. — 3. Mémoire-cons-

cience et faculté inconsciente d'auto-organisation, 139. — *II. Conscience volontaire et désirs conscients*, 142. — *III. Machines à fabriquer du sens*, 144. — *IV. Langages et mémoires*, 149. — *V. Passé et avenir : de l'unité temporelle*, 150.

6. Sur le temps et l'irréversibilité   157
Réversibilité microscopique et irréversibilité macroscopique en physique, 157. — Principes d'équivalence et principes d'action, 159. — Finalité apparente en biologie, 162. — Le hasard et la logique de l'auto-organisation, 165. — Deux sortes d'inversion du temps, 170. — « Rien de nouveau sous le soleil », 173. — L'Ecclésiaste et le temps créateur. Idéalisme et matérialisme, 174.

7. Variabilité des cultures et variabilité génétique   182
1. Notion de sélection culturelle, 182. — 2. Variabilité culturelle et variabilité génétique, 185.

Troisième partie : Proches et prochains

8. Hypercomplexité et science de l'homme   191
Le paradigme du « parler ensemble », 191. — La révolution biologique et l'auto-organisation, 194. — L'hominisation, 198. — Aptitudes non réalisées et logique de l'auto-organisation, 201. — Mémoire et langage, apprentissage et erreur. L'imaginaire et l'extase, 205. L'hypèrecomplexité, 211. Science du politique ou politique de la science ?, 214.

9. La théorie des catastrophes   219

10. La Gnose de Princeton   230

Quatrième partie : Des fois, des lois, des arbitraires, des appartenances

11. Israël en question   235
1. Un peuple, son histoire, sa culture, 235. — Le désert, la terre et l'inceste, 237. — 3. Le peuple juif contemporain : « mythe d'origine », « programme » ou fuite dans l'indicible ?, 238. — 4. L'exode comme libération-programme et programme de libération, 244. — 5. De l'ouverture libératrice au conformisme d'une organisation sociale, 248. — Le va-et-vient historique et idéologique, 250. — 7. Le double critère, 254.

12. A propos de « psychanalystes juifs »   259

13. La vie et la mort : biologie ou éthique   270

BRODARD ET TAUPIN À LA FLÈCHE (1-92)
DÉPÔT LÉGAL OCTOBRE 1986. N° 9352-2 (1367F-5)

Collection Points

SÉRIE SCIENCES

dirigée par Jean-Marc Lévy-Leblond et Nicolas Witkowski

S1. La Recherche en biologie moléculaire
ouvrage collectif
S2. Des astres, de la vie et des hommes
par Robert Jastrow (épuisé)
S3. (Auto)critique de la science
par Alain Jaubert et Jean-Marc Lévy-Leblond
S4. Le Dossier électronucléaire
par le syndicat CFDT de l'Énergie atomique
S5. Une révolution dans les sciences de la Terre
par Anthony Hallam
S6. Jeux avec l'infini, *par Rózsa Péter*
S7. La Recherche en astrophysique, *ouvrage collectif*
(nouvelle édition)
S8. La Recherche en neurobiologie (épuisé)
(voir nouvelle édition, S 57)
S9. La Science chinoise et l'Occident
par Joseph Needham
S10. Les Origines de la vie, *par Joël de Rosnay*
S11. Échec et Maths, *par Stella Baruk*
S12. L'Oreille et le Langage, *par Alfred Tomatis*
(nouvelle édition)
S13. Les Énergies du Soleil, *par Pierre Audibert*
en collaboration avec Danielle Rouard
S14. Cosmic Connection ou l'appel des étoiles, *par Carl Sagan*
S15. Les Ingénieurs de la Renaissance, *par Bertrand Gille*
S16. La Vie de la cellule à l'homme, *par Max de Ceccatty*
S17. La Recherche en éthologie, *ouvrage collectif*
S18. Le Darwinisme aujourd'hui, *ouvrage collectif*
S19. Einstein, créateur et rebelle, *par Banesh Hoffmann*
S20. Les Trois Premières Minutes de l'Univers
par Steven Weinberg
S21. Les Nombres et leurs mystères
par André Warusfel
S22. La Recherche sur les énergies nouvelles
ouvrage collectif
S23. La Nature de la physique, *par Richard Feynman*

S24. La Matière aujourd'hui, *par Émile Noël et alii*
S25. La Recherche sur les grandes maladies
     ouvrage collectif
S26. L'Étrange Histoire des quanta
     par Banesh Hoffmann et Michel Paty
S27. Éloge de la différence, *par Albert Jacquard*
S28. La Lumière, *par Bernard Maitte*
S29. Penser les mathématiques, *ouvrage collectif*
S30. La Recherche sur le cancer, *ouvrage collectif*
S31. L'Énergie verte, *par Laurent Piermont*
S32. Naissance de l'homme, *par Robert Clarke*
S33. Recherche et Technologie
     Actes du Colloque national
S34. La Recherche en physique nucléaire
     ouvrage collectif
S35. Marie Curie, *par Robert Reid*
S36. L'Espace et le Temps aujourd'hui, *ouvrage collectif*
S37. La Recherche en histoire des sciences
     ouvrage collectif
S38. Petite Logique des forces, *par Paul Sandori*
S39. L'Esprit de sel, *par Jean-Marc Lévy-Leblond*
S40. Le Dossier de l'Énergie
     par le Groupe confédéral Énergie (CFDT)
S41. Comprendre notre cerveau
     par Jacques-Michel Robert
S42. La Radioactivité artificielle
     par Monique Bordry et Pierre Radvanyi
S43. Darwin et les Grandes Énigmes de la vie
     par Stephen Jay Gould
S44. Au péril de la science ?, *par Albert Jacquard*
S45. La Recherche sur la génétique et l'hérédité
     ouvrage collectif
S46. Le Monde quantique, *ouvrage collectif*
S47. Une histoire de la physique et de la chimie
     par Jean Rosmorduc
S48. Le Fil du temps, *par André Leroi-Gourhan*
S49. Une histoire des mathématiques
     par Amy Dahan-Dalmedico et Jeanne Peiffer
S50. Les Structures du hasard, *par Jean-Louis Boursin*
S51. Entre le cristal et la fumée, *par Henri Atlan*
S52. La Recherche en intelligence artificielle
     ouvrage collectif

S53. Le Calcul, l'Imprévu, *par Ivar Ekeland*
S54. Le Sexe et l'Innovation, *par André Langaney*
S55. Patience dans l'azur, *par Hubert Reeves*
S56. Contre la méthode, *par Paul Feyerabend*
S57. La Recherche en neurobiologie, *ouvrage collectif*
S58. La Recherche en paléontologie, *ouvrage collectif*
S59. La Symétrie aujourd'hui, *ouvrage collectif*
S60. Le Paranormal, *par Henri Broch*
S61. Petit Guide du ciel, *par A. Jouin et B. Pellequer*
S62. Une histoire de l'astronomie, *par Jean-Pierre Verdet*
S63. L'Homme re-naturé, *par Jean-Marie Pelt*
S64. Science avec conscience, *par Edgar Morin*
S65. Une histoire de l'informatique, *par Philippe Breton*
S66. Une histoire de la géologie, *par Gabriel Gohau*
S67. Une histoire des techniques, *par Bruno Jacomy*
S68. L'Héritage de la liberté, *par Albert Jacquard*
S69. Le Hasard aujourd'hui, *ouvrage collectif*
S70. L'Évolution humaine, *par Roger Lewin*
S71. Quand les poules auront des dents
     par Stephen Jay Gould
S72. La Recherche sur les origines de l'univers
     par La Recherche
S73. L'Aventure du vivant, *par Joël de Rosnay*
S74. Invitation à la philosophie des sciences
     par Bruno Jarrosson
S75. La Mémoire de la terre, *ouvrage collectif*
S76. Quoi ! C'est ça, le Big-Bang ?, *par Sidney Harris*
S77. Des Technologies pour demain, *ouvrage collectif*
S78. Physique quantique et Représentation du monde
     par Erwin Schrodinger

Collection Points

SÉRIE ACTUELS

A1. Lettres de prison, *par Gabrielle Russier*
A2. J'étais un drogué, *par Guy Champagne*
A3. Les Dossiers noirs de la police française
   par Denis Langlois
A4. Do It, *par Jerry Rubin*
A5. Les Industriels de la fraude fiscale, *par Jean Cosson*
A6. Entretiens avec Allende, *par Régis Debray* (épuisé)
A7. De la Chine, *par Maria-Antonietta Macciocchi*
A8. Après la drogue, *par Guy Champagne*
A9. Les Grandes Manœuvres de l'opium
   par Catherine Lamour et Michel Lamberti
A10. Les Dossiers noirs de la justice française
   par Denis Langlois
A11. Le Dossier confidentiel de l'euthanasie
   par Igor Barrère et Étienne Lalou
A12. Discours américains, *par Alexandre Soljénitsyne*
A13. Les Exclus, *par René Lenoir* (épuisé)
A14. Souvenirs obscurs d'un Juif polonais né en France
   par Pierre Goldman
A15. Le Mandarin aux pieds nus, *par Alexandre Minkowski*
A16. Une Suisse au-dessus de tout soupçon
   par Jean Ziegler
A17. La Fabrication des mâles
   par Georges Falconnet et Nadine Lefaucheur
A18. Rock babies, *par Raoul Hoffmann et Jean-Marie Leduc*
A19. La nostalgie n'est plus ce qu'elle était
   par Simone Signoret
A20. L'Allergie au travail, *par Jean Rousselet*
A21. Deuxième Retour de Chine
   par Claudie et Jacques Broyelle et Évelyne Tschirhart
A22. Je suis comme une truie qui doute, *par Claude Duneton*
A23. Travailler deux heures par jour, *par Adret*
A24. Le rugby, c'est un monde, *par Jean Lacouture*
A25. La Plus Haute des solitudes, *par Tahar Ben Jelloun*
A26. Le Nouveau Désordre amoureux
   par Pascal Bruckner et Alain Finkielkraut
A27. Voyage inachevé, *par Yehudi Menuhin*

A28. Le communisme est-il soluble dans l'alcool ?
      par Antoine et Philippe Meyer
A29. Sciences de la vie et Société
      par François Gros, François Jacob et Pierre Royer
A30. Anti-manuel de français
      par Claude Duneton et Jean-Pierre Pagliano
A31. Cet enfant qui se drogue, c'est le mien
      par Jacques Guillon
A32. Les Femmes, la Pornographie, l'Érotisme
      par Marie-Françoise Hans et Gilles Lapouge
A33. Parole d'homme, *par Roger Garaudy*
A34. Nouveau Guide des médicaments, *par le Dr Henri Pradal*
A35. Rue du Prolétaire rouge, *par Nina et Jean Kéhayan*
A36. Main basse sur l'Afrique, *par Jean Ziegler*
A37. Un voyage vers l'Asie, *par Jean-Claude Guillebaud*
A38. Appel aux vivants, *par Roger Garaudy*
A39. Quand vient le souvenir, *par Saul Friedländer*
A40. La Marijuana, *par Solomon H. Snyder*
A41. Un lit à soi, *par Évelyne Le Garrec*
A42. Le lendemain, elle était souriante…
      par Simone Signoret
A43. La Volonté de guérir, *par Norman Cousins*
A44. Les Nouvelles Sectes, *par Alain Woodrow*
A45. Cent Ans de chanson française, *par Chantal Brunschwig*
      Louis-Jean Calvet et Jean-Claude Klein
A46. La Malbouffe, *par Stella et Joël de Rosnay*
A47. Médecin de la liberté, *par Paul Milliez*
A48. Un Juif pas très catholique, *par Alexandre Minkowski*
A49. Un voyage en Océanie, *par Jean-Claude Guillebaud*
A50. Au coin de la rue, l'aventure
      par Pascal Bruckner et Alain Finkielkraut
A51. John Reed, *par Robert Rosenstone*
A52. Le Tabouret de Piotr, *par Jean Kéhayan*
A53. Le temps qui tue, le temps qui guérit
      par le Dr Fernand Attali
A54. La Lumière médicale, *par Norbert Bensaïd*
A55. Californie (Le Nouvel Age)
      par Sylvie Crossman et Édouard Fenwick
A56. La Politique du mâle, *par Kate Millett*
A57. Contraception, Grossesse, IVG
      par Pierrette Bello, Catherine Dolto et Aline Schiffmann
A58. Marthe, *anonyme*

A59. Pour un nouveau-né sans risque
      par Alexandre Minkowski
A60. La vie tu parles, *par Libération*
A61. Les Bons Vins et les Autres, *par Pierre-Marie Doutrelant*
A62. Comment peut-on être breton ?, *par Morvan Lebesque*
A63. Les Français, *par Theodore Zeldin*
A64. La Naissance d'une famille, *par T. Berry Brazelton*
A65. Hospitalité française, *par Tahar Ben Jelloun*
A66. L'Enfant à tout prix
      par Geneviève Delaisi de Parseval et Alain Janaud
A67. La Rouge Différence, *par F. Edmonde Morin*
A68. Regard sur les Françaises, *par Michèle Sarde*
A69. A hurler le soir au fond des collèges, *par Claude Duneton*
      avec la collaboration de Frédéric Pagès
A70. L'Avenir en face, *par Alain Minc*
A71. Je t'aime d'amitié, *par la revue « Autrement »*
A72. Couples, *par la revue « Autrement »*
A73. Le Sanglot de l'homme blanc, *par Pascal Bruckner*
A74. BCBG, le guide du bon chic bon genre
      par Thierry Mantoux
A75. Ils partiront dans l'ivresse, *par Lucie Aubrac*
A76. Tant qu'il y aura des profs
      par Hervé Hamon et Patrick Rotman
A77. Femmes à 50 ans, *par Michèle Thiriet et Suzanne Képès*
A78. Sky my Husband ! Ciel mon mari !
      par Jean-Loup Chifflet
A79. Tous ensemble, *par François de Closets*
A80. Les Instits. Enquête sur l'école primaire
      par Nicole Gauthier, Catherine Guiguon et Maurice A. Guillot
A81. Objectif bébé. Une nouvelle science, la bébologie
      par la revue « Autrement »
A82. Nous l'avons tant aimée, la révolution
      par Dany Cohn-Bendit
A83. Enfances, *par Françoise Dolto*
A84. Orient extrême, *par Robert Guillain*
A85. Aventurières en crinoline, *par Christel Mouchard*
A86. A la soupe !, *par Plantu*
A87. Kilos de plume, kilos de plomb
      par Jean-Louis Yaïch et Dr Gérard Apfeldorfer
A88. Grands Reportages, c*ollectif*
A89. François Mitterrand ou la tentation de l'histoire
      par Franz-Olivier Giesbert

A90. Génération 1. Les Années de rêve
      par Hervé Hamon et Patrick Rotman
A91. Génération 2. Les Années de poudre
      par Hervé Hamon et Patrick Rotman
A92. Rumeurs, *par Jean-Noël Kapferer*
A93. Éloge des pédagogues, *par Antoine Prost*
A94. Heureux Habitants de l'Aveyron, *par Philippe Meyer*
A95. Milena, *par Margarete Buber-Neumann*
A96. Plutôt russe que mort !, *par Cabu et Claude-Marie Vadrot*
A97. Une saison chez Lacan, *par Pierre Rey*
A98. Le niveau monte, *par Christian Baudelot et Roger Establet*
A99. Les Banlieues de l'Islam, *par Gilles Kepel*
A100. Madame le Proviseur, *par Marguerite Genzbittel*
A101. Naître coupable, naître victime, *par Peter Sichrovsky*
A102. Fractures d'une vie, *par Charlie Bauer*
A103. Ça n'est pas pour me vanter..., *par Philippe Meyer*
A104. Enquête sur l'auteur, *par Jean Lacouture*
A105. Sky my wife ! Ciel ma femme !
      par Jean-Loup Chiflet
A106. La Drogue dans le monde
      par Christian Bachmann et Anne Coppel
A107. La Victoire des vaincus, *par Jean Ziegler*
A108. Vivent les bébés !, *par Dominique Simonnet*
A109. Nous vivons une époque moderne, *par Philippe Meyer*
A110. Le Point sur l'orthographe, *par Michel Masson*
A111. Le Président, *par Franz-Olivier Giesbert*
A112. L'Innocence perdue, *par Neil Sheehan*
A113. Tu vois, je n'ai pas oublié
      par Hervé Hamon et Patrick Rotman
A114. Une Saison à Bratislava, *par Jo Langer*
A115. Les Interdits de Cabu, *par Cabu*
A116. L'Avenir s'écrit liberté, *par Édouard Chevardnadzé*
A117. La Revanche de Dieu, *par Gilles Kepel*
A118. La Cause des élèves, *par Marguerite Gentzbittel*
A119. La France paresseuse, *par Victor Scaerrer*
A120. La Grande Manip, *par François de Closets*

Collection Points

SÉRIE ESSAIS

1. Histoire du surréalisme, *par Maurice Nadeau*
2. Une théorie scientifique de la culture
   par Bronislaw Malinowski
3. Malraux, Camus, Sartre, Bernanos, *par Emmanuel Mounier*
4. L'Homme unidimensionnel, *par Herbert Marcuse* (épuisé)
5. Écrits I, *par Jacques Lacan*
6. Le Phénomène humain, *par Pierre Teilhard de Chardin*
7. Les Cols blancs, *par C. Wright Mills*
8. Littérature et Sensation. Stendhal, Flaubert
   par Jean-Pierre Richard
9. La Nature dé-naturée, *par Jean Dorst*
10. Mythologies, *par Roland Barthes*
11. Le Nouveau Théâtre américain, *par Franck Jotterand* (épuisé)
12. Morphologie du conte, *par Vladimir Propp*
13. L'Action sociale, *par Guy Rocher*
14. L'Organisation sociale, *par Guy Rocher*
15. Le Changement social, *par Guy Rocher*
16. Les Étapes de la croissance économique, *par W. W. Rostow*
17. Essais de linguistique générale, *par Roman Jakobson* (épuisé)
18. La Philosophie critique de l'histoire, *par Raymond Aron*
19. Essais de sociologie, *par Marcel Mauss*
20. La Part maudite, *par Georges Bataille* (épuisé)
21. Écrits II, *par Jacques Lacan*
22. Éros et Civilisation, *par Herbert Marcuse* (épuisé)
23. Histoire du roman français depuis 1918
   par Claude-Edmonde Magny
24. L'Écriture et l'Expérience des limites, *par Philippe Sollers*
25. La Charte d'Athènes, *par Le Corbusier*
26. Peau noire, Masques blancs, *par Frantz Fanon*
27. Anthropologie, *par Edward Sapir*
28. Le Phénomène bureaucratique, *par Michel Crozier*
29. Vers une civilisation des loisirs ?, *par Joffre Dumazedier*
30. Pour une bibliothèque scientifique
   par François Russo (épuisé)
31. Lecture de Brecht, *par Bernard Dort*
32. Ville et Révolution, *par Anatole Kopp*
33. Mise en scène de Phèdre, *par Jean-Louis Barrault*
34. Les Stars, *par Edgar Morin*

35. Le Degré zéro de l'écriture
    suivi de Nouveaux Essais critiques, *par Roland Barthes*
36. Libérer l'avenir, *par Ivan Illich*
37. Structure et Fonction dans la société primitive
    par A. R. Radcliffe-Brown
38. Les Droits de l'écrivain, *par Alexandre Soljenitsyne*
39. Le Retour du tragique, *par Jean-Marie Domenach*
41. La Concurrence capitaliste
    par Jean Cartell et Pierre-Yves Cossé (épuisé)
42. Mise en scène d'Othello, *par Constantin Stanislavski*
43. Le Hasard et la Nécessité, *par Jacques Monod*
44. Le Structuralisme en linguistique, *par Oswald Ducrot*
45. Le Structuralisme : Poétique, *par Tzvetan Todorov*
46. Le Structuralisme en anthropologie, *par Dan Sperber*
47. Le Structuralisme en psychanalyse, *par Moustapha Safouan*
48. Le Structuralisme : Philosophie, *par François Wahl*
49. Le Cas Dominique, *par Françoise Dolto*
51. Trois Essais sur le comportement animal et humain
    par Konrad Lorenz
52. Le Droit à la ville, *suivi de* Espace et Politique
    par Henri Lefebvre
53. Poèmes, *par Léopold Sédar Senghor*
54. Les Élégies de Duino, *suivi de* Les Sonnets à Orphée
    par Rainer Maria Rilke (édition bilingue)
55. Pour la sociologie, *par Alain Touraine*
56. Traité du caractère, *par Emmanuel Mounier*
57. L'Enfant, sa « maladie » et les autres, *par Maud Mannoni*
58. Langage et Connaissance, *par Adam Schaff*
59. Une saison au Congo, *par Aimé Césaire*
61. Psychanalyser, *par Serge Leclaire*
63. Mort de la famille, *par David Cooper*
64. A quoi sert la Bourse ?, *par Jean-Claude Leconte* (épuisé)
65. La Convivialité, *par Ivan Illich*
66. L'Idéologie structuraliste, *par Henri Lefebvre*
67. La Vérité des prix, *par Hubert Lévy-Lambert* (épuisé)
68. Pour Gramsci, *par Maria-Antonietta Macciocchi*
69. Psychanalyse et Pédiatrie, *par Françoise Dolto*
70. S/Z, *par Roland Barthes*
71. Poésie et Profondeur, *par Jean-Pierre Richard*
72. Le Sauvage et l'Ordinateur, *par Jean-Marie Domenach*
73. Introduction à la littérature fantastique
    par Tzvetan Todorov

74. Figures I, *par Gérard Genette*
75. Dix Grandes Notions de la sociologie
    par Jean Cazeneuve
76. Mary Barnes, un voyage à travers la folie
    par Mary Barnes et Joseph Berke
77. L'Homme et la Mort, *par Edgar Morin*
78. Poétique du récit, *par Roland Barthes*
    Wayne Booth, Wolfgang Kayser et Philippe Hamon
79. Les Libérateurs de l'amour, *par Alexandrian*
80. Le Macroscope, *par Joël de Rosnay*
81. Délivrance, *par Maurice Clavel et Philippe Sollers*
82. Système de la peinture, *par Marcelin Pleynet*
83. Pour comprendre les média, *par M. McLuhan*
84. L'Invasion pharmaceutique
    par Jean-Pierre Dupuy et Serge Karsenty
85. Huit Questions de poétique, *par Roman Jakobson*
86. Lectures du désir, *par Raymond Jean*
87. Le Traître, *par André Gorz*
88. Psychiatrie et Antipsychiatrie, *par David Cooper*
89. La Dimension cachée, *par Edward T. Hall*
90. Les Vivants et la Mort, *par Jean Ziegler*
91. L'Unité de l'homme, *par le Centre Royaumont*
    1. Le primate et l'homme
    par E. Morin et M. Piattelli-Palmarini
92. L'Unité de l'homme, *par le Centre Royaumont*
    2. Le cerveau humain
    par E. Morin et M. Piattelli-Palmarini
93. L'Unité de l'homme, *par Centre Royaumont*
    3. Pour une anthropologie fondamentale
    par E. Morin et M. Piattelli-Palmarini
94. Pensées, *par Blaise Pascal*
95. L'Exil intérieur, *par Roland Jaccard*
96. Semeiotiké, recherches pour une sémanalyse
    par Julia Kristeva
97. Sur Racine, *par Roland Barthes*
98. Structures syntaxiques, *par Noam Chomsky*
99. Le Psychiatre, son « fou » et la psychanalyse
    par Maud Mannoni
100. L'Écriture et la Différence, *par Jacques Derrida*
101. Le Pouvoir africain, *par Jean Ziegler*
102. Une logique de la communication
    par P. Watzlawick, J. Helmick Beavin, Don D. Jackson

103. Sémantique de la poésie, *par T. Todorov, W. Empson J. Cohen, G. Hartman, F. Rigolot*
104. De la France, *par Maria-Antonietta Macciocchi*
105. Small is beautiful, *par E. F. Schumacher*
106. Figures II, *par Gérard Genette*
107. L'Œuvre ouverte, *par Umberto Eco*
108. L'Urbanisme, *par Françoise Choay*
109. Le Paradigme perdu, *par Edgar Morin*
110. Dictionnaire encyclopédique des sciences du langage *par Oswald Ducrot et Tzvetan Todorov*
111. L'Évangile au risque de la psychanalyse (tome 1) *par Françoise Dolto*
112. Un enfant dans l'asile, *par Jean Sandretto*
113. Recherche de Proust, *ouvrage collectif*
114. La Question homosexuelle, *par Marc Oraison*
115. De la psychose paranoïaque dans ses rapports avec la personnalité, *par Jacques Lacan*
116. Sade, Fourier, Loyola, *par Roland Barthes*
117. Une société sans école, *par Ivan Illich*
118. Mauvaises Pensées d'un travailleur social *par Jean-Marie Geng*
119. Albert Camus, *par Herbert R. Lottman*
120. Poétique de la prose, *par Tzvetan Todorov*
121. Théorie d'ensemble, *par Tel Quel*
122. Némésis médicale, *par Ivan Illich*
123. La Méthode
    1. La nature de la nature, *par Edgar Morin*
124. Le Désir et la Perversion, *ouvrage collectif*
125. Le Langage, cet inconnu, *par Julia Kristeva*
126. On tue un enfant, *par Serge Leclaire*
127. Essais critiques, *par Roland Barthes*
128. Le Je-ne-sais-quoi et le Presque-rien
    1. La manière et l'occasion, *par Vladimir Jankélévitch*
129. L'Analyse structurale du récit, Communications 8 *ouvrage collectif*
130. Changements, Paradoxes et Psychothérapie *par P. Watzlawick, J. Weakland et R. Fisch*
131. Onze Études sur la poésie moderne, *par Jean-Pierre Richard*
132. L'Enfant arriéré et sa mère, *par Maud Mannoni*
133. La Prairie perdue (Le Roman américain), *par Jacques Cabau*
134. Le Je-ne-sais-quoi et le Presque-rien
    2. La méconnaissance, *par Vladimir Jankélévitch*

135. Le Plaisir du texte, *par Roland Barthes*
136. La Nouvelle Communication, *ouvrage collectif*
137. Le Vif du sujet, *par Edgar Morin*
138. Théories du langage, Théories de l'apprentissage
     par le Centre Royaumont
139. Baudelaire, la Femme et Dieu, *par Pierre Emmanuel*
140. Autisme et Psychose de l'enfant, *par Frances Tustin*
141. Le Harem et les Cousins, *par Germaine Tillion*
142. Littérature et Réalité, *ouvrage collectif*
143. La Rumeur d'Orléans, *par Edgar Morin*
144. Partage des femmes, *par Eugénie Lemoine-Luccioni*
145. L'Évangile au risque de la psychanalyse (tome 2)
     par Françoise Dolto
146. Rhétorique générale, *par le Groupe µ*
147. Système de la mode, *par Roland Barthes*
148. Démasquer le réel, *par Serge Leclaire*
149. Le Juif imaginaire, *par Alain Finkielkraut*
150. Travail de Flaubert, *ouvrage collectif*
151. Journal de Californie, *par Edgar Morin*
152. Pouvoirs de l'horreur, *par Julia Kristeva*
153. Introduction à la philosophie de l'histoire de Hegel
     par Jean Hyppolite
154. La Foi au risque de la psychanalyse
     par Françoise Dolto et Gérard Séverin
155. Un lieu pour vivre, *par Maud Mannoni*
156. Scandale de la vérité, *suivi de* Nous autres Français
     par Georges Bernanos
157. Enquête sur les idées contemporaines
     par Jean-Marie Domenach
158. L'Affaire Jésus, *par Henri Guillemin*
159. Paroles d'étranger, *par Élie Wiesel*
160. Le Langage silencieux, *par Edward T. Hall*
161. La Rive gauche, *par Herbert R. Lottman*
162. La Réalité de la réalité, *par Paul Watzlawick*
163. Les Chemins de la vie, *par Joël de Rosnay*
164. Dandies, *par Roger Kempf*
165. Histoire personnelle de la France, *par François George*
166. La Puissance et la Fragilité, *par Jean Hamburger*
167. Le Traité du sablier, *par Ernst Jünger*
168. Pensée de Rousseau, *ouvrage collectif*
169. La Violence du calme, *par Viviane Forrester*
170. Pour sortir du xxᵉ siècle, *par Edgar Morin*

171. La Communication, Hermès I, *par Michel Serres*
172. Sexualités occidentales, Communications 35
    ouvrage collectif
173. Lettre aux Anglais, *par Georges Bernanos*
174. La Révolution du langage poétique
    par Julia Kristeva
175. La Méthode
    2. La vie de la vie, *par Edgar Morin*
176. Théories du symbole, *par Tzvetan Todorov*
177. Mémoires d'un névropathe, *par Daniel Paul Schreber*
178. Les Indes, *par Édouard Glissant*
179. Clefs pour l'Imaginaire ou l'Autre Scène
    par Octave Mannoni
180. La Sociologie des organisations, *par Philippe Bernoux*
181. Théorie des genres, *ouvrage collectif*
182. Le Je-ne-sais-quoi et le Presque-rien
    3. La volonté de vouloir, *par Vladimir Jankélévitch*
183. Le Traité du rebelle, *par Ernst Jünger*
184. Un homme en trop, *par Claude Lefort*
185. Théâtres, *par Bernard Dort*
186. Le Langage du changement, *par Paul Watzlawick*
187. Lettre ouverte à Freud, *par Lou Andreas-Salomé*
188. La Notion de littérature, *par Tzvetan Todorov*
189. Choix de poèmes, *par Jean-Claude Renard*
190. Le Langage et son double, *par Julien Green*
191. Au-delà de la culture, *par Edward T. Hall*
192. Au jeu du désir, *par Françoise Dolto*
193. Le Cerveau planétaire, *par Joël de Rosnay*
194. Suite anglaise, *par Julien Green*
195. Michelet, *par Roland Barthes*
196. Hugo, *par Henri Guillemin*
197. Zola, *par Marc Bernard*
198. Apollinaire, *par Pascal Pia*
199. Paris, *par Julien Green*
200. Voltaire, *par René Pomeau*
201. Montesquieu, *par Jean Starobinski*
202. Anthologie de la peur, *par Éric Jourdan*
203. Le Paradoxe de la morale, *par Vladimir Jankélévitch*
204. Saint-Exupéry, *par Luc Estang*
205. Leçon, *par Roland Barthes*
206. François Mauriac
    1. Le sondeur d'abîmes (1885-1933), *par Jean Lacouture*

207. François Mauriac
     2. Un citoyen du siècle (1933-1970), *par Jean Lacouture*
208. Proust et le Monde sensible, *par Jean-Pierre Richard*
209. Nus, Féroces et Anthropophages, *par Hans Staden*
210. Œuvre poétique, *par Léopold Sédar Senghor*
211. Les Sociologies contemporaines, *par Pierre Ansart*
212. Le Nouveau Roman, *par Jean Ricardou*
213. Le Monde d'Ulysse, *par Moses I. Finley*
214. Les Enfants d'Athéna, *par Nicole Loraux*
215. La Grèce ancienne, tome 1
     par Jean-Pierre Vernant et Pierre Vidal-Naquet
216. Rhétorique de la poésie, *par le Groupe µ*
217. Le Séminaire. Livre XI, *par Jacques Lacan*
218. Don Juan ou Pavlov
     par Claude Bonnange et Chantal Thomas
219. L'Aventure sémiologique, *par Roland Barthes*
220. Séminaire de psychanalyse d'enfants (tome 1)
     par Françoise Dolto
221. Séminaire de psychanalyse d'enfants (tome 2)
     par Françoise Dolto
222. Séminaire de psychanalyse d'enfants
     (tome 3, Inconscient et destins), *par Françoise Dolto*
223. État modeste, État moderne, *par Michel Crozier*
224. Vide et Plein, *par François Cheng*
225. Le Père : acte de naissance, *par Bernard This*
226. La Conquête de l'Amérique, *par Tzvetan Todorov*
227. Temps et Récit, tome 1, *par Paul Ricœur*
228. Temps et Récit, tome 2, *par Paul Ricœur*
229. Temps et Récit, tome 3, *par Paul Ricœur*
230. Essais sur l'individualisme, *par Louis Dumont*
231. Histoire de l'architecture et de l'urbanisme modernes
     1. Idéologies et pionniers (1800-1910)
     par Michel Ragon
232. Histoire de l'architecture et de l'urbanisme modernes
     2. Naissance de la cité moderne (1900-1940)
     par Michel Ragon
233. Histoire de l'architecture et de l'urbanisme modernes
     3. De Brasilia au post-modernisme (1940-1991)
     par Michel Ragon
234. La Grèce ancienne, tome 2
     par J.-P. Vernant et P. Vidal-Naquet
235. Quand dire, c'est faire, *par J. L. Austin*

236. La Méthode
     3. La Connaissance de la Connaissance
     par Edgar Morin
237. Pour comprendre *Hamlet, par John Dover Wilson*
238. Une place pour le père, *par Aldo Naouri*
239. L'Obvie et l'Obtus, *par Roland Barthes*
240. Mythe et Société en Grèce ancienne
     par Jean-Pierre Vernant
241. L'Idéologie, *par Raymond Bourdon*
242. L'Art de se persuader, *par Raymond Bourdon*
243. La Crise de l'État-providence, *par Pierre Rosanvallon*
244. L'État, *par Georges Burdeau*
245. L'Homme qui prenait sa femme pour un chapeau
     par Oliver Sacks

Collection Points

SÉRIE HISTOIRE

H1. Histoire d'une démocratie : Athènes
Des origines à la conquête macédonienne
par Claude Mossé
H2. Histoire de la pensée européenne
1. L'éveil intellectuel de l'Europe du IXe au XIIe siècle
par Philippe Wolff
H3. Histoire des populations françaises et de leurs attitudes
devant la vie depuis le XVIIIe siècle
par Philippe Ariès
H4. Venise, portrait historique d'une cité
par Philippe Braunstein et Robert Delort
H5. Les Troubadours, *par Henri-Irénée Marrou*
H6. La Révolution industrielle (1770-1880)
par Jean-Pierre Rioux
H7. Histoire de la pensée européenne
4. Le siècle des Lumières
par Norman Hampson
H8. Histoire de la pensée européenne
3. Des humanistes aux hommes de science
par Robert Mandrou
H9. Histoire du Japon et des Japonais
1. Des origines à 1945, *par Edwin O. Reischauer*
H10. Histoire du Japon et des Japonais
2. De 1945 à 1970, *par Edwin O. Reischauer*
H11. Les Causes de la Première Guerre mondiale
par Jacques Droz
H12. Introduction à l'histoire de notre temps
L'Ancien Régime et la Révolution
par René Rémond
H13. Introduction à l'histoire de notre temps
Le XIXe siècle, *par René Rémond*
H14. Introduction à l'histoire de notre temps
Le XXe siècle, *par René Rémond*
H15. Photographie et Société, *par Gisèle Freund*
H16. La France de Vichy (1940-1944)
par Robert O. Paxton
H17. Société et Civilisation russes au XIXe siècle
par Constantin de Grunwald

H18. La Tragédie de Cronstadt (1921), *par Paul Avrich*
H19. La Révolution industrielle du Moyen Age
      par Jean Gimpel
H20. L'Enfant et la Vie familiale sous l'Ancien Régime
      par Philippe Ariès
H21. De la connaissance historique
      par Henri-Irénée Marrou
H22. André Malraux, une vie dans le siècle
      par Jean Lacouture
H23. Le Rapport Krouchtchev et son histoire
      par Branko Lazitch
H24 Le Mouvement paysan chinois (1840-1949)
      par Jean Chesneaux
H25. Les Misérables dans l'Occident médiéval
      par Jean-Louis Goglin
H26. La Gauche en France depuis 1900
      par Jean Touchard
H27. Histoire de l'Italie du Risorgimento à nos jours
      par Sergio Romano
H28. Genèse médiévale de la France moderne, XIVᵉ-XVᵉ siècle
      par Michel Mollat
H29. Décadence romaine ou Antiquité tardive, IIIᵉ-VIᵉ siècle
      par Henri-Irénée Marrou
H30. Carthage ou l'Empire de la mer, *par François Decret*
H31. Essais sur l'histoire de la mort en Occident
      du Moyen Age à nos jours, *par Philippe Ariès*
H32. Le Gaullisme (1940-1969), *par Jean Touchard*
H33. Grenadou, paysan français
      par Ephraïm Grenadou et Alain Prévost
H34. Piété baroque et Déchristianisation en Provence
      au XVIIIᵉ siècle, *par Michel Vovelle*
H35. Histoire générale de l'Empire romain
      1. Le Haut-Empire, *par Paul Petit*
H36. Histoire générale de l'Empire romain
      2. La crise de l'Empire, *par Paul Petit*
H37. Histoire générale de l'Empire romain
      3. Le Bas-Empire, *par Paul Petit*
H38. Pour en finir avec le Moyen Age
      par Régine Pernoud
H39. La Question nazie, *par Pierre Ayçoberry*
H40. Comment on écrit l'histoire, *par Paul Veyne*
H41. Les Sans-culottes, *par Albert Soboul*

H42. Léon Blum, *par Jean Lacouture*
H43. Les Collaborateurs (1940-1945), *par Pascal Ory*
H44. Le Fascisme italien (1919-1945)
    par Pierre Milza et Serge Berstein
H45. Comprendre la révolution russe, *par Martin Malia*
H46. Histoire de la pensée européenne
    6. L'ère des masses, *par Michaël D. Biddiss*
H47. Naissance de la famille moderne, *par Edward Shorter*
H48. Mythe de la procréation à l'âge baroque
    par Pierre Darmon
H49. Histoire de la bourgeoisie en France
    1. Des origines aux temps modernes
    par Régine Pernoud
H50. Histoire de la bourgeoisie en France
    2. Les temps modernes
    par Régine Pernoud
H51. Histoire des passions françaises (1848-1945)
    1. Ambition et amour, *par Theodore Zeldin*
H52. Histoire des passions françaises (1848-1945)
    2. Orgueil et intelligence, *par Theodore Zeldin* (épuisé)
H53. Histoire des passions françaises (1848-1945)
    3. Goût et corruption, *par Theodore Zeldin*
H54 Histoire des passions françaises (1848-1945)
    4. Colère et politique, *par Theodore Zeldin*
H55. Histoire des passions françaises (1848-1945)
    5. Anxiété et hypocrisie, *par Theodore Zeldin*
H56. Histoire de l'éducation dans l'Antiquité
    1. Le monde grec, *par Henri-Irénée Marrou*
H57. Histoire de l'éducation dans l'Antiquité
    2. Le monde romain, *par Henri-Irénée Marrou*
H58. La Faillite du Cartel, 1924-1926
    (Leçon d'histoire pour une gauche au pouvoir)
    par Jean-Noël Jeanneney
H59. Les Porteurs de valises
    par Hervé Hamon et Patrick Rotman
H60. Histoire de la guerre d'Algérie, 1954-1962
    par Bernard Droz et Évelyne Lever
H61. Les Occidentaux, *par Alfred Grosser*
H62. La Vie au Moyen Age, *par Robert Delort*
H63. Politique étrangère de la France
    (La Décadence, 1932-1939)
    par Jean-Baptiste Duroselle

H64. Histoire de la guerre froide
1. De la révolution d'Octobre à la guerre de Corée, 1917-1950
par André Fontaine

H65. Histoire de la guerre froide
2. De la guerre de Corée à la crise des alliances,1950-1963
par André Fontaine

H66. Les Incas, *par Alfred Métraux*

H67. Les Écoles historiques, *par Guy Bourdé et Hervé Martin*

H68. Le Nationalisme français, 1871-1914, *par Raoul Girardet*

H69. La Droite révolutionnaire, 1885-1914 *par Zeev Sternhell*

H70. L'Argent caché, *par Jean-Noël Jeanneney*

H71. Histoire économique de la France du xviiie siècle à nos jours
1. De l'Ancien Régime à la Première Guerre mondiale
par Jean-Charles Asselain

H72. Histoire économique de la France du xviiie siècle à nos jours
2. De 1919 à la fin des années 1970
par Jean-Charles Asselain

H73. La Vie politique sous la IIIe République
par Jean-Marie Mayeur

H74. La Grèce archaïque d'Homère à Eschyle
par Claude Mossé

H75. Histoire de la « détente », 1962-1981
par André Fontaine

H76. Études sur la France de 1939 à nos jours
par la revue « L'Histoire »

H77. L'Afrique au xxe siècle, *par Elikia M'Bokolo*

H78. Les Intellectuels au Moyen Age, *par Jacques Le Goff*

H79. Fernand Pelloutier, *par Jacques Julliard*

H80. L'Église des premiers temps, *par Jean Daniélou*

H81. L'Église de l'Antiquité tardive
par Henri-Irénée Marrou

H82. L'Homme devant la mort
1. Le temps des gisants, *par Philippe Ariès*

H83. L'Homme devant la mort
2. La mort ensauvagée, *par Philippe Ariès*

H84. Le Tribunal de l'impuissance, *par Pierre Darmon*

H85. Histoire générale du xxe siècle
1. Jusqu'en 1949. Déclins européens
par Bernard Droz et Anthony Rowley

H86. Histoire générale du xxe siècle
2. Jusqu'en 1949. La naissance du monde contemporain
par Bernard Droz et Anthony Rowley

H87. La Grèce ancienne, *par la revue « L'Histoire »*
H88. Les Ouvriers dans la société française
    par Gérard Noiriel
H89. Les Américains de 1607 à nos jours
    1. Naissance et essor des États-Unis, 1607 à 1945
    par André Kaspi
H90. Les Américains de 1607 à nos jours
    2. Les États-Unis de 1945 à nos jours, *par André Kaspi*
H91. Le Sexe et l'Occident, *par Jean-Louis Flandrin*
H92. Le Propre et le Sale, *par Georges Vigarello*
H93. La Guerre d'Indochine, 1945-1954
    par Jacques Dalloz
H94. L'Édit de Nantes et sa révocation
    par Janine Garrisson
H95. Les Chambres à gaz, secret d'État
    par Eugen Kogon, Hermann Langbein et Adalbert Rückerl
H96. Histoire générale du XXᵉ siècle
    3. Depuis 1950. Expansion et indépendance (1950-1973)
    par Bernard Droz et Anthony Rowley
H97. La Fièvre hexagonale, 1871-1968, *par Michel Winock*
H98. La Révolution en questions, *par Jacques Solé*
H99. Les Byzantins, *par Alain Ducellier*
H100. Les Croisades, *par la revue « L'Histoire »*
H101. La Chute de la monarchie (1787-1792)
    par Michel Vovelle
H102. La République jacobine (10 août 1792 - 9 Thermidor an II)
    par Marc Bouloiseau
H103. La République bourgeoise
    (de Thermidor à Brumaire, 1794-1799)
    par Denis Woronoff
H104. La France napoléonienne (1799-1815)
    1. Aspects intérieurs, *par Louis Bergeron*
H105. La France napoléonienne (1799-1815)
    2. Aspects extérieurs, *par Roger Dufraisse* (à paraître)
H106. La France des notables (1815-1848)
    1. L'évolution générale
    par André Jardin et André-Jean Tudesq
H107. La France des notables (1815-1848)
    2. La vie de la nation
    par André Jardin et André-Jean Tudesq
H108. 1848 ou l'Apprentissage de la république (1848-1852)
    par Maurice Agulhon

H109. De la fête impériale au mur des Fédérés (1852-1871)
    par Alain Plessis
H110. Les Débuts de la Troisième République (1871-1898)
    par Jean-Marie Mayeur
H111. La République radicale ? (1898-1914)
    par Madeleine Rebérioux
H112. Victoire et Frustrations (1914-1929)
    par Jean-Jacques Becker et Serge Berstein
H113. La Crise des années 30 (1929-1938)
    par Dominique Borne et Henri Dubief
H114. De Munich et à Libération (1938-1944)
    par Jean-Pierre Azéma
H115. La France de la Quatrième République (1944-1958)
    1. L'ardeur et la nécessité (1944-1952)
    par Jean-Pierre Rioux
H116. La France de la Quatrième République (1944-1958)
    2. L'expansion et l'impuissance (1952-1958)
    par Jean-Pierre Rioux
H117. La France de l'expansion (1958-1974)
    1. La République gaullienne (1958-1969)
    par Serge Berstein
H118. La France de l'expansion (1958-1974)
    2. Croissance et crise (1969-1974)
    par Serge Berstein et Jean-Pierre Rioux (à paraître)
H119. La France de 1974 à nos jours
    par Jean-Jacques Becker (à paraître)
H120. Le XX\(^e\) Siècle français, documents (à paraître)
H121. Les Paysans dans la société française, Annie Moulin
H122. Portrait historique de Christophe Colomb
    par Marianne Mahn-Lot
H123. Vie et Mort de l'ordre du Temple, par Alain Demurger
H124. La Guerre d'Espagne, par Guy Hermet
H125. Histoire de France, sous la direction de Jean Carpentier
    et François Lebrun
H126. Empire colonial et Capitalisme français
    par Jacques Marseille
H127. Genèse culturelle de l'Europe (V\(^e\)-VIII\(^e\) siècle)
    par Michel Banniard
H128. Les Années trente, par la revue « L'Histoire »
H129. Mythes et Mythologies politiques
    par Raoul Girardet
H130. La France de l'an Mil, collectif

H131. Nationalisme, Antisémitisme et Fascisme en France
par Michel Winock
H132. De Gaulle 1. Le rebelle (1890-1944)
par Jean Lacouture
H133. De Gaulle 2. Le politique (1944-1959)
par Jean Lacouture
H134. De Gaulle 3. Le souverain (1959-1970)
par Jean Lacouture
H135. Le Syndrome de Vichy, *par Henri Rousso*
H136. Chronique des années soixante, *par Michel Winock*
H137. La Société anglaise, *par François Bédarida*
H138. L'Abîme 1939-1944. La politique étrangère de la France
par Jean-Baptiste Duroselle
H139. La Culture des apparences, *par Daniel Roche*
H140. Amour et Sexualité en Occident, *par la revue « L'Histoire »*
H141. Le Corps féminin, *par Philippe Perrot*
H142. Les Galériens, *par André Zysberg*
H143. Histoire de l'antisémitisme 1. L'âge de la foi
par Léon Poliakov
H144. Histoire de l'antisémitisme 2. L'âge de la science
par Léon Poliakov
H145. L'Épuration française (1944-1949), *par Peter Novick*
H146. L'Amérique latine au XXᵉ siècle (1889-1929)
par Leslie Manigat
H147. Les Fascismes, *par Pierre Milza*
H148. Histoire sociale de la France au XIXᵉ siècle
par Christophe Charle
H149. L'Allemagne de Hitler, *par la revue « L'Histoire »*
H150. Les Révolutions d'Amérique latine, *par Pierre Vayssière*
H151. Le Capitalisme « sauvage » aux États-Unis (1860-1900)
par Marianne Debouzy
H152. Concordances des temps, *par Jean-Noël Jeanneney*
H153. Diplomatie et Outil militaire
par Jean Doise et Maurice Vaïsse
H154. Histoire des démocraties populaires
1. L'ère de Staline, *par François Fejtö*
H155. Histoire des démocraties populaires
2. Après Staline, *par François Fejtö*
H156. La Vie fragile, *par Arlette Farge*
H157. Histoire de l'Europe, *sous la direction de Jean Carpentier
et François Lebrun*
H158. L'État SS, *par Eugen Kogon*

H159. L'Aventure de l'Encyclopédie, *par Robert Darnton*
H160. Histoire générale du XXᵉ siècle
    4. Crises et mutations de 1973 à nos jours
    par Bernard Droz et Anthony Rowley
H161. Le Creuset français, *par Gérard Noiriel*

H201. Les Origines franques (Vᵉ-IXᵉ siècle), *par Stéphane Lebecq*
H202. L'Héritage des Charles (de la mort de Charlemagne
    aux environs de l'an mil), *par Laurent Theis*
H203. L'Ordre seigneurial (XIᵉ-XIIᵉ siècle)
    par Dominique Barthélemy
H204. Temps d'équilibres, temps de ruptures
    par Monique Bourin-Derruau
H205. Temps de crises, temps d'espoirs, *par Alain Demurger*
H206. La France et l'Occident médiéval de Charlemagne à Charles VIII
    par Robert Delort
H207. Royaume, Renaissance et Réforme (1433-1559)
    par Janine Garrisson
H208. Guerre civile et Compromis (1559-1598)
    par Janine Garrisson
H209. La Naissance dramatique de l'absolutisme (1598-1661)
    par Yves-Marie Bercé (à paraître)
H210. La Puissance et la Guerre (1661-1715)
    par André Zysberg (à paraître)
H211. L'État et les Lumières (1715-1783)
    par André Zysberg (à paraître)